OMNIBUS

John Grisham

LA VEDOVA

Traduzione di Luca Fusari e Sara Prencipe

MONDADORI

mondadori.it

ISBN 978-88-04-76317-8

Titolo dell'opera originale
The Widow
I edizione ottobre 2025

LA VEDOVA

1

I clienti che si rivolgevano al piccolo studio legale dall'aria antiquata all'angolo tra Main e Maple Street portavano con sé problemi che Simon non sopportava più. Fallimenti, multe per guida in stato di ebbrezza, assegni familiari non pagati, pignoramenti, piccoli incidenti d'auto, scivoloni e cadute sospetti, richieste di invalidità discutibili: il tran tran di un avvocatuccio qualunque, i cui sogni di ricchezza nati all'università si erano affievoliti al punto da essere quasi svaniti. Dopo diciotto anni di una simile routine, Simon F. Latch, avvocato e consulente legale, era a pezzi. I problemi degli altri lo stavano sfinendo.

Ogni tanto, un po' di tregua in quello squallore gliela davano i clienti anziani che gli chiedevano aiuto per stendere testamenti e ultime volontà. Simon le faceva sembrare questioni complesse, ma si trattava quasi sempre di incarichi facili che qualsiasi matricola di legge avrebbe saputo accollarsi. Per soli 250 dollari scriveva, ma lui preferiva dire "redigeva", un testamento semplice lungo tre pagine; stampava il documento su pregiata carta dorata e lo faceva autenticare dal suo "staff", dando al cliente l'impressione che stesse "adempiendo" a un compito prestigioso.

A dirla tutta, la metà di quei vecchi non aveva nemmeno bisogno di un testamento, neanche di uno semplice: ma nella storia della giurisprudenza americana non si era mai sentito di un avvocato che lo facesse notare e rinunciasse a una parcella. Un'altra verità era che i 250 dollari erano un furto, considerato che su internet c'era una quantità enorme di modelli, gratuiti e altrettanto vincolanti. E un'ulteriore verità era che Latch, i testamenti, nemmeno li toccava. A riempire i moduli e a stampare quelle carte importanti pensava la sua segretaria, Matilda.

La cliente del giorno era Eleanor Barnett, una vedova di ottantacinque anni che abitava in una modesta casa dei sobborghi comprata dieci anni prima insieme al suo secondo marito. Lei non aveva figli, mentre il suo defunto marito, Harry Korsak, aveva avuto da un primo matrimonio fallito due maschi che per anni aveva cercato di convincere l'adorata Eleanor a adottare. I motivi erano vari, ma nessuno l'aveva persuasa perché, come aveva spiegato a Matilda nel corso della loro lunga seconda telefonata, quei due li detestava. Non portavano che guai.

"E sulla sua abitazione grava qualche ipoteca o mutuo?" aveva chiesto Matilda, interrompendo con educazione quella che si annunciava come una prolissa e tortuosa digressione sulla storia dei due disgraziati.

No. Avevano pagato fino all'ultimo dollaro sia la casa che l'auto di famiglia. Non avevano debiti. Harry Korsak era stato un tipo piuttosto parsimonioso, figlio di gente vissuta durante la Depressione, tanto per capirci, e non aveva mai sopportato neanche l'idea di avere dei debiti. Tra una telefonata e l'altra, Matilda fece le sue solite indagini telematiche e accertò che la casa, del valore catastale di 280.000 dollari, era in effetti libera da vincoli, e così l'automobile, una Lincoln di quindici anni prima. Scavando un po' più a fondo scoprì che Clyde Korsak, il primogenito di Harry, aveva la fedina penale sporca. In passato l'avevano beccato a spacciare cocaina e condannato a quattro anni di carcere.

Ms Barnett disse che non voleva più parlare di questioni finanziarie al telefono, e che avrebbe preferito aspettare e incontrare di persona l'avvocato Latch. Arrivò puntuale alle due del pomeriggio, vestita come la classica signora benestante che va a messa. Matilda ne aveva viste mille così, e le prese immediatamente le misure mentre le versava il caffè nella preziosa tazza di porcellana che teneva da parte per le vecchiette come lei. Di solito alla clientela normale rifilava i bicchierini di plastica. Ms Barnett camminava sicura senza bastone, senza inciampi, a passo svelto e deciso, e si sedette con garbo sulla poltrona a sorseggiare il caffè con il mignolo sollevato, chiaro segnale che conosceva le buone maniere, o che era un po' snob. A prima vista sembrava in salute, e probabilmente poteva godersi almeno un'altra decina d'anni prima che le sue ultime volontà fossero eseguite.

Dopo qualche minuto, Matilda annunciò che l'avvocato Latch aveva concluso la sua "teleconferenza giudiziaria" ed era pronto a riceverla. Accompagnò Ms Barnett in fondo a un breve corridoio nella sala riunioni dalle pareti scure, stipate di volumi di giurisprudenza che Latch non toccava da anni.

L'obiettivo di Simon era sbarazzarsi di lei in trenta minuti. A distanza di una settimana, quando si fossero visti per firmare e convalidare il nuovo testamento, ne avrebbe aggiunti altri trenta, che gli sarebbero valsi la sua tariffa di 250 dollari all'ora. Un suo caro amico, ex compagno di università, faceva il tributarista a Washington e chiedeva il quadruplo, ma Simon cercava di non pensarci. Negli anni era quasi riuscito a convincersi che la qualità della sua vita nella cittadina di Braxton, in Virginia, fosse molto più alta, e al diavolo i soldi.

Sfoderò il proprio fascino, com'era solito fare con le donne anziane, e capì subito di aver centrato l'obiettivo. «Bellissima collana» disse, adulante.

«Ma grazie» sorrise lei, mostrando i denti, tutti autentici e ingialliti.

«Vedo dagli appunti che lei non si è risposata, vive sola e non ha figli né nipoti. Due mariti, entrambi deceduti.» Osservava il resoconto di Matilda come se stesse leggendo la Magna Carta.

«E anche dopo aver sposato Mr Korsak ha mantenuto il cognome da nubile.»

«Non proprio. Quando è morto Harry ho deciso di tornare a farmi chiamare Barnett. E poi sa, il cognome Korsak non mi è mai piaciuto tanto. Detto tra noi, con Vince Barnett stavo molto meglio che con Harry Korsak. Vince e io ci eravamo fidanzati da ragazzini, ha presente, e ci siamo sposati presto, siamo praticamente cresciuti insieme. Eravamo più giovani e più attivi in senso romantico, non so se mi spiego.»

Si era spiegata benissimo, e a Simon non interessava affatto approfondire. «Ha già fatto redigere un testamento?» le chiese.

«Non scadono, vero?»

«Be', certo che no.»

«Sì, ne ho uno, ma non mi convince. Vorrei rifarlo da capo, e vorrei ingaggiarla come consulente riguardo ad altre questioni. In cambio di un anticipo sull'onorario, s'intende.»

«Quali questioni la preoccupano, esattamente?»

«Be', non si sa mai, soprattutto oggi che è pieno di imbroglioni e impostori. Prendono di mira in particolare gli anziani. È davvero una brutta cosa, li spennano proprio. Io voglio essere protetta, e voglio che lei tenga d'occhio un po' di cose per conto mio. La mia amica Doris ce l'ha sempre avuto, l'avvocato.»

In quel momento Simon non riusciva a immaginare niente di peggio che essere al servizio di una cliente anziana che credeva di essere vittima di chissà quali raggiri. Ma se proprio insisteva, per 1000 dollari si sarebbero potuti accordare.

«Quanto costa l'avvocato alla sua amica?»

«Ah, non molto. Dice che con pochi soldi è facile trovarne.»

Simon fece un respiro profondo e cercò di riportare la conversazione sui binari. «Torniamo al suo testamento. È importante che io dia un'occhiata a quello attuale.»

«Sì, lo so. Me l'ha detto per telefono la sua Matilda, ma ho dimenticato di portarlo. Sono sempre più smemorata, ultimamente.»

A quell'età era logico. Passati gli ottanta, Simon dava sempre per scontato che qualche rotella fosse ormai fuori posto. In seguito, lui e Matilda avrebbero stabilito se Ms Barnett era abbastanza lucida da capire che cosa stesse facendo. La prima impressione, comunque, era buona, e per 250 dollari non sarebbe stato certo a pignoleggiare.

«Riuscirebbe a portarmelo entro un paio di giorni?»

«Ma certo. Mi spiace per la scocciatura.»

«Ci mancherebbe. Dobbiamo parlare delle sue attività e passività.»

«Passività non ce ne sono. Neanche un centesimo di debito. Il mio compianto marito Harry era disgustato dai debiti, non si fidava ad averne. Non usava neanche la carta di credito. Abbiamo sempre vissuto senza il minimo vincolo economico.»

Musica per le orecchie di Simon, che poteva soltanto sognare di liberarsi, un giorno, dai debiti. «Bravissimi» disse, elogiandola come se avesse bisogno della sua benedizione. Quanto a lui, su tutti i suoi beni gravavano ipoteche pesanti.

«Però una, quand'è morto, l'ho chiesta. Una Visa.»

Simon fece uno scarabocchio senza senso e proseguì: «Okay, parliamo della sua abitazione. Ne è proprietaria?». Sapeva già che la risposta era sì, ma di solito ai clienti anziani piaceva vantarsi di quanto avevano messo da parte. Erano fieri di aver vissuto con frugalità e di avere raggiunto, dopo decenni di tirchieria, la stabilità economica.

«Certo che sì.»

«Ha idea di quanto possa valere?»

«Non proprio, ma mi pare che il valore catastale sia sui 280.000.»

«Okay, direi che ci siamo. Di solito la casa è il bene più prezioso che uno possiede.»

«Non nel mio caso» ribatté lei, e sembrava quasi offesa.

Simon continuò a scarabocchiare e fu sfiorato dal primo sospetto che quel piccolo testamento potesse essere meno facile del previsto. «Possiede altri immobili? Una casa delle vacanze? Proprietà in affitto?»

«Oh, no. Harry non si fidava a investire in immobili. Diceva che davano troppi grattacapi.»

"E allora mi dica, di chi o cosa si fidava Harry?" «Capisco. Ha altri investimenti?»

Ms Barnett inspirò a fondo e di colpo gli sembrò preoccupata. «Di lei posso fidarmi, vero, avvocato?»

«Certo. In qualità di suo legale, sono vincolato dal segreto professionale.» Simon percepì un leggero fremito nelle viscere, come se fosse sul punto di scoprire qualcosa di veramente pazzesco e inaspettato. In diciotto anni da legale pseudo-specializzato in successioni qualche sorpresa gli era capitata, ma nulla di clamoroso.

«Vede, avvocato...»

«Mi chiami pure Simon.»

«Ah, che bel nome. Vede, Simon, Harry ha lavorato per quasi quarant'anni per la Coca-Cola, faceva il rappresentante. Secondo me, oltretutto, è quello che l'ha ammazzato. Troppi zuccheri nel sangue, a sessantacinque anni gli è venuto un colpo e non si è più ripreso. Avevamo sempre in frigo tantissima Coca-Cola, quella vera, non la Light, e lui ne beveva troppa, almeno a mio parere. Comunque, a un certo punto ha avuto i requisiti per comprare azioni della società, un pochino alla volta, e da quel momento ha cominciato ad acquistare tutte quelle che poteva. Non ne ha mai vendute, gli piaceva vederle che si accumulavano. E ne ha accumulate eccome. Poi, una trentina d'anni fa, ha iniziato a vendere i prodotti Coca-Cola alla Walmart, un'azienda che gli è piaciuta tantissimo. La Walmart vendeva un sacco di bibite. Harry ha cominciato a comprare anche azioni Walmart, senza mai venderne. Quando è morto di colpo, non aveva ancora deciso che cosa farne. Ai figli non ne voleva lasciare, perché quelli erano due disgraziati. Lo sono ancora. E, Simon, il punto è che non sanno niente delle azioni. Harry non gliene ha mai parlato, non ne ha mai parlato con nessuno eccetto me. Trovava buffo che vivessimo tranquilli nella nostra piccola casa modesta e nessuno sapesse che avevamo milioni di dollari.»

Milioni? Simon cercò di continuare a prendere appunti sul blocchetto giallo, però la sua scrittura, già di per sé illeggibile, finì presto per somigliare a una lunga serie di scarabocchi. In quel momento non ricordava di aver mai scritto un testamento che valesse milioni di dollari, immobili esclusi.

Mantenne l'espressione accigliata da avvocato che non si scompone davanti a nulla. «E, ehm, alla fine che ne è stato delle azioni?»

«Le ha lasciate a me, come tutto il resto. Come si chiama? "Detrazione coniugale"?»

«Esatto. Il coniuge che eredita non paga tasse di successione. Harry doveva essere un tipo scaltro.»

«Le sembrerà strano, ma non si è mai definito così. Era morigerato, lavorava sodo, ripagava i suoi debiti, risparmiava, comprava azioni. E mi ha lasciato ogni cosa. Avrebbe voluto aiutare i suoi figli e, francamente, le ha tentate tutte. Ma se quelli avessero saputo del suo portafoglio azionario lo avrebbero fatto ammattire. Perciò non gliel'ha mai detto. Poi, all'improvviso, è morto.»

Era proprio raro che un cliente in cerca di un testamento semplice snocciolasse espressioni come "portafoglio azionario" e "detrazione coniugale". Simon drizzò ancor di più le antenne.

«Quanto vale il portafoglio?»

Ms Barnett si portò una mano alla bocca come se non potesse rivelarlo. Poi si stropicciò gli occhi, sembrava spaventata. Abbassò la voce e disse: «Tutto questo è strettamente confidenziale, vero?».

«Gliel'ho già spiegato, Ms Barnett. Se vuole che io rediga un testamento come si deve, sono tenuto a conoscere il valore del suo patrimonio. Non credo che un testamento semplice faccia al caso suo.» Quasi riusciva a sentirle crescere, le tante pagine del nuovo atto. Anche l'onorario stava salendo, ora era arrivato a 5000 dollari.

«Se solo lo sapessero le mie amiche o i ragazzi di Harry. Non lo sa nessuno, Simon.»

Lui sfoderò un sorriso rassicurante, come a dire "Di me ci si può fidare". Invece disse: «Da questa stanza non esce niente, Ms Barnett. Nemmeno una parola. L'etica professionale mi impone di proteggere i suoi segreti».

Lei si sentì incoraggiata e, seppure a denti stretti, rispose. «La settimana scorsa le azioni valevano poco più di sedici milioni. Il mercato sale e scende, ha presente?»

Simon scarabocchiò la cifra cercando di rimanere impassibile, come se non ci fosse nulla di strano.

Lei gli si avvicinò e chiese con aria furtiva: «Sono tanti, vero?».

«Sì.»

«È una cosa un po' insolita?»

«Direi di sì. Non mi capitano spesso clienti con un patrimonio del genere.» "Non ti capitano spesso? Vorrai dire 'mai'."

«E io proprio non so che cosa farne.»

Ah, quante domande. E quanti consigli.

«Ehm, quanto valgono le azioni Coca-Cola?»

«Una decina di milioni. Il resto è in azioni Walmart.»

«E i dividendi?»

«Ecco, come saprà, Walmart non sgancia un soldo in dividendi, solo qualche spicciolo per azione. Coca-Cola è tutta un'altra storia, invece. Ha sempre pagato il quattro per cento annuo.»

«Il quattro per cento di dieci milioni, annuale?»

«A spanne sì. È un po' più di quattrocentomila all'anno. E continuano ad accumularsi. Non so che cosa farne. Mi può aiutare, Simon?»

«Qualcosa ce la inventeremo, Ms Barnett, ma non si tratta più di redigere un testamento semplice. Ci vorrà del tempo.»

«Può chiamarmi per nome, se non le spiace? Se per me lei è Simon, voglio che mi chiami Netty, è un mio vecchio soprannome che usano in pochi.»

Lui le rivolse il più mieloso dei sorrisi. «Certo» rispose, avvicinandosi. «Immagino che con un reddito simile il suo conto in banca sia piuttosto sostanzioso.»

«Sì.»

Una pausa. «Okay, quanti contanti?»

«Quasi quattro milioni.»

«E, ehm, in che forma?»

«Conti correnti, conti deposito, certificati di deposito. Ma la banca non è di qui. Harry non si fidava a lasciare i suoi soldi alla gente del posto. Aveva sempre paura che qualche ficcanaso vedesse i nostri conti e, insomma, alle persone piace spettegolare. Perciò si è affidato alla East Federal di Atlanta, una delle più grosse.»

«Di Atlanta?»

«Sì, ci abbiamo abitato per diversi anni. C'è la sede della Coca-Cola.»

«Certo.» Simon non aveva idea di dove fosse la sede della Coca-Cola. Mentre scarabocchiava, gli girava la testa. Sfogliò le pagine del bloc-notes per cercarne una vuota. Scrisse il numero 10.000 seguito dalle parole "anticipo sull'onorario".

«Per curiosità, Netty, nel suo ultimo testamento a chi ha lasciato i suoi beni, le azioni e i conti bancari?»

Lei sospirò come se parlarne la facesse soffrire. «Ecco, Simon, è per questo che sono qui. Il mio testamento così com'è non mi piace. L'ho firmato qualche settimana fa e da allora ho smesso di dormire bene.»

«Chi lo ha redatto?»

«Un avvocato di qui. Wally Thackerman. Lo conosce?»

«Sì, certo. Conosco tutti gli avvocati della città.»

«Si fida di lui? È una brava persona?»

«Sì, no, più o meno, forse. Wally non è cattivo, ma non lo definirei un amico. Mi fido di lui? Non so. Perché? Lei non si fida?»

«Mi fidavo, però adesso non ne sono più sicura. Vede, Simon, non sapevo chi nominare nel testamento. A chi lasciare le azioni e i soldi, capisce?»

«Sì, sì.»

«Perciò Wally mi ha convinta a lasciare tutto a lui. Nel senso che quando muoio venderà le azioni, metterà il ricavato in una specie di fondo fiduciario, non ci ho mai capito granché, e a quel punto avrà il potere di dare i soldi ai miei enti benefici preferiti.»

«E quali sarebbero i suoi enti benefici preferiti?»

«Non ne ho.»

«Neanche uno?»

«No. Vede, a Harry l'idea di donare soldi proprio non andava giù, non si fidava. Da bambino, quand'era povero e affamato, nessuno gli aveva mai dato un soldo: perché la gente avrebbe dovuto aspettarsi qualcosa proprio da lui? La sua filosofia era questa. Non lo definirei uno spilorcio, però forse sì, lo era. A ogni modo, l'abitudine di donare non l'abbiamo mai avuta.»

«E quando è morto e lei ha ereditato tutto?»

«Ecco, c'era questo ente benefico che mi piaceva, o almeno credevo. Qualche anno fa in tivù ho visto qualcuno che parlava delle scimmie ragno dell'Uganda, che morivano di fame per colpa di non so quali sostanze chimiche sparse dal governo. Le poverine erano scosse dagli spasmi e morivano a centinaia. Una cosa da spezzarti il cuore, al che ho mandato 1000 dollari al Fondo per le scimmie ragno, che stava a Boston. Mi hanno ringraziata, mi hanno spedito un calendario e tutto il resto, mi hanno nominata membro di uno dei loro consigli di amministrazione e mi hanno chiesto altri soldi. Io ho inviato un altro assegno, e poi un altro, e quelli continuavano a chiederne, volevano persino mandare un loro dirigente a conoscermi, per pranzare insieme e via dicendo. A un certo punto hanno venduto il mio nome e indirizzo a qualcun altro, e dopo un po' la cassetta della posta mi si è riempita di lettere di gente che mi chiedeva soldi per salvare la balena, il bisonte, il ghepardo e il ghiottone del Canada. Io a quelli non ho dato niente. Poi l'FBI ha smascherato il Fondo per le scimmie ragno, era una truffa. Mi hanno scucito 11.000 dollari. Quindi ecco, Simon, io con gli enti benefici ho chiuso.»

Simon cercava di ascoltare mentre la sua testa era affollata di pensieri riguardo a quel viscido di Wally Thackerman, che si era fatto inserire nel testamento per controllare l'eredità. Era una mossa altamente immorale e poteva costargli la radiazione dall'albo, ma chi ha bisogno di lavorare dopo che è stato sommerso di quattrini?

Intanto Netty continuava a sproloquiare. «È da quando ho firmato il testamento che sono in pensiero. Non mi pare giusto che un avvocato possa mettere le mani su tutto, o sbaglio, Simon?»

«Ho bisogno di leggere il testamento, Netty.»

Da una tasca lei aveva sfilato un fazzoletto di carta e ci si stava tamponando le guance. «Mi dispiace. Non ci capisco più niente. In fin dei conti non mi sembrava giusto neanche prima lasciare tutto all'avvocato Thackerman, a un uomo che neanche conosco. Non è stata una mossa furbissima, vero?»

Certo che no. Una vera idiozia. Ma davanti alla cliente in lacrime, vulnerabile e con in tasca una fortuna, Simon fu molto rassicurante. «La risolveremo, Netty. Si fidi di me. Non sarà complicato. Talvolta un'adeguata pianificazione patrimoniale richiede che una parte significativa dei beni venga conferita in un fondo, e l'avvocato che se n'è occupato è spesso nominato amministratore fiduciario del fondo stesso.»

«Non parlo la lingua-fuffa degli avvocati.»

«Sì, mi scusi, però a volte la legge è complessa. Lei mi faccia dare un'occhiata al testamento e partiamo da lì.»

«Okay.»

A Simon girava la testa a furia di pensare freneticamente. Chiuse il bloc-notes e mise il cappuccio alla penna. «Senta» disse «domani ho un appuntamento a Fairheaven, vicino a casa sua. Vediamoci allo Starbucks che ha appena aperto in Millmont Street. Ha presente?»

«Mi pare, ma venire qui non è un fastidio, davvero.»

«No, insisto. Stessa ora, due del pomeriggio, domani. Così verifico il suo testamento.»

«D'accordo.»

«E, Netty, un dettaglio importante che deve restare tra noi. La nostra Matilda non è la persona più riservata che ci sia. Abbiamo avuto qualche problema di segreto professionale, e questo è proprio il tipo di pettegolezzo che potrebbe ripetere alla persona sbagliata.»

«Oddio.»

«Ecco, appunto. Tra un po' mi toccherà licenziarla. Un avvocato non può permettersi una segretaria chiacchierona. Nel frattempo, però, non una sola parola con lei. Se ha bisogno di me, mi chiami sul cellulare.» Le passò un biglietto da visita.

«Oddio.» Netty si mostrò sorpresa, ma l'intrigo le piaceva.

«Andrà tutto bene, si fidi. Posso redigere io stesso il testamento senza che lei lo veda mai. È meglio così.»

«Se lo dice lei.»

«Stia tranquilla. Domani alle due da Starbucks.»

La seguì in corridoio fino alla reception, chiacchierando del tempo. Passando davanti a Matilda, Netty la guardò storto ma senza dire nulla. Simon aprì la porta e la accompagnò fuori. Mentre lei raggiungeva la sua auto, la vecchia Lincoln, lui lanciò un'occhiata all'insegna sull'altro lato di Main Street.

STUDIO LEGALE WALTER J. THACKERMAN. Che farabutto.

«Simpatica, la nonnina» disse Matilda quando Simon rientrò. «Hai il modulo? Scrivo subito il testamento.»

Simon si fermò a guardare fuori dalla finestra come se ci fossero guai all'orizzonte. «Potrebbe essere una grana. Ho paura che sia matta, ma proprio fuori di testa. Mi sa che prende farmaci pesanti, meglio andarci piano. E non sa che cosa fare di casa sua, vorrebbe pensarci su per qualche giorno. Si preannuncia una vera rottura di scatole.»

«A me ha fatto un'ottima impressione.»

«Vedremo. Ho altri appuntamenti, oggi pomeriggio?»

«Sì, i Pendergrast. Ci sono problemi con la dichiarazione di fallimento.»

«Ottimo.»

2

Il resto della giornata era rovinato. L'idea di passare un'ora a mediare tra il signore e la signora Pendergrast che bisticciavano per stabilire di chi fosse la colpa dei loro problemi economici gli dava la nausea. Simon era specializzato in fallimenti, che spesso erano addirittura più seccanti dei divorzi, da cui aveva sempre girato alla larga. Chiamò i Pendergrast e annullò l'appuntamento sfoderando una delle tante scuse tipiche dell'avvocato che ha bisogno di tagliare la corda: c'era urgente bisogno di lui al tribunale federale. In realtà, nessuno aveva bisogno di Simon. La pratica più urgente sulla sua scrivania riguardava la compravendita di una gelateria dietro l'angolo, una transazione da 20.000 dollari che gliene poteva rendere al massimo un migliaio.

Di colpo, il suo tran tran legale gli sembrò insignificante. Un'anziana cliente con sedici milioni di dollari in azioni e altri in contanti era appena uscita dal suo studio con un testamento che, per il momento, nominava come successore il subdolo avvocatuccio che praticava proprio davanti a lui. Non riusciva a pensare ad altro. Non appena Matilda lo salutò, alle cinque spaccate, aspettò dieci minuti, prese l'auto e andò al bar di un motel dalle parti dell'interstatale, frequentato soprattutto da avvocati e giudici che non volevano farsi vedere con il bicchiere in mano. Non mancavano, comunque, quelli che invece bevevano spesso e volentieri senza farci troppo caso. Per fortuna era deserto, e

Simon si rifugiò in un angolo buio con la sua birra a cercare di riordinare le idee.

Prima le cose più importanti. Per verificare che la sua cara Netty stesse dicendo la verità, doveva vedere il testamento. Gli era ancora difficile credere che un avvocato, qualsiasi avvocato, fosse stato così sfacciato da intestarsi l'accesso incondizionato a un patrimonio enorme. Eppure, il fatto che lui, l'avvocato Simon Latch, stesse pensando di fare qualcosa di molto simile gli fece capire che sì, era possibile. Alla morte di Netty c'era da aspettarsi una battaglia legale, una tempesta di ricorsi a destra e a manca, ma a condurre le danze sarebbe stato, in qualità di unico amministratore del patrimonio, Wally Thackerman.

Ovviamente non si parlava di un capitale di venti milioni. A quanto ricordava, le tasse di successione statali e federali ammontavano al quaranta per cento, e si potevano evitare quasi tutte soltanto con la detrazione coniugale. Tuttavia, siccome Netty non si era risposata, la sua eredità era indifesa, esposta agli assalti degli esattori fiscali. Otto milioni di tasse se ne sarebbero andati in fumo. L'idea di sganciare così tanto al governo gli fece provare autentico dolore.

Ma dodici milioni rimanevano più di quanto avrebbe guadagnato in trent'anni lavorando all'angolo tra Main e Maple Street. Gli tornò in mente una cosa che aveva letto sul giornale. Prima della sospensione dei lavori di dicembre, il Congresso aveva provato a ritoccare le aliquote fiscali. Non ricordava i dettagli, e aggiornarsi non era certo il suo forte, considerato che i suoi clienti non si preoccupavano mai delle tasse sulle donazioni e sulle successioni.

Chiamò un ex compagno di università che esercitava in un prestigioso studio di Washington, a un'ora da lui. Dopo i soliti convenevoli, andò al dunque. Dirk, il suo amico, rise. «Ma dài, Simon, non ti è ancora arrivata la grande notizia?»

«Direi di no.»

«Il Congresso ha chiuso la sessione senza abrogare l'emendamento.»

Simon non era sicuro di aver capito, e preferì non rispondere. Tanto Dirk era uno a cui piaceva parlare. «Quei pagliacci hanno fatto un pasticcio gigante. L'accordo sulle tasse di successione è andato all'aria, nessun compromesso, nessuna tassa. Zero, niente, *nada*. Per i prossimi dodici mesi non ci saranno imposte di successione federali, e considerato che la maggior parte degli Stati di solito si adegua, questo è il momento perfetto per morire. Di' pure ai tuoi clienti decrepiti di sistemare la contabilità e staccare la spina. Festeggiano un Natale con tutti i crismi, e poi *adiós*. I loro figli e nipoti li adoreranno più che mai.»

«Ma certo! L'avevo sentito. Che disastro.»

«Come ci si poteva aspettare, visti i tempi che corrono.»

Il discorso cominciava a tendere pericolosamente verso la politica, perciò Simon cambiò registro e domandò come stava un altro loro ex compagno alle prese con il cancro. Siccome lui e Dirk erano avvocati molto impegnati, riuscirono a chiudere la conversazione con la promessa di vedersi presto.

Rieccoci a venti milioni! Simon ordinò un'altra birra e pensò a lungo alla telefonata. Più tardi avrebbe fatto qualche ricerca online per capire perché il Congresso aveva permesso che gli introiti delle tasse di successione svanissero. Certo, come se ci fosse qualcosa di logico nelle decisioni del Congresso.

3

Simon e sua moglie Paula non avevano ancora chiesto il divorzio perché non se lo potevano permettere. Fosse stato per loro avrebbero chiuso il discorso in fretta, ma già stavano a galla a stento con una casa in due, figuriamoci una a testa. Feriti, segnati e stanchi di litigare, avevano raggiunto un compromesso e si erano rassegnati a una coesistenza che permetteva loro di tirare avanti soffrendo in silenzio, mentre crescevano tre figli. Per fortuna, i due più grandi erano adolescenti alle prese con i classici tormenti dell'età ma non avevano ancora causato problemi seri. Uscivano di rado dalle loro stanze, praticamente vivevano online, con un dispositivo o l'altro sempre a portata di mano. Janie, la più piccola, aveva nove anni ed era ancora una bambina adorabile.

Per evitare i conflitti e tenere la tensione lontana dai figli, Simon aveva preso l'abitudine di dormire al lavoro. Abbattendo un paio di muri e sistemando gli arredi del piano superiore dello studio, aveva ricavato un piccolo monolocale con un bagno minuscolo e un letto a una piazza. Lo aveva soprannominato il Ripostiglio. Non era bello, ma almeno era lontano da Paula.

Quel martedì sera lei era andata all'incontro mensile del club del libro, dove il vino sembrava più importante della letteratura. Era il giorno giusto per cucinare la sua pasta al ragù preferita e chiacchierare un po' con Janie. Parlavano di scuola, di calcio e della vita in generale. Lei lo colse di sorpresa con una domanda. «Dove vai la sera?»

«Ehm, spesso lavoro fino a tardi e dormo in studio.»

«Ma così non è normale. Perché non torni a casa? Non è lontano.»

«Non voglio svegliare tutti. La mamma ha il sonno leggero e ha bisogno di riposare.»

«Buck dice che tu e la mamma state divorziando.»

Buck era sempre stato uno sfacciato ficcanaso, troppo maturo per la sua età. Simon riuscì a sorridere, mentre realizzava che per la prima volta, a quanto ricordasse, uno dei suoi figli aveva pronunciato la parola "divorzio".

«No, Janie, non stiamo divorziando» disse. «La mamma e io lavoriamo troppo e non abbiamo molti momenti da dedicare l'uno all'altra, ma di questi tempi non è strano. Andrà tutto bene. Di' a Buck di piantarla di dire certe cose.»

Parlavano di lasciarsi da almeno tre anni, ma in presenza dei figli erano stati attenti. Al sedicenne Buck non sfuggiva nulla. Danny, quattordici anni, stava affrontando la pubertà e aveva sempre la testa tra le nuvole. Janie era una bambina che voleva bene sia alla mamma che al papà. Il pensiero di lasciarla lo faceva soffrire.

«È strano che dormi in ufficio se la tua stanza è qui in casa con noi.» Lo disse guardandolo, come se sapesse la verità.

«Va tutto bene, Janie, te lo giuro. La pasta è pronta, chiama i tuoi fratelli.»

Buck e Danny uscivano dalle loro camere soltanto per mangiare. Entrambi avevano un appetito insaziabile, e a tavola erano maleducatissimi. Sul fronte delle regole Paula si era arresa. Danny mangiava con gli auricolari nelle orecchie e ascoltava da un tablet gli ululati di un tremendo gruppo acid rock, a volume basso ma non abbastanza da non dare fastidio. Buck aveva gli auricolari e il cellulare. Simon chiese loro di staccarsi un attimo e raccontargli della giornata a scuola. Lo guardarono come se fosse un intruso e lo ignorarono sfacciatamente. A quel punto, lui avrebbe potuto battere il pugno sul tavolo, fare una scenata, scatenare un litigio da cui non poteva uscire vincitore e creare ulteriore risentimento. Paula sarebbe venuta a saperlo e avrebbe preso le parti dei figli. Era più facile sorvolare, l'ennesimo dei gesti codardi che ormai, in casa Latch, erano routine.

Così Simon chiacchierò tutto il tempo con Janie mentre i ragazzi mangiavano come dei maiali. Prima finivano, prima potevano tornare al riparo nelle loro stanze. Non si degnarono di sparecchiare, altra violazione delle regole, ma anche stavolta Simon fece finta di nulla. Dopo cena, con la cucina immacolata e la casa tranquilla, diede un bacio sulla fronte a Janie e disse che doveva tornare al lavoro. Lei avrebbe voluto dirgli qualcosa ma non lo fece. Simon chiuse le porte, fece il giro a controllare che fosse tutto a posto e se ne andò qualche minuto prima delle dieci. Paula stava per rientrare, e meno la vedeva meglio stava.

I primi anni lasciava la sua Audi in leasing, che ormai era ora di rimpiazzare con un modello più recente, parcheggiata in Main Street davanti allo studio, quando lavorava la mattina presto e la sera tardi: un modo come un altro per farsi pubblicità, per dimostrare che la sua etica professionale era formidabile. Adesso, invece, la nascondeva in un vicolo sul retro per zittire le voci sul fatto che se n'era andato di casa e abitava in ufficio. Sospettava che certi pettegolezzi circolassero già da parecchio, perché un paio di amiche di Paula, con le quali oltretutto non era mai andato d'accordo, avevano la lingua lunga. Era praticamente sicuro che le ragazze del club del libro passassero più tempo a sorseggiare vino e a sparlare dei rispettivi mariti che a discutere il bestseller del momento.

Parcheggiò nel vicolo e, al posto di salire nel monolocale passando per la scala di servizio, raggiunse il seminterrato del palazzo di una vecchia banca, tre isolati più in là. Il Chub's Pub faceva parte della sua vita da tanti anni. L'aveva visto trasformarsi da squallida birreria di infimo ordine, famosa per il suo giro di partite a poker e scommesse clandestine, in locale di medio livello con una decina di maxischermi che trasmettevano partite e una clientela meno aggressiva. Le scommesse clandestine andavano ancora alla grande, perché Chub era il più grosso allibratore della città, ma senza troppo clamore e in un angolo appartato. La polizia passava a fare il suo controllo di rito una volta alla settimana, ma soltanto perché doveva. Fuori servizio, la maggior parte degli agenti bazzicava il locale di Chub, che il fine settimana ne pagava persino un paio per fargli da buttafuori.

Quel martedì sera di inizio marzo, nel locale non c'era troppa folla. Simon raggiunse il suo solito posto a un capo del lungo bancone e si piazzò davanti allo schermo di un videopoker. Poco dopo, ecco spuntare la barista Valerie con un bourbon e ginger ale, un sorriso falso e il solito saluto. «Tutto bene, avvocato Latch?»

«Tutto bene, Valerie, e tu?»

«Una favola, come sempre.» E se ne andò. Non avevano molto da raccontarsi, perché Simon aveva seguito due dei suoi divorzi consensuali, a tariffa ridotta, e lei non era soddisfatta dell'esito del secondo. Col tempo si erano adattati a una situazione di stallo rispettoso, che li obbligava soltanto a essere gentili l'una con l'altro. Un po' come tra lui e Paula.

I drink erano gratis per chi giocava a videopoker; nello Stato era ancora illegale, ma Chub era abbastanza furbo da non farsi beccare. Le sue macchine calcolavano automaticamente il bilancio di vincite e perdite di ogni cliente. Nessuno scambio di denaro avveniva in pubblico. La polizia non poteva accorgersi di nulla. Simon e gli altri giocatori ricevevano un estratto conto mensile dal pub e saldavano in contanti quando Chub glielo chiedeva.

Quella sera il Cal Poly giocava contro la UC Irvine, e Simon aveva scommesso 500 dollari, la sua solita quota. Guardò la partita su uno schermo sospeso sopra gli scaffali di bottiglie, mentre sorseggiava il suo drink e lanciava occhiate al videopoker. Considerato che non sapeva nulla né di una squadra né dell'altra, perché mai aveva puntato quella cifra su un incontro che si stava giocando a migliaia di chilometri da lì? Una volta queste domande se le faceva sul serio, ma ormai aveva smesso perché la risposta era lampante. Tutta questione di azione. La March Madness, il torneo a eliminazione diretta che conclude il campionato universitario, era alle porte, e per prepararcisi Simon doveva guardare il maggior numero di partite possibili. Il Big Show lo caricava ancora, soprattutto perché l'anno prima aveva sbancato le semifinali regionali e vinto 4000 dollari.

Non aveva nessun problema di ludopatia. Ne era sicuro perché due suoi amici, invece, ne avevano, e si erano rovinati con le scommesse. Li aveva visti scivolare in un buco nero a forza di pronostici azzardati e puntate più alte di quanto si potessero permettere. Simon non guadagnava molto, perciò non aveva molto da perdere. E dopo dieci anni di scommesse sportive si era convinto di aver più vinto che perso, anche se di poco. Era troppo prudente per cacciarsi nei guai. E aveva troppa paura di Paula. Lei non sapeva niente di quel suo piccolo passatempo segreto perché Simon, come Chub, usava solo e sempre i contanti.

Dietro il bancone spuntò Chub con la solita bottiglia di birra in mano. «Pronostico?» domandò, prima di dargli una veloce stretta di mano.

«Irvine, con margine di sette» disse Simon. Chub lo sapeva già. Aveva registrato la scommessa alle dieci di quel mattino, per telefono. Niente messaggi né email o mezzi che lasciassero tracce. Una volta i federali l'avevano beccato e denunciato per scommesse clandestine, e c'era mancato poco che finisse in galera. Per sua fortuna, un avvocato scaltro, non Simon, era riuscito a trovare un accordo. Chub aveva rigato dritto per dodici mesi e svolto novanta ore di attività di pubblica utilità arbitrando partite di softball, per poi tornare ai soliti affari.

«Secondo me vince il Poly» disse, e bevve un sorso dalla bottiglia.

In realtà, per lui non esistevano favoriti e non gli importava su chi puntassero i suoi clienti, considerato che su ogni scommessa intascava a prescindere il dieci per cento. Per piazzare 500 dollari sulla Irvine, Simon ne aveva spesi 550. La cifra extra, la "commissione", andava dritta nelle sempre più capienti tasche di Chub.

Valerie chiamò Chub dall'altro capo del bancone. Lui mormorò il suo tipico «Buona fortuna» e andò via ciondolando.

Come sempre indossava una tuta sportiva di marca, stasera di un rosso sgargiante, e sneakers firmate, come se fosse appena tornato da una lunga corsa. Ma figuriamoci. Qualcuno gli aveva appioppato il nomignolo Chub, "Ciccio", in prima elementare, e lui non era mai riuscito a liberarsene, così come, crescendo, non era mai riuscito a sbarazzarsi dei chili in eccesso. Purtroppo, a quarantacinque anni, non aveva ancora finito di crescere.

Di solito Simon si fermava dopo due cocktail. Mentre sgranocchiava il ghiaccio del secondo la Irvine andò in crisi, nel finale si fece rimontare e perse di cinque punti. Ma siccome partiva con il margine di sette, Simon uscì dal pub tutto allegro. Salutò Chub dall'altra parte della sala, e lui ricambiò con uno sguardo che diceva "Complimenti, ma la prossima volta tocca a me".

I 500 dollari appena vinti erano più di quanto avesse guadagnato quel giorno come avvocato.

L'indomani, però, era ricco di promesse.

4

Starbucks era all'angolo di una zona commerciale, affacciato sulla periferia di un sobborgo a un quarto d'ora di auto dal suo ufficio. Quando Simon ci arrivò, con mezz'ora di anticipo per fare una perlustrazione e cercare un po' di privacy, era affollato. Sorseggiò caffè nero da 4 dollari a tazza, e non appena si liberò un tavolo d'angolo andò a sedersi. Fece finta di tenersi occupato con il portatile, come tutti gli altri clienti, mentre guardava il serpentone di auto che strisciava lento a ritirare le ordinazioni d'asporto. Poi vide sbucare da un angolo la vecchia Lincoln. Netty non trovò parcheggio e la lasciò lontano, in divieto di sosta. Guidava come una novantenne che già a vent'anni era un pericolo pubblico. Quando la vide entrare, Simon si alzò a salutarla e la accompagnò a sedersi. Lei sembrava a disagio, si guardava attorno di continuo.

«Ovviamente sono l'unica persona anziana» disse.

«Preferisce un caffè o un tè?»

«Solo un po' d'acqua, per favore.»

Simon andò a prenderle una bottiglietta. Lei non la aprì nemmeno. «Ma davvero possiamo parlare, qui? Non mi sembra il massimo della privacy» osservò.

La persona più vicina era a tre metri da loro, china su un portatile da cui partiva un filo collegato alle sue orecchie, invisibili sotto un cappuccio rosso. «Invece sì. Nessuno ci ascolta, perché hanno tutti le orecchie tappate.»

«Questi giovani.»

«Lo so. Drogati di cellulari e computer. Dove andremo a finire...»

«Davvero.» Netty svitò il tappo e bevve un sorso d'acqua.

«Dovremmo parlare del suo testamento» disse Simon a un certo punto. «Quello redatto da Wally Thackerman.»

«Sì, quello che non mi convince.»

«L'ha portato?»

Da una grossa borsetta, Netty tirò fuori una busta. La diede a Simon gettando occhiate sospettose a destra e a sinistra.

«Si rilassi, per favore. Questi ragazzi sono concentrati solo su di sé, delle nostre chiacchiere non gli interessa proprio nulla.»

Simon avrebbe voluto strapparle di mano la busta e andare subito a caccia dei passaggi più vergognosi del testamento, ma riuscì a prendere tempo e a mostrarsi sorridente. Era lungo soltanto quattro pagine, nei primi paragrafi c'erano le solite sciocchezze in legalese che lui stesso si faceva pagare per scrivere. Poi, ecco la parte succosa. Granciva la creazione del "Fondo in memoria di Eleanor Korsak Barnett", che conteneva l'intero suo lascito. La casa doveva essere venduta, e il ricavato aggiunto al fondo. A occuparsi di ogni articolata acrobazia legale sarebbe stato l'avvocato Wally Thackerman, in qualità non soltanto di esecutore del testamento e amministratore fiduciario unico del fondo, ma anche di legale incaricato di convalidare ogni atto. Il suo onorario era di 750 dollari all'ora, e Simon riusciva quasi a visualizzare le mazzette di fatture che Wally avrebbe sventolato davanti alla corte per riscuotere i rimborsi.

Simon aggrottò la fronte perché davvero non riusciva a crederci, e quella smorfia attirò l'attenzione di Netty, che lo guardava e aspettava. «Non va bene?» chiese lei a voce alta. Poi si coprì la bocca e si guardò attorno. Nessuno le stava badando. Nessuno si era accorto della sua esistenza.

«Mi faccia finire» disse Simon con calma e con un sorriso falso, come se ciò che stava leggendo fosse davvero scandaloso, ma soltanto lui potesse risolvere ogni guaio.

Al di là delle ingenti parcelle future, la parte peggiore riguardava i poteri dell'amministratore fiduciario. In mezza pagina di legalese stretto, Wally attribuiva a se stesso il diritto di fare praticamente qualunque cosa con il fondo e del fondo stesso. Poteva autorizzare donazioni agli enti benefici e non-profit "idonei", concedere prestiti pressoché a chiunque, assumere a "protezione" del fondo consulenti, periti, commercialisti ed esperti fiscali. Dopo dieci anni di queste buffonate era autorizzato a erogare come gli pareva il denaro rimasto, se ce n'era ancora, e chiudere baracca.

Simon mostrò la sua espressione impassibile. Doveva andarci cauto. Non poteva sparare a zero sul testamento, perché di colpo si sentiva ispirato ad approntarne uno molto simile. Doveva criticarlo quanto bastava a tenersi buona Netty e convincerla di poter condurre la sua eredità verso una direzione più sicura.

«Non cita nessuno dei suoi due figliastri» commentò, sempre accigliato, con gli occhiali da lettura sulla punta del naso.

«Per loro non c'è niente, gliel'ho detto.»

«Sì, però potrebbero nascere dei problemi. Se non ricevono niente potrebbero arrabbiarsi e rivolgersi a un avvocato per contestare il testamento.»

«Ma sbaglio o non hanno diritto a nulla? Quel Wally mi ha detto che una persona, qualunque persona, se vuole può escludere anche i figli dal suo testamento, almeno in questo Stato. O no? E visto che non sono neanche figli miei, non possono rivendicare nulla.»

«Esatto. Si può escludere chiunque, tranne il coniuge.»

«Appunto, il mio coniuge è morto e mi ha lasciato tutto. Neanche un centesimo per quei delinquenti dei suoi figli. Niente. Tagliare, tagliare, tagliare.»

La parte del "tagliare" le infiammò lo sguardo, primo segno di una certa cattiveria. Simon era contento che avesse definito "quel Wally" il suo futuro ex avvocato. Andò avanti a leggere, con aria accigliata e intelligente. Quando finì, bevve un sorso di caffè. «Questo testamento non mi piace» dichiarò.

«Gliel'avevo detto.»

«Dà troppi poteri all'avvocato riguardo al suo fondo.»

«Come facciamo a correggerlo?»

«Ci vorrà qualche ora, ma mi metto subito all'opera. La sfida più difficile qui, Netty, è trovare una collocazione ai soldi. Vorrei che stilasse un elenco di enti benefici che potenzialmente potrebbe aiutare.»

«Tipo?»

«In chiesa ci va?»

«Sì, più o meno. Harry era luterano, una volta all'anno cercavamo di andarci.»

«È già un'idea. Pensi in grande. Ci sarà un milione di organizzazioni non-profit che potrebbe aiutare.»

«Tipo?»

«Tipo le Girl Scout, le associazioni di cardiologia, gli orfanotrofi, i rifugi per animali, le biblioteche di quartiere, i piccoli college, i rifugiati, le associazioni contro la fame nel mondo, gli ambientalisti. Lei stessa ha fatto delle donazioni alle scimmie ragno.»

«Era una truffa.»

«Le piacciono gli animali?»

«Mica tanto.»

«Va bene, ci siamo capiti. Stasera si metta lì e faccia una lista di tutti i possibili gruppi, cause ed enti benefici che potrebbe voler aiutare.»

«Il suo ente benefico preferito qual è?»

Il motivo della scarsa generosità di Simon era più la mancanza di fondi che di empatia. Come faceva a staccare assegni per beneficenza se lui e Paula erano in rosso perenne, con tre figli che andavano spediti verso il college? Negli ultimi cinque anni avevano donato non più di 100 dollari.

«Il Sierra Club» rispose subito, mentendo.

«Mai sentito.»

«Non le si addice. Ha mai pensato di lasciare del denaro a qualche amica?»

«Le mie amiche, quelle vive, non sanno niente dei soldi. Se glielo dicessi mi farebbero ammattire e la mia vita diventerebbe complicatissima. Con i soldi succede sempre, Simon, portano guai, mi creda.»

"Anche non averne" pensò lui, ma riuscì a non perdere l'aria accigliata e intelligente mentre scarabocchiava qualcosa sul bloc-notes. «Okay, andiamo avanti. Chi compila la sua dichiarazione dei redditi?»

«Perché vuole saperlo?» scattò lei, subito sulla difensiva.

«Perché quando morirà, e mi scusi se la metto in questi termini, ma è il motivo per cui siamo qui, insomma quando lei morirà ed entrerà in gioco il suo nuovo testamento, il legale che gestisce l'eredità dovrà collaborare con il suo consulente fiscale per calcolare le tasse.»

«E chi sarà il legale che gestisce la mia eredità?»

«Questo lo decide lei; di solito, comunque, l'avvocato che redige il testamento si occupa anche della sua omologazione e della sua esecuzione.»

«Quel Wally, insomma.»

«Insomma, sì.»

«Qual era la domanda?»

«Il suo consulente fiscale.»

«Ah, sì, c'è questo commercialista di Atlanta che mi compila le dichiarazioni da sempre. Un vecchio collaboratore di Harry. Lo sento una volta all'anno, non c'è bisogno che lo contatti.»

«Okay, ma per me potrebbe essere importante.»

«Stessa cosa che ha detto Wally. Perché voi avvocati volete sempre ficcare il naso in tutto?» Un altro scatto di rabbia, che rasentava di nuovo la cattiveria. Di colpo Netty si rimise sulla difensiva, e Simon cambiò strategia, tornando in fretta sui suoi passi. Finora era riuscito a ottenere la sua fiducia e non voleva irritarla.

Ficcare il naso? Sissignora. Simon, in realtà, voleva una conferma ufficiale che la sua cara Netty possedesse davvero tutte quelle azioni Coca-Cola e Walmart, oltre a diversi milioni di dollari lasciati a languire in banca. Le credeva, voleva crederle con tutto se stesso, ma era anche conscio di dover procedere con cautela. Aveva di continuo a che fare con clienti bugiardi. Gli avvocati, spesso dopo qualche bicchiere, adoravano raccontare le bugie assurde che si erano visti rifilare da certi clienti.

Dava per scontato che le azioni fossero in un conto titoli e che ogni mese Netty ricevesse un riepilogo bello, pulito e conciso, proprio come gli estratti conto bancari. Si fece forza e le domandò: «Ha un consulente finanziario?».

Lei alzò gli occhi al cielo con una certa irritazione e si guardò di nuovo attorno per controllare che nessuno origliasse. Si accigliò e la sua fronte si riempì di rughe profonde. «Nel senso di un broker?»

«Sì. Chi gestisce le azioni?»

«Ecco, è complicato. Vede, Harry si è rivolto per anni a uno studio di Atlanta, che poi è stato assorbito da uno più grande, o ci si è fuso, eccetera. Dopo la morte di Harry uno studio è stato venduto a un altro. Non riesco più a starci dietro. Adesso gestisce tutto questo tizio di Atlanta.»

«Capisco. C'è qualcuno con cui posso parlare dei suoi beni?»

«Non lo so. Perché dovrebbe voler parlare dei miei beni con qualcuno?»

«Perché il fisco potrebbe volerli verificare.» Forse non era vero, ma Simon la buttò lì perché tirare in ballo il fisco poteva spaventarla un po'.

«La stessa cosa che ha detto Wally» brontolò lei. Questo fece trasalire Simon, che però decise di sorvolare e di tornare alla carica più tardi. Finse di ignorare quell'ultimo commento e lanciò un'occhiata solenne al suo orologio da polso. «Okay» disse «intanto mi metto al lavoro su questo. Tra un paio di giorni ci rivediamo e stendiamo una bozza.»

«Cioè?»

«La prima versione del suo nuovo testamento. Nel frattempo, per favore, pensi se ci sono enti benefici e fondazioni che vorrebbe includere.»

«Credevo che fosse un discorso chiuso. Gliel'ho detto, non c'è nessun ente benefico che apprezzo.»

Nessun ente, nessuna amica, nessun familiare, nessun lontano parente. Nessuno avrebbe ereditato il patrimonio della sua cara Netty, quando avesse tirato le cuoia. Forse proprio per questo Wally Thackerman non aveva citato neanche una non-profit. Secondo il suo schema, tutto doveva grossomodo finire in una nuova fondazione che dopo il funerale sarebbe diventata il suo salvadanaio, dal quale attingere in una decina di modi diversi per riempirsi le tasche.

Simon odiava doverlo ammettere, ma il testamento scritto da Wally era ottimo, nonostante la sfacciata volontà di compiere un puro e semplice furto.

Simon giurò di fare molto meglio di così. Mise il cappuccio alla penna e riordinò gli appunti. «Un'ultima cosa, Netty» disse. «Non posso preparare un testamento se prima non faccio una verifica dei suoi beni. Per la maggior parte dei miei clienti non è necessario, in fondo, perché non sono ricchi. Lei invece è di un'altra categoria.»

Netty guardava fuori dalla vetrina con aria assente, come se fosse l'ora di un altro pisolino. «Tutte queste grane legali» disse piano, scuotendo la testa.

«Lo so, lo so. Ma è importante fare le cose per bene. Ora come ora il suo testamento è un disastro, e permetterà solo a Wally Thackerman di prendersi gran parte dei suoi soldi. Non è giusto.»

«Mi sento così stupida.» Sembrava sul punto di piangere.

«Ma no. Ci penso io. Però devo sapere come si chiama il suo consulente finanziario ad Atlanta.»

«Buddy Brown.»

Simon ripeté il nome tra sé e sé. Per qualche motivo, "Buddy" non gli sembrava un nome da broker. Tolse il cappuccio alla penna e scarabocchiò su un tovagliolo di carta. «E il nome del suo studio?»

«Qualcosa tipo "Appletree".» Netty si stava assopendo, sbatteva le palpebre, la voce stanca le si era affievolita. E per la prima volta Simon ebbe qualche dubbio riguardo alla sua lucidità. Era una donna anziana che di colpo sembrava ancora più anziana. Tieni duro, vecchia mia.

Fra le tante questioni che lo facevano andare in tilt c'era la sfida di trovare due persone disponibili a testimoniare che Eleanor avesse dettato le disposizioni del suo nuovo testamento mentre era "nel pieno possesso delle sue facoltà mentali". Di solito era una semplice routine a cui si prestavano Matilda e la segretaria di un ufficio vicino. Diamine. A questo avrebbe pensato più avanti.

La accompagnò fino all'auto e la guardò ripartire, contromano e con un piede sul freno.

5

Uno straccio di piano per liberarsi di Paula Simon lo aveva, ma con Matilda non sapeva che fare. Era la sua segretaria da dodici anni, e volendo avrebbe saputo mandare avanti il piccolo studio legale anche da sola. Era molto in gamba, abile con il computer, puntuale, una vera professionista nel gestire i clienti e i rapporti con giudici e avvocati. Al contrario della frottola che Simon aveva rifilato a Eleanor Barnett, Matilda era un tipo riservato e non aveva mai tradito una confidenza importante, almeno a quanto gli risultava.

Cercavano di non interessarsi alle rispettive vite private, e Simon non le aveva mai parlato dei suoi problemi a casa. Era raro che fossero in disaccordo e che discutessero, ma se accadeva lo facevano in privato e non spingevano mai le cose troppo in là. In passato Matilda si era data da fare e aveva alle spalle parecchie storie fallite, però ormai sembrava aver rinunciato all'amore. Lei e Simon non si sfioravano mai, nemmeno per un abbraccio fugace dopo una lunga giornata di lavoro. Tra loro non c'era attrazione fisica, e andava benissimo così. Erano decisi a mantenere le distanze e a non mostrare il minimo interesse per tutto quello che andava oltre il rapporto tra una dipendente e il suo datore di lavoro. I primi anni, a Simon era capitato di guardarle ammirato le gambe o il sedere, allo stesso modo in cui guardava quasi tutte le donne giovani, ma adesso cercava di evitarlo. Matilda aveva soltanto trentanove anni, tre in meno di lui, e a ogni anno che passava metteva su un paio di chili. Nel frigorifero della cucina teneva un assortimento di bibite light, frullati senza zuccheri, beveroni di proteine, zuppe pronte, tisane disintossicanti alle erbe, il tipico genere di spazzatura che pubblicizzavano in tivù. Era chiaro che non stava funzionando, ma ovviamente Simon si limitava a osservare divertito, senza mai sognarsi di commentare.

Tillie, come la chiamava in privato, arrivava ogni mattina alle otto in punto, non un minuto prima, e usciva dall'ufficio ogni pomeriggio alle cinque, non un minuto dopo. A seconda di come andava la giornata, si prendeva un'ora di pausa pranzo per fare delle commissioni, ma mai per mangiare, diceva. Simon ammirava la sua capacità di stabilire dei confini. Si rifiutava di lavorare nei weekend a prescindere dalle urgenze, anche se, a dirla tutta, i fascicoli "aperti" sulla sua scrivania che si potevano considerare urgenti erano pochi. Si rifiutava pure di rispondere al telefono fuori dall'orario d'ufficio, anche se a chiamare era Simon. Non lavorava mai durante tutte le festività nazionali, e le vacanze estive, dieci giorni lavorativi, le pianificava a gennaio.

Per mettersi al riparo dalla sua vista a raggi X e dal suo costante origliare, oltre che per prepararsi all'inevitabile resa dei conti con Paula, Simon si stava creando un mondo segreto. Praticamente viveva al piano di sopra nel Ripostiglio, che teneva sempre chiuso a chiave. Se Tillie sapeva che ci passava quasi tutte le notti, non lo aveva ancora detto. Simon, comunque, dava per scontato che lo sapesse. Per i pettegolezzi aveva una specie di radar. Tra le segretarie degli avvocati e le impiegate del tribunale c'era una specie di sorellanza, al cui minuzioso esame non sfuggiva praticamente nulla.

Simon aveva una casella postale in una cittadina a una dozzina di chilometri da lì e, sempre da quelle parti, un conto corrente segreto nella piccola filiale di una banca. Possedeva una carta di credito con un plafond di 10.000 dollari e un piccolo saldo di cui Paula non sapeva nulla. Un anno prima aveva acquistato un portatile economico e creato un indirizzo email anonimo, che soltanto un professionista avrebbe potuto far risalire a lui. Lo utilizzava di tanto in tanto per le scommesse.

Al momento lo stava usando per scovare Buddy, il broker che aveva lavorato per la Appletree di Atlanta. Netty si era ricordata il nome giusto, ma la Appletree non esisteva più da parecchio. Era stata acquistata o assorbita da una società di intermediazione della Florida, che a seguito di un fallimento e dei successivi strascichi legali era stata rilevata da un grosso agente californiano, il quale l'aveva venduta a una società di *private equity* di New York che l'aveva riempita di debiti, facendole sfiorare un altro fallimento, salvo rivenderla a una banca del Texas che l'aveva a sua volta ceduta a una banca di Atlanta. Dopo parecchi cambi di nome e svariati indirizzi la Appletree, o qualunque cosa ne fosse rimasta, era tornata a casa. Ma non c'erano tracce di nessun Buddy. Evidentemente era stato una delle tante vittime delle losche manovre perfezionate da chi gestiva i soldi.

Simon aveva sprecato tre ore a cercare di orientarsi in questo labirinto senza scoprire nulla. Controvoglia, chiamò Spade, un tipo losco come nessuno tra i suoi conoscenti, specializzato nel seguire le tracce dei soldi. Era un criminale mai condannato, un cane sciolto su tutti i fronti, una specie di Houdini che viveva nell'ombra. Non aveva un ufficio, un sito web, biglietti da visita o un numero di telefono accessibile al pubblico. Alle persone giuste, Spade si presentava come investigatore o contabile forense, ma in genere dalle persone giuste stava alla larga. Faceva soldi con i grossi casi di divorzio in cui gli avvocati delle mogli andavano a caccia del denaro segreto dei mariti. Setacciava internet e riusciva a scovare più informazioni di chiunque altro nel settore.

«Spero che sia importante» ringhiò al telefono. Sembrava irritatissimo.

«Buon pomeriggio anche a te, Spade» replicò Simon. «A quanto pare per te è una splendida giornata.»

«Te ne frega qualcosa?»

«Certo che sì. Ti penso sempre.»

«Bugie da avvocato.»

Simon ricordò subito che ogni conversazione con Spade cominciava e finiva con gli insulti.

«Giusto. Senti, stasera ti offro una birra da Chub.»

«Me la pago da solo, grazie.»

«Non c'è di che. Devo parlarti, e come sempre non posso farlo per telefono. Sul mio sono tranquillo, ma suppongo che il tuo sia tenuto sotto controllo da qualcuno del governo, magari pure da qualche potenza straniera.»

«O da un'ex moglie.»

«Anche, sì. Ci vediamo stasera verso le dieci da Chub?»

«Se non mi salta fuori qualcosa. Stasera la Duke gioca in casa del Georgia Tech. La danno vincente di undici. Secondo me sarà più combattuta. Ne punto cinque sul Tech.»

Simon ci pensò un attimo. «Ma figurati» rispose. «La Duke è seconda a livello nazionale e il Tech ne ha perse una sfilza di seguito.»

«Credi di saperla così lunga?»

«Intendi 500, non 5000, giusto?»

In genere Spade era uno che giocava pesante. Simon non scuciva mai più di 500 dollari a partita. «500» grugnì Spade, come se davvero qualcuno stesse ascoltando.

«Questa è facile.»

«O punti o stai zitto.»

«Ci sto. Ti aspetto alle dieci e ci guardiamo la partita.»

Spade era sempre in ritardo. Quando arrivò, alle dieci e mezza, il Georgia Tech era in vantaggio di quattordici punti e la Duke non segnava neanche i tiri liberi. Il Chub's Pub aveva una sfilza di angoli tranquilli in cui truffatori e giocatori d'azzardo potevano confabulare a bassa voce bevendo e guardando i maxischermi a distanza. Simon aveva ordinato due birre alla spina, e per Spade, che era fresco di divorzio e non mangiava granché, anelli di cipolla fritti. Spade si sedette e arrivarono le birre. Bevve un lungo sorso, si asciugò la bocca col dorso della mano e commentò: «Pensavo ti tenessi alla larga dai divorzi».

«Ci provo, e comunque questo non è un divorzio. La mia cliente è un'ultraottantenne senza figli e, a quanto dice, con un mucchio di soldi. Avrebbe voluto un testamento semplice, ma la situazione si è fatta un po' più complicata.»

«Chi si becca i soldi?»

«Non lo so ancora. Prima devo essere sicuro che li abbia.»

Spade alzò le spalle, come a dire che non era un problema. «Sentiamo.»

«Sostiene che il suo defunto marito avesse comprato un sacco di azioni Coca-Cola e Walmart. Per sedici milioni o giù di lì. Ha fatto un bel gruzzolo e all'improvviso è morto. Da un primo matrimonio ha avuto due figli, entrambi problematici, così dice lei, e all'oscuro dei soldi. Come chiunque altro. Il vecchio era un taccagno e hanno sempre vissuto senza scialacquare.»

«Lei ha ottant'anni?»

«E passa.»

«È carina?»

«Non pensarci neanche.»

Spade rise e bevve un altro sorso di birra. «C'è altro?»

«No, sono a un punto morto. La mia cliente dice che il marito si serviva di una società di intermediazione di Atlanta di nome Appletree. Ho fatto un po' di ricerche, non ho trovato nulla. La Appletree si è fusa con altre, poi è scomparsa nel nulla. E lei non vuole che io vada in giro a fare domande sul suo portafoglio.»

«Di sicuro riceverà un rendiconto mensile.»

«Di sicuro, ma non me lo vuole far vedere. Ecco perché ho dei sospetti. Oltre al fatto che non mi sono mai capitati clienti così ricchi.»

«Banca?»

«La Security Bank, dietro casa sua, ma solo per le piccole spese. Vive della sua pensione, 2000 dollari al mese. Guida una Lincoln del secolo scorso. La casa vale al massimo 300.000, niente ipoteche. Dice che il vecchio odiava avere debiti. Un figlio della Depressione.»

«Ne ho conosciuto qualcuno. Ti aiuta a mettere le cose in prospettiva.»

Arrivarono gli anelli di cipolla e Spade ci si avventò. A tre minuti dalla fine la Duke ridusse lo svantaggio a sette punti. «La Duke è la Duke. Non li puoi mai dare per spacciati» commentò Spade masticando rumorosamente.

«Sì, ma i punti da recuperare sono diciotto.» Simon gli porse un foglio piegato. «Il suo nome completo, stessa cosa per lui. Giusto le informazioni di base. Come dicevo, non ho trovato granché. Harry è morto qui una decina d'anni fa, ma non c'è traccia di un testamento. Strano, non credi?»

«Stranissimo, soprattutto se il patrimonio era così ingente. Forse aveva ancora la residenza in Georgia. Controllerò.»

«Quanto ti devo per il disturbo?»

«Sono 500, ovviamente in contanti.»

A Simon venne voglia di un anello di cipolla, ma all'improvviso si sentì lo stomaco chiuso. La Duke segnò due canestri da tre punti consecutivi e di colpo il vantaggio del Tech svanì.

«Ma quindi, se la nostra amica è davvero straricca, chi si prende i soldi?»

«Ci stiamo lavorando.»

«Era solo una curiosità.»

La Duke cominciò a commettere falli e il Tech ad azzeccare tutti i tiri liberi. Mentre i soldi della sua scommessa volavano via, Simon andò al banco a prendere altre due birre. Con dieci secondi da giocare e il Tech in vantaggio di quattro, Spade allungò una mano aperta e disse: «I miei cinque, grazie».

Simon glieli diede.

6

Gli impegni professionali chiamarono e richiesero la presenza di Simon in tribunale, poco lontano dallo studio. Si trattava di una seduta di calendarizzazione delle udienze, un'antiquata perdita di tempo durante la quale tutti, o quasi, gli avvocati della città si riunivano di fronte a un vecchio giudice che a malapena sapeva accendere un computer, e contrattavano date e orari di udienze legate a cause che non avrebbero mai dovuto essere avviate.

In attesa del giudice, gli avvocati chiacchieravano e spettegolavano dandosi arie di importanza davanti alla folla di parti in causa e spettatori. In aula erano autorizzati a bere caffè, ma non a mangiare le ciambelle che per qualche motivo un assistente aveva posato sopra il tavolo della stenografa.

Simon si costrinse ad attaccare bottone con Wally Thackerman, coinvolgendolo in una piacevole conversazione sul nuovo centro commerciale che un cliente di Wally aveva intenzione di aprire. Si finse interessato all'argomento, ma non smise mai di pensare a quel testamento vergognoso che, due mesi prima, Wally aveva scritto a favore di se stesso e convinto Eleanor Barnett a firmare.

E pazienza se Simon ne stava redigendo uno molto simile.

"Come reagirà Wally quando, alla morte di Eleanor, si precipiterà in tribunale con la sua versione delle ultime volontà della defunta e scoprirà subito che un testamento successivo, redatto dall'avvocato e consulente legale Simon F. Latch, le sconfessa e le annulla?" Non era un pensiero piacevole.

Wally sproloquiava del centro commerciale. La novità più entusiasmante era che una nuova e lanciatissima catena di paninoteche californiana era prossima a siglare un contratto di locazione a lungo termine, e ciò avrebbe certamente attratto altri inquilini di classe.

Il problema era che Eleanor non sapeva a chi affidare la sua fortuna e aveva bisogno di consigli sensati che nessun altro le stava offrendo. Qualcuno doveva aiutarla: di certo non il ciarlatano che blaterava di panini all'avocado. L'unico candidato serio era Simon.

Grazie al cielo, il giudice trovò le energie sufficienti a presentarsi in aula e andò ad accomodarsi allo scranno. Simon riuscì a liberarsi di Wally e prese posto a uno dei tavoli degli avvocati. Panini al salmone? Non facevano proprio venire l'acquolina in bocca. Simon rabbrividì al pensiero che i soldi di Eleanor andassero a finanziare imprese del genere. Wally era noto per il fiuto con cui andava a impantanarsi negli investimenti sbagliati.

Il giudice prese dei fogli e, accigliato, diede il buongiorno. Attaccò con la solita, stanca routine dei ringraziamenti agli avvocati e agli assistenti per il lavoro che svolgevano così bene, e via dicendo. Lesse il nome della prima causa in programma e fissò l'inizio del dibattimento entro un'ora. Poi passò agli altri, con la stessa voce monotona.

Simon aveva sonno ma riuscì a non appisolarsi. Si riscosse quando cercò di visualizzare l'accesa disputa che rischiava di scatenarsi in quella stessa aula attorno al testamento di Eleanor.

Fu vertiginoso immaginarsi davanti a giurati, avvocati, assistenti e spettatori che lo fissavano convinti di averlo colto in flagrante mentre cercava di truffare un'anziana.

Ovviamente non era così, considerato che fino al momento della sua morte nessuno avrebbe toccato i soldi di Eleanor, ma la vicenda rischiava davvero di degenerare in un disastro d'immagine. L'importante, per sopravvivere all'incubo e uscirne, era avere il controllo dei soldi.

Gli scenari negativi erano troppi.

Spade arrivò in ritardo di appena quindici minuti. Simon era seduto al bancone davanti a un videopoker e di tanto in tanto lanciava un'occhiata a una partita di basket a cui non era granché interessato. Ordinò due birre e anelli di cipolla fritti e andarono a sedersi nello stesso angolo appartato della sera prima.

«Pronostico?» chiese Spade, indicando con un cenno lo schermo sopra il bancone.

«Nessuno. Tulsa contro Tulane. Vinca pure chi vuole.»

«Quindi scommetti soltanto sulle squadre per cui fai il tifo. Pessima strategia.»

«Grazie del consiglio. Parlami di Eleanor Barnett.»

«Facciamo progressi. I dati su Harry Korsak corrispondono. Nato nel 1941 a Knoxville, sposato nel 1965 con Betsy, dalla quale ha avuto due figli, Clyde e Jerry. Betsy è morta nel 1981 e lui si è risposato con Eleanor Barnett nel 1989. Ha lavorato alla Coca-Cola per decenni, prima in magazzino, poi è stato promosso rappresentante. A quel punto aveva i requisiti per comprare azioni della società e ha cominciato ad accumularle. È andato in pensione nel 2002 ed è schiattato quattro anni dopo.» Spade fece una pausa abbastanza lunga da tracannare un sorso di birra e pulirsi il mento con la manica.

«Okay, ma quante azioni?» fece Simon.

«Ci sto arrivando. La verità è che non possiamo saperlo. Nel 1990, per esempio, circolavano più o meno sessanta milioni di azioni ordinarie Coca-Cola, ed erano nelle mani di circa mezzo milione di persone fisiche e giuridiche. La maggior parte erano pesci grossi: fondi d'investimento, fondi speculativi, fondi pensione. Loro devono dichiarare quello che possiedono. Sono informazioni pubbliche. Per esempio, nel 1990 il fondo pensione dei dipendenti pubblici del Michigan possedeva ottocento milioni di dollari in azioni Coca-Cola.»

«Beati loro.»

«Sto solo cercando di spiegarti partendo da lontano, Latch, okay?»

Arrivarono gli anelli di cipolla e Spade si mise a masticarne uno. Prima di deglutire, proseguì: «Ma ottenere i singoli nomi è più difficile, soprattutto se la transazione è avvenuta attraverso il piano di acquisto interno della società. Le carte confermano che il vecchio Harry ha comprato azioni Coca-Cola dal 1965 fino alla pensione, ma non dicono quante. E non sappiamo quante può averne vendute nel frattempo».

«Lei sostiene che non abbia venduto nulla.»

«E tu credi sempre ai tuoi clienti?»

«No.»

«Immaginavo. Pensaci, Latch. Soltanto oggi, in Borsa, sono state scambiate circa nove milioni di azioni Coca-Cola; idem ieri, idem domani. È praticamente impossibile tenere traccia di chi le possiede. Stesso discorso per Walmart.»

«Quante azioni Walmart sono state scambiate?» chiese ingenuamente Simon, e se ne pentì subito.

«Hai un computer? Se lo accendi, ci vogliono dieci secondi.»

Simon fece una risata imbarazzata. Addentò un anello di cipolla e lanciò un'occhiata alla partita. «Insomma, non sappiamo quante azioni potrebbe avere la mia cliente» commentò.

«Ci vorrebbe un mandato. Ecco la parte interessante: quella Appletree di cui ha parlato è stata assorbita varie volte, anni fa. Quel che ne rimane si chiama Rumke-Brown, una piccola e discreta società di consulenza patrimoniale in un anonimo ufficio di Buckhead. Indovina chi è Brown.»

«Non ne ho la più pallida idea.»

«E dài, sforzati. Buddy Brown, probabilmente il consulente finanziario di vecchia data della nostra ragazza.»

«Ragazza? Ci stai facendo un pensierino?»

«Forse, perché Buddy e la sua banda non fanno affari con la gente comune. Ci vogliono venticinque milioni anche solo per parlare con loro.»

«Ma lascia perdere. Ha ottantacinque anni.»

«Lo so, magari schiatta presto e io mi compro una casa più grande.»

«E basta, Spade.»

«Va bene, è tutta tua.»

«Riusciamo a mantenere un tono professionale?»

Spade rise come se fosse una battuta e prese un altro anello di cipolla. Lo buttò giù con un sorso di birra e disse: «Si sono trasferiti qui comprando la casa quando il mercato era al minimo. Due mesi dopo, a Harry è venuto il colpo che lo ha fatto secco. All'epoca aveva ancora la residenza ad Atlanta, dove avevano vissuto per parecchio. E sì, non ha fatto testamento, ed è davvero un po' strano».

«In teoria sì, ma non se avevano la condivisione dei beni.»

«Infatti. Tutto quello che possedevano era in comproprietà, con diritti di sopravvivenza, quindi è passato a Eleanor senza bisogno di omologare nulla. Il vecchio Harry era piuttosto scaltro. Fra detrazione coniugale e condivisione dei beni ha superato in astuzia il fisco, e sua moglie ha avuto tutto.»

«Lasciando davvero i figli completamente all'oscuro.»

«E tenendo lontani gli avvocati sanguisuga. Senza offesa.»

«Figurati.»

Spade stava guardando la partita. «Ho puntato mille su Tulsa con un handicap di otto e stanno perdendo di venti. Hai presente i contanti che mi hai dato ieri sera?»

«Mi sa che non li hai già più. Abbiamo pensato alla prossima mossa?»

«Direi di no. Potremmo pagare un hacker per dare una sbirciatina ai libri contabili della società di consulenza finanziaria e ai conti della tua cliente.»

«È illegale.»

«Ah, non dirmelo. Tre anni fa sono quasi finito dentro, ti ricordi? Usavo un hacker in Russia che stava per spifferare tutto, però qualcuno lo ha zittito. Con un proiettile. Ci terrei a non andare in prigione, Latch.»

«Neanch'io. Allora, possiamo confermare che Ms Barnett è piena di soldi?»

«Ci scommetterei, ma non mi giocherei il tutto per tutto. Troppe incognite. Il caro Harry ha venduto delle azioni? E lei? È molto meno ricca, però Buddy le gestisce i soldi per abitudine? Quando le aziende si sono fuse è cambiato qualcosa? Sappiamo per certo che ha molte azioni, ma chissà quante.»

«Lei lo sa, ma dubito che mi mostrerà un rendiconto. Ho provato a chiederglielo e ho ricevuto un no secco.»

«Ma dài, Latch. Nonostante il tuo fascino? Di' semplicemente alla vecchia che non puoi rappresentarla se non conosci l'entità del suo patrimonio.»

«Ci ho provato.»

«Vuoi che le parli io?»

«Assolutamente no!»

«Scherzavo, Latch. Vorrei il resto del mio anticipo, devo pagare Chub. Forza Tulsa!»

«È sempre un piacere, Spade.»

7

Eleanor non volle incontrarlo di nuovo da Starbucks perché là dentro si sentiva troppo vecchia, come se a ottantacinque anni ci fosse un posto dove potesse sentirsi giovane. Simon non discusse e le propose un appuntamento nel suo ufficio alle sei del pomeriggio, dopo una presunta lunga giornata in tribunale e, chiaramente, dopo le cinque, l'ora in cui usciva Matilda. Ogni volta che nominava la sua segretaria, Simon faceva in modo di insinuare qualche sospetto. Netty ammise che proprio non le piaceva. Brava ragazza.

Matilda non aveva la minima idea del testamento a cui Simon stava lavorando, ed era tassativo che continuasse a non averla.

Netty bevve un sorso di acqua frizzante. «Vorrei proprio chiudere questa faccenda, Simon. Mi pesa molto.»

«Capisco. Mancano solo un paio di dettagli. Ho fatto una lista di una trentina di enti di beneficenza e associazioni non-profit che vorrei che considerasse di includere nel suo testamento. L'amministratore fiduciario avrà il potere di distribuire il denaro a sua discrezione.»

«L'amministratore fiduciario chi sarebbe?»

«Ehm, al momento Wally Thackerman.»

«Quel piccolo truffatore. Più ci penso e più lo disprezzo.»

«Capisco. Mi diceva che ha dei nipoti.»

Eleanor si fece seria e le vennero le lacrime agli occhi. A un tratto sembrò molto triste. Deglutì a fatica e spiegò: «Li ho nominati solo perché mi ha chiesto di eventuali parenti.

Vede, Simon, io non ho nessuno. I miei genitori sono morti giovani. Mia sorella Rose e io non siamo mai state molto legate. Anzi, a dirla tutta non siamo mai andate d'accordo. È morta, e come unici parenti mi sono rimasti suo figlio e sua figlia. È molto triste, sa, affrontare la vita senza una famiglia, senza persone care».

«Conosco qualcuno per cui sarebbe una benedizione» osservò lui, ma la battuta non ebbe seguito.

«Vince Barnett e io ci abbiamo provato, però i figli non sono arrivati. Eravamo talmente giovani.»

«Suo nipote dov'è?»

«Ossignore, e chi lo sa. L'ultima volta che ne ho sentito parlare aveva lasciato moglie e figli ed era scappato con un'universitaria ventenne.»

Di colpo Simon divenne esitante nel farle altre domande. «E non ha nessun rapporto con lui?»

«Assolutamente no. L'ho visto brevemente al funerale di mia sorella, quindici anni fa. Mi ha a malapena rivolto la parola. Non ci conosciamo.»

«E sua nipote?»

Eleanor fece una lunga pausa e riuscì ad accennare un sorriso. «Ah, Maggie. Rispetto a suo fratello è di sicuro una brava persona, ma non la vedo da decenni. Vede, Simon, non hanno avuto un'infanzia felice, e Maggie se n'è andata appena ha potuto. Ha dovuto allontanarsi dai suoi genitori e da suo fratello. È diventata veterinaria e si è trasferita in Africa, dove studia le giraffe, da quel che ho saputo. Non abbiamo contatti da quando andava al college, non sono nemmeno riuscita a convincerla a tornare a casa per il funerale di sua madre. Una famiglia triste, eh?»

«Ne ho viste di molto peggiori. Che ne pensa di fare una donazione alla fondazione con cui collabora?»

«Per studiare le giraffe?»

«Sono sicuro che fanno un buon lavoro. Sa come si chiama?»

«La giraffa?»

Simon sospirò e scribacchiò qualcosa, chiedendosi se nei momenti come quello Eleanor perdesse lucidità. «No, la fondazione.»

«Oh, no, certo che no. Non so nemmeno in che nazione sia. E comunque, sono almeno trent'anni che non si fa sentire. Quindi perché dovrei mandarle un assegno? Quando lo incasserebbe? Dopo che sarò morta, no?»

«Sì, è lo scopo del testamento.»

«Quindi Maggie incassa un assegno che non si aspetta dalla cara zia Eleanor, di cui si è chiaramente dimenticata e che comunque non le è mai stata a cuore, e che cosa dovrebbe fare, scrivermi un biglietto di ringraziamento? Sarò morta, Simon. Chi lo legge, il biglietto di ringraziamento?»

"Non io, puoi starne certa" si disse Simon, ma era un'ottima domanda. «Va bene, va bene, lasciamo stare la famiglia. Le viene in mente qualcuno, un'amica, un vicino, chiunque, a cui vorrebbe lasciare dei soldi?»

«No. Me lo ha già chiesto. E anche Wally. Ho detto di no.»

«Be', a Wally ha lasciato una parte dei soldi.»

«Assolutamente no.»

«Sì, Netty. Al paragrafo quattordici, sezione A, c'è una donazione diretta di 485.000 dollari a Wally Thackerman.»

Scosse la testa, incredula. «Che verme.»

«Non gliel'ha spiegato?»

«Certo che no. Non mi pare. Se l'ha fatto, non me lo ricordo. Perché avrebbe dovuto?»

Simon stava cercando un'occasione per andare sull'argomento. Come sospettava, Netty non era a conoscenza della donazione perché non aveva letto per intero il testamento. Si era fidata di Wally tanto quanto si stava fidando di lui, cioè abbastanza da permettergli di spiegare le disposizioni del testamento a grandi linee, toccando i punti salienti e aggirando certe clausole nascoste.

«Mi domando che cos'è passato per la testa a Wally» osservò Simon.

«Lei non sta facendo come lui, vero, Simon?»

«Certo che no. È altamente scorretto, ci sarebbero i presupposti per la radiazione dall'albo.»

«Non parli in legalese. Per favore, non si approfitti di me.»

«Non c'è nessuna donazione a mio favore nel suo testamento. Punto. In qualità di avvocato che gestisce la sua eredità e il fondo fiduciario, avrò diritto a un onorario, ma si tratta di pagamenti che devono essere registrati e approvati dal tribunale.»

Lei fece un sospiro, chiaramente sollevata. Si sporse e gli toccò una mano. «Grazie, Simon.»

«Sto solo facendo il mio lavoro, Netty. E il mio lavoro è anche proteggere il suo patrimonio ed evitare problemi. Per questo motivo vorrei che lasciasse dei soldi ai suoi due figliastri.»

Lei ritirò la mano, accigliata. «Perché dovrei?»

«Perché potrebbero causare problemi quando sarà ora di presentare il testamento per l'omologazione. Se scoprono quanti soldi ha davvero, è quasi certo che assumeranno un avvocato per contestarlo.»

«Su che basi?»

«Oh, gli avvocati sanno essere molto creativi quando sentono odore di soldi. Tireranno fuori ogni genere di rivendicazione. Ma per tagliare la testa al toro posso inserire nel testamento una clausola che annulla qualsiasi donazione a una persona che lo contesta. Perciò, mettiamo che lei dia subito 100.000 dollari a ciascun figliastro. Se uno di loro contesta il testamento, rischia di perdere la donazione.»

«Com'è intelligente, Simon.»

Lui sorrise e per poco non obiettò che quella clausola veniva insegnata a ogni studente di legge al secondo anno, ma sorvolò sulla modestia e si prese silenziosamente tutto il merito. «E poi, Harry non avrebbe voluto che i suoi figli avessero un po' dei soldi che aveva investito nel corso degli anni?»

«Forse sì.»

«Okay. 100.000 a Clyde, stessa cifra a Jerry. D'accordo?»

«Sì, se lo dice lei.»

Simon scribacchiava mentre distribuiva parte del suo denaro. Pochissimo, in realtà. «Ora, so di averglielo già chiesto, ma vuole fare delle donazioni a qualche amico o conoscente?»

«Ci ho pensato, sì. Inez Mulberry è una mia vecchia amica di Atlanta. È in una casa di cura lì e non sta bene. Ha novantun anni. Conosce qualcuno così anziano che stia bene?» Ridacchiò per la battuta e Simon si unì a lei con una risata sincera. Annotò il nome e chiese: «Quanto per Inez Mulberry?».

«Oh, diciamo, be', 25.000.»

«Okay. Non è molto. Ha bisogno di assistenza finanziaria?»

«Ossignore, no. Ha un mucchio di soldi. Suo marito lavorava alla Coca-Cola con Harry e ha comprato tonnellate di azioni.»

"Allora perché le fai una donazione?" Simon lasciò perdere. Era più semplice includere Inez nel testamento e andare avanti. «Okay, segno i suoi 25.000. Qualcun altro?»

«No, non mi viene in mente nessuno.»

«Va bene, procediamo. Quando le ho chiesto della società di Atlanta che gestisce il suo portafoglio ha detto che si chiamava Appletree o qualcosa del genere, giusto?»

Lei alzò gli occhi al cielo. «Eccoci di nuovo» mormorò, irritata.

Simon non si scompose e proseguì. «Come le ho spiegato, per me è importante fare una chiacchierata con il consulente che si occupa delle sue azioni e del resto.»

«Adesso sembra Wally, e non è bello.»

Simon era cauto e non aveva intenzione di forzare la conversazione. Chiaramente Eleanor non sentiva di avere particolari vincoli di lealtà con i suoi avvocati, e lui non voleva perderla. La cara Netty poteva essere il suo biglietto per una vita più facile e gratificante. Riusciva quasi a sentire l'odore delle grosse parcelle in arrivo. «Capisco, ma per trarre il massimo beneficio dalle leggi fiscali potrebbe essere necessario proteggere alcuni dei suoi beni. E per proteggerli devo sapere tutto.»

Lei chiuse gli occhi, accigliata come se avesse un improvviso attacco di emicrania. Dopo una lunga, pesante pausa chiese: «Non si fida di me, vero, Simon? Non mi crede quando dico che ho tutti questi soldi». La sua voce si stava incrinando come se stesse per piangere.

Il mattino seguente, mentre in una piccola aula giudiziaria Simon cancellava messaggi dalla segreteria del cellulare in attesa di discutere un'istanza legata a una causa che era destinato a perdere, gli vibrò il telefono.

Un numero di Atlanta. Uscì in fretta in corridoio e rispose. «Latch.»

«Buongiorno, Mr Latch. Mi chiamo Buddy Brown e gestisco una società di consulenza patrimoniale di Atlanta. Come sta?» Voce gradevole, modi garbati, tra i sessantacinque e i settantacinque anni.

«Sto bene, Mr Brown. Grazie della telefonata.»

«Il piacere è mio. Eleanor Barnett è mia cliente da molti anni. Conoscevo suo marito Harry. È morto troppo giovane e le ha lasciato alcune azioni ordinarie di Coca-Cola e di Walmart. Non sono autorizzato a dire quante, ma posso affermare che la situazione patrimoniale della signora Eleanor è solida.»

«Okay, lo avevo immaginato. Sto preparando un testamento piuttosto essenziale. Niente eredi o parenti, praticamente tutto in beneficenza.»

«È proprio da Ms Eleanor, anche se non la vedo da molti anni. Sa quello che vuole. Le auguro il meglio, Mr Latch.»

«Grazie.»

Evidentemente Buddy era un uomo di poche parole e aveva cose più importanti da fare. Spade aveva trovato la persona giusta, ma la questione del patrimonio di Eleanor restava irrisolta. Da un lato la conferma di Buddy che le azioni c'erano lo confortava. Era lecito supporre che la cliente di una società di consulenza di quel calibro avesse messo da parte più che qualche spicciolo. Tuttavia, Buddy aveva sorvolato su parecchi dettagli e gli era sembrato deciso a chiudere la conversazione il prima possibile.

Simon tornò in aula un attimo prima che toccasse a lui. La attraversò, andò a salutare il giudice con un cenno e prese posto al tavolo degli avvocati. Il suo avversario, un vecchio amico, iniziò a presentare l'istanza e rapidamente il giudice perse interesse. A Simon veniva quasi da ridere. Stava lì a cavillare su un'istanza inutile in una causa senza valore, e intanto aveva appena agganciato una cliente che valeva venti milioni di dollari in beni liquidi.

Lui beni liquidi quasi non ne aveva, anzi, era pieno di debiti. Il suo matrimonio era in bilico, e in diciotto anni di attività il suo studio legale aveva prodotto profitti pari a zero. Eppure, di colpo, pensando al futuro sorrise. Avrebbe continuato a costruire un mondo alternativo e prima o poi ci si sarebbe perso. Avrebbe trovato il modo di svincolarsi dalla vita con Paula senza perdere di vista i suoi figli. Si sarebbe sbarazzato di Matilda, anche se al momento non sapeva come. Avrebbe aspettato pazientemente che Eleanor Barnett soccombesse agli anni, e non appena lei avesse tirato le cuoia sarebbe corso in tribunale ad assumere il controllo dei suoi soldi.

8

La stesura del testamento era pianificata con cura, o almeno così pensava Simon. Non essendo un criminale, non ragionava da criminale. Com'era la famosa battuta di quel film, *Brivido caldo*? "Ogni volta che commetti un omicidio, puoi incasinarti in almeno dieci modi. Se riesci a pensarne sette, sei un genio" o qualcosa del genere. Simon non stava architettando un omicidio, e nemmeno chissà quale altro crimine, ma si sentiva in colpa. Faceva elenchi, tabelle e schemi, e quando gli sembrò che i conti tornassero, diede il via libera.

Accadde il 27 marzo, giorno in cui Matilda era fuori ufficio per festeggiare il suo compleanno. Come spesso faceva, Simon chiese il favore ai suoi vicini. Tony e Mary Beth Larson gestivano un'agenzia assicurativa a conduzione familiare in Main Street, accanto al suo studio, e si prestavano volentieri a fare da testimoni alle firme degli atti. La legge richiedeva che due persone senza legami con la "testatrice", in questo caso Eleanor Barnett, chiacchierassero per qualche minuto con lei per dissipare eventuali dubbi riguardo alle sue facoltà mentali. In qualità di testimoni attestanti, non erano tenuti a leggere il testamento di Ms Barnett – e in questo caso Simon non aveva la minima intenzione di mostrarglielo –, ma soltanto a confermare che sapesse cosa stava facendo e non stesse subendo pressioni indebite.

Simon aveva scritto ogni singola parola del testamento sul suo portatile e l'aveva stampato nel suo minuscolo bagno, dove teneva la stampante nuova che gli era costata 150 dollari da Walmart. Di solito non faceva acquisti lì, ma improvvisamente le sorti della catena avevano cominciato a stargli a cuore. Anche quelle della Coca-Cola. Dopo diverse bozze si convinse che l'atto era pressoché identico a come lo avrebbe stilato Matilda. Era lungo cinque pagine e pieno di tecnicismi che riuscì a spiegare a Eleanor in parole semplici, benché non del tutto trasparenti.

«Non mi imbrogli con il legalese» sbuffò Netty più di una volta, esasperata. Il succo, comunque, era che dopo la sua morte il patrimonio sarebbe confluito in una fondazione, in maniera non molto diversa da quanto aveva architettato Wally con il suo fondo fiduciario, e a spartirselo sarebbe stata una pletora di enti della zona dedicati alle più svariate iniziative di beneficenza. Simon era convinto che distribuire i soldi sul territorio fosse la mossa giusta per accattivarsi la giuria nell'eventualità che scoppiasse una battaglia giudiziaria. Banchi alimentari, rifugi per senzatetto, associazioni giovanili maschili e femminili, leghe calcistiche, centri per anziani, la confraternita dei poliziotti, una decina delle più grandi chiese cittadine di ogni confessione. Per anni e anni la Fondazione Eleanor Barnett avrebbe ridato il sorriso a migliaia di persone, e Simon Latch avrebbe indossato i panni di Babbo Natale. In qualità di esecutore testamentario, amministratore unico e legale incaricato di gestire l'eredità, avrebbe avuto il controllo totale delle operazioni. E riscosso parcelle sostanziose.

A differenza di quel piccolo e avido bastardo di Wally, Simon non avrebbe ricevuto nessun pagamento immediato alla morte di Netty. Nel cuore del paragrafo più denso e contorto dell'altro testamento, Wally aveva incluso una donazione di 485.000 dollari a se stesso. Per decifrarne i tecnicismi ci sarebbe voluta la lente d'ingrandimento. Si trattava di un compenso per "servizi maturati", definizione vaga e onnicomprensiva sulla natura della quale, logicamente, gli atti non si soffermavano troppo. Era assurdo pensare che Eleanor dovesse tutti quei soldi a Wally.

Ma chi se ne importava: tanto Wally non avrebbe spremuto neanche un centesimo dal testamento che aveva redatto, e nemmeno da quello che la cara Netty stava per firmare in presenza dei due testimoni.

Come sempre, Simon orchestrò la cerimonia e chiese a Tony e Mary Beth Larson se fossero consapevoli che stavano attestando la piena capacità d'intendere e di volere di Ms Eleanor Barnett. Con entusiasmo risposero entrambi di sì e apposero subito le loro firme. Ci furono sorrisi e persino risate allegre. Simon autenticò le firme, e così facendo segnò il destino del testamento più ricco che avesse mai stilato.

Di solito ringraziava i Larson portandoli a pranzo fuori, e quel giorno insistette perché Eleanor si unisse a loro. Sembrava un invito innocuo, e in effetti nasceva in buona fede, ma c'era un secondo fine. Simon, già proiettato verso eventuali contenziosi futuri, voleva che i Larson e la sua cliente stessero ancora un po' insieme. I due non potevano immaginare che, se fosse scoppiato un casino, sarebbero stati chiamati a testimoniare in aula. Più tempo passavano con Eleanor, in particolare nel mattino della firma del testamento, più credibili sarebbero risultati.

Ovviamente Simon non fece parola di nessun possibile coinvolgimento in un processo. I Larson testimoniavano per lui da anni e non c'erano mai stati problemi. Perché allarmarli, quindi? L'idea di non poterli avvertire che un giorno rischiavano di ricevere dei mandati di comparizione lo faceva sentire un pochino in colpa, ma per il momento la scacciò dalla mente.

Su tutto questo Simon meditava davanti a un'insalata di pollo in una tavola calda a un paio di isolati dalla Main, un buco poco frequentato dagli avvocati e dalla gente del tribunale. Non voleva che Wally lo vedesse a spasso con Eleanor Barnett, che intanto si stava godendo una bella chiacchierata con Tony e Mary Beth. I Larson erano cordiali, vendevano assicurazioni, ed Eleanor li prese subito in simpatia. Sembrava davvero su di giri, e non toccò nemmeno il suo piatto.

Dopo averli ascoltati per un'ora, Simon concluse la pausa pranzo inventandosi che c'era bisogno di lui in tribunale.

Il testamento era fatto. Firmato e convalidato, con tanto

di testimoni. Non si era neanche scomodato a chiedere i 250 dollari di onorario, pur di non rischiare che Matilda vedesse l'assegno. Eleanor poteva tenersi i suoi soldi. Lui aveva grandi piani per prenderseli dopo, a palate.

Tornarono in studio e, un attimo prima dei saluti, a Eleanor venne in mente una cosa. «Possiamo parlare un attimo?» chiese.

«Certo» rispose Simon. Ai suoi ordini.

«Senta, io non lo so come funzionano queste cose, ma adesso che cosa facciamo con Wally?»

«In che senso?»

«Glielo diciamo che ho un testamento nuovo e che quello che ha preparato lui non è più valido?»

Era l'ultima cosa che Simon avrebbe voluto. Rischiava che Wally reagisse male e diventasse imprevedibile. Che a forza di pressioni facesse di nuovo cambiare idea a Eleanor. Di sicuro avrebbe bersagliato Simon di minacce, anche se probabilmente erano destinate a non avere seguito. La mossa di infilarsi di straforo nel testamento per ricevere subito 485.000 dollari in contanti gli poteva costare uno o due anni di sospensione dall'ordine degli avvocati, o persino la radiazione. A ogni modo, in questa fase Simon non voleva avere a che fare con Wally. Potevano litigare benissimo dopo il funerale.

«La legge non impone a un avvocato di informare un collega che il cliente ha firmato un nuovo atto che invalida il precedente. Non si fa, tutto qui.»

«Secondo me dovremmo dirglielo.»

«Non adesso. Magari più avanti. Il motivo per cui non si fa è che il cliente, cioè lei, ha diritto di cambiare idea ogni volta che vuole. Il mese prossimo potrebbe decidere di modificare qualche dettaglio del suo testamento. O di farlo riscrivere da un altro avvocato.» Simon non riusciva a credere che dalla bocca gli uscissero così tante fesserie.

Eleanor sorrise e gli toccò un braccio. «Non lo farei mai, Simon. Ora sì che sono in buone mani. Con Wally Thackerman non mi sentivo così. Ancora non riesco a credere che abbia cercato di prendersi i miei soldi.»

«Non pensiamoci più. Ormai è acqua passata. Io tengo l'originale del testamento qui, nella mia cassaforte, lei ne porta a casa una copia e la nasconde. Nessuno dovrà mai vederla, Netty, capito? Amiche, figliastri, domestiche: nessuno deve leggere il suo testamento.»

«Capito.»

«C'è ancora una cosa di cui non abbiamo discusso, ovvero le sue ultime disposizioni. È una faccenda delicatissima, magari un giorno ci vediamo a pranzo e ne parliamo.»

«Intende il funerale e via dicendo?»

«Purtroppo sì. Lei vive sola e non ha parenti qui vicino, né altrove. Chi prende le decisioni riguardo alla sua assistenza sanitaria? Chi bisogna contattare se si ammala? E poi, sì, il funerale e la sepoltura. Ha una polizza che coprirebbe le spese?»

«Sì, anni fa Harry e io ne abbiamo fatta una. Riposerò vicino a lui al cimitero di Eternal Springs. È un posto graziosissimo.»

«Ne sono sicuro. Sono contento di aiutarla a prendere queste decisioni, Netty, e qualcuna sarà di natura giuridica.»

«Di nuovo il legalese.»

«Lo so. Rimandiamo la conversazione a tra un paio di settimane, a pranzo.»

«Mi piace davvero pranzare fuori, Simon. E i Larson sono proprio brave persone.»

«E pranzo sia» rispose lui sorridendo. I Larson non sarebbero stati invitati.

9

Quella sera, un venerdì, si giocava il secondo turno delle Sweet Sixteen, gli ottavi di finale regionali del campionato di basket universitario. Simon ebbe la brillante idea di fare una cordiale telefonata a Paula e proporle di mangiare una pizza tutti insieme davanti alle partite. Lei reagì in modo tiepido, ma ammise che per la loro relazione era un grande passo avanti. I ragazzi avrebbero avuto il permesso di stare svegli fino a tardi. Simon poteva dormire sul divano, e se per caso qualcuno lo avesse scoperto lui e Paula ci avrebbero riso su dicendo che lei l'aveva cacciato via perché russava troppo.

Ordinarono le pizze e mangiarono in salotto, davanti al maxischermo. Simon aveva preparato il tabellone del torneo universitario e ciascun membro della famiglia fece i suoi pronostici su chi avrebbe raggiunto le Final Four. Simon si era scrupolosamente basato sulle quote degli allibratori di Las Vegas e su un paio di dritte che aveva intercettato bazzicando il locale di Chub. Anche Danny e Buck si erano preparati a dovere, e tra loro già volavano insulti e battute su chi aveva scelto chi. Janie, nove anni, aveva selezionato le sue squadre basandosi sulle mascotte e sui colori delle divise, e al turno del giorno prima le aveva azzeccate tutte. Paula era totalmente disinteressata al torneo, ma stette al gioco con l'aria di chi voleva davvero vincere. Fece le sue scelte basandosi sul look degli allenatori: in forma o no, bello o brutto, elegante o sciatto, cravatta giusta o sbagliata. Per il momento aveva azzeccato tre risultati su quattro. Ogni membro della famiglia aveva messo sul piatto 5 dollari, e chi fosse andato più vicino a indovinare le quattro partecipanti alle Final Four si sarebbe aggiudicato il montepremi.

Simon moriva dalla voglia di una birra, ma in casa l'alcol era vietato. Un anno prima, la scuola era stata scossa da una festa scandalosa, finita malissimo. Alcuni studenti del primo anno, rimasti soli in una bella casa senza nessuno a sorvegliarli, si erano dati da fare per ripulire il mobile bar. Un ragazzo e una ragazza erano svenuti, sembrava che non si riprendessero più. Qualcuno aveva chiamato un'ambulanza, e i due avevano passato la notte in ospedale. Se l'erano cavata, ma per le loro famiglie era stato mortificante. La scuola era andata nel panico, c'erano state riunioni per un mese intero. Alcuni genitori avevano giurato che in casa loro non sarebbe più entrato un goccio d'alcol. Paula, che già di per sé beveva poco, aveva adottato una linea dura e Simon non aveva potuto fare altro che adeguarsi. Un ulteriore buon motivo per vivere in ufficio.

Il sedicenne Buck non era andato alla festa, ma conosceva quasi tutti i ragazzi coinvolti. Garantì ai genitori che non beveva di nascosto, ma stava per prendere la patente, e Simon sapeva che in quella fase della vita non si poteva più dare niente per scontato. Paula era convinta di poter educare i figli con l'esempio, sorvegliarne le attività e gli amici e proteggerli dal fare le cose che tutti i ragazzi volevano fare.

E l'idea di mettere 5 dollari a testa nel montepremi non le piaceva. In fin dei conti era una forma di gioco d'azzardo.

A pochi minuti dall'inizio della prima partita, Buck chiese a Danny: «Quant'è l'over?».

«Centoventiquattro» rispose Danny senza esitazioni.

La sua prontezza lasciò un po' sgomento Simon, che però non disse nulla. Tenne comunque le orecchie aperte, sperando di non cogliere altri indizi di dimestichezza con le scommesse. La dipendenza dal gioco d'azzardo online, specialmente quello legato agli sport, era un fenomeno sempre più diffuso tra gli adolescenti.

«Cosa sarebbe l'over?» domandò Paula, seria.

Buck e Danny rimasero impietriti. Simon decise di accorrere in loro aiuto. «Il totale dei punti segnati dalle due squadre» spiegò.

«Non l'ho chiesto a te» rispose lei con calma, e si rivolse a Danny. «Che cos'è l'over?»

«Quello che ha detto papà. Il totale dei punti della partita.»

«E ci si può scommettere?»

«Volendo, sì. Io non lo faccio mai.» Non era convincente.

«Vorrei ben vedere. Spero che tu non faccia scommesse su nulla.»

«Adesso però stiamo scommettendo, mamma» disse Buck senza staccare gli occhi dal televisore. «Ognuno ha messo 5 dollari nel piatto, il che equivale a scommettere 5 dollari. È gioco d'azzardo.»

La prima palla a due fu una scusa per riprendere fiato e godersi un po' di silenzio. Per Simon fu un grande sollievo uscire dall'impasse, ma ormai si era convinto che, in una maniera o nell'altra, i suoi figli scommettessero. Doveva trovare un modo per parlarne con loro. Aveva senso preoccuparsi così? Nessuno dei due aveva un lavoro, uno stipendio, dei risparmi. Come la maggior parte degli adolescenti, seguivano lo sport ventiquattr'ore al giorno e conoscevano più giocatori, statistiche e pettegolezzi su quel mondo di quanti potesse assimilarne lui. E se invece scommettevano e vincevano? Di sicuro ai minorenni era proibito scommettere online, ma far rispettare la legge si stava dimostrando chiaramente impossibile.

Chissà se Buck e Danny avevano qualche dritta da passare a papà.

Janie si addormentò prima delle dieci. Attorno alle undici, Paula decise che ne aveva abbastanza e diede la buonanotte. Mezz'ora dopo, i ragazzi si appisolarono e Simon li spedì a letto. Calato il silenzio, attraversò lentamente il corridoio ed entrò in camera. Le luci erano spente. Immaginò che sua moglie stesse dormendo. L'idea era di lavarsi i denti in silenzio, infilare il pigiama e sgattaiolare in salotto.

In bagno trovò una bottiglia di scotch nuova accanto a due bicchieri e un piccolo secchiello per il ghiaccio. Sorpreso, aprì la porta proprio mentre Paula accendeva la lampada sul suo comodino.

«C'è una bottiglia di whisky in bagno» disse Simon.

«Lo so. Riempi due bicchieri e siediti.»

Simon obbedì. Passarono cinque minuti di silenzio assoluto, mentre sorseggiavano scotch nella penombra e non osavano incrociare lo sguardo dell'altro. «Grazie per il drink. Ne avevo bisogno» disse lui.

«Mi sa che te ne servirà dell'altro.»

«Okay. Di che parliamo stasera?»

«Non di divorzio. Di quello abbiamo parlato. Non faccio sesso da più di quattro mesi.»

«Mi sembra di ricordare, vagamente.»

«Non c'è molto da ricordare.»

«Ahi. Quindi si parla di sesso?»

«Sì. Ho quarantun anni, Simon, e non sono ancora disposta a rinunciarci.»

«A me non spiacerebbe farne di più.»

«Ho bisogno di fare sesso, Simon, ma non con te.»

Fu un pugno nello stomaco che lui assorbì senza batter ciglio. Scrollò appena le spalle, invece, e bevve un lungo sorso dal bicchiere. «Hai già in mente qualcuno?»

«No. E non sto cercando un fidanzato. L'ultima cosa di cui ho bisogno nella vita è un'altra relazione. Quando finalmente divorzieremo, non mi ci vedo proprio a pensare a un altro matrimonio.»

«Anch'io sono abbastanza nauseato.»

Sospirarono entrambi, e bevvero un altro sorso.

«Insomma, vorresti che fossimo una coppia aperta?» chiese Simon.

«Il nostro matrimonio è finito, su questo siamo d'accordo. Adesso stiamo cercando di uscirne. Fino a quel momento voglio essere libera di godermela. Senza troppo clamore, senza importunare uomini sposati. Ho voglia di divertirmi, non di combinare guai.»

Nei giorni successivi Simon avrebbe ripensato a quella conversazione cento volte senza mai smettere di meravigliarsi di quanto poco gliene importasse. Aveva smesso di amare Paula da anni, ormai, e in quel momento si rese conto che non gli piaceva proprio più, sotto nessun aspetto. A ben vedere, trovava incoraggiante l'idea che sua moglie "se la godesse", perché lui per primo sarebbe stato felice di avere la stessa libertà.

«Non ti serve il mio consenso» disse.

«No, ma dobbiamo essere d'accordo. Non sarebbe giusto se, al momento del divorzio, diventasse un problema. In più, tu sei un avvocato e non mi fido di te.»

«Grazie. Io di te mi sono sempre fidato.»

«E io ti sono sempre stata fedele. Tu?»

«Sì.» Fece tintinnare il ghiaccio, vide che stava finendo. «Direi che l'unica scelta è la coppia aperta, di comune accordo» aggiunse.

«Preferiresti di no?»

«Sai che non mi interessa proprio che cosa fai tu?»

«Neanche a me interessa quello che fai tu.»

«Okay. Ci sto.»

«Versami da bere, non ho ancora finito.»

Paula ricominciò a parlare a metà del secondo bicchiere. «Oggi sono stata da Harriet.»

«Chi?»

«Harriet, la mia terapeuta.»

«Ah, già, Harriet. Me n'ero dimenticato.»

«È un po' che non la nomino.»

«Sono contentissimo che tu sia in terapia, Paula, perché probabilmente ne avrei bisogno anch'io. Il problema è che non me la posso permettere. Si fanno pagare più di me all'ora.»

«Sembrerebbe un problema personale.»

«Non è di problemi personali che stiamo parlando?»

Diversi anni prima, in piena crisi, avevano valutato se rivolgersi a un terapeuta di coppia, un esperto capace di spiegare a ognuno dei due quanto fosse fuori di testa l'altro e di ricondurli a un amore vero e duraturo. Non era mai successo, in primo luogo perché non si sopportavano già più e perché l'ultima cosa che desideravano era un patetico tentativo di felicità forzata.

Simon aveva speso 200 dollari per un'ora di colloquio con uno psicologo il cui vero obiettivo era incastrarlo in un ciclo di dieci altre sedute. Come consigliera, era meglio Matilda quando chiacchierava con i clienti in attesa di vedere l'avvocato Latch.

«Comunque, secondo Harriet dovremmo parlare con i ragazzi e prepararli all'inevitabile» disse Paula.

Lui ci pensò su mentre sorseggiava il drink. «Mi sa che ha ragione. Non possiamo continuare così. Ormai sono grandi, e non sono certo stupidi.»

«Buck e Danny l'hanno capito. Janie sa che qualcosa non va. Secondo Harriet è meglio dirglielo, uno alla volta. Prima è, meglio è.»

Un altro sorso, un'altra pausa lunga e profonda. «Va bene, con i ragazzi parlo io» propose Simon alla fine. «Tu pensa a Janie.»

«È la cosa migliore. Facciamolo domani pomeriggio, uno alla volta, poi ci prendiamo un'altra pizza per cena e guardiamo il basket.»

«Una famiglia felice.»

«Quand'è l'ultima volta che siamo stati felici, Simon?»

«Non me lo ricordo.»

«Neanch'io.»

Tornarono a sorseggiare whisky nel silenzio. Dai pochi metri che li separavano, Simon la sentiva respirare. Era seduta nel letto, appoggiata ai cuscini e con le coperte fino ai fianchi, e attraverso la camicia da notte sottile si intuiva la forma del suo bel seno. Per un attimo fu difficile visualizzarla mentre si infilava a letto con un altro uomo.

Poi smise di pensarci. «Nient'altro da dire sugli accordi patrimoniali?»

Prima di rispondere, Paula bevve un altro sorso. «Non mi pare. Tu?»

«No.» Sui termini del divorzio non avevano mai dissentito. Affido condiviso dei figli, che sarebbero rimasti nella loro casa, nelle loro camere, con la loro madre a dormire dov'era giusto che dormisse. Simon sarebbe andato e venuto come preferiva, ma niente visite a sorpresa. Era deciso a non perdersi neanche una partita, uno spettacolo di fine anno scolastico, un diploma o una laurea. La vita sarebbe andata avanti come sempre. Avrebbe ceduto a Paula la sua quota della casa e continuato a pagare il mutuo. Niente alimenti, ma un sostanzioso assegno per i figli. Simon avrebbe continuato a vivere altrove. Doveva essere il più possibile semplice e indolore, ma lui sapeva benissimo che un mucchio di cose potevano andare storte. Adesso che si erano autorizzati a flirtare con chi volevano, era soltanto questione di tempo prima che uno dei due si innamorasse.

Si maledisse per come lasciò che nella sua mente incasinata si insinuasse anche il pensiero di Netty, del suo nuovo testamento e dei suoi soldi. Se fosse andata come previsto, e lui era il primo ad ammettere che potevano sorgere difficoltà di tutti i tipi, in un futuro non lontano Simon avrebbe raggranellato parcelle sostanziose in qualità di legale e amministratore fiduciario dell'eredità. Se davvero quella donna aveva beni per venti milioni di dollari – e a quel punto Simon si era convinto che non stesse esagerando –, non sarebbe stato eccessivo né insolito che il suo legale si tenesse una fetta del dieci per cento nell'arco di qualche anno. Non proprio la pensione anticipata, ma abbastanza da levargli la pressione di uno studio legale di provincia che non gli fruttava un quattrino.

Tenere lontano da Paula quegli introiti ipotetici, e per il momento addirittura immaginari, era tassativo.

Per un po' riuscì a scacciare il pensiero della sua cara Netty. Meglio godersi il momento. Lui e Paula stavano facendo passi da gigante nel processo di liberazione l'uno dall'altra, verso una separazione che aspettavano da tempo. I ragazzi avrebbero sofferto, ma anche saputo reagire. Se tutto andava bene non avrebbero subito danni irreparabili. Praticamente tutti i loro amici avevano vissuto un divorzio uscendone integri, o almeno così sembrava.

Simon fece tintinnare di nuovo il ghiaccio. «Fine della conversazione?» chiese.

«Sì. Dormo.»

«Posso farmene un altro per il viaggio?»

«Fai quello che vuoi. Non mi interessa.»

Simon si riempì per bene il bicchiere, spense la luce del bagno e uscì dalla stanza.

Sul divano fece fatica a addormentarsi per l'entusiasmo. Si sentiva tornato ai tempi dell'università, quando sognava le belle ragazze del campus. Cominciò da tutte le single che conosceva, valutò quante possibilità avesse con ciascuna e, ben presto, passò alle sposate, ma soltanto quelle infelici. Quella strada si fece complicata, e Simon tornò in fretta alle single.

Quando finalmente il terzo scotch fece il suo dovere, si appisolò. Dormì qualche ora, si svegliò sentendosi in gran forma e libero, riordinò i cuscini sul divano. Andò in cucina, preparò il caffè e si godette la prima tazza mentre guardava spuntare l'alba dagli alberi dietro casa. Alle sette Paula emerse dal corridoio buio ed entrò in cucina. Lui le versò una tazza e per colazione le propose dei pancake salati.

«La dispensa è vuota.»

«Vado a comprare qualcosa. Serve altro?»

«Solo qualche momento di silenzio in cui godermi il caffè.»

«Okay. Non voglio parlarci oggi, con i ragazzi.»

«Perché?»

«Perché potrebbe essere uno degli ultimi giorni che passiamo tutti insieme, come una vera famiglia. Magari ci divertiamo pure. Aspettiamo una settimana.»

«Come vuoi» disse Paula, e andò a finire il caffè in camera sua.

10

Quel lunedì mattina Simon uscì barcollando dal Ripostiglio in calzoncini da ginnastica e maglietta, scese al piano di sotto e si mise alla scrivania. Non erano nemmeno le sette, mancava più di un'ora prima che Matilda arrivasse e cominciasse a organizzargli la settimana. Gli serviva più tempo. Anzi, quello che gli serviva era un bel drink ghiacciato in un bar davanti al mare, da dove guardare le onde fino a svuotare la mente da ogni pensiero e spegnerla.

A parte i momenti in cui si era divertito con i suoi figli, il fine settimana era stato duro. Era ancora difficile abituarsi all'idea che sua moglie fosse ufficialmente a caccia, ma un po' alla volta contava di farcela. Il vero guaio era il torneo universitario. Lo stavano stracciando. A casa, affidandosi alle mascotte, Janie aveva vinto dieci partite perdendone due. Paula e i suoi allenatori eleganti stavano nove a tre. Buck e Danny alla pari. Simon, lo scommettitore serio, il vero esperto, aveva azzeccato quattro pronostici sbagliandone otto. Ultimo in classifica.

Ma i 5 dollari persi a casa non erano nulla in confronto alle bastonate che aveva preso da Chub, dov'era sotto di 7000 dollari, un record personale. Era abbastanza sicuro di riprenderli con le Final Four, ma non proprio sicurissimo.

Bevve un caffè amaro e consultò online diversi guru delle scommesse che blateravano analisi minuziose, ma alla fine si paravano il culo con le favorite: uno puntava sulla

Duke, un altro sulla Kentucky, un altro ancora sulla Wisconsin. E uno scommettitore disperato che cosa doveva fare? Simon guardò l'agenda e ci vide il solito tran tran. Per l'esattezza, la settimana in arrivo gli avrebbe fruttato al massimo 2000 dollari.

Le Final Four, semifinali e finale assoluta. Soltanto tre partite alla fine del campionato. A un certo punto, all'inizio di gennaio, era stato in attivo di 4500. La stagione regolare, tra alti e bassi, l'aveva chiusa sopra di 3000. Vincere lo invogliava a giocare, e perdere lo invogliava ancora di più, per recuperare. Ma come sempre restava concentrato e conscio dei suoi limiti. Almeno, così continuava a raccontarsi.

In lizza erano rimaste Wisconsin, Duke, Michigan State e Kentucky. Due settimane prima, quando i pronostici impazzavano e ogni singolo tifoso si credeva il più esperto, Simon non aveva scelto nessuna delle quattro. Smise di agitarsi e tornò nel Ripostiglio, dove riuscì a farsi un'altra doccia nel box da quattro soldi che un cliente gli aveva installato per 500 dollari. L'acqua era quasi tiepida e gocciolava da un soffione su cui si stava addensando una muffa dall'aspetto minaccioso. Sbattendo i gomiti contro i pannelli traballanti finì in meno di un minuto. Indossò alla svelta pantaloni beige, camicia bianca e cravatta, e scese a bere dell'altro caffè nel cucinotto. Il Ripostiglio non era dotato di una vera cucina.

Nel frigo, dalla parte di Tillie, notò una nuova collezione di bevande dietetiche allineate in bell'ordine. Seltz al sapore di asparago e di altri ortaggi verdi. Dimagrimento pressoché garantito. Simon sorrise scuotendo la testa e provò quasi compassione per la poveretta e per la sua battaglia contro i chili di troppo.

Alle otto in punto non era ancora arrivata. Simon aspettava di sentire il rumore della porta che si apriva e gli altri suoni familiari che annunciavano l'ingresso della sua segretaria. Fare tardi non era da lei. Alle otto e un quarto, convinto che ci fosse qualche problema, pensò di chiamarla, ma preferì aspettare, e infatti eccola. Bussava sempre alla sua porta per augurargli il buongiorno e lo fece, alle otto e trenta, mentre lui esaminava un documento con l'aria concentrata di chi ha troppo da fare per essersi accorto del ritardo.

«Ehi, so che sono le otto e mezza» disse lei entrando «ma ho cambiato orario. Da oggi arrivo a quest'ora ed esco alle cinque e mezza.»

Il fatto che avesse preso una tale decisione senza chiederglielo irritava Simon, ma fece finta di nulla, come se non gli interessasse quando andava e veniva. Come con sua moglie. Tanto ormai aveva deciso di sbarazzarsi di entrambe. «E qual è il motivo?»

«Mi sono iscritta a una palestra nuova e le lezioni sono tra le sei e mezza e le sette e mezza. Ho bisogno di tempo per correre a casa, fare la doccia eccetera.»

Nella sua disperata ricerca di un corpo tonico e agile aveva già cambiato diverse palestre, invano. «Okay, proviamoci» rispose lui senza dire né sì né no. Per un secondo lei fu tentata di imporsi e di mettere qualche paletto, ma era lunedì mattina, non il momento migliore per litigare. Si morse la lingua, riuscì a fare un sorriso falso, girò sui tacchi e uscì dall'ufficio. Per abitudine, Simon la squadrò mentre si voltava. Funzionavano, il succo d'asparago e la nuova palestra? Era la sua immaginazione, o Tillie aveva davvero perso qualche chilo? Forse, piuttosto, ricevuto il via libera da casa era lui a vedere le donne con occhi diversi.

Una cosa era certa: nella top ten delle cazzate che ti rovinano davvero la vita, andare a letto con una dipendente stava come minimo al terzo posto. Le leggi sulle molestie sessuali erano tremende.

E il gioco d'azzardo in che posizione era?

Ricominciò a pensare alle Final Four, ma il telefono iniziava a squillare. C'era gente ferita e arrabbiata in cerca di un avvocato.

Dieci minuti dopo, Tillie infilò la testa nel suo ufficio e gli chiese se aveva un minuto.

«Certo.» Non aveva ancora cominciato a lavorare: stava finendo di leggere i consigli online degli allibratori di Las Vegas.

La segretaria entrò. «Il fascicolo su Eleanor Barnett è ancora aperto, ma lei non si è più fatta sentire. Vuoi che lo chiuda?» domandò.

Simon ci pensò per un attimo, come se dovesse davvero prendere una decisione. «Aspetta ancora una settimana, magari. Non penso che tornerà.»

Tillie annuì e scomparve. Tornò alla sua scrivania e scrisse sull'iPad qualche appunto strettamente personale. Il suo capo le aveva appena detto una bugia, probabilmente una bugia grossa, anche se non le era chiarissimo quanto. Il venerdì precedente, quando si era presa il giorno libero, una sua amica che lavorava per un'agenzia immobiliare aveva visto Simon nella tavola calda, a pranzo insieme a Tony e Mary Beth Larson e a una signora anziana. Tillie chiamò Mary Beth per parlare dell'assicurazione di un cliente. Quando si sentivano per telefono, chiacchieravano e spettegolavano volentieri. Di punto in bianco, Matilda chiese se quel venerdì Mary Beth e Tony avessero fatto da testimoni alla firma di un testamento. Mary Beth esitò quanto bastava a destare sospetto, e disse di sì. La testatrice era una certa Ms Eleanor Barnett, un'amabile signora.

Matilda incassò il colpo con l'aria di chi ha tutto sotto controllo e concluse la telefonata. Se Eleanor Barnett aveva firmato un testamento, chi l'aveva redatto? In dodici anni di lavoro, lei e Simon avevano preparato e autenticato migliaia di testamenti, e non ricordava di averlo mai visto alle prese con la stesura dei documenti. E non era mai successo che lei non fosse presente, il giorno della firma.

Simon aveva i suoi lati complicati e non era perfetto, però non era nemmeno un bugiardo. Quando raccontava un aneddoto o una storia era bravissimo a ricamarci, ma sulle questioni serie non le aveva mai mentito.

Fino a quel giorno.

Durante il pranzo con Tony e Mary Beth Larson, Simon non aveva potuto non accorgersi che Netty era rimasta davvero colpita da una Caesar salad che oltretutto non sembrava neanche fresca. Immaginò che seguisse la tipica dieta piatta di un'anziana vedova che cucinava raramente e consumava soprattutto cibo in scatola.

Così la invitò di nuovo a pranzo. Lei, come ci si poteva aspettare, accettò con entusiasmo. Lui le propose il cinese, un kebab afghano o dei falafel. Gli ultimi due non li aveva mai sentiti nominare, il primo la insospettiva. Con grande pazienza Simon le spiegò che lui apprezzava le cucine di tutto il mondo, e avrebbe voluto fargliene conoscere qualcuna. Se non le piaceva, pazienza. La prossima volta avrebbero cambiato locale. Affare fatto. Netty non vedeva l'ora di uscire di casa. Lui si offrì di passarla a prendere, soprattutto perché era curioso di vedere dove e come viveva. Se la sua Lincoln aveva quindici anni, com'erano messi i mobili e i tappeti? Immaginò che lei avesse gusti semplici, ma se fosse stata tutta una scena per imbrogliare i parenti e tenere lontani dal suo patrimonio gli sguardi indiscreti? Simon passava fin troppo tempo a pensarci su.

Netty rifiutò con decisione e insistette per incontrarlo al ristorante. Andava fiera di saper ancora guidare, e del fatto che nessuno le avesse confiscato le chiavi com'era capitato alle sue amiche. Chi erano queste amiche? Quante cose doveva ancora scoprire Simon.

L'appuntamento era in un ristorante greco che lui già conosceva e apprezzava. Si trovava in periferia, lungo la superstrada per Washington, abbastanza lontano da Main Street. Voleva evitare a tutti i costi di incrociare Wally Thackerman, cosa che succedeva non più di una volta all'anno. Le probabilità erano scarse, ma di cose strane ne succedono, e Simon non riusciva a immaginare le conseguenze di un incontro del genere. Ne sarebbero nati sospetti, e poi accuse, litigi e così via. Wally avrebbe dato per scontato che Simon gli volesse portare via una cliente, oltretutto ricca.

Ordinarono stufato d'agnello e kebab, piatti piuttosto pesanti, con pita e acqua. Netty gli domandò della sua famiglia. Lei, che non ne aveva più una, era curiosa. Simon cercò di riportare la conversazione in carreggiata. Di sicuro non gli andava di vantarsi dei suoi figli, né avrebbe osato spiegare che il suo matrimonio stava andando a rotoli. Dipinse un quadro roseo: la verità magari l'avrebbe detta più avanti. Chiese a Netty dei figli di suo marito, Clyde e Jerry Korsak, e capì subito che era un argomento tabù. Anche riguardo ai suoi nipoti non aveva più molto da aggiungere. Erano passati almeno quarant'anni dall'ultima riunione di famiglia, un disastroso weekend sui Catskills che era finito male e aveva disperso tutti ai quattro venti, evidentemente per sempre.

All'epoca era sposata con Vince Barnett. Vince era stato il suo primo amore. Si erano sposati giovani, avevano disperatamente cercato di mettere su famiglia e viaggiato molto perché senza figli. La sua morte improvvisa, a quarant'anni, l'aveva devastata.

Dopo circa tre quarti d'ora, il pranzo cominciò a stancarlo. Netty sembrava avere pochi interessi e usciva raramente di casa. Guardava un sacco di televisione, mentre faceva puzzle. Si salutarono nel parcheggio e Simon la guardò ripartire zigzagando e invadendo corsie con un piede sul freno, indifferente ai clacson rabbiosi dietro di lei.

Mentre tornava in ufficio non riuscì a levarsi dalla testa il pensiero assillante che lei potesse vivere altri dieci anni. Poi se la prese con se stesso per aver ancora una volta rimuginato sulla sua scomparsa. Era tassativo che smettesse di pensare al suo testamento e che si concentrasse soltanto sull'esserle amico.

11

Tolte di mezzo una decina di scuse patetiche per rimandare l'inevitabile, Simon e Paula giunsero finalmente a un accordo, una rarità. Avrebbero parlato con i ragazzi nello stesso momento, e sopportato in qualche modo le conseguenze. Infliggere il dolore, farsi un bel pianto, raccogliere i cocci. Si fecero coraggio ripetendosi che tanti loro amici erano sopravvissuti a quella stessa terribile conversazione e si erano rifatti una vita. I ragazzi se la sarebbero cavata.

Un venerdì sera Simon portò Buck e Danny al centro commerciale a vedere un film. Dopo, presero un gelato in un'area ristorazione affacciata su una finta cascata dozzinale. Come si va sull'argomento? Non era facile. Simon si schiarì la voce e attaccò: «Immagino abbiate capito che io e la mamma non andiamo più d'accordissimo».

I ragazzi si scambiarono un'occhiata eloquente. Sapevano cosa aspettarsi, ma avrebbero preferito non parlarne. Il momento che temevano era arrivato.

«È per questo che dormi in ufficio?» chiese Buck.

«Sì.» Quando non c'era più stato modo di nasconderlo, Paula l'aveva detto ai ragazzi. «Abbiamo deciso di divorziare.»

Per qualche secondo rimase in silenzio a osservare la reazione. Danny, il più giovane ed emotivo dei due, aveva già le lacrime agli occhi, ma sembrava deciso a reagire da duro e trattenerle. Con Buck sarebbe stato più difficile confrontarsi.

«La mamma ha detto che non le vuoi più bene» disse.

«Gliene vorrò sempre, invece. Abbiamo avuto voi due e Janie, e siamo orgogliosissimi di voi.» Il discorsetto se l'era preparato in anticipo, e infatti gli uscì banale e artefatto. «Ma volersi bene non è sempre sinonimo di andare d'accordo. Io e la mamma, semplicemente, non andiamo più d'accordo.» Alle orecchie di un sedicenne e di un quattordicenne, come di qualsiasi altro ragazzino, suonavano come cazzate impenetrabili. Tutti i figli vorrebbero che i loro genitori fossero insieme e felici.

«Perché non riuscite ad andare d'accordo?» chiese Danny.

«Perché a volte le persone si innamorano, si sposano, hanno figli e poi si allontanano. Ci siamo occupati ognuno della propria vita e, ecco, le cose sono cambiate.»

«Cioè sarebbe colpa nostra?» fece Buck.

«No. Me la prendo soltanto con me stesso. Mettiamolo in chiaro. Vostra madre non ha fatto niente di male, e neanch'io. Nessuno è stato scorretto. Vogliamo bene a voi e a Janie, e continueremo assolutamente a sostenervi in ogni modo. Il fatto è che stare insieme, per noi, non è più bello.»

Per usare un eufemismo. La verità era che non si sopportavano più. Quanto alle scorrettezze, chissà con chi aveva già cominciato a vedersi lei. Dopo aver avuto il via libera anche lui era a caccia, certo, ma per il momento stava girando a vuoto.

I ragazzi, confusi e perplessi, tacevano. Simon aveva ancora diversi punti da chiarire, e sfruttò il silenzio per snocciolarli: «Non ho intenzione di sparire, di risposarmi né di perdermi una partita, un allenamento, un compleanno o un Natale. Per voi, io ci sarò come ci sono sempre stato. E sono mortificato per quello che sta succedendo. È mortificata anche vostra madre. Diciassette anni fa, quando ci siamo sposati, non avremmo mai immaginato che potesse finire così».

Un gruppo di ragazze si sedette a un tavolo vicino, e Buck le riconobbe. Ritrovò la parola dopo un lungo silenzio: «Possiamo rientrare?».

«Certo.»

A casa la situazione era altrettanto complicata. Janie sedeva da una parte del divano, Paula dall'altra. Stavano piangendo da un'ora. Janie era sconvolta. Paula si sentiva da schifo, dopo averle dato la notizia ed essere rimasta a guardarla mentre si scioglieva in una pozza di lacrime. Quando Simon e i ragazzi tornarono, aveva ancora gli occhi rossi e gonfi. Danny non badò né alla madre né alla sorella e filò a chiudersi in camera sua sbattendo la porta. Buck si stravaccò su una poltrona vicino al televisore. Simon diede un bacio sulla testa a Janie, senza dirle nulla. Ignorò sua moglie, che fece altrettanto. Rimasero a lungo muti, con lo sguardo fisso a terra, o verso un cuscino o un qualunque oggetto inanimato. Per la famiglia fu un momento di tremendo dolore, ma Simon sapeva che sarebbero stati capaci di riprendersi e andare avanti. Paula aveva bisogno di sfogarsi per un altro paio d'ore, andare a letto e svegliarsi con quel gigantesco ostacolo alle spalle.

Per i ragazzi potevano cercare uno psicologo. Per il momento la vita si era fermata, ma giorno dopo giorno sarebbe andata meglio. Papà e mamma erano decisi a inondarli d'amore e attenzioni, ad aiutarli a crescere e maturare. Perlomeno, questo era ciò che continuavano a raccontarsi.

Erano altrettanto decisi a girare alla larga l'uno dall'altra.

A un certo punto fu Paula a rompere il ghiaccio. «Com'era il film?»

«Okay» rispose Buck, con una scrollata di spalle.

«Ne guardiamo un altro?»

«Okay.» Altra scrollata di spalle.

«Faccio i popcorn» disse Simon.

Quella sera da Chub l'atmosfera era elettrica. In un angolo, un asso del biliardo locale stava giocando pesante sotto gli sguardi degli scommettitori, che non si astenevano dal commentare. Tre maxischermi trasmettevano in diretta le partite dell'NBA, e gli arbitri si beccavano gli insulti degli habitué. In un altro angolo strepitava un jukebox. Simon trovò un posto al bancone, davanti a un videopoker. Valerie lo vide, gli fece un cenno e poco dopo eccola servirgli un bourbon e ginger ale.

«Vinto qualche causa, Latch?» gli disse. Era uno dei suoi soliti modi di salutare.

«Tutte» rispose lui sorridendo. E lei se ne andò ciondolando a insultare un altro cliente.

Simon aveva bisogno di bere, e buttò giù un bel sorso. Sbirciò verso un televisore, sopra le file di bottiglie. Heat contro Rockets, partita mediocre, e per poco non aveva scommesso 500 dollari sui Rockets, dati per sfavoriti.

Farsi vedere da Chub almeno una volta alla settimana era importante. Simon doveva dare l'impressione che andasse tutto bene, che non stesse perdendo colpi e che non c'era bisogno di scomporsi davanti al suo passivo di 6300 dollari. Tanti ne doveva a Chub, più altri 1400 a un sito di scommesse con sede all'estero e teoricamente illegale. Alle Final Four del torneo universitario non si era materializzata nessuna grande rimonta.

A un certo punto, com'era prevedibile, fece la sua comparsa Chub, salutando a destra e a manca. «Come va, avvocato Latch?» chiese con un gran sorriso.

«Solito, Chub. E tu?»

«Benone. Gli scommettitori continuano a perdere, io faccio affari d'oro. Ho paura dei federali, però. Se legalizzano le scommesse online finisco col culo per terra. Secondo te succederà?»

«Chi lo sa, Chub? Il mondo del gioco sta cambiando.»

«Eccome. Ogni anno regole nuove. I tipi di Las Vegas continuano ad allungare al Congresso soldi su soldi per stare al sicuro, ma se la vedono sempre più grigia. Gli indiani con i loro casinò sono fuori controllo. Tutto bene con i tuoi conti?»

In altre parole, "Hai presente che devi 6300 dollari al banco e non stai saldando?". Ma anche "Ti rendi conto che per te è un passivo senza precedenti?".

Simon cercò di confortarlo con un sorriso che sembrava falso, e lo era. «Certo, Chub. Non sono preoccupato. Tu sì?»

«Se non sei preoccupato tu, Latch, non lo sono neanch'io. Ma veniamoci un po' incontro, okay?»

Altrimenti? Simon non era mai stato così in difficoltà, e quel modo di sollecitarlo non gli piaceva. Rispose a Chub con uno sguardo duro e tornò allo schermo del videopoker. Chub non aggiunse altro e sparì tra gli avventori. Si diceva che avesse un lato cattivo, legami con certi malavitosi del New Jersey, quote in alcuni strip club della Florida e così via. Chub si faceva i fatti suoi, ma ciò non impediva che le voci circolassero, eccome. A quasi tutti i criminali quell'aura di ambiguità piace.

A Simon, in tutta franchezza, l'idea che Chub fosse una specie di ambizioso boss del crimine aveva sempre fatto un po' ridere. L'aveva conosciuto quindici anni prima, quando aveva aperto il suo primo bar a tre isolati da lì, e da allora era il suo allibratore di fiducia. Chub faceva un sacco di soldi con le scommesse e i videopoker, e i suoi locali erano celebri. Girava alla larga dalla droga e si dilettava con gli investimenti immobiliari: centri commerciali e condomini. Simon sapeva queste cose soltanto superficialmente, perché Chub si serviva di un altro avvocato. Un tizio losco che lui preferiva evitare.

Uscì dal bar, andò a piedi in ufficio, salì la scala sul retro ed entrò nel Ripostiglio attorno alle due di notte. Si spogliò, rimase in boxer e si sdraiò a letto, un mobile da quattro soldi che aveva rimediato al mercatino delle pulci, a guardare il soffitto. L'unica luce era il bagliore smorto di un lampione di Main Street. A quell'ora, nella città deserta c'era un silenzio di tomba.

Dopo diciotto anni di carriera da avvocato eccolo qui, ridotto a dormire su un letto traballante con il materasso sottile e senza molle, tra lenzuola che non lavava da settimane. Si nascondeva in un appartamento minuscolo e provvisorio perché, ecco, perché era di sua proprietà e non sapeva dove altro andare. Forse, chiesto ufficialmente il divorzio, confermati i pettegolezzi, resa pubblica la notizia che lui e Paula si stavano lasciando, allora sarebbe riuscito a trovare un vero appartamento con spazio per un forno e un frigo di dimensioni normali. Nel frattempo, a meno di due chilometri da lì la sua famiglia dormiva comoda nella bella casa che lui e Paula avevano comprato otto anni prima, con un mutuo concesso per il rotto della cuffia perché erano già squattrinati. All'estinzione del mutuo mancavano ancora ventidue anni, a 2800 dollari al mese, dodici inesorabili mesi all'anno, e lui stava per ritrovarsi a doverlo pagare fino all'ultimo centesimo. Avrebbe ceduto a Paula la sua quota dell'abitazione ma continuato a versare la medesima cifra, per garantire ai suoi figli lo stesso tenore di vita di sempre.

La sua situazione economica era disperata e il futuro non sembrava sorridergli.

Ne valeva la pena? Pur di allontanarsi da Paula e lasciare i ragazzi, valeva la pena di vivere in povertà? Si rispose che sì, che a soli quarantadue anni era perfettamente capace di riprendersi alla grande. Ma per andare dove? In diciotto anni di lavoro non era certo diventato ricco. I prossimi diciotto sarebbero stati tanto diversi?

Aveva bisogno di un altro drink. Scese nell'ufficio, dove in una credenza chiusa a chiave teneva le bottiglie.

12

La quarta volta pranzarono in un ristorante coreano di fascia medio-alta di cui Simon aveva sentito parlare benissimo. C'erano tovaglie e tovaglioli di lino e un'atmosfera più pacata rispetto ai loro incontri precedenti. Avevano provato il ristorante greco, il thailandese e l'afghano, e benché Netty si fosse goduta appieno tutti i pranzi, non era troppo entusiasta della varietà dei cibi proposti. Tra l'altro sembrava assolutamente decisa a lasciare che pagasse sempre Simon, cosa che lui faceva suo malgrado ma senza protestare. I pranzi rientravano nel suo grande progetto di seduzione.

Lei scorse coscienziosamente il menu e ne fu totalmente sopraffatta. Simon assunse di nuovo il controllo e ordinò dei *mandu*, ravioli fritti in padella ripieni di carne di maiale, e poi dei *japchae*, sottili noodle semitrasparenti con fettine di funghi, carote e spinaci, e infine la specialità della casa, pollo fritto reso ancora più croccante dall'impanatura con farina di riso. Si assicurò che il cameriere avesse capito che volevano la versione più delicata. Quella più piccante era famosa in tutta la città.

Durante il secondo pranzo Eleanor aveva chiarito che non beveva alcol, perciò niente vino. Incoraggiò Simon a prenderne un bicchiere, se lo voleva, ma a pranzo lui non beveva quasi mai. L'alcol rendeva fiacchi i pomeriggi.

Quando il cameriere si fu allontanato, Simon decise di andare dritto al punto. «Non abbiamo ancora parlato delle tue disposizioni, giusto?» Ormai erano passati al "tu".

«In che senso?»
«Be', quando Mr Korsak è mancato, chi ha preso le decisioni relative al funerale e alla sepoltura?»
«Oh, Signore.» Con gli occhi lucidi, Netty distolse lo sguardo. «È proprio il momento di discuterne?»
«Temo di sì. Come esecutore del tuo testamento, e in assenza di altri membri della tua famiglia, sarò io a dover prendere queste decisioni. A meno che, ovviamente, tu non voglia che lo faccia qualcun altro.»
«Oh, no, Simon, conto che lo faccia tu.»
«Grazie per la tua fiducia, Netty. Quale agenzia di pompe funebri hai scelto?»
«Cupit & Moke, in centro. Credo ci siano ancora.»
«Oh, sono morti entrambi, ma l'agenzia la gestiscono le loro famiglie. Ti spiace se do un'occhiata alla polizza?»
«Perché? Non so nemmeno se riesco a trovarla. Non avevo in programma di servirmene così presto.» Ridacchiò della battuta e Simon finse di unirsi alla risata. «E il posto è vicino a quello di Harry?» chiese lui.
«Esatto. Al cimitero di Eternal Springs. Il più bello della zona. Ci vado una volta al mese a portare dei fiori. Ecco, non tutti i mesi, ma quasi.»
«Ed è già stato pagato?»
«Oh, sì, a quanto ne so. È una vita che non vedo una fattura.»
«Immagino che la polizza copra i servizi standard, bara eccetera.»
«Di sicuro. La bara di Harry era bellissima, in quercia, ho dovuto pagare un extra.»
«A maggior ragione, è il caso che io veda la polizza» disse Simon. «Oggi si usa evitare la sepoltura tradizionale. Molti dei miei clienti scelgono la cremazione. Ne hai sentito parlare?»
«Ho letto qualcosa. E Dottie Watson del circolo del poker è morta due anni fa e l'hanno cremata e murata dentro un mausoleo. Pensavamo che i familiari volessero solo risparmiare soldi.»
«Io e mia moglie abbiamo scelto la cremazione» spiegò

Simon. «È più semplice, più veloce e molto più economica. Oltretutto, salvaguarda l'ambiente. Pensa ai milioni di persone che da morte sono state imbalsamate: tutte sostanze chimiche che filtrano nell'acqua potabile. È un disastro ambientale annunciato.»

Eleanor stava per bere un sorso d'acqua, ma si bloccò e mise giù il bicchiere. «Non ci avevo mai pensato» commentò, scioccata.

«È così. Quando una persona muore, gli addetti delle pompe funebri riempiono il corpo di sostanze chimiche di ogni tipo, formaldeide, fenolo, metanolo e glicerina, per conservare i resti solo fino al funerale. È ridicolo, davvero. Ogni anno finiscono nel suolo milioni di litri di sostanze chimiche. Col tempo, a mano a mano che il corpo si decompone, le sostanze iniziano a fuoriuscire, indipendentemente dal tipo di bara utilizzata.»

«Ecco, non ci avevo mai...» La sua voce si spense.

«La cremazione è la soluzione ed è decisamente la tendenza, almeno in questo paese. Ti mando qualche articolo da leggere.»

«Niente bara, niente di niente?»

«Esatto. Le tue ceneri vengono messe in un'urna e sepolte in un mausoleo o in un colombario.»

«Che sarebbe?»

«Una struttura che contiene le urne cinerarie.»

Con l'aria ancora satura di pensieri di resti in decomposizione, arrivarono i *mandu* su un vassoio. Erano piccoli, rotondi ravioli di riso dal profumo delizioso. «Cambiamo argomento» propose Netty.

«Buona idea.» Simon se la cavava abbastanza bene con le bacchette, Eleanor invece era troppo inesperta. Lui propose di usare la forchetta e lei accettò prontamente. Gli otto piccoli ravioli scomparvero in pochi minuti, proprio mentre venivano serviti i noodle e il pollo fritto. Eleanor non aveva manifestato un grande entusiasmo per il kebab afghano e gli involtini piccanti dalla Thailandia, ma divorò il pollo fritto croccante. E, secondo Simon, aveva bisogno di mangiare. Sembrava magra e fragile, non malata, però qualche chilo in più non le avrebbe fatto male. Il cameriere era un giovane ragazzo coreano-americano con l'accento del New Jersey. Mentre sparecchiava il tavolo, Simon gli chiese: «Ci porta un dessert tipico?».

«Arriva subito» disse, sicuro di sé. «Caffè?»

«Certo.»

Eleanor chiese un tè speziato.

Cinque minuti dopo tornò con un piattino di barrette di sesamo al miele. Eleanor ne assaggiò una, fece una smorfia e bevve un sorso di tè.

«Avevamo finito di parlare delle tue disposizioni?» riattaccò Simon.

«Non lo so, tu che dici? Non sono sicura di questa cosa della cremazione. Posso comunque essere seppellita vicino a Harry? Non abbiamo mai parlato molto del fatto di riposare per sempre fianco a fianco.» Gli occhi le tornarono di nuovo lucidi.

Simon la ascoltò con un sorriso. Sapeva con certezza che lui e Paula non avrebbero passato l'eternità fianco a fianco, da nessuna parte. «Non ho dubbi che potrai stare vicino a Harry» la rassicurò.

«Ma non ci sarà una bara o roba del genere» disse lei. «Solo un vaso, una scatola o...»

«Un'urna. Un'urna cineraria. Ce ne sono migliaia di modelli. È un modo molto più semplice di andarsene, e più economico.»

«Va bene, fammici pensare.»

«Non c'è fretta, Netty.»

«Voglio proprio sperare di no» ribatté lei con una risatina sguaiata.

13

In una perfetta giornata primaverile, Simon uscì dall'ufficio alle quattro mentre Matilda combatteva col telefono. Lui era grato che continuasse a squillare, anche se quel chiasso significava che il mattino seguente avrebbe avuto una lunga serie di persone da ricontattare. Per qualche ignoto motivo lo studio aveva vissuto un'impennata di attività dopo l'ultima fase di bonaccia, ed erano in arrivo un po' di sostanziose parcelle. Il divorzio, però, incombeva, e avrebbe consumato soldi che ancora non c'erano. La situazione da Chub, oltretutto, non era migliorata. Ancora una volta, scommettere sulle partite dell'NBA si stava dimostrando più impegnativo rispetto a quelle dell'NCAA.

Per la prima volta dopo settimane si sarebbe voluto concedere una partita a golf a nove buche, ma il calcio chiamava. La squadra Under 10 di Janie, le Slash, giocava l'ennesima partita al centro sportivo, un posto che Simon stava imparando a detestare. Ma non osava saltarla perché Janie avrebbe notato già prima dell'inizio che lui non c'era. Paula, ovviamente, sarebbe arrivata presto, anche per dimostrare di essere il genitore più diligente. Che importava? Non stavano certo litigando per l'affidamento.

Trovò il campo in mezzo a una decina di altri, su ciascuno dei quali imperversava una partita, e vide Paula da sola a un'estremità.

«Come siamo messi?» le chiese affiancandola senza guardarla.
«Uno a zero. Ha segnato Janie dopo trenta secondi. Te lo sei perso.»
«Un altro punto a tuo favore.»
«È proprio forte. L'allenatore vorrebbe convocarla per le trasferte estive.»
Simon sospirò piano, frustrato.
«Ciao ciao vacanze, insomma. Quante partite sono?»
«Almeno una dozzina. Sei tornei da un weekend ciascuno. A Washington, Baltimora, Charlotte, Atlanta, le altre non me le ricordo.»
«Magnifico. E immagino che tu abbia già detto di sì.»
«No. Ne ha parlato per la prima volta stamattina a colazione.»
«Quanto costa?»
«4200 dollari.»
«Stai scherzando, spero.»
«Certo che no. Per la divisa con tutti i crismi, i viaggi, le iscrizioni ai tornei e via dicendo. E un allenatore professionista.»
«Pure l'allenatore? Ha nove anni, Paula.»
«Sì. Lo so.»
Non si erano ancora scambiati uno sguardo. Più o meno un mese prima, sulle gradinate, i toni di una loro chiacchierata leggera si erano improvvisamente accesi. Era meglio stare alla larga dagli altri tifosi.
«E immagino che Janie voglia passare l'estate a giocare a calcio» commentò Simon.
«Penso di sì. La psicologa dice che vuole stare più lontana possibile da casa.»
«Quale psicologa?»
«La sua. Ci è già andata due volte.»
«E perché non ne sapevo niente?»
«Perché non eri a casa. Adesso sono io a occuparmi dei ragazzi. Da sola, a quanto pare.»
Simon ebbe l'impulso di mettersi a gridare e insultarla, ma avrebbe disturbato la partita e messo in imbarazzo sua

figlia. Oltretutto, avrebbe finito per fare un favore a Paula. Doveva mantenere la calma, sempre. Strinse i denti e fece un sorriso forzato.

«Quanto costa la psicologa?»

«Duecentocinquanta all'ora.» Stessa tariffa di Simon F. Latch, avvocato e consulente legale. Lui deglutì e chiese, con tutto il sarcasmo possibile: «C'è qualcun altro in casa che fa terapia, oltre a te e Janie?».

«Al momento no. Ho tutte le intenzioni di proteggere i ragazzi, Simon. A qualunque costo.»

«Perché, sto cercando di ferirli?»

«Il divorzio farà già abbastanza danni.»

«E il divorzio è una scelta condivisa, no? Vogliamo entrambi finirla e abbiamo deciso di divorziare.»

«Prima si fa, meglio è.»

La palla rimbalzò lì vicino, in fallo laterale, e Janie andò a raccoglierla per la rimessa. «Ben fatto, Janie! Bravissima!» gridò forte Simon. Ovviamente l'incoraggiamento passò inosservato. Gettò un'occhiata a Paula e lei fece una perfida smorfia di disgusto, come a dire che lui non era neanche in grado di fare il tifo come si deve.

Simon sapeva che le probabilità che Janie guadagnasse un solo dollaro giocando a calcio erano le stesse che aveva lui di vincere una causa miliardaria contro Big Pharma. Ma i suoi sogni erano finiti. Janie invece era soltanto all'inizio.

«Parliamo degli accordi per la divisione dei beni?» chiese lui, per cambiare argomento. Perché aveva scelto proprio quello?

Paula sospirò e si guardò attorno per controllare che fossero soli. «Qui e ora?»

«Non ci ascolta nessuno. Vuoi che passi da casa per discuterne di fronte ai ragazzi?»

«Chi li ha redatti?»

«Io. Te l'avevo detto.»

«C'era da immaginarselo. Sarei più tranquilla se li leggesse un avvocato scelto da me. E di quelli della zona non mi fido perché li conosci tutti.»

«Ovvio che li conosco tutti. Sono colleghi, più o meno. E

solo perché conosco un avvocato non vuol dire che mi fidi di lui. Anzi, in realtà non mi fido della metà di quelli in città, non mi piace quasi nessuno.»

«Qualcuno lo troverò.»

«Ottimo. E vuoi pagarlo 5000 dollari per cercare qualche cavillo in una divisione dei beni chiarissima, equa, e che include tutto quello che abbiamo già stabilito?»

«Abbassa la voce, Simon, per favore.»

La partita si trascinava, mentre Simon cercava di trattenere la rabbia e Paula faceva altrettanto. Entrambi avrebbero voluto allontanarsi, ma nessuno dei due intendeva andarsene per primo. Janie se ne sarebbe accorta subito. Verso fine partita segnò un altro gol. Simon finse di esultare, chiedendosi quanto gli sarebbe costato. Quando la palla uscì in fallo laterale all'estremità opposta del campo, si voltò e se ne andò senza dire altro.

14

La settimana dopo, un signore dall'aria bellicosa, malvestito e che puzzava di alcol, entrò chiassosamente nella reception dello studio legale di Wally Thackerman, dirimpetto a Simon sull'altro lato di Main Street.

La segretaria Fran, che aveva anni di esperienza nella gestione della gentaglia di strada, lo inquadrò subito. «Posso esserle utile?» chiese.

«Voglio vedere Wally Thackerman, l'avvocato» pretese lui.

«Ha un appuntamento?»

«Non dovrebbe occuparsene lei? Sì che dovrebbe, e se non fosse un'incompetente saprebbe che non ce l'ho, un appuntamento. E non me ne vado comunque.»

«Okay. Può dirmi come si chiama e il motivo della visita?»

«Mi chiamo Clyde Korsak e il motivo per cui sono qui non la riguarda.»

«E va bene, ma in questo momento l'avvocato Thackerman è con un cliente. Posso fissarle un appuntamento per domani, diciamo intorno alle quindici.»

«Che efficienza. Non torno domani perché oggi da qui non me ne vado. Ci parlo adesso con quello stronzo, perché non me ne vado da nessuna parte.»

Si dava il caso che Wally si trovasse nella biblioteca dello studio, più vicino all'ingresso che al suo ufficio, e quando sentì una voce sbraitare in tono aggressivo si avvicinò. «Tutto a posto, Fran?» chiese facendo capolino dal corridoio.

«È lei Thackerman?» scattò l'uomo.

«Sì, sono Walter Thackerman. E lei?»

«Clyde Korsak, figliastro di Eleanor Barnett, e dobbiamo parlare.»

Fran preparò subito del caffè, non che Clyde ne volesse, ma al momento sembrava necessario. Wally lo fece accomodare al grosso tavolo della biblioteca, e riuscì a scambiare qualche parola mentre aspettavano il caffè.

Korsak faceva spavento. Aveva passato i cinquant'anni ma si conciava come se ne avesse trenta, con lunghi, folti e unti capelli scuri decolorati che gli ricadevano sulle spalle, dandogli un'aria da rocker anni Ottanta fallito che gira ancora nei localini di poco conto. Gli avambracci erano pieni di tatuaggi vistosi e sul collo gli spuntava una specie di ragno verde. Aveva rughe attorno agli occhi gonfi e arrossati e solchi profondi sulla fronte. Ai polsi portava braccialetti dozzinali. Da entrambi i lobi delle orecchie gli pendevano croci d'oro. Giacca di pelle nera e logora. Stivali da motociclista.

Wally pensò di chiamare la polizia prima che si sedessero.

«La mamma ha detto che lei la sta assistendo per il testamento e tutto il resto» attaccò Clyde.

"La mamma?" Quando Wally aveva parlato con Eleanor Barnett, le aveva fatto le solite domande su figli, eredi e via dicendo. Non ne aveva. Forse Harry Korsak sì, uno o due figli, ma non avevano approfondito.

«Ecco, io, ehm, senta, non ricordo che Eleanor abbia detto di avere figli» rispose, scosso. «Anzi, sono sicuro che abbia detto di no.»

«Che maledetto bugiardo.»

«Ma è la verità. Lei è il suo figliastro?»

«Esatto. Io e mio fratello. La mamma ci ha cresciuti, ovviamente con l'aiuto di papà.» Inchiodava Wally con lo sguardo e lo metteva sempre più a disagio.

«La mamma ha detto che le sta scrivendo il testamento. È vero?» proseguì Clyde.

Wally si gonfiò di sdegno professionale. «Senta, non posso dirle nulla di quello di cui ho parlato con Ms Barnett» rispose, impettito. «Sono informazioni riservate. È mia cliente e mi rifiuto di parlare delle sue questioni legali.»

Clyde sembrava sul punto di esplodere, ma in quel momento entrò Fran con una brocca e due tazze. «Ecco il caffè, signori» cinguettò.

Lo versò nell'imbarazzo generale e fu completamente ignorata. «Devo prendere appunti?» chiese a Wally.

Ottima idea. Non aveva mai preso appunti durante un colloquio con un cliente, però in questo caso erano necessarie regole diverse. Wally avrebbe potuto avere bisogno di testimoni, o peggio, di qualcuno in grado di chiamare il 911. Fran si sedette a un capo del tavolo con la penna in mano. Clyde la ignorò.

«Ha scritto un nuovo testamento per la mamma?» chiese brusco.

«Senta, diffondere informazioni confidenziali vuol dire rischiare di essere radiati. Non potrei più esercitare.»

Clyde rise in tono di scherno. «Okay, sapientone, e che mi dici dei tuoi denti? Hai pensato che rischi di perderne qualcuno, insieme a un bel po' di sangue?»

Wally si impose di ignorare la minaccia, o almeno finse di farlo. «Può dirglielo Eleanor, ma io no. Glielo ha chiesto?»

«Sì, esatto, però non se lo ricorda, dice che tu hai inserito talmente tante stronzate legali nel testamento che non ha capito a chi va cosa. Io ho diritto a una parte dei soldi perché li ha guadagnati papà. Era lui quello furbo, non la vecchia strega.»

Per una frazione di secondo, Wally incrociò lo sguardo di Fran e le fece capire: "Chiama la polizia". Fran premette un pulsante. I soccorsi stavano arrivando, in teoria.

Dal fondo di una tasca della giacca di pelle Clyde estrasse una pistola, una piccola automatica scintillante, e la appoggiò sul tavolo senza fare commenti. Non ce n'era bisogno. Wally la guardò e si sentì mancare. Fran premette con insistenza il pulsante, ancora e ancora.

Stranamente, avrebbe poi ricordato che il suo primo pensiero era stato confortante, benché del tutto egoista: il malintenzionato avrebbe sparato a Wally per primo, e forse lei sarebbe riuscita a sfruttare quel paio di secondi per scappare. Ma provò subito imbarazzo per quell'idea orribile e non ne parlò con nessuno.

«Voglio vedere il testamento della mamma» pretese Clyde.

«Metta via la pistola, Mr Korsak, a meno che non voglia finire in prigione.»

«Ah! Ci sono già stato. Non è niente di che.»

«Metta via la pistola.»

«Papà non ci ha mai detto quanti soldi ha fatto, e di certo non li ha divisi con noi.»

«Per favore, metta via la pistola.»

«Magari non ho ancora finito. Voglio vedere il testamento.»

«Non è qui. I testamenti dei miei clienti li tengo in una cassaforte in banca.»

«Oh, che volpone. E scommetto che adesso le banche sono chiuse, vero? Perciò se torno domani mattina non avrai nessun problema ad accompagnarmi in banca e farmi vedere il testamento, dico bene?»

«Certo, se Eleanor mi dà l'autorizzazione.»

«Hai sempre la risposta pronta, eh?»

Clyde prese una tazza e sembrava pronto a bere un sorso, ma di colpo gettò il caffè verso Wally. La tazza era piena e, prima che lui potesse reagire, il liquido bollente gli finì sulla camicia bianca e in faccia. «Merda!» strillò, Clyde sbraitò a sua volta «Bastardo!» e Fran si mise a gridare «Adesso basta!». Clyde però si avventò contro Wally e lo colpì forte sul naso con un manrovescio che lo fece volare dalla sedia e finire sul pavimento, dove cercò di muoversi ma fu subito bloccato dal suo aggressore. Entrambi erano sulla cinquantina, però Clyde aveva partecipato a molte più risse di Wally. Ringhiando e imprecando lo sommerse di pugni: sembrava deciso a ucciderlo a mani nude, quando a un tratto rimbombò un colpo di pistola. Il fragore sembrava quello di un cannone, tanto che i due uomini si immobilizzarono.

Fran stringeva la pistola e mirava al soffitto, dov'era finito il primo proiettile.

«Fuori di qui» strillò a Clyde, che si rimise lentamente in

piedi fissando la pistola. Wally strisciò sotto il tavolo e riemerse dall'altro lato. Il naso gli sanguinava copiosamente.

«Fuori di qui» ripeté Fran, e indicò la porta con la pistola.

«Dammela» disse Clyde, ma con meno convinzione.

«Oh, certo che te la do. La vuoi in mezzo agli occhi o nelle palle?»

Clyde trasalì istintivamente.

«Adesso vattene» ordinò Fran. «Darò la pistola agli agenti appena arriveranno, tra pochissimo. Mio figlio è un poliziotto.»

Non era vero, però lo sembrò. Forse Clyde pensò che fosse vero, e magari suo figlio le aveva insegnato a sparare. A ogni modo era il momento di andarsene, finché era tutto intero.

«Tornerò» ringhiò come un pessimo attore e scomparve, sbattendo la porta.

Alle cinque e mezza del mattino, come sempre, Simon stava dormendo, quando vicino al letto il suo cellulare si mise a squillare. Era Matilda, che per nessun motivo aveva mai chiamato a quell'ora. «Potrebbe interessarti dare un'occhiata alla "Gazette" online» disse. «Pare che il tuo amico Wally Thackerman sia stato aggredito nel suo ufficio, ieri a fine pomeriggio. È ancora in ospedale, ma stanno per dimetterlo.»

«Va' avanti.»

«Ti dice niente il nome Clyde Korsak? A me sì, vagamente.»

«Sì, è il figliastro di Eleanor Barnett. Te la ricordi? È venuta qualche mese fa, voleva un testamento.»

«Sì, certo. Pensavo fosse un fascicolo chiuso.»

Non proprio. «Non riusciva a decidersi. Demenza. Una vedova con due figliastri che vogliono soldi.»

«Comunque, lui è in carcere, accusato dell'aggressione. Chissà perché ha pestato Wally.»

«Chi può dirlo? Suppongo sia un lavoro pericoloso.»

«Occhio. Ci vediamo alle otto e mezza.»

La "Gazette" era il quotidiano cittadino, zeppo di inserti pubblicitari e con poche notizie: non che ci fosse granché da riportare, oltre ai necrologi e ai punteggi delle partite di football. Il pestaggio di un avvocato locale era troppo bello per essere ignorato, e il titolo in prima pagina strillava: "AVVOCATO ATTACCATO NEL SUO STUDIO. ARRESTATO IL COLPEVOLE".

La parola "attaccato" faceva molta più impressione di "aggredito". C'era una vecchia foto dell'esimio Walter Thackerman presa da un annuario legale, ma nessuna foto segnaletica dell'aggressore. L'uomo era stato identificato come Clyde Korsak, indirizzo, età e professione sconosciuti. Era accusato di aggressione aggravata e diversi reati relativi al porto d'armi, oltre che di ubriachezza molesta e resistenza all'arresto. La cauzione era di 250.000 dollari, piuttosto alta per i suoi presunti reati, ma del resto la vittima era un avvocato e l'ordine doveva proteggersi. L'accusato era atteso in aula nel corso di quella giornata.

Simon si vestì e scese nella cucina dell'ufficio, dove si fece un caffè e cercò di digerire la notizia. Doveva parlare con Eleanor, ma avrebbe aspettato un orario più opportuno. Era un fatto scioccante che poteva degenerare in molte direzioni, ognuna delle quali non prometteva niente di buono.

Tuttavia, mentre ascoltava sibilare la caffettiera, riuscì a ridere dell'accaduto. Il povero Wally era appena stato pestato per aver redatto un testamento ormai segretamente revocato, e né lui né il suo aggressore lo sospettavano.

Si riempì una tazza, la portò in ufficio, accese il computer e si mise a leggere i commenti all'articolo online.

Jacknut: "*Io dico di unirci e di attaccare tutti gli studi legali. Imbracciate le armi, patrioti! Dobbiamo proteggerci dalla legge e dagli avvocati!*".

Ole Possum: "*Perché mai una cauzione così assurda per un'aggressione? Diamine, gli assassini si prendono molto meno. Sarà mica l'ennesimo caso del sistema legale che fa solo i suoi interessi?*".

Katty Kate: "*Era ora che qualcuno gonfiasse di botte quello stronzetto. Dieci anni fa ha fottuto la mia famiglia e abbiamo perso dei terreni. Sarebbe dovuto finire in prigione molto tempo fa*".

Slasher: "*Sei anni fa ho avuto un incidente in auto e ho fatto l'errore di assumere Wally Thackerman per fare causa alla compagnia assicurativa. Lui si è dimenticato del mio caso e ha lasciato scadere i termini di prescrizione. Alla fine ci siamo accordati privatamente, per non fargli perdere la licenza. Non assumerei quest'uomo nemmeno per pulire i pavimenti"*.

Infine, Miss Preen scriveva: *"Smettetela tutti quanti! Wally è una persona perbene, che mi rappresenta da molti anni. Spero che si rimetta al più presto"*.

Tre tazze dopo, alle otto in punto, Simon chiamò Eleanor. Al quarto squillo si chiese per quale dei tanti motivi possibili non avesse ancora risposto. Usare il cellulare era un'impresa, per lei. Faceva partire di continuo chiamate involontarie, oppure riattaccava di colpo mentre Simon parlava, salvo richiamarlo subito e scusarsi per l'interruzione. Spesso Eleanor si dimenticava di mettere gli apparecchi acustici e strillava nel telefono, costringendo anche lui a urlare. Almeno la metà delle volte non rispondeva, e Simon aveva imparato in fretta a evitare di lasciarle messaggi in segreteria.

Finalmente arrivò un debole: «Pronto».

«Buongiorno, Eleanor, sono Simon. Tutto bene?»

«Non proprio. Hai sentito la notizia?»

«Sì, è per questo che ti chiamo. Hai visto Clyde?»

«Sì, purtroppo. Dobbiamo parlare, Simon. Ho bisogno di aiuto. Stamattina ha già chiamato tre volte, vuole dei soldi, 25.000 dollari, per uscire di prigione. Ed è incattivito. Penso che sia pericoloso.»

Evidentemente.

«Eleanor, vengo da te e ne parliamo subito» le propose Simon.

«No, vengo io in studio.» Non sembrava ammettere repliche.

«D'accordo. Per me va bene a qualunque ora. Prima arrivi, meglio è.»

«Okay. Sono già pronta, sarò lì tra mezz'ora.»

«Va benissimo. Ci sarà anche Matilda, quindi attenta a quello che le dici.»

«Chi è Matilda?»

15

L'ultima volta che Eleanor lo aveva sentito, diversi anni prima, Clyde lavorava in Iraq per le Nazioni Unite: cercava di mettere ordine nel caos del dopoguerra, per giunta in una zona davvero pericolosa dove tutti i giorni si sentivano gli spari. Così, perlomeno, diceva. In teoria, si era fatto vivo soltanto per raccontarle che finalmente faceva qualcosa di importante. Come al solito, lei non aveva creduto a una parola. Quasi sempre, una telefonata da chissà dove ne precedeva un'altra, con cui Clyde le chiedeva dei soldi.

Due sere prima l'aveva chiamata per dirle che stava passando a trovarla e chiederle se poteva ospitarlo sul suo divano per una notte. Prima che lei riuscisse a dirgli di no, a prendere tempo o a escogitare un modo per evitarlo, lui era spuntato alla sua porta e aveva cominciato a bussare rumorosamente. Il loro rapporto era complicato, pieno di tensione e sfiducia, e tutto incentrato sul fatto che Clyde era un imbroglione che non aveva mai lavorato per davvero, costantemente al verde e, di solito, invischiato in qualche attività losca. Lui era convinto da diversi anni che il padre avesse lasciato alla sua vedova un mucchio di soldi. Aveva ragione, ma Eleanor non si era mai sbilanciata al riguardo. Harry aveva sempre caparbiamente insistito sul fatto che né Clyde né suo fratello Jerry dovessero ricevere un solo centesimo in eredità.

Lei gli aveva preparato una tazza di zuppa al pomodoro, e poi altre due dopo che si era scolato la prima. Al solito, mangiava come un maiale e si puliva la bocca sulla manica. Eleanor gli aveva detto che non poteva dormire sul divano, né altrove in casa sua, peraltro, e avevano litigato. Sentendosi minacciata fisicamente da Clyde, era stata sul punto di chiamare la polizia. Invece si era chiusa a chiave in camera e aveva passato la notte insonne a sbirciare dalle persiane, sperando di veder ripartire l'auto parcheggiata nel vialetto. Invano. L'indomani, quando si era avventurata fuori dalla stanza, Eleanor aveva trovato Clyde in cucina, che con tutta calma leggeva il giornale bevendo il caffè.

Avevano parlato in un clima forzatamente cordiale. Poi si era ricordata di non aver chiuso a chiave la porta dello studio, dove teneva una scrivania e alcuni schedari. La porta era semiaperta. C'erano due testamenti: quello redatto da Wally Thackerman e firmato da Eleanor quattro mesi prima, e l'altro, redatto da Simon due mesi prima. Il secondo invalidava e revocava il primo, ma il povero Wally ne era all'oscuro. Entrambi si trovavano dentro una cassaforte a prova d'incendio insieme agli atti di proprietà della casa e dell'auto, alle polizze d'assicurazione sulla vita e sugli infortuni e ad altri documenti che lei considerava importanti. La cassaforte era nascosta sul fondo del suo armadio.

Sulla scrivania dello studio c'erano una pila ordinata di bollette e una vaschetta con lettere, articoli e altri fogli che non aveva ancora deciso di buttare via, ma che entro un anno o giù di lì sarebbero spariti. Nel cassetto centrale c'era il suo libretto degli assegni, emesso dalla Security Bank e collegato a un conto il cui saldo era di appena 3100 dollari. Il cassetto non era chiuso a chiave, e ciò lo rendeva un bersaglio facile per i ficcanaso.

Pur avendo ripetuto almeno un paio di volte che era affamato, Clyde non era riuscito a farsi offrire la colazione da Eleanor, che a un certo punto aveva trovato il coraggio per dirgli, piuttosto seccamente, che si era trattenuto troppo a lungo e avrebbe fatto meglio ad andarsene. Lui le aveva chiesto di prestargli 5000 dollari, lei aveva rifiutato. Quando finalmente Clyde era uscito sbattendo la porta, Eleanor aveva subito chiamato il fabbro per far cambiare tutte le serrature di casa, eccetto quella della cassaforte nascosta.

Aveva trovato il problema sulla sua scrivania, nella vaschetta della posta, sotto almeno cinque centimetri di corrispondenza varia e altri documenti che, in gran parte, non ricordava neanche più perché avesse conservato. Il problema era una lettera dallo studio legale di Walter J. Thackerman, che tra le altre cose diceva: "Ho chiamato due volte ieri e una l'altroieri. Vediamoci martedì alle tre del pomeriggio nel mio studio per finalizzare il suo testamento".

A quel punto, Simon non poté non interromperla. «Ci sono in giro anche lettere mie, sulla scrivania?»

«Ah, no, ho controllato.»

Fu un sollievo. Lui non voleva passare mesi con la pistola in tasca o a portata di mano.

Eleanor gli spiegò quello che già si era capito: durante la notte, Clyde aveva frugato tra le sue carte e trovato la lettera. Uscito lui, Eleanor aveva setacciato i documenti nello studio senza trovare nient'altro che potesse creare problemi. Poi aveva buttato via tutto.

«Era soltanto spazzatura inutile. Adesso però cosa faccio, Simon?» chiese, implorante. «L'hanno arrestato e non ha nessuno che lo aiuti.»

«Meglio così, Netty. Non è la prima volta, e oltretutto se lo merita. Quello è pericoloso, armato e disperato.»

«Gliela ridaranno, la pistola?»

«Non credo.»

«Finirà in prigione?»

«Più che probabile. I giudici non sono teneri con chi aggredisce un avvocato nel suo studio. In più ha precedenti e gira con la pistola in tasca. Qualche anno se lo becca.»

«Ah, meglio così, forse. Mi fa paura.»

«Suo fratello potrebbe pagargli la cauzione?»

«Non lo so. Jerry abita da qualche parte in Florida e non sono tanto legati, o almeno, una volta non lo erano.»

Matilda si era sfilata le scarpe con i tacchi e si spostava in punta di piedi per lo studio origliando dagli angoli migliori. Purtroppo, Simon e Ms Barnett stavano parlando in una piccola sala riunioni con la moquette spessa e le bocchette d'areazione nel pavimento. I suoni erano attutiti.

«Non rispondere al telefono, Netty» disse Simon a bassa voce. «E sta' alla larga dalla prigione. Ma soprattutto, se Wally dovesse cercarti, non parlargli.»

«Perché dovrebbe cercarmi?»

«Non lo so, ma immagino che non voglia assolutamente che si sappia del testamento. Se comincia a girare voce che ad aggredirlo è stato il figliastro scontento di una cliente, il testamento diventa un problema. L'ultima cosa che Wally vuole è che si scopra che cosa c'è scritto. Non dimenticare, Netty, che si è messo da parte quasi mezzo milione di dollari in contanti.»

«Ma sono confusa. Quello non dovrebbe più essere valido, o sbaglio?»

«Non è valido né nullo. Sta solo aspettando che tu muoia.»

«Ossignore.»

«Scusa se sono così drastico. Un testamento non è valido finché, dopo la morte, non viene omologato. Il testamento che ho redatto io per te revoca espressamente quello di Wally, che a quel punto sarà nullo. Ovviamente, lui non lo sa.»

«A me sembra corretto dirglielo. L'hanno appena riempito di botte per niente, poverino.»

«Se le è prese perché Clyde è un idiota. No, la legge non obbliga me, te o nessun altro a dire a Wally che hai dettato un testamento nuovo che invalida il vecchio.»

«Ma così mi sembra che lo inganniamo.»

«Forse, però ci sono delle ragioni per farlo. E, ahimè, esistono tante leggi che sembrano inganni ma che in realtà sono necessarie.»

«Se lo dici tu, Simon. Io di te mi fido.»

Simon aveva un urgentissimo bisogno di presentarsi in tribunale. Non per rappresentare un cliente e tantomeno per far funzionare al meglio la macchina della giustizia ma, come la maggior parte dei suoi colleghi, in nome della curiosità. Conosceva bene gli habitué che gravitavano da quelle parti nella speranza di agganciare uno o due clienti e che nell'attesa non disdegnavano di far circolare gli ultimi pettegolezzi. In diciotto anni, a Simon non era mai capitato che le voci riguardassero un episodio clamoroso come il pestaggio di un avvocato nel suo stesso ufficio.

Una ventina d'anni prima, quando Simon studiava ancora legge, avevano beccato un noto avvocato divorzista mentre faceva sesso con una cliente sul divano del suo ufficio, che chiamava "il sofà degli onorari". La situazione era precipitata quando altre donne lo avevano accusato. Radiato dall'ordine, aveva fatto le valigie in tutta fretta e di lui si sapeva soltanto che si stava godendo la vita nel Montana, dove faceva la guida di pesca. Simon ci pensava spesso, soprattutto quando l'unico spiraglio di luce nel tedio delle giornate era l'ennesima seduta del tribunale fallimentare.

Il dramma del momento non aveva precedenti, e un giro in tribunale gli sarebbe senz'altro servito a raccogliere informazioni. Era tassativo. Doveva sapere se qualcuno avesse collegato l'aggressore, Clyde Korsak, alla ricca cliente di Wally, Eleanor Barnett. Inoltre era curioso di sapere in che condizioni fosse uscito Wally dal pestaggio.

Non gravi, a quanto sembrava. Alla seduta di calendarizzazione dei processi penali delle nove e mezza, alla quale Simon non partecipava mai, sentì dire che Wally era stato dimesso dopo aver passato la notte in ospedale. Naso rotto, lividi e abrasioni, un leggero trauma cranico. «Nessun danno cerebrale, a parte quelli che aveva già» fu l'ironica sentenza dei suoi leali colleghi. Le vere risate, comunque, se le fecero con i vari racconti di Fran che impugnava la pistola e sparava un colpo in aria. Un assistente del procuratore andava dicendo che i poliziotti lo avevano sentito mentre si avvicinavano allo studio di Wally, prima di incrociare l'aggressore che barcollava giù dalla veranda ubriaco da fare schifo.

Simon si trattenne per un'ora, ovvero quanto bastava ad accertarsi che i pettegolezzi non collegassero Eleanor Barnett a Clyde Korsak, che era rimasto in prigione e aveva finalmente smesso di chiamare la matrigna.

Tornò in tribunale a scambiare chiacchiere e battute con uscieri e cancellieri due giorni dopo, quando Clyde fu portato in aula per la sua prima udienza preliminare. Tre notti dietro le sbarre non erano bastate a dargli un aspetto migliore, anche se probabilmente la tuta arancione da carcerato era più pulita degli abiti che indossava quando lo avevano sbattuto dentro. Non si era sbarbato, non si era lavato, non era pentito. Guardò la giudice con l'aria di uno che l'avrebbe volentieri presa a schiaffi e diede l'idea di non essere minimamente turbato dalla prigione né dai procedimenti legali. Il suo giovane e inesperto difensore d'ufficio gli si mise a fianco, ma non troppo vicino, e disse alla giudice che Mr Korsak era disoccupato, non si poteva permettere né un legale né di pagare la cauzione, e non possedeva nulla a proprio nome tranne l'auto che gli era stata sequestrata dalla polizia.

«Ultimo domicilio conosciuto?» chiese la giudice.

«Vostro onore, al momento il mio cliente risiede presso un amico nella zona di Baltimora.»

«Piuttosto vago. Vedo che ha precedenti penali.»

«Sì, Vostro onore, ma per un reato non violento di molti anni fa. E in teoria avrebbe dovuto essere cancellato.»

«Be', non so come sia andata, però non è stato cancellato.»

«È l'avvocato che ha fatto un pasticcio» precisò Clyde. «Quel ciarlatano.»

«Capisco. Per il momento la cauzione non verrà ridotta, Mr Korsak. La restituisco alla custodia della polizia.»

«Ma grazie tante» mormorò Clyde mentre gli uscieri lo portavano via. Simon gli era stato abbastanza vicino da capire che non voleva averci niente a che fare. Aveva steso Wally e di sicuro si sarebbe divertito a far sputare sangue a un altro avvocato.

Eleanor lo chiamava diverse volte al giorno, sempre sul cellulare, e fino a quel momento Simon era riuscito a tenere le conversazioni lontane dai radar della sempre vigile Matilda. Eleanor era agitata, spaventata e convinta che presto Clyde sarebbe uscito di prigione e avrebbe combinato altri guai. I suoi ultimi messaggi in segreteria erano stati duri e minacciosi.

Simon vi individuò un'opportunità per rendersi indispensabile. In più, era preoccupato per Wally. Era ovvio che prima o poi si sarebbe fatto vivo con Eleanor per parlare dell'incidente e, così facendo, del testamento. Lei aveva garantito a Simon che non si sentivano più da mesi.

L'idea era di spedirla fuori città per qualche giorno, non lontano, ma in un posto carino dove tenerla al sicuro e in disparte. Simon conosceva il posto giusto: il grazioso lago Murray, sui monti Blue Ridge, a mezz'ora da Braxton, vicino al confine con il Maryland. Su due sponde opposte si affacciavano un paio di piccoli alberghi, fra le mete preferite delle coppie anziane, soprattutto nei fine settimana. I ristoranti erano validi, idem le spa. Il posto perfetto dove rilassarsi e sparire per qualche giorno. A Eleanor l'idea piacque, ma per evitare che Clyde la rintracciasse in qualche modo non voleva prenotare a proprio nome. Fu Simon, perciò, a usare la sua carta di credito segreta per accaparrarsi una stanza da 400 dollari a notte.

Dopo uno spuntino a base di tacos in un locale messicano la seguì fino a casa, e già quella fu un'avventura. Simon non sapeva bene se e come farglielo notare, ma al volante Netty era un'incapace assoluta. Non toglieva mai il piede dal freno e non metteva mai la freccia. Non si accorgeva degli stop, li ignorava bellamente o li considerava semplici consigli. In dieci minuti di tragitto scatenò per due volte le strombazzate di guidatori su tutte le furie, ma fu come se non li sentisse. Quando finalmente parcheggiò nel vialetto e spense il motore, Simon poté ricominciare a respirare.

La casa era pressoché identica a tutte quelle che si affacciavano sulla via e su quella successiva, e sulle cinque ancora oltre. Una fascia suburbana di lotti da 185 metri quadri fatti con lo stampino, orientata a est verso Washington. Lei entrò e gli disse di aspettarla al lampione di fronte al marciapiede. Chiaramente non voleva che mettesse piede in casa sua. Strano atteggiamento. Che cos'aveva da nascondere? Considerati la sua auto, i suoi vestiti e, adesso, la sua abitazione, Eleanor Barnett non aveva mai scialacquato un soldo, e forse non ne sarebbe nemmeno stata capace. Lei e il vecchio Harry si erano dimenticati come fare, a furia di mettere da parte ogni centesimo?

Oppure, come si era già chiesto, era tutta una montatura per tenere nascosti i soldi? Una cosa era certa: se quella donna avesse voluto vivere la vita che si poteva davvero permettere, se la sarebbe filata via da lì alla svelta. Guardando le schiere infinite di case identiche, Simon dovette ammettere che un po' ammirava la sua capacità di dare così poco nell'occhio.

16

Simon caricò la valigia di Eleanor nel baule dell'auto e partirono. Lanciò un'ultima occhiata alle file di case identiche. «Tu e Harry vi siete trasferiti qui dieci anni fa, quindi?» domandò.

«Mi pare. Non sono brava con le date e gli anni. La casa era nuovissima, ci eravamo appena abituati a quella sistemazione e di colpo è morto. È stato terribile.»

«Mi spiace tanto. E prima stavate ad Atlanta.»

«Già. Non mi è mai piaciuta. Troppo grande, troppo traffico.»

Nel corso dei loro pranzi aveva scoperto che era originaria di una cittadina vicino a Nashville e che aveva conosciuto Harry durante una vacanza con le amiche dalle parti di Destin. Si erano stabiliti ad Atlanta.

«Perché siete venuti qui?» chiese Simon.

«Bella domanda. Harry era appena andato in pensione e volevamo cambiare aria. Ci piaceva la montagna e cercavamo un clima migliore. Qui le case costavano poco, o perlomeno non tanto come in altri posti.»

E rieccoci: il punto era sempre *spendere poco*. Dieci anni prima, il sessantacinquenne Harry era morto dopo aver lavorato molti anni per la Coca-Cola, e stando a Eleanor aveva fatto incetta di azioni della società per il puro gusto di metterle da parte. Idem le azioni Walmart. Insomma, quand'era morto aveva in tasca un bel patrimonio. Perché intestardirsi nel cercare una casa economica?

Simon si ripeté che probabilmente si scervellava troppo su quella storia e sul tentativo di fare i conti in tasca a Netty. C'erano altissime probabilità che Harry, "figlio della Depressione", fosse soltanto uno spilorcio, e che dopo una ventina d'anni di matrimonio Eleanor avesse preso da lui. Non aveva mai definito povera la sua infanzia. Il suo aggettivo preferito, in quell'ambito, era "modesto". Forse anche lei era cresciuta in una famiglia estremamente frugale.

E rimaneva la possibilità che i soldi non ci fossero. Di tanto in tanto Simon ci pensava e si innervosiva. Difficile, tuttavia, ipotizzare perché una persona modesta e tutt'altro che pretenziosa come Eleanor stesse fingendo di valere milioni. Che cos'aveva da guadagnare da una simile messinscena?

Non c'era una risposta, ma ancora una volta Simon giurò che avrebbe continuato a scavare.

Il telefono di Eleanor squillò. Lo trovò in fondo alla borsetta, riuscì a tirarlo fuori, lo guardò. «Ossignore» disse «è Wally. Cosa faccio?»

Simon sapeva esattamente che cosa fare: ascoltare la conversazione. «Magari rispondi. Digli che sei fuori città per qualche giorno. Metti in vivavoce. Io non apro bocca.»

Lo guardò con aria alquanto confusa mentre il telefono le squillava per la quinta volta. Rispose.

«Pronto?»

«Eleanor, sono Wally. Come sta?»

«Mah, bene, Wally, e lei?»

«Anch'io. Avrà saputo la notizia. Qualche giorno fa ho avuto un piccolo attrito con Clyde Korsak. Lei l'ha visto, ultimamente?»

Eleanor guardò Simon, che fece cenno di sì.

«Eh, sì. Qualche giorno fa è passato da me. Non lo vedevo da anni. Non siamo tanto in confidenza, sa.»

«Okay. Quel pomeriggio è venuto in ufficio da me perché voleva parlare del suo testamento, pretendeva di vederlo. Gli ho spiegato che non potevo, che è una questione riservata. Era ubriaco e aggressivo, mi ha minacciato con la pistola. È stato orribile, Eleanor. Mi è saltato addosso e mi ha preso a pugni.»

«Oh, mi spiace, Wally. Adesso come sta?»

«Bene, gliel'ho detto. Lui è ancora in arresto. Gli ha più parlato?»

«Mi ha telefonato un paio di volte. Io sono fuori città per qualche giorno.»

Seguì una lunga pausa, mentre Wally forse si chiedeva dove. «Non una cattiva idea, tutto sommato. Senta, Eleanor, una domanda. Come faceva Clyde a sapere che ho redatto il suo ultimo testamento, se io e lui neanche ci conoscevamo? Gliel'ha detto lei? Non posso credere che abbia fatto una cosa del genere.»

«No, Wally, di lei non gli ho detto niente. Il testamento è top secret, come mi aveva spiegato di fare. Non ne parlerei con nessuno.» Rivolse a Simon uno sguardo di biasimo, come se fosse colpevole di qualcosa.

«Strano. Non capisco come abbia fatto Clyde a sapere che la rappresento.»

«Non ne ho idea. Io non ho detto una parola.»

«D'accordo. Ci stia attenta, Eleanor. E quando rientra venga da me e rivediamo il testamento. Sono passati quasi sei mesi.»

«Eh, già.»

Eleanor chiuse la chiamata e tenne il telefono in grembo. Per un po' vi fu silenzio. «Mi sento un'imbrogliona, Simon. Non mi piace.»

«Netty, se gli parli del tuo nuovo testamento Wally perderà le staffe e pretenderà che vi sediate a un tavolo a cercare un compromesso. Mi chiamerà e mi minaccerà. Sarà un disastro.»

«Suppongo di sì.»

Rimasero in silenzio per un altro paio di chilometri. Ci sarebbe stato molto da dire, ma i pensieri erano confusi. «Quanto rimane in prigione Clyde?» domandò Eleanor a un certo punto.

«Non lo so. Per un'aggressione aggravata può prendersi fino a dieci anni. Ma ho il sospetto che, appena tornerà in sé, Wally ritirerà la denuncia.»

«Non capisco.»

«Ascoltami. A lui conviene evitare a tutti i costi che il tuo testamento sia reso pubblico. Includendo una donazione diretta in contanti a se stesso, e non parliamo di spiccioli, ha fatto una cosa pessima. Come ti ho già spiegato, se si venisse a sapere, e se tu dichiarassi di non esserne stata al corrente, l'ordine degli avvocati dello Stato potrebbe aprire un procedimento disciplinare contro di lui.»

«Che confusione, Simon. E se non avessi firmato il nuovo testamento che hai preparato tu? In caso di mia morte, se lui avesse chiesto l'omologazione del suo testamento si sarebbe saputo della donazione, giusto?»

«Esatto.»

«E allora non sarebbe diventato un problema lo stesso, per lui? Non ci capisco niente.»

«In realtà non c'è niente da capire. Sì, probabilmente Wally sapeva di poter finire nei guai, ma era disposto a rischiare. Il testamento che ti ha fatto firmare lo nomina legale incaricato di gestire la tua eredità e amministratore fiduciario dei fondi da lui istituiti nel testamento stesso. Insomma, maneggerebbe un mucchio di soldi. Secondo me l'ha vista come un'occasione da cogliere e non ha resistito alla tentazione.»

Simon cercò di non sembrare ipocrita. Anche lui la considerava un'occasione da cogliere, una tentazione irresistibile. Wally era stato più sfacciato e più avido, sì, ma non si poteva dire che con il nuovo testamento anche Simon non si fosse riservato un trattamento di favore. Cercò di non fantasticare sul suo onorario, però era impossibile.

«È tutta fuffa legalese.»

"Anche peggio" pensò Simon.

Il Robin's Retreat era un piccolo hotel annidato ai piedi di colline ondulate e lontano dalla frequentata zona turistica del lungolago con i suoi bar e ristoranti. Simon aiutò Netty a registrarsi e rimase mezz'ora nella hall ad aspettare che si preparasse per il pranzo. Ordinarono normali piatti locali e mangiarono su un pontile, a un paio di metri dall'acqua del lago Murray che sfiorava le barche ormeggiate.

«Com'è la stanza?» chiese lui.
«Adorabile. C'è una vista sul lago bellissima. Grazie per avermi portata qui, Simon.»
«Rimani qualche giorno e vediamo come va con Clyde. Io, come sempre, bazzicherò il tribunale con le orecchie bene aperte in attesa di novità. Parlerò con la polizia e con il procuratore, e se scopro qualcosa di importante ti avverto.»
«Mi sono portata due libri da leggere.»
«Perfetto. Prenditela comoda, riposati, se ti va prenota pure un massaggio alle terme. Ti invidio un po', sai?»
«Sei già stato qui?»
«Una volta, tanti anni fa, a festeggiare un anniversario con Paula. Due notti, splendida vacanza.»
E come no. Avevano bisticciato e litigato, se n'erano andati con un giorno d'anticipo.
Dopo qualche altro boccone guardò l'ora, con uno di quei gesti che si fanno per informare la persona dall'altra parte del tavolo che c'è un impegno all'orizzonte. «Devo andare, Netty. Ho una riunione importante alle tre.»
«Vai, vai pure, Simon, io qui me la cavo.»
«Per qualsiasi cosa chiamami.»
«Grazie davvero, sei proprio caro.»

Nel weekend le telefonò due volte al giorno e tutto filò per il meglio. Il lunedì mattina, invece, lo chiamarono dal Robin's Retreat per chiarire una questione insolita. A quanto sembrava, l'hotel eseguiva controlli sulla situazione creditizia degli ospiti che non erano clienti assidui. Siccome la carta di credito di Simon non era mai stata usata prima presso l'albergo, e siccome Ms Barnett faceva addebitare tutti gli extra alla stanza, dalla direzione avevano chiesto garanzie alla Visa. Fra la tariffa base, i tre pasti in camera al giorno, le diverse visite alla stazione termale e le pesanti tasse su locazione, soggiorno, cibo e bevande, Ms Barnett spendeva 1200 dollari al giorno. Secondo la Visa, il plafond della carta di Simon era di 10.000 dollari, e il giorno prima era stato superato. Al momento doveva all'hotel 4100 dollari, da sommare ai 7000 spesi nel mese precedente: anche per scommesse online che, grazie al cielo, la Visa non menzionava.

Simon cercò di non svenire e spiegò che, al momento della registrazione, aveva specificato alla receptionist che a saldare il conto sarebbe stata l'ospite, Ms Barnett. La carta di credito era servita soltanto per prenotare. Dopo averlo tenuto in attesa per secoli, il direttore generale gli comunicò che Ms Barnett aveva dato precise indicazioni di addebitare tutto a Mr Latch. Questo era successo il primo giorno, dopo che lui se n'era andato.

Simon, su tutte le furie, aspettò fino a mezzogiorno, e non appena Tillie uscì corse in auto e andò al lago Murray. Trovò Netty al ristorante. Lei, entusiasta di vederlo, lo invitò a sedersi come se gli stesse offrendo il pranzo. Quando arrivò il conto, la cameriera lo presentò con un amichevolissimo «Ecco qui, Ms Barnett», come se da quelle parti la vedessero ogni settimana.

Simon la guardò firmare la ricevuta e le domandò se avesse addebitato il pranzo alla sua stanza.

Lei gli fece un sorriso dolce. «Certo. Come mi hai detto di fare tu.»

«Okay, ma ti ho anche detto di usare la tua carta di credito. Stamattina mi ha chiamato la direzione, dicono che hai accumulato spese per oltre 4000 dollari. Sulla mia carta di credito anziché sulla tua.»

«Ma me l'hai detto tu di usare la tua carta, per non lasciare tracce. In pratica mi sto nascondendo, no? L'idea è stata tua.»

Eccome se lo era stata, dall'inizio alla fine, e in quel momento Simon non era sicuro di aver spiegato con assoluta chiarezza a Netty chi avrebbe dovuto pagare. Continuava a sorriderle e ad annuire come fosse tutto a posto, come se lui, il grande avvocato, fosse pieno di soldi. «Scusa se non sono stato chiaro, Netty, ma di sicuro puoi pagartelo da te, qualche giorno di vacanza qui.»

«Ah, voi avvocati, sempre a pensare ai soldi.»

«Non è vero.» Invece sì, soprattutto perché Simon non ne aveva. Era deciso ad andarci giù duro perché aveva ragione, e perché mai e poi mai si sarebbe lasciato convincere a pagare un conto che per le tasche di Eleanor Barnett era una miseria.

«Magari, mentre parlo col direttore, vai a fare le valigie» le suggerì.

«Devo andare via?»

«Sì. È ora di tornare a casa.»

Le vennero gli occhi lucidi, ma Simon non le badò. Un'ora dopo, quando lo raggiunse alla reception, lui la aspettava insieme a un impiegato. Suo malgrado, Netty consegnò una carta di credito Visa. L'impiegato la strisciò e aspettarono, per un'eternità, che tutte le spese le fossero addebitate. Alla fine l'impiegato sorrise e Simon le prese la valigia.

Un'altra crisi finanziaria scongiurata.

17

Nelle due settimane successive la situazione fu tranquilla: Clyde rimase in carcere e Netty tornò alla sua routine di far niente o quasi. Simon presentava montagne di istanze di fallimento ed era impegnatissimo. Lui e Paula proseguivano la loro guerra silenziosa, ignorandosi e sperando che qualcosa li costringesse a firmare le carte del divorzio.

Ogni mattina Simon sentiva la sua fonte in carcere per accertarsi che Clyde non fosse uscito. Il pomeriggio chiamava una segretaria dell'ufficio del procuratore per monitorare ogni attività che riguardava il caso. La segretaria aveva trentacinque anni, era divorziata e famosa per essere parecchio civetta. Era sulla sua lista, nel caso in cui avesse mai trovato il tempo o le energie per rimettersi a dare la caccia alle donne.

Alla fine i pettegolezzi si placarono senza che nessuno avesse mai accennato a un testamento sospetto redatto da Wally. Per quel che ne sapeva Simon, il nome di Eleanor non era stato collegato alla storia dell'"attacco". Si vociferava anche che il naso di Wally fosse grosso come un pallone da football e che, in attesa che i lividi guarissero, avesse la faccia arcobaleno. Lui, mentre le sue cause venivano rinviate, se ne stava nascosto, in congedo per malattia.

Fran ebbe un breve momento di gloria nella parte dell'intrepida segretaria che aveva sparato e minacciato di castrare Clyde con un solo proiettile. Si diceva che fosse cresciuta insieme a tre fratelli più grandi che andavano a caccia tutto l'anno, con o senza licenza, a prescindere dalla stagione: quella del cervo non finiva mai. La prima volta che ne aveva ucciso uno, lei aveva tredici anni.

Dietro le quinte, come Simon aveva previsto, Wally stava però lavorando a un accordo. Se Clyde accettava di lasciare la città e di non tornare mai più, lui era disposto a ritirare tutte le denunce tranne quella per aggressione semplice, un reato minore che non gli avrebbe sporcato la fedina e che gli sarebbe costato una condanna a un anno, ma con sospensione della pena. E neanche una multa. Purché se ne andasse. Clyde accettò subito l'accordo, e dopo diciotto giorni uscì di prigione. Non rispose mai alle domande dei poliziotti, non parlò mai con nessuno dell'accaduto. Salì sulla sua vecchia auto e sparì, lasciandosi alle spalle solo qualche punto sulla faccia di Wally.

Simon tornò in ufficio dopo un'altra giornata frenetica al tribunale fallimentare. Fu abbastanza gentile con Tillie, che come sempre era alle prese con una montagna di scartoffie. Si sfilò giacca e cravatta e sedette alla scrivania a leggere la lista delle telefonate. Tillie entrò bussando. «Devi chiamare Eleanor Barnett» annunciò. «Dice che è urgente.»

Simon guardò il cellulare, l'unico numero a cui Netty avrebbe dovuto contattarlo, e non trovò sue telefonate. «Qual è l'urgenza?» chiese.

«Pare che oggi pomeriggio debba andare in tribunale. Non ha detto granché.»

«Okay. Grazie.»

Tillie girò sui tacchi e uscì, ma non prima che lui notasse che stava dimagrendo ed era più carina di quanto non fosse stata negli ultimi anni. Evidentemente il succo di asparago e di sedano, più un'ora di palestra ogni mattina, funzionava. E brava.

Chiuse la porta e Simon chiamò. «Era ora che ti facessi vivo» rispose secca Netty, quasi irritata. «È tutta la mattina che ti cerco.»

«Ciao, Netty. Il mio cellulare deve avere un guasto. Non vedo tue chiamate.»

«Forse devi comprartene uno nuovo» ribatté lei bruscamente.

Un telefono nuovo costava un migliaio di dollari e Simon non era nelle condizioni di pagarlo. Tra l'altro, quello che aveva funzionava benissimo. Aveva la sensazione di sapere perché non riceveva le sue chiamate, ma non era il momento di litigare. «Che succede, Netty?»

«Oggi pomeriggio alle quattro devo comparire in tribunale e penso che mi serva un avvocato.»

L'unica sezione del tribunale in cui si tenevano udienze il mercoledì pomeriggio alle quattro era quella del giudice competente per le infrazioni stradali. «Okay, di cosa si tratta?»

«Ecco, un poliziotto maleducatissimo mi ha fatta accostare e mi ha dato una multa. Io non ho fatto niente di male.»

«Perché mi chiami solo adesso?»

«Perché pensavo di occuparmene da sola, vedi, è un malinteso, però adesso che sono qui sembra che tutti abbiano un avvocato. Me ne serve uno?»

In città c'erano parecchi tizi che si facevano pubblicità dicendo di poter ridurre l'ammontare delle multe o addirittura di poterle annullare, e di solito bazzicavano i tribunali cercando di adescare gente che non aveva nessun bisogno di un legale.

«Che cosa ti contestano?»

«Non so, parecchie cose. Eccesso di velocità, credo. Guida contromano. Qualche documento scaduto. Non ci capisco niente. Non è che mi arrestano, vero, Simon? Sono davvero spaventata.»

L'eccesso di velocità sembrava improbabile, considerato che guidava sempre con il piede sul freno. «Arrivo tra un quarto d'ora. Non preoccuparti.»

La sezione del tribunale competente per le infrazioni stradali era a quattro isolati da lì, in un complesso dietro il municipio. A malincuore, Simon si rimise la giacca ma non la cravatta, che in quel caso non era obbligatoria. Il giudice era assunto part-time e pur essendo abilitato a esercitare la professione non aveva mai praticato davvero. Per 500 dollari al mese, passava quattro ore alla settimana a dirimere dispute su parcheggi e traffico. Se possedeva una toga, non la indossava mai.

Simon si fece strada nell'aula affollata alle quattro meno dieci e trovò Netty seduta in ultima fila. Fu visibilmente sollevata nel vederlo e gli strinse la mano. Simon le diede un buffetto sulla sua e mormorò: «Andrà tutto bene».

Diede un'occhiata al verbale e riuscì a restare impassibile. Cinque infrazioni. Lo firmava Andy Reece, uno dei tanti agenti cittadini che Simon non conosceva. «È in aula, l'agente Reece?» le sussurrò.

«Sì» annuì Netty, e con un cenno della testa indicò una porta dov'erano riuniti alcuni poliziotti. «Quello alto con i capelli rossi.»

«Okay, torno subito.»

Simon andò nella parte anteriore dell'aula, scambiò qualche parola con due avvocati che conosceva e si avvicinò ai poliziotti, che andavano e venivano. Si presentò all'agente Reece e gli chiese se potevano parlare un attimo. Uscirono e si fermarono nel corridoio. Simon gli tese il verbale e lui lo guardò. «Ah, quella. La signora è pericolosa.»

«Può dirmi com'è andata?»

«Certamente. Avevamo un autovelox su Kidder Extended, strada a senso unico, ha presente? Due isolati dietro il Kroger.»

«Conosco la zona.» Era famosa per gli autovelox.

«Viaggiava sparata contromano, a settanta all'ora dove il limite è quaranta. Eccesso di velocità, guida pericolosa, contromano, fari spenti e bollo auto scaduto.»

«Scaduto quando?»

«L'altra settimana, mi pare.»

«Fari spenti in che senso?»

«Che pioveva e aveva i tergicristalli in funzione. Se usi quelli, devi accendere anche i fari.»

«Lei era da solo?»

«Ah, mi sta chiedendo se ho un testimone?»

«Più o meno.»

«Sì, ero solo, ma ho il video della dash cam. A rallentatore e a colori. Se me lo chiede per favore le mando il link.»

«Okay. Senta, vorrei parlare con il giudice. Le spiace se rimandiamo di qualche settimana?»

«Nessun problema.»

Nelle aule come quella, riservate ai reati minori, se in un procedimento erano coinvolti degli avvocati era normale amministrazione rimandarlo di un mese o giù di lì.

«Grazie.»

«Di nulla» ripeté l'agente. «Ma, senta, la signora le ha parlato delle altre contravvenzioni?»

«Temo di no.»

«Ne ha due pendenti, entrambe per violazioni del codice stradale. La scorsa settimana è passata col rosso e due settimane fa guidava contromano. Anche di quello abbiamo i filmati. Se va avanti così, mi sa che è arrivato il momento di vendere la macchina.»

«La ringrazio.»

Tornato in aula, Simon si fermò dal cancelliere e compilò una breve richiesta di rinvio. Uscì con Eleanor dall'edificio e insieme camminarono per due isolati fino a una caffetteria, dove lui ordinò e pagò due caffè e andò a sedersi con lei in un angolo.

Le fece un sorriso affettuoso. «Avresti dovuto dirmi di queste multe, Netty. È più grave di quanto pensassi.»

Le vennero gli occhi lucidi. «Lo so. È che non volevo aggiungerti preoccupazioni, con tutto quello che hai già fatto per me. Il testamento, portarmi fuori città quando c'era Clyde. Odio disturbarti, lo so che sei impegnatissimo.»

Simon continuò a sorridere, premuroso e comprensivo. «Non sono mai troppo impegnato per i miei clienti, Netty. È il mio lavoro. Allora, chi è il tuo agente assicurativo?»

Lei si accigliò e chiuse gli occhi per un momento. «Oh, come si chiama? È una donna, ha un'agenzia Allstate nella zona nord della città, vicino al centro commerciale. Ci devo pensare.»

«La troverò. Potrebbe essere un bel problema, Netty. La guida pericolosa è un'accusa seria, di quelle che alle assicurazioni non piacciono. Oltretutto hai in sospeso contravvenzioni di cui non mi hai mai parlato.»

«Sono mortificata. Mi toglieranno la patente?» Simon la vide davvero spaventata e provò pena per lei. Muoversi liberamente equivaleva a essere vivi, e perdere quella possibilità avvicinava il momento della fine.

«Non lo so, ma probabilmente no. Il problema più grosso è perdere l'assicurazione. Senza, non puoi guidare.»

«Ossignore.»

«Comunque, vedrò cosa posso fare. Allora, riguardo al bollo scaduto. Mi hai detto che paghi ancora tutti i conti da sola.»

«Infatti» replicò lei in tono risentito. «Ogni lunedì mattina, la prima cosa che faccio è andare a pagare le bollette. È una vecchia abitudine che aveva Harry.»

«Ho capito. Allora come mai ti sei persa il rinnovo della tassa sull'auto?»

«Non lo so, mi sarà sfuggito qualcosa. Non è mica un pagamento mensile, sai?» Per un attimo fece l'indignata e cercò di apparire offesa. Poi, dal nulla: «Doris vorrebbe venire a pranzo con noi. Conosce un localino indiano ricavato da una vecchia stazione di servizio fuori città. Dice che si mangia benissimo». Doris era un'amica che aveva nominato qualche volta, una delle poche. L'idea di pranzare con un'estranea non entusiasmò Simon. «Doris guida ancora?»

«Oh. Sì. Ha solo settantanove anni.»

«Ed è sposata.»

«Più o meno. Delbert è in una casa di cura, è da due anni che non dice più una parola. Molto triste. Le ho raccontato dei nostri pranzi e le piacerebbe moltissimo venire con noi.»

«Non saprei, Netty. Di solito a pranzo parliamo di faccende parecchio serie, e oltretutto ci sono ancora diverse decisioni da prendere. Aspettiamo ancora un po' prima di invitare qualcun altro.»

Lei non gradì il rifiuto e mise il broncio.

18

Uno splendido sabato mattina di inizio settembre, con l'aria frizzante e le foglie dorate che cadevano dalle querce e dagli aceri, Simon si alzò presto e uscì dal Ripostiglio per scontare quella che ormai considerava una condanna: tenersi in disparte dalla folla e guardare la sua talentuosa figlia di nove anni che inseguiva un pallone su un campo da gioco. Il calcio d'inizio era alle otto e mezza, ma lui badò ad arrivare in anticipo di dieci minuti per essere sicuro che Janie lo vedesse. All'ultima partita aveva assistito Paula. Questa toccava a lui. Il tandem funzionava perché non avevano scelta.

Facendo i turni erano sopravvissuti anche alle trasferte estive: Simon aveva trascorso lunghi weekend a Raleigh, Pittsburgh e Baltimora. Quell'autunno, invece, Janie giocava in un campionato locale, e tutte le partite si tenevano nello stesso centro sportivo. Simon era grato per i piccoli miracoli come quello, ma non era stato facile. L'allenatore che si era occupato della squadra nelle trasferte estive (a 4200 dollari per giocatrice) ne aveva proposte altre in autunno (altri 4500 dollari), con tornei nel weekend anche in posti lontani come Atlanta. Cinque partite garantite, con decine di scout universitari che avrebbero preso appunti sulle prestazioni di atlete di dieci anni. Ovviamente a Janie sarebbe piaciuto partecipare alle trasferte autunnali, ma in un raro momento di collaborazione entrambi i genitori avevano detto di no.

Simon rimase sbigottito quando improvvisamente sentì la voce di Paula. «Ti ho portato un caffè» gli disse.

«Grazie. Che ci fai qui?»

«Ormai senza il calcio non è sabato, no?»

«Pensavo fossi alle gare di nuoto di Danny.»

«Ha mollato.»

«Danny ha mollato il nuoto?»

«Sì.»

«Quando?»

«Stamattina. Non si è voluto alzare, ha detto che smetteva.»

Simon avrebbe voluto festeggiare. Di tutti gli sport provati dai ragazzi fino a quel momento il nuoto era di gran lunga il peggiore, perché durava tutto l'anno. Danny era stato un pesce fino ai dodici anni, poi gli altri ragazzi lo avevano raggiunto. Adesso era raro che vincesse una gara e si stava disamorando dello sport.

L'arbitra fischiò e la partita ebbe inizio.

«Come sta Janie in questi giorni?» chiese Simon.

«Chi lo sa. Un giorno sta benissimo, quello dopo è di cattivo umore. Il divorzio l'ha mandata più in crisi rispetto ai ragazzi. Casa nostra è un posto molto triste, ultimamente.»

«Allora chiudiamo la faccenda del divorzio e andiamo avanti.»

«Avanti dove?»

La grande domanda. In che direzione stavano andando? Quale finale avevano in mente, dopo aver diviso la famiglia? La vita sarebbe tornata a essere appagante? Simon non sapeva rispondere, e Paula nemmeno. L'unica cosa di cui erano sicuri era che non potevano stare insieme.

«C'è un'altra cosa» aggiunse lei. Poi silenzio.

Ah, ecco il vero motivo di quella comparsa inattesa all'ennesima partita di calcio un sabato mattina presto. Simon attese senza dire una parola, deciso a non andarle incontro.

«La Glen è in vendita, un'altra fusione di qualche tipo. Non so bene che cosa voglia dire per me.» Era laureata in amministrazione aziendale e guadagnava 72.000 dollari all'anno come direttrice finanziaria della Glen, una casa di cura di fascia media. Era di proprietà di una società grossa e scaltra che cambiava nome ogni tre anni e non aveva quel che si dice una reputazione eccellente.

«Ieri c'è stato il primo giro di licenziamenti.»

«Può darsi che licenzino anche te?»

«Non lo so, ma siamo tutti nel panico assoluto.»

L'ultima cosa di cui avevano bisogno era altra incertezza. Lo stipendio fisso di Paula era stato una delle costanti nelle loro instabili finanze.

«Hai idea di quando ci sarà il secondo giro di licenziamenti?»

«No, i pezzi grossi non dicono granché, probabilmente perché non lo sanno e sono spaventati anche loro. Le decisioni le prendono a San Diego.»

«Mi dispiace.» Ed era vero. Un licenziamento non avrebbe aggiunto altro che sofferenza a quello che era già un anno dimenticabile. La pressione che Simon subiva per produrre di più sarebbe aumentata ancora. Probabilmente avrebbero dovuto valutare se vendere la casa.

Janie, puntuale come un orologio, segnò il suo primo gol, un tiro potente da una ventina di metri che finì sotto la traversa e lasciò le avversarie a bocca aperta. Simon, nei panni del padre orgoglioso, riuscì a battere le mani. Paula gridò qualcosa che non si sentì.

A prescindere dalle entrate e uscite del suo studio, ogni anno Simon riusciva a manipolare i conti abbastanza da guadagnare più di sua moglie. Era una questione d'orgoglio. Era un avvocato con sette anni di istruzione universitaria, svolgeva una professione antica e onorata. Ci si aspettava che guadagnasse un sacco di soldi! E pazienza se la maggior parte degli avvocati di Main Street si arrabattava per vivere e portava a casa meno di un camionista sindacalizzato.

«Perché non firmi le carte della divisione dei beni, così le presentiamo?»

«Perché ci servono un po' di soldi in casa.»

«Che altro c'è?» chiese Simon frustrato.

«Non mi metto a supplicarti per i soldi, Simon. Stiamo parlando dei nostri figli.»

Dal nulla spuntò Kelsey, una del circolo del caffè mattutino, e li costrinse a sottoporsi allo sciocco rituale dei bacetti veloci. Era una terribile pettegola e probabilmente non poteva resistere alla tentazione di ficcanasare nel battibecco dei Latch durante la partita. Le voci sulla separazione erano inarrestabili e Kelsey, ovviamente, moriva dalla voglia di vedere o sentire qualcosa che avrebbe potuto riferire alle altre. Simon e Paula si sforzarono di scambiare due chiacchiere sui figli e la scuola. Alla fine Kelsey capì l'antifona e se ne andò.

«Ci guardano tutti» commentò Paula.

«Firmiamo le carte del divorzio e facciamola finita.»

«Mi servono 12.000 dollari in contanti.»

«Per cosa?»

«Lezioni di guida per Buck, l'apparecchio per Danny, lezioni di piano per Janie, in più la trasmissione della macchina, 400 dollari, e un forno nuovo. Fammi un assegno e io lunedì firmo gli accordi patrimoniali nello studio della mia avvocata.»

«E chi è la tua nuova avvocata, se posso chiedere?»

«Myrna Covington.»

«Mai sentita.»

«Non è di queste parti.»

«E quanti dei 12.000 vanno nella sua parcella?»

«Non posso dirlo. Sono informazioni riservate.»

Simon brontolò tra sé e si allontanò. Passò davanti a tutti i campi e alle partite, a centinaia di bambini felici e migliaia di genitori e nonni orgogliosi, tutti intenti a guardare e sognare le future glorie del calcio.

Non aveva 12.000 dollari da parte, pronti all'uso. Ma aveva una linea di credito aperta grazie a un gentile funzionario di banca del posto, un tipo corretto a cui chiedeva piccoli prestiti da anni. Quasi tutti gli avvocati in città avevano bisogno di un aiutino occasionale, quando le parcelle erano striminzite, e questo funzionario in particolare aveva sempre scommesso su di loro.

Ironia della sorte, la somma che serviva a Paula equivaleva quasi esattamente all'attuale debito di Simon nei confronti di Chub. Il sabato era un gran giorno per il football universitario, con partite importanti in ogni lega, e Simon aveva passato la settimana a studiare il tabellone. Aveva letto i resoconti delle partite, seguito gli allibratori di Las Vegas, o almeno quelli di cui si fidava, si era immerso negli appunti dei giocatori d'azzardo e aveva ascoltato podcast, ed era convinto che fosse la giornata perfetta per una mossa audace e non convenzionale.

Andò online e distribuì 7000 dollari su sette partite. Chiamò Chub e ne puntò 3500 sulle stesse sette.

Perdere era fuori discussione.

Alle otto di quella sera Simon si sentiva splendido e pronto per un drink. Entrò da Chub con un sorrisone e andò a sedersi al banco. Aveva azzeccato i primi cinque pronostici, e per quel giorno era in attivo di 7500 dollari, ovviamente esclusi gli "interessi", con due partite ancora da disputare. Non era mai stato così fortunato. Valerie gli portò un bourbon e ginger ale. I maxischermi trasmettevano in contemporanea due partite, Louisiana State University in trasferta in Florida e Clemson contro North Carolina. Chub, come sempre di buon umore, si avvicinò. «Perché sorridi?» gli chiese.

«Potrebbe essere uno di quei giorni, Chub.»

«Non montarti la testa.»

«In questo campo mai.»

«Recupererò» fece Chub con una risata.

«Non ho dubbi.»

Risero entrambi e guardarono il calcio d'inizio della Louisiana State. Valerie chiamò Chub per una questione di lavoro. Il bar era affollato di avventori e scommettitori. In un angolo distante suonava una band, circondata da qualche goffo ballerino improvvisato. Benché fosse vietato, Chub permetteva di fumare nel locale e una spessa foschia azzurra aleggiava bassa, oscurando le luci. Il bar era rumoroso, a tratti chiassoso. Del resto era sabato sera!

Un uomo vestito da cowboy andò a sedersi accanto a Simon e si piazzò davanti a un videopoker. Dopo un po' arrivò Valerie, alla quale ordinò una birra alla spina. Simon lo ignorò: cercava di non attaccare bottone con gli estranei nei bar. Era in attivo di 70 dollari al videopoker e si godeva in silenzio il suo giorno fortunato.

Il cowboy disse a bassa voce: «Ti saluta Yolanda».

Simon ebbe un secondo di esitazione, però non si girò a guardarlo. In vita sua aveva conosciuto soltanto una Yolanda. Si limitò ad alzare le spalle, e il tizio aggiunse: «Siamo colleghi».

Yolanda era una ragazza che aveva frequentato a fasi alterne per un paio d'anni quando studiava legge. Poi era entrata nell'FBI e aveva cambiato varie città. L'ultima volta che Simon ne aveva sentito parlare lavorava a Richmond. Dalla rimpatriata del decennale dalla laurea non avevano mai più avuto contatti. A quanto sapeva Simon, era sposata e dedita alla carriera.

Lanciò un'occhiata al tizio, che era concentrato sul poker e non alzò lo sguardo. «Ragazza simpatica.»

«Eccome. Simpaticissima. Mi ha detto di salutarti» ripeté.

Simon bevve un sorso e guardò le partite. Una vecchia amica lo aveva appena avvertito che l'FBI era proprio lì, nel locale di Chub. Di colpo il piccolo nodo allo stomaco che avvertiva gli sembrò un mattone. Il cowboy e Yolanda stavano facendo l'impensabile: compromettere un'operazione sotto copertura. Evidentemente lo consideravano un pesce così piccolo da non essere necessario al loro piano. Miravano a Chub e ai grandi scommettitori. Simon non contava.

La conversazione era certamente ufficiosa, quindi il cowboy non poteva avere addosso cimici. Alla fine Simon domandò: «Dov'è adesso lei?».

«In giro.»

Bene, non gli si poteva scucire altro.

«Salutamela, e ringraziala da parte mia.»

«Certo. E tu datti una mossa.»

Simon aveva tutte le intenzioni di darsela, e di andare alla svelta a nascondersi da qualche parte. Ma prima giocò a poker, guardò entrambe le sue squadre andare in svantaggio, cercò invano di ignorare la tensione palpabile che proveniva dal cowboy e rimase in attesa. Il tizio non aveva toccato la birra, una mossa poco professionale che avrebbe segnalato a chiunque che non era un cliente fisso e con quel posto non c'entrava niente. Per quel che ne sapeva Simon, nessuno lo stava guardando. Il cowboy se ne andò senza dire una parola.

Simon bevve un terzo bourbon e ginger ale per calmarsi i nervi.

A mezzanotte, seduto alla scrivania in boxer nel buio pesto, Simon cercava di analizzare la situazione. Possibile che, a forza di scommettere senza conseguenze, lui e tanti altri frequentatori del locale di Chub dessero ormai per scontato di essere al sicuro? Il gioco d'azzardo era talmente diffuso, ovunque e a ogni livello, da far sembrare una barzelletta la legge che lo vietava. Bastava guardare quanti miliardi facevano legalmente i casinò praticamente in ogni Stato. O l'altro giro miliardario, quello delle scommesse illegali online su siti esteri.

Lo scenario del disastro era da star male. Se i federali fossero arrivati con tutto il loro armamentario – intercettazioni, telecamere nascoste, mandati, fughe di notizie, conferenze stampa, squadre speciali –, Chub e i suoi soci, chiunque fossero, e con loro decine, forse centinaia di buoni clienti incluso Simon, sarebbero stati disonorati, umiliati o anche peggio. Se lo avessero radiato dall'ordine, come si sarebbe guadagnato da vivere, e che cosa avrebbero pensato i suoi figli?

Non era un penalista, ma conosceva bene il potere del governo federale. L'FBI poteva essere brutale, ingiusta, inflessibile, persino spietata. I procuratori sapevano essere gelidi, ambiziosi, ed erano sempre a caccia di pubblicità. Con oltre cinquemila reati a disposizione, c'erano modi per incastrare praticamente chiunque.

Doveva escogitare un piano, ma non riusciva a concentrarsi. Il terrore sovrastava ogni pensiero. Dormì a fasi alterne e all'alba era in piedi con una tazza di caffè, ancora in boxer, ancora a vagare per l'ufficio.

Alle sette gli trillò il telefono. Un messaggio di Paula.

Janie ha una partita alle 9. Recupero perché merc. pioveva. Ci vai?

Non poteva crederci. Una partita di calcio di domenica mattina? Però sapeva che era vero perché era già successo.

Non so. Me n'ero dimenticato.

Ovvio. Stanotte ha dormito con me, stava abbastanza male. Dovremmo andarci.

Okay.

Fece una doccia veloce – le docce nel Ripostiglio erano sempre accelerate – e uscì dall'ufficio. Lungo la strada comprò il giornale e andò a sedersi a un tavolino dell'Ethel's Diner a mangiare uova e pancetta.

Doveva parlare con Spade.

La domenica pomeriggio, uno degli angoli bui del locale di Chub era riservato a uomini che fumavano sigari lunghi e dal sapore intensissimo. Spade ne portò una scatola da condividere, disse di averli avuti da un contrabbandiere cubano. Sbuffava fumo insieme a due amici e guardava tre partite contemporaneamente.

Quando Simon gli si avvicinò ebbe un attimo di esitazione, poi gli sorrise. «Che cosa ti porta qui di domenica?» gli domandò.

«Non riuscivo a stare in casa.»

«Sigaro?»

«No, grazie.»

«Pronostico?»

«Dallas, stasera.»

«Pure io. Pure gli altri. Brutto segno.»

Risero, soffiarono fuori qualche altra boccata di fumo, guardarono le partite. Simon era così in paranoia da sentirsi mozzare il fiato, ma riuscì a mostrarsi calmo. E se qualcuno di quei tizi avesse avuto una cimice addosso? Oppure se l'FBI avesse piazzato delle telecamere nascoste?

Quando uno degli amici di Spade si alzò per prendersi un'altra birra e l'altro si allontanò per telefonare, Simon gli parlò sottovoce avvicinandosi al suo orecchio. «Ci sono i federali» disse.

Spade non si scompose, però i suoi occhi parlarono per lui. Simon aveva catturato la sua attenzione. Non era un malavitoso ma era comunque un avvocato, con dei contatti. E giocava d'azzardo nel locale di Chub da anni.

«Sei sicuro?» mormorò Spade.

«Sì.»

«Contatti?»

«Ieri sera. Qui.»

«Ci hai parlato?»

«No, loro hanno parlato con me.»

Spade bevve la sua birra. «Puoi avvisare Chub?» chiese piano Simon.

Lui alzò gli occhi al cielo con un sospiro, come a dire che non avrebbe funzionato. Si strinse nelle spalle. «Non lo so. Ci devo pensare.»

L'amico della telefonata tornò a sedersi e la conversazione si chiuse lì. Ma il messaggio era stato consegnato. Simon si fermò per un'altra birra, poi salutò e andò al bancone, dove scambiò due chiacchiere con Valerie. Lei di certo non aveva cimici. Cercò Chub, però non lo vide.

Quando uscì dal locale era buio e voltandosi a guardarlo si chiese se, e quando, ci sarebbe mai tornato.

19

Dopo un'altra notte irrequieta, continuamente interrotta da incubi di manette e titoli di giornale, Simon scese al piano terra in jeans e maglietta e fece il caffè. Si annunciava l'ennesimo orribile lunedì. Aveva una lista di undici sgradevoli telefonate rimaste in sospeso dall'improduttiva settimana precedente, ma prima doveva occuparsi della sua cliente più ricca e dei suoi problemi legali sempre più numerosi.

Per un attimo rimase immobile a guardare i suoi telefoni. Quale usare? Il cellulare o il fisso? Possibile che l'FBI ce l'avesse davvero con uno come lui, uno scommettitore da quattro soldi? Se fosse stato un obiettivo serio, Yolanda lo avrebbe avvertito? Lo stavano davvero intercettando? A non farlo dormire erano stati pensieri come questi. Decise di usare il vecchio telefono sulla scrivania.

Riguardo all'assicurazione auto di Eleanor, si sentì almeno in dovere di segnalare alla compagnia che lei aveva ricevuto tre multe per violazioni al codice della strada. Fu attento a sottolineare che lui, in qualità di suo avvocato, stava contestando le accuse, e che non c'era ancora stata nessuna decisione definitiva. Ci teneva soltanto ad aggiornare la Allstate.

Telefonò all'ufficio del procuratore e parlò con una segretaria. Gli assistenti erano piuttosto occupati, dopotutto era un lunedì mattina, ma qualcuno lo avrebbe richiamato. Mezz'ora dopo, una procuratrice alle prime armi informò Mr Latch che non era autorizzata a ridurre le sanzioni che interessavano la sua cliente. Aveva un tono saccente e rigido e sembrava equiparare la guida pericolosa all'omicidio. Dopo la telefonata, Simon fece una ricerca online e scoprì che la procuratrice si era laureata in legge a maggio e aveva appena superato l'esame da avvocato.

Il funzionario di banca lo richiamò poco prima delle dieci e, anche se i termini del loro disgraziato accordo erano chiari e non esigevano alcuna giustificazione da lui, Simon dovette spiegare con la solita pantomima che aveva bisogno di attingere di nuovo alla linea di credito. I 25.000 dollari erano sempre a sua disposizione, senza domande, ma prima di usarli ci si aspettava che lo comunicasse alla banca.

Malediceva la linea di credito ogni singolo giorno. Non era stata colpa sua, diamine. Una sera tardi di cinque anni prima, mentre lavorava alla scrivania, lo sguardo gli era caduto su un plico di lettere che Tillie aveva aperto e lasciato nella vaschetta della posta in entrata. Un amichevole invito della Union Bank chiedeva: "Ti servono 10.000 dollari?". In effetti gli avrebbero fatto comodo. Il primo paragrafo proclamava che i soldi erano suoi perché ne aveva diritto, senza approfondire troppo. Non c'era bisogno di riempire moduli né di dare particolari garanzie. Per dodici mesi non gli avrebbero chiesto di restituire un dollaro. Simon poteva ottenere un prestito per il semplice fatto che era avvocato e libero professionista. Per prudenza aveva chiesto soltanto 4000 dollari. Era stato semplice, e gli aveva tolto qualche preoccupazione. Nel giro di un anno aveva raggiunto il limite, e quando gli era servito altro denaro l'istituto di credito aveva alzato ben volentieri la soglia a 15.000 dollari. La scusa era un contenzioso con il fisco, un classico che alla banca conoscevano bene. Avevano fatto seguito altri problemi di tasse, risolti portando l'asticella a 25.000.

Dopo il primo giro di telefonate mattutine era di umore nero e decise, se possibile, di peggiorarlo. Tanto, il momento buono per la sgradevole conversazione che era intenzionato a fare con Tillie non sarebbe mai arrivato. Perché non affrontarla in una giornata già orribile, anziché rovinarne una bella?

Appena prima di pranzo le chiese di passare da lui, chiudere la porta, sedersi e ignorare il telefono. Nessuno dei due ricordava l'ultima volta in cui si era seduta in quell'ufficio.

«Paula e io stiamo divorziando.»

Lei rispose con un'espressione triste ma anche con un piccolo cenno, segno che se lo aspettava. Anzi, da qualche tempo era sicura che il matrimonio non fosse più stabile. «Mi dispiace tanto.»

«Ti sarai accorta che ultimamente sono spessissimo qui in studio.»

«Vivi qui?»

«In pratica sì.»

«Mi dispiace, Simon. Dev'essere orribile.»

«Sì, soprattutto per i ragazzi. Ma è stato altrettanto orribile per noi due vivere nella stessa casa.»

Tillie e Paula si erano accorte già da tempo che le loro vite sarebbero state più facili se ciascuna fosse rimasta nel proprio angolo. Da anni, ormai, a Paula non interessava nulla del lavoro di Simon e non voleva averci niente a che fare, escluso ovviamente il reddito che generava e l'importanza di quest'ultimo per il loro sempre più misero bilancio familiare. Tillie l'aveva sempre sentita molto distaccata, probabilmente perché aveva una laurea e faceva un lavoro qualificato.

«Posso chiedere se i rapporti sono civili?»

«Certo che puoi, e perlopiù lo sono. Ho preparato una proposta di divisione dei beni, lei la sta valutando. In pratica si tiene tutto, figli compresi. Io ho molta libertà di visita. Ci dividiamo le spese, tranne il mutuo che è tutto a mio carico. Finora niente scintille. Né accuse di cattiva condotta.»

«Una brutta situazione.»

«Sì, ma ce la caveremo. Sono deciso ad andare oltre e rifarmi una vita, spero felice. Per te non ci saranno conseguenze, direi.»

«Non mi riferivo a me, Simon.»

«Lo so. Ti sono grato per quello che fai qui, Tillie, e so che non te lo dico abbastanza.»

«Grazie, Simon. Mi piace il mio lavoro.»

«È bello sentirtelo dire. E a proposito di rotture di scatole, ho chiesto di nuovo aiuto alla banca perché Paula ha bisogno di soldi. Sai che odio farlo, ma non avevo scelta.»

«Vedi tu, capo.» Sorrise e si alzò. «E se hai bisogno di parlare, io ci sono sempre. Da una prospettiva femminile, hai presente. In più ho anch'io un divorzio alle spalle, so com'è.»

«Grazie.»

Tillie uscì. Simon la seguì con lo sguardo e non poté non apprezzare. Era sempre più in forma, sul serio. A porta chiusa, lui meditò su un dettaglio di cui avrebbe già dovuto accorgersi. Da un po' di tempo Tillie era più allegra e serena, e passava più tempo non soltanto in palestra ma anche davanti allo specchio. I vestiti, di taglie più piccole, erano più ricercati e la valorizzavano maggiormente.

Possibile che, dopo essere rimasta sola a lungo, avesse trovato qualcuno? Simon sperava proprio di sì.

20

Eleanor si faceva sempre più intraprendente con i suoi inviti a pranzo, che aveva cominciato a chiamare "appuntamenti". Simon li tollerava perché potevano essere il suo lasciapassare per la ricchezza. A ogni modo, l'avventura culinaria era stata un'idea sua e non poteva interromperla. Oltretutto, con Netty erano sempre più intimi, e lei dipendeva sempre di più da Simon. Una volta si lasciò persino scappare che "aveva bisogno" di lui.

La sua amica Doris aveva mangiato due volte al Bombay Oven, un grazioso ristorantino ricavato in un'ex stazione di servizio, una decina di chilometri a ovest della città. Eleanor era decisa ad andarci, fosse anche soltanto per reggere il confronto con Doris, invidiosissima che l'amica pranzasse con un piacente e giovane avvocato. Più Simon sentiva parlare di Doris, meno voglia aveva di conoscerla.

Come al solito, arrivò in anticipo per studiare la situazione parcheggi e, nascosto dietro il volante, verificare le abilità automobilistiche di Eleanor. Era una strada secondaria con poco traffico, ma Netty riuscì a crearne parecchio. Quando comparve all'orizzonte con la vecchia Lincoln che arrancava a non più di cinquanta chilometri all'ora, dietro di lei c'era una fila di almeno altre dieci auto. Quando rallentò ancora di più per imboccare l'uscita, l'idea di mettere la freccia non la sfiorò neanche per un secondo. I guidatori che passavano oltre la sommersero di colpi di clacson.

Simon la aiutò a scendere dalla macchina. Lei, come sempre, era impeccabile nel suo abito della domenica, un bel vestito azzurro che le aveva già visto diverse volte, con un foulard a fiori attorno al collo, calze scure, scarpe basse. Simon si aspettava un locale puzzolente di gas di scarico e olio lubrificante, invece trovarono una sala ultramoderna con il pavimento a piastrelle bianche e nere, tutta specchi e vetro, e tavoli apparecchiati con tovaglie di lino.

"E anche oggi tocca spendere" pensò. Per cominciare ordinarono tè e del pane non lievitato. Il ristorante era tranquillo e poco affollato, i tavoli ragionevolmente distanziati. Simon aveva intenzioni precise, ma non voleva correre. Eleanor teneva sempre tanto a quelle uscite.

Dopo qualche chiacchiera riguardo al fatto che di cucina indiana non sapevano niente di niente, posarono i menu e lei passò al primo argomento serio. «Stamattina Wally Thackerman mi ha chiamata di nuovo.»

«In che senso, di nuovo?»

«Nel senso che mi sta cercando da un mese, vuole che vada in studio da lui a rifare il punto sulla mia eredità e via discorrendo.»

In quel momento, nella vita complicata di Simon niente era più importante dell'eredità di Eleanor. L'idea che un altro avvocato, specialmente un verme come Wally, le ronzasse attorno era piuttosto preoccupante.

Alzò le spalle con noncuranza. «Tu che cosa gli hai risposto?»

«Non sono una bugiarda, Simon» replicò lei, e la sua espressione sottintendeva che lui lo pensasse.

«E chi l'ha detto?» chiese lui, sulla difensiva.

«Gli ho risposto che non stavo bene, e lì per lì era vero, perché le sue telefonate mi fanno stare male. Evidentemente, però, non vuole mollare. Cosa facciamo?»

"Gli spariamo, a quel bastardo" fu il primo e fugace pensiero di Simon. «Potremmo sempre chiamare Clyde e chiedergli di tornare a completare l'opera.» Simon sorrise della sua battuta. Eleanor no.

«Scusa, scherzavo.»

«Sono seria, Simon. Mi sembra di aver imbrogliato Wally non dicendogli che ho firmato un altro testamento e che il suo non è valido. Non lo trovo giusto.»

«Ma tu credi che Wally con te sia stato trasparente? Netty, non dimenticare che ha nascosto una donazione a se stesso nel tuo testamento senza dirtelo. Quasi mezzo milione di dollari. Non hai a che fare con una persona corretta. Come ti ho spiegato più di una volta, niente ti vincola a informare Wally del nostro testamento. E perché preoccuparsi, poi? Ti restano almeno altri dieci anni, forse venti.»

Riuscì a farla sorridere. La cameriera portò un vassoio di naan e una scodella di hummus all'aglio. Ne presero un boccone ciascuno. «E se andassi da lui a fare due chiacchiere, tanto per capire che intenzioni ha?» chiese lei. «Non sono tenuta a dirgli niente né a stringere nuovi accordi, giusto?»

«Giusto. Ottima idea. Parla un po' con Wally, magari dell'aggressione di Clyde eccetera. Vediamo cos'ha in mente.»

«D'accordo.»

Tornò la cameriera. «Un amico indiano mi ha raccomandato le polpette *kofta* di manzo ripiene di maiale, cipolle e altre cose, e il vostro pollo al curry» disse Simon.

«Anche per me» si associò Eleanor.

La cameriera li squadrò. «Io vi raccomanderei di andarci piano col piccante, okay?»

Annuirono, e lei portò via i menu.

«Se non ti dispiace, vorrei concludere la conversazione riguardo alle tue disposizioni finali» disse Simon.

«Non è tra i miei argomenti preferiti.»

«Capisco. Ma stiamo parlando di morire, Netty, altrimenti non ti saresti mai neanche rivolta a me. Facciamola finita con tutte le scartoffie, e smetteremo anche di parlare di morte.»

Lei addentò un pezzo di pane con l'aria di una che sta per piangere. «Credi davvero che vivrò altri dieci anni?»

«Sì, come minimo» rispose lui, e sorrise.

«E secondo te mi conviene la cremazione?»

«Sì, ne sono convinto. È rapida, facile e più rispettosa dell'ambiente.»

«Okay. Se proprio insisti.»

Simon scarabocchiò annotazioni insensate su un foglietto di carta. «Che mi dici della cerimonia? Ti avevo chiesto di buttare giù qualche appunto in merito.»

«Ma se mancano ancora dieci anni.»

«Senti, Netty, neanch'io avrei voglia di farlo. Sono il tuo avvocato, non un tuo parente stretto. Di questa cosa dovrebbe occuparsi un tuo familiare, capisci? A me, alla fine, mica importa di come vuoi essere sepolta.»

Lei scoppiò a piangere, e lui si sentì un mascalzone per quello che aveva detto. Netty si sfilò gli occhiali e si asciugò gli occhi. Simon si guardò attorno per controllare se qualcuno li stesse osservando. Lei inforcò gli occhiali e, tra un singhiozzo e l'altro, disse: «Non ho nessuno. Te l'ho detto».

«Scusami, Netty, non volevo turbarti. Però siamo da capo: più in fretta definiamo certi dettagli, prima smetteremo di parlarne.»

«Ho preso alcuni appunti riguardo alla cerimonia, la prossima volta li porto. Sarà una cosa riservata, nella cappella delle pompe funebri, con il pastore luterano a celebrare. Pochi amici, tutto qui. I miei nipoti non sapranno mai che me ne sono andata. È triste non avere nessuno, vero, Simon?»

Sembrava sul punto di piangere un altro po', gli faceva sinceramente pena. Per primo arrivò il pollo al curry, dentro ad alcune scodelline. Il profumo era delizioso, e loro mangiarono in silenzio per qualche minuto.

Netty bevve un po' di tè. «Mi sa che abbiamo fatto bene ad andarci piano con le spezie. È piccantissima, questa roba» osservò.

«Ma squisita» aggiunse Simon. Dopo un sorso di tè, decise di affondare il colpo. Non ci si poteva più girare troppo attorno. «E, Netty, ci sarebbe un'altra questione, piuttosto delicata.»

«Ossignore. Voi avvocati.»

«Già, proprio noi avvocati. Lavoriamo a ore. Vendiamo il nostro tempo, e io ne sto dedicando molto a gestire le tue faccende legali.»

«Dove vuoi arrivare?» chiese lei, sospettosa, con un'espressione e un tono di voce così guardinghi che quasi Simon si pentì di aver toccato quel tasto. Ma ormai non importava più. Non poteva lavorare gratis.

«Ho bisogno di essere pagato, Netty, come qualsiasi altro avvocato della città. In questo momento sei la mia cliente preferita, però tutti i clienti devono pagare il loro avvocato. È semplice.»

«Harry non ci credeva, agli avvocati.»

«Già, ma Harry è morto da dieci anni. Con rispetto parlando, il suo parere riguardo agli avvocati non conta granché. Ho un ufficio da mandare avanti e una famiglia da mantenere, e mi servono i soldi.»

«Quanto?»

Che domanda. Simon ci si scervellava da settimane. Sparando alto, rischiava che Netty si offendesse e andasse via. Gli sembrava improbabile, però non voleva mostrarsi avido. Dietro l'angolo c'erano ben altre cifre. Doveva continuare a tenersela buona. E se avesse chiesto poco, non avrebbe ricevuto l'onorario che si era meritato e di cui aveva un così disperato bisogno. Aveva optato per una via di mezzo. «Poco più di 3000 dollari» disse.

«Tutto qui?» rispose lei, liquidando la questione con un cenno della mano.

Che parole splendide. Più avanti avrebbe rimediato, con una parcella più sostanziosa. «Sì, Netty, le mie tariffe sono molto eque. Ci tengo ai miei clienti.»

Che bugia.

«Provvederò» disse lei, e inghiottì un boccone. «Quando andiamo in tribunale?»

Intendeva la sezione del tribunale competente per le infrazioni stradali. Simon pensava all'omologazione del testamento. Erano su pianeti diversi.

«Tra un paio di settimane. Controllerò il calendario delle cause pendenti.» Ah, quanto piaceva agli avvocati parlare di "calendario". Sembrava sottintendere processi e udienze importanti in aule gremite, dove la giustizia era in bilico. Nella sezione per le infrazioni stradali, il calendario era un semplice elenco appeso a una bacheca.

Arrivarono le polpette, con un profumo ancor più delizioso. «Hai promesso di farmi conoscere la tua famiglia, Simon. Scommetto che tua moglie e i tuoi figli sono adorabili» disse Netty.

Non proprio. Janie era un tesoro, gli altri no: troppo incasinati. Paula non avrebbe mai accettato di incontrare una come Netty. Non voleva avere niente a che fare con suo marito né con il suo lavoro. Buck e Danny erano adolescenti che non avevano mai imparato a stringere una mano o a presentarsi a una persona adulta. Non erano interessati a conoscere nessuno che avesse più di diciotto anni.

«Promesso, promesso» mentì Simon, sorridendo. «Sono tutti presissimi, tra scuola, calcio, teatro, coro, piano, compiti. Ogni giorno qualcosa da fare. Una volta o l'altra cerco di radunarli.»

Per dolce ordinarono un ottimo pudding di riso con pistacchi e scaglie di mandorla, accompagnato da caffè forte di cui Simon aveva bisogno per il pomeriggio. Novanta minuti dopo che si erano seduti, la cameriera portò il conto. Ancora una volta Eleanor, che mentre mangiava non aveva smesso un attimo di guardarsi attorno senza perdersi un particolare, commentando di continuo i piatti che venivano serviti, l'arredo o l'abbigliamento di qualche altra signora raffinata, finse di non vederlo.

Era come minimo il loro settimo pranzo insieme. Alla fine Simon sfoderò la carta di credito e pagò di nuovo. 77 dollari e 35 centesimi. Caro, per essere nella Virginia rurale. Li avrebbe riavuti indietro.

Nel tragitto verso lo studio ricalcolò il totale di ore mensili, aggiunse un paio di pasti e imbottì un po' la parcella che avrebbe presentato a Netty. "Tutto qui?" Se lo sarebbe ricordato, il modo in cui quasi si era messa a ridere davanti alla sua richiesta. Giurò che avrebbe preteso una somma corposa.

A dire la verità non gli importava di quanto fosse costato il pranzo, perché lui e Netty avevano parlato chiaro e tondo di parcelle. Dopo tanti mesi di frequentazione, finalmente stava per essere pagato.

Siccome era impossibile nascondere alla sua segretaria le questioni che riguardavano le fatture e la contabilità, quel pomeriggio convocò Tillie per spiegarle come aveva assistito Eleanor Barnett. Almeno in parte. Le avrebbe chiesto un compenso per averla rappresentata davanti al giudice del tribunale per le infrazioni stradali, e per la consulenza in fatto di pianificazione successoria. La fattura era di 3650 dollari, e Tillie la spedì quel pomeriggio.

Simon non disse che aveva redatto un testamento per conto di Eleanor e si limitò a spiegare a Tillie che avevano parlato della sua eredità, che si era fatta "complicata". La sua segretaria lo assecondò, ma sapeva benissimo che stava mentendo.

21

Ancora una volta, Simon dovette attingere alla linea di credito. Un'email della banca lo informò che sul suo conto corrente erano stati appena depositati 12.000 dollari. Con i soldi a disposizione si aprivano diverse prospettive. La prima, nonché la più ovvia e assennata, era quella di staccare un assegno a Paula, in modo che firmasse gli accordi patrimoniali e chiudessero la pratica del divorzio.

La seconda era quella di prelevare, infilare 7900 dollari in una busta, vedersi con Chub in un posto che non fosse il suo locale e saldare una volta per tutte i debiti di gioco con lui.

La terza era tenersi tutti i soldi, fare la valigia, prenotare un biglietto per le Isole Vergini e scomparire. Senza più paura di essere sorvegliato dall'FBI né preoccupazioni per i debiti, senza più dover cavillare al telefono con clienti insoddisfatti, senza più subire lo stress di Paula né dormire in un letto comodo quanto una branda militare, senza più macchinare per arricchirsi alle spalle di Eleanor Barnett. Sbronzarsi sulla spiaggia sembrava davvero la soluzione perfetta.

Avrebbe resistito più o meno un mese, prima di finire i soldi. Ma che gran mese. Il rientro sarebbe stato un altro incubo.

Prelevò 7900 dollari e andò in cerca del suo allibratore. Non si poteva pretendere che Chub – uno che viveva nell'ombra, sorseggiava birre fino a mezzanotte e non apriva i suoi locali prima dell'ora di pranzo – fosse un tipo mattiniero. Si alzava a fatica attorno alle dieci e andava a fare colazione in una specie di bettola in periferia, una tavola calda da proletari: nel menu la parte del leone la facevano unto e fritture. Chub, la mattina, aveva bisogno di unto. Se volevi vederlo prima di mezzogiorno, il posto giusto era il Bobby's Biscuits.

Simon vide il suo pick-up parcheggiato in strada. Chub era ricco ma faceva una vita modesta, per non attirare l'attenzione di quegli orribili tizi con il distintivo. Il pick-up era un Ford modello recente ultrapompato, con un paraurti fuori misura, cerchi enormi e gomme capaci di arrampicarsi sulle pareti delle montagne. Nato per le avventure fuoristrada, era lucido e immacolato e dava l'idea di non essersi mai allontanato dall'asfalto.

Nel locale, la puzza di fritto avvolse Simon come una folata d'aria tropicale. Una densa coltre di fumo, non di sigaretta, sfiorava il soffitto. Chub non fu difficile da individuare perché, come sempre, indossava una delle sue tute da ginnastica rosse, arancioni o gialle. Oggi era arancione.

Era da solo al suo tavolo preferito, con gli occhiali da lettura sulla punta del naso rosso e bulboso, e studiava un quotidiano piegato. «Ma pensa! Che cosa ci fa un avvocato in quest'angolo di città?» chiese, con un sorriso sincero. Però capì subito che qualcosa non andava.

«Posso sedermi?» Nell'eventualità che l'FBI stesse intercettando Chub, Simon aveva organizzato quella visita a sorpresa in un locale dove non si erano mai visti prima. Se c'era, la cimice doveva essere sul pick-up o nel suo zaino.

«Certo, prego.» Chub mise via il giornale. Simon notò che aveva cerchiato i risultati di alcune gare di ippica. Nel piatto aveva qualche avanzo di focaccina, uova e pancetta. «Mangi qualcosa? Siediti.»

«No, grazie.» La poca fame che aveva fino a cinque minuti prima se n'era andata nella nebbia di fumo e unto. Si sedette mentre una cameriera di passaggio si fermava il minimo indispensabile a riempire due tazze di caffè. Simon consegnò rapido la busta e disse: «Sono 7900 in contanti. Così cancello il mio debito».

Non appena gli diede i soldi, Chub li prese e li infilò in una delle sue tante tasche nascoste. «Sicuro che bastino?»

«Eccome.»

«È successo qualcosa?»

«Mi ritiro.»

«Ah, peccato, Latch. Te la sei sempre cavata.»

«Quando mi è andata bene sono andato in pari. E ultimamente sto spendendo troppo per andare in pari.»

Chub sorrise e bevve un sorso dalla tazza. «Sai, Latch, l'ho sempre pensato, che fossi più sgamato degli altri. È un imbroglio, non un gioco. L'unico che vince è il banco. Gli allibratori, i casinò, le lotterie. C'è un motivo validissimo se continuano a costruire casinò.»

«L'ho sempre saputo, ma come quasi tutti i giocatori sono sempre stato convinto di poter battere il banco. Peccato che sia impossibile, eh, Chub?»

L'altro sorrise e si pulì dell'uovo dai baffi. «Mai visto succedere.»

«E dài, Chub, qualcuno che sa scegliere bene l'avrai incrociato.»

«Uno, al massimo due. Il segreto è rallentare quando sei in attivo e accelerare quando sei sotto. È il contrario di quello che uno penserebbe. Ho visto gente infilare uno o due anni buoni, e poi perdere i poteri magici e tornare a terra. Tu sei uno sgamato, Latch. Ma non dire a nessuno che te l'ho detto.»

Simon rise. «Dubito che vedrai calare il giro» replicò. «Secondo gli esperti è il contrario. Gli studi dicono che ogni anno che passa gli americani scommettono di più.»

«Lo spero.»

«Hai visto Spade, ultimamente?»

Per un attimo Chub lo guardò negli occhi, poi tornò a scrutare il cellulare. «Viene due volte alla settimana. Perché me lo chiedi?»

«Così. Mi sta simpatico, brava persona. Un po' losco, come la maggior parte dei tuoi habitué.»

«Su questo hai ragione» fece Chub, ridendo.

Simon guardò l'ora. «Devo tornare in ufficio.»

«Non sparire, Latch. Passa da me che ti offro una birra.»

«Certo, Chub, promesso.»

Due giorni dopo, Simon imboccò in direzione sud l'interstatale 81 che attraversava la Shenandoah Valley e in un'ora arrivò nella cittadina universitaria di Harrisonburg, dove andava almeno due volte al mese. Era la sede di un ramo del tribunale fallimentare federale e gli dava parecchio lavoro. Pubblicava il suo calendario delle udienze, uno di quelli seri, anche online, e per seguire le attività della corte, controllare quali procedimenti erano in corso e quali avvocati se ne stavano occupando, bastava un computer.

Quel pomeriggio Simon aveva tre udienze fallimentari e finì alle quattro e mezza. Mentre usciva dal tribunale incrociò un grazioso ricordo del suo passato. Yolanda, la sua vecchia fiamma dei tempi in cui studiava legge alla George Mason. Non si vedevano da un bel po'.

Dopo qualche chiacchiera un po' nervosa, Simon le domandò che cosa ci facesse lì.

«Do la caccia ai malviventi, Simon. È il mio lavoro.»

«A Harrisonburg?»

«Ce n'è dappertutto. Anche a Braxton.»

«L'altra sera ho conosciuto un tuo collega.»

«Ma pensa. Da Chub?»

«È il posto che bazzico di solito.»

«Dove stavi andando?» chiese lei.

«In un bar a offrirti da bere.»

«Non è opportuno che ci vedano insieme.»

Simon rise. «Non era così anche in facoltà?»

«All'inizio. Senti, uscendo dalla città c'è una steak house vicino a una stazione di servizio.»

«Lo so. Non un granché come bar.»

«Non avevo intenzione di passare la sera a bere. Ci vediamo là.»

Alla seconda birra avevano finito di parlare dei loro ex compagni di corso ed erano passati ad argomenti più seri. «Alla rimpatriata ho conosciuto tua moglie» disse Landy, come la chiamavano tutti. «Molto bella. State ancora insieme?»

«Al momento sì, ma non per molto.»

«Mi spiace.»

«Anche a me. Tre figli, una montagna di spese, un sacco di stress. Il matrimonio è andato in pezzi al rallentatore, quasi prima che ci accorgessimo che era troppo tardi. Per i ragazzi mi dispiace davvero, ma non vedo l'ora di uscirne.»

A un certo punto del secondo anno di legge, l'idea di potersi innamorare di Landy aveva terrorizzato Simon. Era la sua prima storia seria, e lui, semplicemente, non era pronto. Voleva laurearsi, andare a lavorare a Washington e fare carriera. Lei veniva da un paio di relazioni finite male, il che la rendeva ancora più cauta, e alla fine si rivelò un ostacolo insuperabile. Lui e Landy non avevano mai dedicato del tempo a esplorare i loro sentimenti, anzitutto perché l'università li metteva sotto, e poi perché il sesso era una priorità molto più alta. Non era certo per chiacchierare che andavano a letto insieme.

«Scusa, mi sembri un po' altrove» osservò lei sorridendo. «Stai pensando al sesso?»

«Sì.»

«Presente o passato?»

Lui fece una mezza risata sentendosi smascherato, ma sapeva che anche lei ci stava pensando. «In questo momento, al passato» disse. La tensione era strana e palpabile. Due ex amanti che rievocano avventure sessuali che nessuno dei due ha dimenticato né ha intenzione di dimenticare.

Simon cercò di cambiare argomento. «Non mi hai detto molto di tuo marito.»

«Lavora anche lui per l'Agenzia. Come grado, stipendio, responsabilità siamo praticamente alla pari. Durante l'addestramento ci sconsigliavano di frequentare colleghi, e avevano ragione. La maggior parte dei matrimoni tra agenti dell'FBI non funziona: troppi viaggi, troppi trasferimenti.»

«Il tuo funziona?»

«No. Ci siamo allontanati, e intanto per me è passato il momento giusto per avere figli. Questo mi rattrista un po'.»

«I figli sono sopravvalutati. Ai miei voglio bene, ma sapessi che casino la vita quotidiana.»

Le caraffe di birra erano vuote, e due era il limite. «Stanotte ti fermi qui?» chiese lei.

In altre parole: "Vieni da me".
«No, devo rientrare. Ci scambiamo i numeri?»
«Ottima idea.»
Simon fece un bel respiro e toccò il tasto dolente. «E io sono fuori pericolo?»
«Deciderà la mia supervisora, ma probabilmente sì. Sei un pesce piccolo, come l'ottanta per cento di loro.»
«Ma perché non lasciate in pace Chub? È innocuo. Si tratta nientemeno del più grosso allibratore di Braxton, Virginia. Sai che roba.»
«Ripeto, non sono io che decido.»
«E lo so che avreste pesci più grossi da pescare.»
«Tipo?»
«Ah, non saprei, tipo narcotrafficanti, cyberterroristi, hacker russi e via dicendo.»
«Caspita, sei il primo che me lo fa notare.»
«Okay, non lo ripeterò più. Però Chub non è cattivo.»
«Chiamami, Simon, e recuperiamo il tempo perduto.»

22

Quando finalmente Eleanor spense il motore, la sua Lincoln era esattamente a cavallo di due posti auto ben segnalati di un piccolo parcheggio nei pressi di Maple Street. Scese dall'auto e si avviò lentamente, quasi controvoglia, verso la fila di edifici con le tettoie affacciate sul marciapiede di Main Street. Si fermò davanti alla porta dello studio legale di Walter J. Thackerman, ed ebbe un attimo di indecisione. Poi la spinse ed entrò.

Simon la guardava assorto da una finestra buia al primo piano, sul lato opposto della via. Quando sparì dietro la porta, lui chiuse gli occhi e cercò di immaginare come sarebbe andata là dentro, nell'ora successiva. A volte Netty era proprio facile da persuadere: a forza di lavorarsela, Wally poteva benissimo turbarla quanto bastava a farle sputare la verità. Rischiava di andare tutto a monte. Simon aspettava di sentir squillare il telefono, e poi la voce di Wally che dalla cornetta strillava e lo minacciava.

Il giorno prima, Simon e Netty avevano cercato di simulare il colloquio, ma lei non riusciva a concentrarsi. Il tentativo l'aveva convinto che non fosse così affidabile.

Fran la salutò con un calore insolito. Lei rifiutò caffè, tè e acqua, e non ebbe molto da dire sul tempo. Siccome non osava farlo, la segretaria sperava che fosse Eleanor ad andare sull'argomento della memorabile visita di Clyde Korsak di qualche settimana prima. Fran aveva raccontato l'aneddoto praticamente a chiunque fosse stato ad ascoltarla, e per un po' in città non si era parlato d'altro. Col tempo, però, i pettegoli avevano perso interesse. Wally le aveva proibito di farne parola con la loro preziosa cliente.

Eleanor attese per pochi minuti mentre l'avvocato Thackerman concludeva «una chiamata in teleconferenza con un giudice federale». Fran si alzò e la invitò a seguirla. Mentre avanzavano lungo lo stretto corridoio, sussurrò: «È sempre impegnatissimo da dopo la sparatoria». Eleanor la guardò inespressiva.

Wally la accolse sulla porta e la fece sedere su una poltrona imbottita vicino a un tavolino. Fran uscì ma rimase in corridoio, da dove poteva sentire ogni parola. Wally voleva che ascoltasse, per confrontarsi con lei sulla sanità mentale di Eleanor a incontro concluso.

Il testamento da lui redatto per conto di Ms Barnett era stato firmato a gennaio. Wally aveva incaricato Fran di aggiungere la clausola che gli destinava 485.000 dollari; la versione ufficiale era che sarebbero serviti a mo' di anticipo, dal quale avrebbe scalato gli onorari relativi alla gestione dell'eredità. In quindici anni con Wally, Fran non aveva mai visto una clausola né una parcella del genere, e aveva capito all'istante che era una truffa. Vedendola perplessa, Wally le aveva offerto un bonus di 50.000 dollari in contanti e l'aveva fatta contenta. Si erano divertiti un mondo a suddividere l'eredità di Eleanor prima ancora che firmasse il testamento.

Wally decise di affrontare per prima la faccenda sgradevole. «Senta, Eleanor, c'è una cosa che mi lascia perplesso.» L'unico da cui si faceva chiamare "Netty" era Simon. «Come faceva Clyde Korsak a sapere che io sono il suo avvocato?»

«Me l'ha già chiesto.»

«E glielo chiedo di nuovo. Sono davvero curioso.»

«Ah, non so. Davvero non lo so. Sinceramente la cosa stupisce molto anche me.»

«Non ha mai vissuto qui, e a quanto mi risulta non conosce nessuno. Eppure, in qualche modo, ha capito che io la rappresento. Com'è potuto succedere?»

«Non lo so proprio.»

«Lo ha chiesto direttamente a lei, Eleanor?»

«Non mi ricordo. Mi ha bersagliata di domande. A un certo punto gli ho detto di andarsene. Oltretutto, non gliel'avevo dato io il permesso di entrare in casa mia. Non mi sono mai andati a genio, lui e suo fratello Jerry.»

«Le ha chiesto dei soldi?»

«Certo. All'inizio voleva che gli prestassi 5000 dollari. Gli ho risposto di no. Poi l'hanno arrestato e me ne ha chiesti 25.000 per la cauzione. Gli ho risposto un'altra volta di no. Queste domande non mi piacciono.»

Wally capì che era il momento di fare marcia indietro, ma gliene mancava ancora una. «Clyde e Jerry sanno delle azioni Coca-Cola e Walmart?»

Lei fece un respiro profondo e ci pensò un attimo. «Ah, non lo so. Forse. Parecchi anni fa, una volta in cui Harry e io discutemmo dei ragazzi e dei guai che combinavano, lui mi fece capire che per sbaglio aveva parlato con loro delle azioni. Ma quella conversazione non me la ricordo più, e non so che cosa disse a quei due. Saranno passati almeno vent'anni.»

Wally bevve un sorso di caffè e corrugò la fronte, dandosi il tono intelligente di chi è pronto a mettersi al lavoro. «Ultimamente ha letto il nostro... il suo testamento?»

«No.» Era una mezza verità. Il giorno prima, in una caffetteria, Simon lo aveva messo sul tavolo e gliel'aveva riassunto. Le aveva anche mostrato il lungo e fitto paragrafo al quale Wally aveva aggiunto le parole "quattrocentottantacinquemila dollari". Si trattava della somma da versargli "appena possibile" dopo l'omologazione del testamento. Per non dare troppo nell'occhio, Wally aveva deciso di scrivere la cifra senza usare numeri né il simbolo del dollaro. Simon sosteneva che una mossa così avida e infida gli avrebbe causato seri problemi con l'ordine, se qualcuno l'avesse contestata.

A ogni modo, lei e Simon non avevano letto il testamento per intero, quindi la sua risposta era più o meno sincera.

«C'è qualche dettaglio che vorrebbe cambiare o discutere?»

"A parte i soldi che mi stai rubando?" «No, non credo.» Simon le aveva raccomandato di parlare il meno possibile. Non fare proposte, non accettare nessuna novità, fingi che vada tutto bene così.

Ma a lei quella messinscena non piaceva. Ah, gli avvocati e i loro giochetti!

Un briciolo di compassione per quel poveretto, poi, le era rimasto. Che delusione, il giorno in cui si fosse presentato in tribunale con le sue "vecchie" ultime volontà, salvo scoprire che Simon se n'era appena uscito dopo aver ottenuto l'omologazione di quelle "nuove".

Non erano neanche le undici del mattino, ma Wally le propose di uscire a pranzo, ovviamente insieme a Fran. Conosceva il posto perfetto, un nuovo ristorante giapponese che apriva presto e aveva recensioni entusiaste.

Eleanor lo ringraziò educatamente. L'invito la colse di sorpresa, ma riuscì a declinare con garbo, dicendo che non aveva digerito bene la colazione.

In quel locale era già stata con Simon, non li aveva molto colpiti.

Dopo mezz'ora non avevano più nulla da dirsi. Eleanor ringraziò Wally per il suo tempo, lui ricambiò. La accompagnò fino al marciapiede, e Simon, appostato dall'altra parte della strada, li vide uscire.

In una cittadina di trentamila abitanti come Braxton le alternative per un pranzo esotico erano limitate. Fino a quel momento la loro avventura culinaria li aveva portati ad assaggiare piatti asiatici, centro e sudamericani, europei, afghani e indiani. Nove ristoranti in tutto, e Simon non vedeva l'ora che il progetto finisse. Era abituato a pranzare alla scrivania con un semplice panino che spesso si preparava a casa, quando ancora aveva un posto che potesse considerare tale.

Quando Netty gli telefonò e accennò al pranzo, avrebbe voluto suggerirle che forse era il momento di una pausa. Non conosceva altri posti etnici né a Braxton né nei dintorni. A Washington ce n'erano un migliaio, ma bisognava fare almeno un'ora di strada.

«Torniamo da Tan Lu. Penso che sia il mio preferito» propose lei.

A fare un bis, in effetti, non aveva mai pensato. «Va bene, ottima idea.»

Era un locale vietnamita con piatti eccezionali, che sei giorni su sette si riempiva entro mezzogiorno e un quarto.

Arrivarono alle undici e mezza e trovarono un tavolo. Da Tan Lu non esistevano prenotazioni. La cameriera era la figlia adolescente dei proprietari, una studentessa modello nata a Braxton e destinata alla carriera universitaria. Ordinarono del *pho*, una tradizionale zuppa di noodle in un denso brodo di pesce e cipolle. Cominciarono con un'insalata *goi* con involtini di gamberetti come accompagnamento.

«E ovviamente i biscotti allo zenzero» aggiunse Netty, e rise. I biscotti allo zenzero di Saigon erano così amati che i proprietari li vendevano anche in scatola, da portare via.

Mentre Eleanor chiacchierava delle sue partite a carte con Doris e le ragazze, Simon fu colto ancora una volta dall'ansia che lo stesse prendendo in giro. I suoi beni non erano stati verificati. Continuava a rifiutarsi di mostrargli gli estratti conto della banca e del suo broker. Era così impaziente di crederle, e bramava così tanto i suoi soldi, da non voler sentire i campanelli d'allarme?

La cameriera servì un vassoio di colorate verdure crude con una salsina al cetriolo, e Netty si versò del tè caldo e speziato da un piccolo bollitore. «Non abbiamo più parlato del pasticcio al tribunale per le infrazioni stradali, vero, Sy?» disse.

Lui tornò subito in sé. «No, ma piano piano si sta risolvendo» rispose. «Ho trovato un compromesso con la procura e in pratica la municipalità cancellerà tutto tranne la multa per eccesso di velocità. Ti costerà una quarantina di dollari e non lascerà strascichi di nessun tipo. Ai primi di dicembre vado in tribunale a occuparmene.»

«Mi devo presentare anch'io?»

«No, Netty, ho fatto in modo che di te non ci sia più bisogno.»

Lei fece un sospiro teatrale, sembrava sul punto di crollare. «Ah, grazie, Sy. È stato orribile trovarmi in tribunale in mezzo a tutte quelle persone.»

«Intendi quella gentaglia?»

«Insomma, sì, hai capito.»

«Certo.»

«Grazie per tenermi lontana dal tribunale, Sy.»

«Figurati, è il mio lavoro.» Un lavoro che, a occhio e croce, in quel momento stava facendo gratuitamente. Un giorno, però, le spese le avrebbe recuperate eccome, dalla prima all'ultima. «Tu però rallenta, Netty. Rallenta e concentrati. Rispetta la segnaletica. Se ti becchi un'altra multa non so se riuscirò a rifare il miracolo.»

Miracolo? Qualsiasi avvocato di Main Street era in grado di manipolare la sezione del tribunale per le infrazioni stradali come aveva fatto lui.

Arrivò il *pho*, dentro piatti fumanti. Presero i cucchiai, annusando l'aroma che si sprigionava. Mangiarono e parlarono dei soliti argomenti, ma Netty sembrava meno curiosa del solito riguardo alla famiglia di Simon. Forse aveva capito che non gliel'avrebbe mai presentata. Lui si finse interessato, per l'ennesima volta, a quello che lei e le amiche chiamavano il "circolo del poker". Si riunivano una volta alla settimana, ospitandosi a turno, e giocavano a gin rummy. Sorseggiavano sherry, mangiavano cioccolatini, giocavano puntando un dollaro a mano, ogni tanto guardavano un film. Si divertivano parecchio, sarebbe stato bello se Simon una volta fosse andato a trovarle. Lui stava per addormentarsi.

I biscotti arrivarono su due piattini insieme al miele caldo in cui intingerli. Netty ne andava matta e chiese la ricetta alla cameriera. L'impasto era composto da farina integrale, farina bio, zenzero tritato, latte e burro, con una guarnizione di semi di sesamo e zucchero di canna glassato. Erano croccanti e mangiandoli era impossibile non spargere briciole, ma nessuno ci faceva caso. Netty ne divorò quattro insieme a una tazzina di *cà phê*, caffè all'uovo con latte condensato dolce.

Il conto era di circa 80 dollari. Lo pagò Simon.

23

La telefonata gli arrivò sul cellulare un giovedì sera tardi mentre guardava una partita del torneo universitario di basket, la classica, sonnolenta amichevole *preseason* in cui la squadra di casa offre un sostanzioso rimborso "pro trasferta" a ospiti molto meno forti, che in genere subiscono 90 punti e ne segnano la metà. La seguiva senza entusiasmo, i tempi in cui scommetteva gli mancavano da morire. Il numero chiamante era quello di Eleanor, perciò rispose subito. «Mr Latch?» disse una voce maschile sconosciuta.

«Pronto, sì, sono Simon Latch. Chi parla?»

«Il sergente Pully della polizia di Braxton. Mi sembra che ci siamo incrociati in tribunale.»

«Ah, sì, ricordo.» Simon non aveva idea di chi fosse quel Pully, ma era sempre meglio dare ragione ai poliziotti, specialmente se chiamavano a orari strani. Doveva essere capitato qualcosa di spiacevole. «Mi dica pure.»

«Senta, la signora Eleanor Barnett ha avuto un incidente. È in ospedale con qualche lesione, ma non è in pericolo di vita. Mi ha chiesto di chiamarla, dice che è lei a occuparsi dei suoi affari.»

Non l'avevano mai stabilito ufficialmente, però nessun altro, da quando si conoscevano, aveva mai davvero badato agli affari di Netty. E a Simon andava bene così. «Certo, sì. Può dirmi cos'è successo?»

«Be', sì, ma la signora vuole vederla. Io sono qui in ospedale, venga e facciamo due chiacchiere.» Più che un invito fu un ordine.

Venti minuti dopo, eccoli davanti all'ingresso del pronto soccorso, perché Pully doveva fumare. «Ms Barnett guidava, e con lei c'era una passeggera, Doris Platt. Lei conosce Ms Platt?»

«Più o meno. Non di persona.»

«Secondo Ms Platt tornavano da una festicciola di Natale tra anziane, dove avevano giocato a carte, cenato e via dicendo, e ci avevano dato dentro con lo sherry. Quando sono uscite, Ms Barnett si è messa al volante.»

«Non dovrebbe guidare di sera.»

«Certo che no. E nemmeno guidare ubriaca. Ms Platt ha detto che sbandava da tutte le parti, e che mentre chiacchieravano animatamente ha bruciato un semaforo rosso sulla South Poplar e centrato in pieno un'altra auto. I due occupanti dell'altra sono conciati male ma non rischiano la vita, o almeno così dicono le prognosi.»

«Oddio» disse Simon, scuotendo la testa.

«È successo un paio d'ore fa. I quattro incidentati sono arrivati in ambulanza e mi sembra che siano tutti stabili. Ho avuto il tempo di controllare i precedenti di Ms Barnett. Brutti. Ha in sospeso tre contravvenzioni per eccesso di velocità, una è anche per guida pericolosa. La sua assicurazione le aveva appena cancellato la polizza.»

«Cosa?»

«Sì. C'è una comunicazione della Allstate alla motorizzazione, datata 2 dicembre.»

Simon, accigliato, non smetteva di scuotere la testa. «Avevo capito che era lei a occuparsi dei suoi affari» osservò l'agente.

«Non di tutti. Ai suoi conti bada la signora, o almeno dovrebbe. È sicuro che l'incidente sia stato colpa sua?»

«Non abbiamo ancora finito con le rilevazioni, ma ci sono testimoni che l'hanno vista passare col rosso. Lo dice anche Doris Platt.»

«E non è assicurata.»

«Sembrerebbe di no. In più aveva bevuto.»

«Lei però non beve.»

«Stasera sì. Doris lo conferma.»

"È meglio che Doris chiuda il becco" pensò Simon, ma tenne la lingua a freno.

«Le abbiamo fatto un prelievo. Aspettiamo i risultati» aggiunse Pully.

«Dice sul serio?»

«Sì, ha acconsentito lei stessa, per iscritto.»

«Sapeva che cosa stava firmando?»

«Sissignore. Erano presenti due infermiere, confermano che era lucida.»

«Ha mai perso conoscenza?»

«Non mi sembra, ma ripeto, io non c'ero. Ha la gamba sinistra messa male, non so cosa dicono le radiografie. I medici la stanno ancora visitando.» Pully si accigliò e ascoltò qualcosa dal suo auricolare. «Devo andare a controllare una cosa. Mi aspetti in sala d'attesa, un minuto e torno.»

Simon non fumava dai tempi del college, ma scroccò una sigaretta a Pully e gli rispose che lo avrebbe aspettato fuori. Il poliziotto tornò dopo un'ora. Ne accese un'altra e disse: «I risultati preliminari delle analisi del sangue riportano zero virgola nove. Oltre il limite. L'hanno appena spostata in una stanza privata, il dottore dice che può andare a salutarla. È proprio sconvolta, vuole parlarle».

«È ancora ubriaca?»

Pully trovò la domanda divertente e rise. «Di sicuro è su di giri. Andiamo, la accompagno.»

Quando Simon entrò nella stanza era quasi mezzanotte. Due infermiere armeggiavano con i tubi e controllavano i monitor. Netty aveva mezza fronte nascosta da una grossa fasciatura, e la gamba sinistra avvolta dalle garze. Gli occhi erano chiusi.

Simon non sapeva che cosa dire. «Ehm, come sta?» domandò.

«Non bene» rispose un'infermiera. «Due costole rotte dalla parte sinistra. Qualche taglio, diversi lividi. Il ginocchio sinistro ha preso un brutto colpo. Ci metterà parecchio a sgonfiarsi.»

Eleanor aprì gli occhi e vide Simon. Allungò il braccio destro, da cui penzolavano due tubicini. Lui le strinse piano le dita. «Ciao, Netty. Mi dispiace tanto» le disse.

«Anche a me» rispose lei con un filo di voce. «Hai visto Doris?»

Lui scosse la testa. «È in fondo al corridoio» disse un'infermiera.

«Le stiamo iniettando morfina per il dolore» spiegò l'altra. «Probabilmente tra poco si addormenterà. Sente male, Ms Barnett?»

«Un po', mi sembra» disse lei, e chiuse gli occhi. «Simon, per favore, rimani.»

L'idea di passare la notte fuori non lo aveva nemmeno sfiorato, e lo spiazzò. Con un cenno un'infermiera indicò l'unica sedia nella stanzetta e disse: «È reclinabile, di solito la gente usa quella».

Simon la guardò torvo. Una strana creazione progettata per far venire il mal di schiena.

Pully ascoltò di nuovo dall'auricolare. «Devo scappare» disse. «Torno domani a raccogliere la testimonianza di Ms Barnett.»

Per poco Simon non tuonò: "Non testimonierà proprio un bel niente", ma lasciò perdere. Dei risvolti legali si sarebbe occupato l'indomani. Guardò l'infermiera che iniettava nella flebo il liquido del KO. Lei gli sorrise e bisbigliò: «Questo la tramortisce».

«Faccia come se fosse a casa sua» disse l'altra. Le infermiere se ne andarono, e di colpo Simon rimase solo con la sua cliente. Per diversi minuti stette sulla porta e cercò di farsi una ragione dell'immagine surreale che aveva davanti. Netty sembrava minuscola e fragile in quel letto, con un lenzuolino bianco a coprirla fino al collo, la testa voltata a sinistra e un tubicino nella narice.

Come aveva fatto questa persona, questa cara vecchia signora che conosceva da appena nove mesi, a entrare nella sua vita in modo così eclatante? Come aveva fatto a vivere per ottantacinque anni una vita relativamente comoda, per poi ritrovarsi senza nessuno che si prendesse cura di lei tranne lui? Senza nessun parente, senza vere amiche eccetto Doris, che aveva appena rischiato di uccidere.

Simon ammise, ma soltanto a se stesso, che a spingerlo fin lì era stata l'avidità. Qualche mese prima avrebbe potuto fare ciò che lei gli aveva chiesto, redigere un testamento semplice per 250 dollari e chiudere la questione. Sarebbe andata proprio così, se Eleanor non avesse avuto soldi. Matilda lo avrebbe archiviato insieme a centinaia di altri e non ci avrebbero più pensato.

Invece la cliente non era affatto povera, e sembrava pure piuttosto vulnerabile. L'avidità aveva intaccato il proverbiale buonsenso di Simon, convincendolo di poter assumere con facilità il controllo di una fortuna meravigliosamente nascosta a tutto e tutti. Con la sua abile gestione, sarebbe rimasto un piacevole segreto.

Sbirciò l'orologio digitale nell'angolo di un monitor sopra la testa di Netty. I numeri verdi segnavano le 00.42.

Studiò la sedia e ideò una manovra per sistemarcisi senza rischiare un'ernia del disco. Una volta in posizione, riuscì a reclinarsi con la testa appoggiata al muro. Osservò il profilo del corpo avvizzito di Eleanor sotto le lenzuola. Ascoltò il ticchettio leggero, costante e fastidioso di una macchina che monitorava qualcosa. Udì i suoni delle infermiere e degli operatori sanitari che si trascinavano in corridoio. E si chiese come ci si potesse aspettare che un visitatore dormisse in un ospedale. I pazienti, almeno, erano narcotizzati.

Chiuse gli occhi e cercò di respirare a fondo.

Quante complicazioni per cui agitarsi. La sua cara Netty stava andando incontro a un'incriminazione per guida in stato di ebbrezza. Stava per essere denunciata dalle persone che aveva coinvolto e ferito nell'incidente. Il procedimento legale avrebbe consentito agli avvocati della parte avversa di ficcanasare nei suoi conti. Il tutto alla luce del sole.

Più pensava ai problemi, più li vedeva aumentare. Aprì gli occhi e guardò l'ora: 00.46.

Si alzò con cautela dalla sedia e uscì. Scese due rampe di scale, e al piano terra seguì le indicazioni per il bar. Tutti e tre i suoi figli erano nati in quell'ospedale, ma prima che fosse ristrutturato diverse volte. A ogni nuova visita trovava ali e corsie nuove. Il bar era chiuso, e Simon dovette prendere un caffè alla macchinetta. Uscì, bevve un sorso e rovesciò per terra il resto.

Stava contemplando la fuga. Eleanor era al tappeto, avrebbe dormito chissà per quante ore. E perché lui no? Poteva correre al Ripostiglio, dormire fino alle sei, fare una doccia e tornare in ospedale. Non aveva senso fare il baby-sitter a una donna che era in un altro mondo.

24

In città c'erano un paio di avvocati famosi perché bazzicavano il pronto soccorso e i corridoi degli ospedali, pronti a piombare sui parenti delle vittime di incidenti stradali o sul lavoro. Erano il residuo di un'epoca passata, prima della valanga di pubblicità in tivù e sui cartelloni, quando "dare la caccia alle ambulanze" era malvisto. Ascoltavano le frequenze radio della polizia, e pur di acchiappare clienti corrompevano gli autisti del soccorso stradale e sfruttavano i trucchi più disparati. Simon li conosceva bene ed era deciso a tenerli lontani da Eleanor, anche se presto si sarebbe saputo che, probabilmente, a processo sarebbe andata non da parte lesa ma da imputata.

Tornò in ospedale alle sette del mattino e la trovò ancora sprofondata nel sonno. Si accampò vicino al suo letto con i quotidiani del mattino e un bicchierone di caffè, come se fosse lì dalla sera prima. Tossì e sfogliò i giornali cercando di fare più rumore possibile. A un certo punto Netty cominciò a svegliarsi e aprì gli occhi. Lui si sedette sul bordo del letto e le chiese come stava. Non lo sapeva neanche lei. Passò un medico che le diede un'occhiata veloce alle fasciature. Quando se ne fu andato, Simon domandò a Netty se le andava di mangiare.

«No, grazie. Che bello vederti qui.»

"Non avrei potuto essere altrove." «Caffè?»

«No, magari giusto un sorso d'acqua.»

Gliela portò, in un bicchiere di plastica, e pensò di chiederle: "Come vanno i postumi della sbronza?".

«Dov'è Doris?» domandò lei, bevendo dalla cannuccia.

«In fondo al corridoio. Sta bene. A quanto pare, si era allacciata la cintura di sicurezza. Tu no.»

«Oh, cielo. Non mi ricordo quasi niente.»

«Hai battuto la testa, ti hanno dato qualche punto, hai un paio di costole rotte.»

«Mi racconti cos'è successo?»

Simon le accarezzò un braccio. «È una storia lunga, e non finisce bene.»

Se ne andò pochi minuti dopo le nove, e uscendo fece due chiacchiere con l'infermiera di turno, Loretta Goodwin. Le raccomandò di non far parlare Ms Barnett con la polizia né con nessun altro, e la pregò di stare attenta agli altri avvocati, ai periti delle assicurazioni e via dicendo. Loretta annuì, alzando gli occhi al cielo. Sapeva bene a cosa si stava riferendo.

In ufficio, Simon aggiornò Matilda sull'accaduto e le disse che non c'era per nessuno. Chiuse la sua porta, si sdraiò sul divano e cercò di riordinare i pensieri. Come minimo Eleanor sarebbe rimasta in ospedale qualche giorno: un'occasione d'oro per indagare a fondo sulle sue finanze e rendersi indispensabile. Poteva chiedere al giudice di nominare un amministratore straordinario che gestisse i suoi conti e affari, e in questo modo avere accesso praticamente a ogni cosa. L'aspetto negativo era che si sarebbe trattato di un atto pubblico, e in tribunale non c'era mai carenza di ficcanaso. Finora, per circa nove mesi, Simon era riuscito ad assistere la sua cliente rimanendo pressoché in incognito. La musica sarebbe cambiata alla morte di Eleanor e con l'omologazione del suo testamento, ma per ora l'anonimato gli andava più che bene.

Si era appena appisolato quando Matilda bussò alla porta e, senza aspettare, irruppe nell'ufficio in preda al panico. Mentre Simon si rialzava in tutta fretta, gli disse che c'erano due tizi in abito scuro. «Dell'FBI, con il distintivo e tutto. Serissimi.»

«Cos'hai combinato?»

«Io? Scusa, capo, ma è te che vogliono vedere.»

«Falli entrare.»

Simon fece qualche respiro profondo, cercò di rilassare la sua espressione e di sorridere, e andò ad aspettarli sulla soglia. Un'altra giornata entusiasmante nella vita di un avvocato di provincia.

Siccome tutti gli agenti dell'FBI sono speciali, si presentarono come "agente speciale Perez" e "agente speciale Underwood". Indossavano abiti e camicie identici, ma con cravatte azzurre di tonalità diverse. Si accomodarono sulle poltroncine della grande scrivania, davanti a Simon appollaiato sul suo trono girevole da dirigente. Lui mostrò il suo cellulare e premette un tasto. «Per puro diletto registrerò tutto quello che stiamo per dirci» annunciò. I due risposero all'unisono con un'alzata di spalle.

Dopo un goffo tentativo di chiacchierare del tempo, Simon andò al sodo. «D'accordo, ragazzi, che succede?» chiese.

Underwood sembrava leggermente più vecchio, sui ventinove-trent'anni, e dei due era di sicuro l'anziano, il più pratico di minacce e spavalderia. «Di recente lei ha più visto Hubert Nelson?»

Simon non capì e non sapeva cosa rispondere.

«Lo chiamano Chub. Possiede alcuni locali in questa zona.»

«Scusate, non ho mai realizzato che Chub avesse anche un nome normale. Lo conosco da quindici anni e l'ho sentito chiamare in parecchi altri modi, ma Hubert mai.» Pensava di aver fatto un commento ironico, ma gli agenti non si scomposero. «Cos'ha combinato?»

«Stiamo ancora cercando di capirlo» disse Underwood. «L'indagine riguarda un giro di scommesse clandestine. Secondo le nostre fonti Chub ne è un elemento attivo. Lei ne sa qualcosa?»

«Ebbene, signori, vi ricordo le regole. Se mi si sta accusando di un reato, farò due chiacchiere con voi solo in presenza del mio avvocato. Chiaro, no?»

«Di lei non ci interessa. Ci dica di Chub. Lei ha mai piazzato scommesse presso di lui o in un suo locale?»

«In tal caso avrei commesso un reato. Quindi, se mi state chiedendo se ho commesso un reato, vi toccherà tornare quando saremo in compagnia del mio legale.»

I due agenti si alzarono. Underwood gettò un biglietto da visita sulla scrivania. «Grazie, per ora» disse.

Simon rimase immobile mentre aprivano la porta e se ne andavano. Li sentì parlare con Matilda e uscire in strada. Respirò a fondo e cercò di rallentare il battito del cuore. Si stravaccò sulla poltrona e mise i piedi sulla scrivania come se non gli importasse più niente di niente. Si inventò anche una scusa per Tillie, che da un momento all'altro sarebbe arrivata.

«Che succede?» chiese lei, sulla soglia.

«Siediti.» La sua versione della storia era che i federali stavano indagando su un presunto giro clandestino di scommesse nei locali di Chub. Da quando lui e Paula si erano separati, Simon passava più tempo da Chub e ogni tanto scommetteva qualche dollaro sulle partite. Niente di serio. Il suo bilancio era in attivo, e via dicendo. Tutti i suoi amici scommettevano. I federali stavano soltanto cercando una pista.

«Ogni tanto io vado allo Yesterday. È carino.»

Lo Yesterday era l'unico locale pulito di Chub, frequentato da single e giovani sposati.

«Non c'è niente di cui avere paura» disse Simon, con una stretta allo stomaco. «Certo che potrebbero anche occuparsi di reati più importanti.»

«Scommettere è ancora illegale?»

«Dipende da come lo fai. Ma non preoccuparti, non è niente.»

Matilda se ne andò chiudendo la porta, e Simon andò a stendersi sul divano. Dove diamine era Landy? Non gli aveva praticamente garantito che lui non era un obiettivo? Dopo un'altra serie di respiri profondi, si disse che la visita non era stata altro che un controllo di routine eseguito da due pivelli obbligati a fare rapporto al loro supervisore. Continuava a rifiutarsi di pensare che per aver scommesso sui risultati delle partite rischiava una denuncia. Sapeva pure che la grandissima diffusione delle scommesse sportive non le rendeva legali, ma perché i federali avevano scelto proprio Chub, tra le migliaia di allibratori della zona? E perché proprio lui tra i milioni di scommettitori occasionali?

Non riusciva a credere di essere nei guai.

Si riscosse, si spostò alla scrivania, chiamò Tillie e le chiese di spedire dei fiori a Eleanor Barnett, stanza 328, Blue Ridge Memorial Hospital.

In pausa pranzo Simon tornò all'ospedale, e mentre parcheggiava si domandò quante volte lo avrebbe fatto nel paio di settimane successive. Gli ospedali erano posti davvero deprimenti.

Bussò alla porta, la aprì spingendola e chiese piano: «C'è qualcuno in casa?».

Il letto era vuoto: in casa non c'era nessuno. Sentì delle voci dietro di sé, si voltò e vide la porta spalancarsi. Due giovani in camice trasportavano una branda con il fragile corpo di Eleanor avvolto nelle lenzuola dalla vita in giù. Lei stava seduta con la schiena sui cuscini, e gli fece un gran sorriso. «Ciao, Sy, bentornato» lo salutò. Lui si spostò per farla passare.

«Questi sono i miei nuovi amici» spiegò Netty con una nota di euforia, come se fosse di nuovo su di giri. Simon capì subito che erano i farmaci. «Mi hanno dovuta portare giù a fare un'altra radiografia. Si chiamano Bill e Oscar.»

Simon salutò con un cenno, ma i due praticamente non gli badarono. Mentre si preparavano a trasferirla nel letto, uno lo pregò di uscire. «Ci dia solo un minuto, grazie.» Simon sbirciò il cartellino di riconoscimento appuntato sul camice bianco: OSCAR KOFIE.

Uscì subito e incrociò Loretta Goodwin, che sembrava quasi essere lì ad aspettarlo.

«Ha un minuto?» chiese lei.

«Certo.»

Lei parlò a bassa voce, con aria circospetta. «I dottori che l'hanno visitata stamattina sono preoccupati per la gamba. Ha un'emorragia che potrebbe richiedere un'operazione, ma niente di troppo complicato. Le hanno fatto un'altra radiografia. Il problema è che la signora non ha un testamento biologico, una direttiva anticipata e nemmeno una procura per questioni sanitarie. E neanche un parente prossimo, evidentemente. Come persona da contattare ha indicato lei. C'è qualcun altro?»

«No, che io sappia.»

«Bene, allora può parlarle e spiegarle che deve firmare qualche modulo, e in frettissima?»

«Volentieri. Quando sarebbe l'operazione?»

«Non l'hanno ancora fissata e non è detto che sia necessaria. Prima la terranno sotto osservazione per un paio di giorni. Noi, l'azienda ospedaliera, abbiamo soltanto bisogno di mettere nero su bianco il nome del suo referente.»

«Va bene, le parlo io.»

Dalla porta spuntò la barella vuota, e Bill e Oscar la portarono via.

Simon dettò a Tillie una procura speciale e una direttiva anticipata di trattamento, che gli conferivano piena autorità praticamente su ogni aspetto degli affari economici e delle questioni di salute di Eleanor. Tornò in ospedale e attese mezz'ora fuori dall'ufficio della direttrice, la dottoressa Connor Wilkes. Una volta entrato, spiegò cosa stava facendo e chiese il suo aiuto: «Vorrei che fosse chiaro che Ms Barnett sta firmando la procura e la direttiva anticipata nel pieno delle sue facoltà».

«Nessun familiare?»

«Purtroppo no. Preferirei non doverlo fare» disse serioso Simon. «Ma non c'è proprio nessun altro.»

Com'era ovvio, la dottoressa Wilkes sembrava restia e diffidente di fronte a un avvocato che chiedeva di far firmare documenti così importanti a una cliente anziana e sotto l'effetto dei farmaci. Simon, però, fu persuasivo e testardo. «Mi dia un'ora per spiegare tutto alla mia cliente» disse.

A rendere la spiegazione ancora più ardua c'era lo stato emotivo di Netty. Era sconvolta da ciò che aveva fatto, preoccupatissima per Doris e per le persone nell'auto che aveva centrato. Non riusciva a concepire una denuncia per guida in stato di ebbrezza. «Non vado in prigione, vero?» chiese più di una volta. Simon le garantì di no, ma non ne era sicurissimo. Cercò di placare le sue paure, però era impossibile. Fu fermo ma comprensivo, perché gli faceva sinceramente pena.

«Non c'è nessuno che ti paghi le bollette, Netty. Finché non ti rimetti in piedi, delle tue scartoffie mi occupo io. Vorrei che ci fosse qualcun altro a darmi una mano.»

«Anch'io, Simon» rispose lei dopo che si asciugò altre lacrime. «Ma non c'è nessuno.»

Quanto alla procura speciale, le spiegò che era temporanea e che poteva revocarla in qualunque istante. Simon non avrebbe staccato un solo assegno senza prima consultarla, però era tassativo concedergli l'accesso ai libretti, ai suoi conti e al resto del patrimonio.

«Non potrò più guidare?» chiese lei, piangendo.

«No, Netty, mai più.»

Più complesso fu spiegarle la direttiva anticipata che indicava lui come "referente sanitario", incaricato di interpellare i medici e via dicendo. Se fosse diventata completamente incapace non doveva essere rianimata. La sua vita non doveva essere prolungata con farmaci, sondini per l'alimentazione, respiratori o altri dispositivi.

«Sto per morire?» gli chiese, più e più volte. Lui le garantì che sarebbe andato tutto bene, per ora, e che il documento sarebbe servito soltanto in altri contesti futuri. Includeva anche i dettagli sulle sue disposizioni finali.

Arrivò la dottoressa Wilkes con il suo seguito, incluso il dottor Samuel Lilly, il primario. La stanza era piena di persone accigliate che osservavano Simon con aria molto sospettosa. Lui, che se lo aspettava, sfoderò il suo fascino mentre spiegava i due documenti e chiedeva ripetutamente a Eleanor se comprendesse cosa le veniva chiesto di fare. La dottoressa Wilkes la coinvolse in una lunga conversazione, che Eleanor riuscì a gestire abbastanza bene. Fu un interrogatorio piuttosto approfondito e lei cominciò a stancarsi, così come i medici al seguito della direttrice.

«Se ci tiene possiamo ricominciare da capo» disse Simon alla dottoressa Wilkes quando le domande si esaurirono.

Nessuno dei presenti voleva ripetere la seduta. Eleanor sembrava padrona di se stessa e chiuse la faccenda: «No, non voglio ricominciare. Mi fido di Simon e voglio firmare le carte».

Così fece, e una segretaria autenticò le firme. Simon ringraziò tutti di cuore e promise di inviare all'ospedale copie dei documenti. Quando rimasero soli, Eleanor gli disse che si sentiva fiacca, affamata e stanca, e lui la affidò alle infermiere. La salutò e promise di tornare in serata.

Nell'atrio incrociò l'agente Pully, con il quale ebbe uno scambio carico di tensione non appena si sentì domandare come volesse gestire l'arresto.

«Ma sta scherzando? Che fretta c'è? Mica scappa.»

«Quanto durerà il ricovero?»

«È appena arrivata. Datele tregua.»

«Le vittime stanno già protestando.»

«Facciano pure tutto il chiasso che vogliono. Non c'è fretta. Quando riuscirà a camminare daremo la nostra piena collaborazione. Lasciatela tranquilla, okay?»

«Vorrei mettere a verbale la sua versione.»

Simon si irritò ancora di più. «Lei con la signora non ci parla, capito? Neanche una parola. Stia alla larga, o chiamo il suo capo.»

«Ehi! Non mi piacciono le minacce, specialmente degli avvocati.»

«E a me non piacciono i poliziotti prepotenti. Sono sicuro che avrà di meglio da fare che perseguitare un'anziana in ospedale. Stia tranquillo e vedrà che collaboriamo.»

«E ci mancherebbe. Ci vediamo in tribunale.»

«È l'ultimo posto dove le conviene vedermi, glielo assicuro.» Simon se ne andò spavaldo, come un vero avvocato con le palle.

25

Simon non voleva entrare in casa con il buio e lasciare un'auto sconosciuta nel vialetto. Non voleva che qualche vicino ficcanaso suonasse alla porta e facesse domande. Non voleva nemmeno somigliare a un avvocato o a una qualsiasi autorità, perciò si mise in jeans e giacca casual. Ma soprattutto, non voleva fare le cose di fretta.

Alle tre del pomeriggio spense il motore dove una volta sostava la vecchia Lincoln, che poco prima aveva lasciato nel deposito comunale in attesa che la prelevasse lo sfasciacarrozze. Netty aveva avuto una bella fortuna a uscirne tutto sommato intera, considerato che la macchina era da buttare. Simon aveva scattato qualche foto da aggiungere al suo fascicolo, ma non ne avrebbe avuto mai bisogno.

La casa era sprovvista di antifurto, perché Harry "non credeva che fosse utile" e non aveva mai voluto spendere soldi per installarlo. Harry era morto da dieci anni, ma Netty ne parlava spesso come se ci fosse ancora.

Simon entrò in salotto e sentì nell'aria un aroma piacevole, probabilmente il residuo di una candela profumata. Al pino, forse. Accese le luci in salotto e in cucina e fece un primo sopralluogo. La casa era immacolata, in perfetto ordine. Sul piano cucina c'erano soltanto un tostapane e una caffettiera che dovevano avere almeno trent'anni. Passò un dito su una credenza. Neanche un granello di polvere. I mobili erano piuttosto moderni, né antichi né nuovi. Soltanto il televisore, un vecchio Motorola con due telecomandi, sembrava un po' datato. In un angolo c'era un pianoforte verticale. Non ricordava di averlo mai sentito nominare da Netty. Entrò nel piccolo studio e andò dritto alla scrivania, un reperto da pubblica amministrazione anni Sessanta con le gambe cromate e i pannelli di metallo. Come gli aveva detto lei, la corrispondenza da sbrigare era dentro una vaschetta nell'angolo destro.

La sedia era di vimini con lo schienale dritto, fragile e traballante; sembrava fatta su misura per una donna che pesava meno di 45 chili. Ci si accomodò lentamente per evitare di sfasciarla. Il piano in vetro della scrivania era ben organizzato, ogni oggetto aveva un posto. In una grande tazza c'era la solita collezione di penne, matite, graffette e via dicendo. A Netty piacevano l'ordine e la pulizia. Non c'erano computer né tablet o altri dispositivi. Simon prese un plico di lettere e cominciò a setacciarle, dapprima con cautela per non lasciare disordine. Non trovò la fattura del provider internet. Forse era inclusa nel pacchetto della tivù via cavo, come a casa sua. Di sicuro, tra le carte non c'erano tutte le bollette mensili. Più avanti ne sarebbero arrivate altre.

Si era arreso alla curiosità, ma si sentiva anche un laido guardone che sbirciava negli affari privati di una donna anziana. Continuava a dirsi che non aveva altra scelta. Qualcuno se ne doveva occupare.

Trovò le lettere con cui la Allstate aveva annullato senza troppe cerimonie la polizza assicurativa sull'auto. Trovò bollette non saldate e solleciti di pagamento. Il libretto degli assegni stava nell'ultimo cassetto a sinistra, proprio dove aveva detto lei. Era dentro una custodia a quaderno in pelle blu, con tre assegni per pagina e talloncini che risalivano a due anni prima. Scorrendo i talloncini, si fece un'idea chiara di dove facesse acquisti Eleanor e cosa comprasse, e nulla gli risultò insolito o sorprendente. C'era la carta di credito che due mesi prima era stata costretta a usare per pagarsi la stanza sul lago. Però la utilizzava con il contagocce. In un altro cassetto Simon trovò gli estratti conto mensili della Visa, in perfetto ordine cronologico. Dietro c'erano quelli della banca locale. L'ultimo risaliva a ottobre e indicava un attivo di 3100 dollari. Passò un'ora prima che Simon si accorgesse che dei solleciti di pagamento del suo ufficio non c'erano tracce.

Il cassetto in basso a destra conteneva una pila di vecchie riviste: "AARP", "Southern Living", "Medicare Bulletin", "Travel & Leisure". Alcune erano di dieci anni prima, e niente lasciava intendere perché fossero state conservate.

Quello che Simon voleva trovare erano gli estratti conto della Rumke-Brown, la società di consulenza patrimoniale di Atlanta che gestiva le sue azioni. E quelli della East Federal, la banca dove in teoria teneva al sicuro i contanti. Il fatto che non ci fossero lo turbava. Perché nasconderli?

Eleanor gli aveva detto che i documenti importanti erano in una cassaforte nascosta, sul fondo dell'armadio. Lui non le aveva chiesto la chiave e lei non gliel'aveva offerta.

Quando concluse l'ispezione dei cassetti, fuori era buio. Come prima visita era durata abbastanza, anche se gli aveva lasciato più dubbi di quand'era arrivato.

Il campanello suonò e Simon sobbalzò come se lo avessero beccato a rubare. Corse all'ingresso, aprì la porta e sorrise a una coppia di sessantenni.

«Siamo i vicini, abbiamo visto la macchina» esordì l'uomo.

«Che cosa ci fa lei qui?» domandò la donna.

«Mi chiamo Simon Latch. Sono l'avvocato di Eleanor. È ricoverata in ospedale.»

«Lo sappiamo, abbiamo saputo tutto.»

Simon li guardò mentre lo esaminavano. «State tranquilli» disse «la sto aiutando a sbrigare le sue faccende.»

«Come sta?» chiese l'uomo.

«Direi bene. Tra qualche giorno torna a casa.»

«Abbiamo sentito che era ubriaca» disse la donna. «Bere e guidare... Non è da lei.»

«Non posso fare commenti, mi spiace.»

«Come ha detto che si chiama?» domandò l'uomo.

«E lei?»

«Frazier, Norris Frazier. E mia moglie Rose.»

«Splendido. Piacere di conoscervi. Io sono l'avvocato Simon Latch. Dirò a Eleanor che siete passati a controllare che fosse tutto a posto.»

«Grazie. Si può andare a trovarla? Però non so se andremo. L'anno scorso Rose è stata in ospedale una settimana, ed Eleanor non si è mai fatta viva. Nossignore.»

Per un secondo Simon non seppe cosa rispondere. «Non ancora, magari tra un paio di giorni. Vi farò sapere. E probabilmente vedrete di nuovo la mia macchina qui fuori. Se ci sono, passate pure a salutarmi.» Mentre parlava, chiuse la porta.

Frazier Norris o Norris Frazier? Doveva dirlo a Netty, e già non si ricordava il nome. La moglie si chiamava Rose. Aveva la testa piena di domande e ipotesi, e il cuore ancora a mille per l'interruzione. Doveva andarsene. Evitando la sedia fragile si accomodò su uno sgabello di pelle vicino alla scrivania, chiuse gli occhi e fece dieci respiri profondi. Lentamente, mentre sprofondava in quel buio tetro, si rese conto di un'orribile verità.

Non c'erano soldi né patrimoni, non c'erano montagne di azioni Coca-Cola e Walmart né mazzette di banconote al sicuro in una banca di Atlanta. E lui era un idiota, vittima di un'anziana perfida e fuori di testa, di un'anima sola che con l'imbroglio aveva spinto lui e chissà quanti altri a crederla ricca. Ricca? Si guardò attorno, e nello studiolo non vide il minimo indizio del fatto che Eleanor Barnett lo fosse mai stata davvero. Certo, non aveva debiti – che sogno, per uno ridotto come lui –, ma non era più ricca di tante altre vedove anziane di uomini parsimoniosi. In nove mesi di frequentazioni non l'aveva mai vista spendere un centesimo in più dello stretto necessario. Non pagava neanche le bollette. Gli aveva scroccato almeno dieci pranzi. Indossava sempre gli stessi vestiti. Non viaggiava mai, né parlava mai di farlo.

E adesso era finita in ospedale, nell'attesa di beccarsi una denuncia e una brutta incriminazione per guida in stato di ebbrezza. Perché diamine Simon si era cacciato in quel casino?

Per avidità.

Almeno riusciva ad ammetterlo.

Cenò con un sandwich al tonno sul retro dell'Ethel's Diner, a quattro numeri civici dal suo ufficio. Vicino al registratore di cassa, all'ingresso, c'era un alberello d'alluminio.

In sottofondo suonava piano *Jingle Bells*. L'idea che fosse il suo primo Natale lontano da casa, senza i ragazzi, lo intristiva parecchio.

Ma erano altri pensieri negativi a dargli molta più ansia. Era giunta l'ora di affrontare Eleanor e pretendere che lo mettesse al corrente della sua situazione patrimoniale. A quel punto, stabilito una volta per tutte che il suo testamento era una truffa, si sarebbe sbarazzato di lei come cliente. Eleanor stava per affrontare grane legali enormi di cui era l'unica responsabile, e nelle quali Simon non aveva intenzione di farsi invischiare come suo avvocato. Non gli aveva ancora nemmeno saldato la fattura da 3650 dollari. Se non tagliava il cordone, e subito, rischiava di doversi occupare della denuncia per guida in stato di ebbrezza, onorario minimo 5000 dollari, e del processo per l'incidente. Quando le cause legali fioccavano in quel modo, calcolare le spese, per non parlare dei danni, era impossibile.

Riuscì a sorridere del fatto che lui, avvocato fallimentarista, fosse costretto a dichiarare fallimento per Eleanor Barnett, una vecchia squinternata che probabilmente aveva mentito sui suoi averi per una vita intera. La voglia di sorridere non durò a lungo. Pagò la cena e uscì in strada. Sul marciapiede opposto, un coro intonava canti di Natale per pochi spettatori davanti alla chiesa episcopale. Per un momento ebbe nostalgia di casa.

Per dessert bevve un bourbon e ginger ale, il primo della serata, e ne aveva bisogno, considerato lo sgradevole compito che gli toccava. Su un tavolino nell'angolo del suo ufficio sparse le bollette e le fatture saldate e da saldare di Netty, e aprì lo spesso raccoglitore degli assegni. Allargò i tre anelli e sfilò i talloncini. Lo capovolse per vedere quanti assegni rimanevano. Molti. Si accorse che, seminascosto dietro un risvolto della copertina posteriore, c'era un quadernetto sottile, venti per dodici. Lo sfilò, lo aprì e lesse la prima pagina. Al centro era scritto l'anno: 2015. In basso, in un corsivo aggraziato, un nome: "Eleanor Barnett". Voltò la pagina. A inchiostro blu, Eleanor aveva scritto:

4 aprile, da BB: Coca-Cola $41, 238.000 azioni, tot $9.758.000
WMart $51, 127.000 azioni, tot $6.400.000
Da Albert, East Federal Atlanta, c. corrente $362.000
East Fed merc. monetario $890.000
East Fed cert. dep. jumbo $744.000
East Fed buoni tes. $501.000
Third Fed cert. dep. 2016 $522.000
East Fed cert. dep. 2017 $1.330.000

Simon lesse e rilesse le cifre a lungo e con il fiato sospeso, poi provò a sommarle a mente. Aveva paura di muoversi, ma a un certo punto girò la pagina e trovò il 6 luglio. I numeri cambiavano leggermente. Con tutta evidenza, Netty preferiva arrotondare ai 10.000 dollari successivi.

La data successiva era il 7 ottobre. BB e Albert la chiamavano per aggiornarla all'inizio di ogni trimestre, quindi. BB doveva essere Buddy Brown. Non sapeva chi fosse Albert, ma lavorava per la East Federal.

Sorseggiò il drink e sentì il suo corpo rilassarsi completamente mentre la montagna di pressione che gli gravava sulle spalle si dissolveva. Il bourbon che gli era arrivato al cervello lo faceva sentire nettamente più calmo.

Non c'era da stupirsi del quaderno nascosto. Eleanor aveva un'ossessione per la segretezza, e la paura costante che qualcuno scoprisse le azioni e i soldi. Per questo non ne lasciava traccia. Rumke-Brown e la East Federal non le spedivano estratti conto mensili perché lei stessa non li voleva. L'unica eccezione erano i rapporti trimestrali che le facevano per telefono. Eleanor era una donna accorta, che sapeva tener d'occhio i suoi conti.

L'ultimo consuntivo era datato 6 dicembre, un paio di settimane prima. In fondo alla pagina, un appunto: "Coca rialzo 4% annuo; WMart rialzo 2,5%. Tassi cert. dep. ancora troppo bassi".

Simon riusciva quasi a visualizzarla, mentre prendeva i suoi meticolosi appunti e infilava il quaderno nel nascondiglio. Aveva soltanto venticinque pagine di carta ruvida, con una sfumatura beige. Chissà dov'erano nascosti i taccuini degli anni precedenti.

Era appena arrivato Babbo Natale, e Simon, per una volta, sentì di aver fatto la cosa giusta. Non era caduto in un tranello: la sua cara Netty era ricca sfondata, e un giorno sarebbe stato lui a gestirne il patrimonio. Scolò il bicchiere, si lavò i denti, fece un gargarismo con il collutorio, uscì dallo studio, prese l'auto e andò in ospedale.

La trovò che stava guardando la tivù al buio. «Netty, sono io» disse, bussando piano. «Sei sveglia?»

Illuminata da un gran sorriso, lei allungò il braccio destro, con flebo e tutto il resto. Simon le strinse la mano fragile e ossuta. «Come stai?» le chiese sottovoce.

«Adesso molto meglio» rispose lei, affettuosa e con più voce di quanto si sarebbe aspettato. «Grazie per essere passato di nuovo, Simon.»

Quel giorno era la terza visita. Guardò il comodino accanto al letto. C'erano tre mazzi di fiori, tutti spediti dal suo ufficio.

«È venuto qualcun altro?» domandò. Come sempre, aveva paura che Wally Thackerman o qualche altro avvocato le ronzassero attorno.

«No, nessuno tranne te» fece lei, triste.

«Sono passato a casa tua. Tutto a posto. Ho parlato con i tuoi vicini Norris e Rose.»

«Che cosa volevano?»

«Niente, hanno visto la macchina e sono venuti a controllare se era tutto a posto. Gli ho spiegato che sono il tuo avvocato e si sono tranquillizzati.»

«Lui è un tipo a posto. Lei ha la puzza sotto il naso, si crede chissà chi. Pensa che volevano iscriversi al country club, ma non li hanno ammessi.»

Sai cosa gliene importava. «Sono stati cordiali. Giusto un po' curiosi.»

«Troppo curiosi.» Netty azzerò il volume della tivù. «Siediti qui e parliamo» disse. «Sto morendo di preoccupazione per l'incidente, Simon. Secondo me non è stata colpa mia.»

Lui armeggiò con la seggiola e ci si sedette, in bilico.

«Stanno bene, quelli dell'altra macchina?»

«Se la caveranno.» Avevano entrambi qualche osso rotto e non erano ancora rientrati al lavoro. A un certo punto si sarebbero rivolti a un avvocato e probabilmente, una volta scoperto che Netty non era assicurata, avrebbero sporto denuncia. Adesso che sapeva la verità sul suo patrimonio, però, Simon non era preoccupato di un eventuale risarcimento dei danni. Poteva chiudere il contenzioso offrendo una cifra rilevante. Quanto alla guida in stato di ebbrezza, non poteva certo cancellarla, ma immaginava che, considerata l'età della donna, le autorità non avrebbero infierito. Oltretutto, Simon avrebbe proposto di pagare una multa salatissima. Un po' di soldi alleggerivano sempre la pena.

"Che bello essere ricchi" pensò.

«Come si mangia qui?» chiese.

«Malissimo. La solita roba da ospedale.»

«Okay, cosa preferisci? Gli involtini del coreano? O i ravioli cinesi? Ormai in città li abbiamo assaggiati tutti.»

«Che idea meravigliosa, Simon. Vorrei gli involtini, quelli ripieni di gamberetti.»

«Aggiudicato. Domattina all'apertura sarò lì.»

«Che cosa farei senza di te, Simon?»

26

Due giorni prima di Natale, Matilda annunciò che sarebbe uscita un'ora in anticipo per fare degli acquisti. In ufficio era tutto tranquillo, e considerato che nel settore legale la seconda metà di dicembre era sempre un periodo di stanca, a Simon non importò quando lei se ne andò. Stava riscrivendo alcuni contratti di locazione per un suo cliente immobiliarista, un lavoro così noioso che lo stava rimandando da un mese. Era deciso a concluderlo senza posticiparlo al 2016, un anno che si preannunciava tedioso e improduttivo quanto quello in corso, a meno che, ovviamente, non saltasse fuori una certa redditizia pratica di successione. L'eredità di Eleanor Barnett. Simon scosse la testa pensando ancora una volta alle ore che aveva sprecato fantasticando sulla sua morte.

Alzò lo sguardo e si trovò di fronte la sua segretaria. «Pensavo fossi uscita.»

«Stavo per farlo, ma poi è entrato un uomo.»

«Non vedo appuntamenti.»

«Infatti non ne ha.»

«Allora mandalo via.» Negli anni, Simon aveva imparato che chi faceva le improvvisate portava problemi e zero soldi. Non arrivavano mai con il libretto degli assegni.

«Dovresti trovare un momento per parlargli.» Matilda sembrava a disagio.

«Chi è?»

«Si chiama Jerry Korsak. Fratello di Clyde. Figliastro di chi sai tu. Non penso che se ne andrà.»

«Ha l'aria aggressiva?» chiese Simon aprendo piano un cassetto e lanciando un'occhiata alla sua calibro .38.

«No, in realtà è molto educato. Ha la cravatta.»

Simon no. Fece un bel respiro e cercò di ragionare. «Okay. Riesci a interromperci tra mezz'ora?»

«Stavo andando a fare shopping, ricordi?»

«Giusto. Telefonami tra mezz'ora per qualche faccenda urgente.»

«Va bene.»

Simon si fermò un secondo e guardò di nuovo il cassetto. Scosse la testa. «Andrà tutto bene» disse.

«Io non so sparare come Fran, però posso fare rumore.» Ripensare all'impresa epica della segretaria di Wally, che aveva minacciato di far saltare i testicoli a Clyde, li fece sorridere. Era un aneddoto che in città ci si raccontava ancora volentieri. «Grazie, ma è tutto a posto» la rassicurò Simon.

«Okay. Passo anche in ospedale da Eleanor. Le ho fatto dei brownie e ho delle cose da darle. Poveretta, non ha molte visite.»

«Grazie, Tillie. È una cara vecchina con un mucchio di problemi.»

La cravatta era ben annodata e si abbinava alla camicia a scacchi e a un blazer di lana. Jerry aveva poco più di cinquant'anni, era smilzo, rasato di fresco e tirato a lucido. Simon aveva visto Clyde in aula il giorno dopo il pestaggio al povero Wally, e la differenza tra i due fratelli era sconcertante.

Jerry spiegò che viveva "nella zona di Washington" e lavorava per una ditta appaltatrice del governo, il che restringeva il campo a circa cinque milioni di persone. Simon non approfondì, perché non voleva mostrarsi interessato e perché capì subito che avrebbe ricevuto soltanto risposte vaghe. Mentre chiacchieravano con un certo imbarazzo e sorseggiavano caffè, Simon cercò disperatamente di capire se Jerry sapesse che Eleanor era in ospedale e, in tal caso, chi glielo avesse detto. L'uomo la chiamava "ma'". Clyde "la mamma". Non riuscivano a mentire in modo convincente. Dopo qualche minuto di conversazione, Simon capì che non poteva credere a una sola parola detta da Jerry, che aveva uno sguardo sfuggente, non riusciva a sostenere il suo e sbatteva di continuo le palpebre.

«Che cosa la porta qui a Braxton?» gli chiese a un certo punto.

«Ecco, ieri sera ma' mi ha chiamato, mi ha detto dell'incidente e mi ha chiesto di venire a trovarla.»

Simon lo ascoltò con aria severa, come a sottintendere che erano tutte balle e lui lo sapeva. «Chi le ha detto che sono l'avvocato di Eleanor?»

«Un'infermiera.»

«Ah, sì? Quale?»

«Oh, non so. Non ho preso appunti.»

«Quindi è passato dall'ospedale.»

«Sì, ci sono appena stato. Ma' se la sta cavando bene, non crede?»

«Insomma. Ha preso una bella botta.»

«Pensavo di passare il Natale con lei.»

«In ospedale?»

«No, dice che la dimettono domani. Immagino che avrà bisogno di aiuto in casa, no?»

«Non la dimettono. Non riesce nemmeno a camminare.»

Jerry si sforzò di fare una risatina, era il primo tentativo. «Be', qualcuno dovrà dirglielo.»

«Ho parlato stamattina con i suoi medici» rispose Simon, controllandosi. «Entro un paio di giorni la trasferiscono in un reparto di riabilitazione, a fare fisioterapia per le gambe. Non tornerà a casa tanto presto.» L'idea di Jerry in casa di Eleanor era inquietante, anche se Simon aveva portato via tutto il materiale sensibile che aveva trovato, e che adesso era chiuso a chiave in un cassetto poco distante dalla sua scrivania.

«Okay» si arrese Jerry, con lo sguardo che vagava per la stanza più freneticamente che mai. «Ce l'ha un testamento vigente?» sbottò.

«Glielo chieda lei. Io ho un vincolo di riservatezza con i miei clienti.»

«È la mia matrigna, la vedova di mio padre. Lei mi potrà almeno dire se ha fatto testamento.»

«Perché vuole saperlo?»

«Perché mio padre aveva promesso a me e a Clyde di lasciarci una bella donazione.»

«È morto da dieci anni.»

«Esatto, e si è dimenticato della donazione. Abbiamo sempre pensato che ma' avrebbe sistemato le cose col suo testamento.»

«Quanto spesso vede Eleanor?»

«Ah, be', non molto spesso. Per un po' ho vissuto giù in Florida ed è un bel pezzo di strada, sa? Ma ci sentiamo sempre al telefono.»

Simon aveva controllato i tabulati telefonici di Eleanor e visionato tutte le chiamate interurbane dell'ultimo anno. Un'altra bugia. «È strano, perché conosco Eleanor da marzo e non mi ha mai detto di aver parlato con lei.»

«Mi sta dando del bugiardo?»

«Nossignore.»

Jerry evidentemente non era una testa calda come il fratello. Si strinse nelle spalle e mise giù la tazza di caffè. «D'accordo. Volevo salutarla e farle sapere che se ha bisogno di me sono a solo un'ora da qui.»

A Simon vennero in mente almeno una decina di risposte, ma riuscì a mantenere un tono garbato con un semplice: «Grazie». Non era in grado di immaginare quale svolta negli eventi potesse costringerlo ad "avere bisogno" di quel tizio. La sua comparsa improvvisa portava solo guai.

Quando Jerry se ne fu andato, Simon rimase seduto a riflettere sulla visita appena ricevuta. Non ne coglieva il senso. Un'ora dopo, mentre raggiungeva in auto l'ospedale, decise di non parlarne con Eleanor. Se fosse andata lei sull'argomento, allora le avrebbe fatto qualche domanda. In caso contrario avrebbe dato per scontato che Jerry mentiva.

Loretta Goodwin gli andò incontro in corridoio e gli comunicò che non era un buon momento per una visita. Eleanor dormiva e non si era sentita bene. Respirava male, la pressione sanguigna era instabile e aveva bisogno di riposare.

«Oggi ha ricevuto visite?» chiese Simon.
«Non ho visto nessuno.»
«Qualche avvocato ficcanaso?»
«In realtà sì.» Loretta si sfilò dalla tasca un biglietto da visita e glielo tese. «Lo conosce?»
Simon guardò il biglietto. Poteva andare peggio. «Sì, purtroppo.»
«Se n'è andato un'ora fa.»
«Grazie. Vado a prendermi un caffè. Se Eleanor si sveglia, venga a chiamarmi.»
«Sono qui per questo.»

27

Il mattino della vigilia di Natale Simon tornò in quella che era stata casa sua a salutare Paula e i ragazzi. Stavano caricando l'auto per andare a Richmond, a due ore da lì, dove avrebbero trascorso un paio di sere con i nonni. Paula voleva aspettare fino a Santo Stefano, prima di dare la notizia del divorzio. Anche Simon stava tergiversando con sua madre e il suo patrigno, che non aveva in programma di vedere fino a dopo Capodanno.

I ragazzi erano allegri per le feste e non vedevano l'ora di arrivare dai nonni e ritrovare due cugini con cui si divertivano un mondo. Simon era felicissimo di non doversi sorbire il viaggio.

Quando furono partiti, chiuse a chiave la casa e andò a trovare Eleanor. Il ristorante cinese Ming apriva alle undici, e lui fu il primo cliente. Ordinò due porzioni abbondanti di involtini di gamberi e una scatola di dolcetti di riso croccanti, da portare via. Raggiunse l'ospedale e in una piccola cappella trovò Eleanor in carrozzina che intonava canti natalizi insieme a una decina di altri pazienti. Un giovane pastore della chiesa metodista li guidava martellando i tasti di un pianoforte. Simon attese nell'atrio e controllò i pronostici degli allibratori di Las Vegas sulle partite di football.

Per pranzo portò Eleanor in caffetteria e trovò un tavolo

con una bella vista sulle montagne. Aprì la confezione degli involtini e versò la salsina al miele a parte. Dopo un paio di morsi, lei sembrò annoiata.

Non era più la stessa. Le avevano tolto la fasciatura alla testa e i punti sulla ferita facevano spavento. Simon tornò a chiedersi quanti danni le avesse causato il colpo. E si domandò quanto stessero influendo i farmaci. La gamba sinistra era praticamente fuori uso e ci sarebbero volute ore di riabilitazione, prima che Eleanor tornasse a camminare. Lei era in ansia per le sue disavventure legali, e piangeva al pensiero di aver coinvolto due persone in un brutto incidente. Parlava biascicando, aveva ricordi confusi. Tossiva spesso, e quando respirava emetteva una specie di sibilo. L'infermiera aveva detto che i medici erano preoccupati per la febbre alta e il mal di testa.

«Ti prego, Sy, promettimi che non finirò in prigione» continuava a ripetere.

«Promesso. Ti do la mia parola.»

Non sarebbe successo. Dopo diversi colloqui, lui e il procuratore stavano trovando un accordo. Nessuno voleva che Eleanor finisse dentro. L'agente Pully era rientrato nei ranghi e non minacciava più di arrestarla.

Simon andò a prendere dell'altro caffè mentre Eleanor sembrava mostrare un po' più di interesse per i dolcetti di riso croccanti. Ne mangiò uno, ma il secondo lo rosicchiò appena prima di arrendersi. Disse che era stanca. Simon la spinse fino alla stanza e attese in corridoio mentre due operatori sanitari la mettevano a letto. Quando entrò e si sedette senza fare rumore, lei dormiva già.

Sul comodino c'erano cinque mazzi di fiori, quattro del suo ufficio e uno da parte di una persona che non conosceva. C'erano quattro biglietti di pronta guarigione, un vassoietto di brownie intatti e due scatole di biscotti allo zenzero di Tan Lu.

Eleanor aveva il respiro pesante, a tratti somigliava a un rantolo, ma i monitor non segnalavano anomalie. Poi si ammutolì e dormì tranquilla. Simon si chiese se l'unico altro visitatore, oltre a lui e a Tillie, fosse stato Jerry Korsak.

Quel pagliaccio era davvero passato a trovarla, oppure stava mentendo? A che gioco stava giocando?

Simon chiuse gli occhi e non riuscì a visualizzare altro che guai.

Sulla sedia delle torture non riusciva ad appisolarsi, e ben presto si stancò di aspettare. Mentre usciva dall'ospedale, uno squillo di telefono diede una brusca svolta alla sua giornata. Era Landy. «Buon Natale, come stai?»

«Buon Natale a te. Sto uno splendore, e tu?»

«Benissimo. Hai grandi programmi?»

«Direi di no. Visto che Paula ha portato i ragazzi dai suoi, per me si annuncia una vigilia piuttosto solitaria accanto al camino. E tu?»

«Idem. Mio marito è a Portorico a caccia di un trafficante d'armi. Non sa nemmeno quando tornerà. Proprio un bel Natale, eh?»

«Un po' deprimente, in effetti. Dove sei?»

«A Georgetown, ospite di un'amica. Avete firmato le carte?»

«Sì. Gli accordi patrimoniali sono stati protocollati e non vediamo l'ora che tutto diventi ufficiale.»

«E i ragazzi?»

«Sono giù di morale, ma per ora cerchiamo di fare del nostro meglio. Paula è tranquilla. Non stiamo litigando.»

Landy fece una pausa. «Ti va di fare un piccolo brindisi natalizio?» propose dopo un momento.

«Adesso?»

«Perché no? In un'ora mi raggiungi e ci cerchiamo un posto per cena.»

«Ci sto.»

«E prenota una stanza.»

Ma la telefonata valeva molto più di un invito a cena e a letto. Significava che Simon non era più coinvolto in nessuna indagine federale sul gioco d'azzardo. Landy non sarebbe mai uscita con qualcuno su cui stava indagando.

Oppure sì?

Si incontrarono al bar di un albergo che la sera della vigilia non poteva chiudere, perché aveva ospiti. Sembravano quasi tutti stranieri e parlavano in cinque o sei lingue diverse. La hall e il bancone erano addobbati con lucine e agrifoglio, nell'aria risuonavano canti tradizionali. Lo spirito natalizio era contagioso, soprattutto dopo il primo drink. Landy aveva abbandonato la mise da agente dell'FBI e indossava tacchi alti e un abito corto e attillato. Era molto attraente, e Simon cominciò subito a fantasticare. Rievocarono i vecchi tempi dell'università come se fossero due vegliardi, invece che due quarantenni alle soglie della mezza età. Mentre chiacchieravano di ex compagni di corso e professori severi, pensavano entrambi al sesso turbolento che si erano goduti in quel periodo.

«Devi dirmi la verità, Landy. Sull'indagine» disse Simon a un certo punto.

«Pensi che sarei qui se tu fossi ancora coinvolto?»

«No. Quando hai chiamato, ho dedotto di esserne fuori.»

«Infatti. L'indagine è ufficialmente chiusa. Alla fine qualcuno ai piani alti ha dato ragione a te e deciso che ci sono pesci più grossi di cui occuparci. Di piccoli scommettitori se ne trovano dappertutto, e quali danni combinano, in fondo? Io l'ho sempre considerata una perdita di tempo.»

Simon non poté trattenere un sorriso. «Grazie» disse, chiudendo gli occhi. «E Chub?»

«Libero e pulito. Non abbiamo né il tempo né le energie per dare la caccia agli allibratori.»

«Posso dirglielo?»

«Lo sa. I suoi avvocati sono stati informati ieri. Buon Natale a tutti.»

Simon continuava a sorridere mentre una fitta nuvola nera si dissolveva. Ne restavano altre, ma nessuna implicava la possibilità di un'incriminazione federale.

«Però dovresti stare più attento, Simon. Quando ho letto il tuo nome sono rimasta scioccata.»

«Quanti nomi c'erano?»

«Sui duecento. Chub si dà un gran daffare. All'inizio abbiamo pensato che lavorasse con dei messicani e spacciasse fentanyl, ma le nostre fonti hanno smesso di parlare. Quando ci siamo resi conto che era solo un allibratore abbiamo perso interesse. È un allibratore grosso, però, che fa affari in tutta la East Coast. Gli starei alla larga.»

«Non preoccuparti» la rassicurò Simon, che però stava già pensando a serate con un paio di cocktail e partite sui maxischermi.

«Muoio di fame. Ordiniamo qualcosa dal bar e restiamo qui.»

«Buona idea. E offro io, visto che sono un uomo libero.»

Ordinarono panini e patatine fritte, e un altro giro di drink. Parlarono delle loro carriere e delle loro frustrazioni. Lei era nell'FBI da diciotto anni, dai tempi di legge, e come tutti gli agenti sarebbe stata costretta ad andare in pensione a cinquantasette anni. Non voleva aspettare così a lungo prima di mollare, ma c'erano poche alternative. Si sentiva troppo vecchia per imparare il mestiere dell'avvocata.

Simon glielo sconsigliò. Snocciolò una sfilza di motivi per evitare il macello che erano diventate la sua vita e la sua carriera.

Arrivò la cena e la conversazione cominciò lentamente a girare attorno al perché si trovavano lì. Due persone sposate, ex amanti, che si incontravano in un bar la sera della vigilia, che si abbandonavano al piacere dell'attesa prima di correre al piano di sopra e darci dentro in memoria dei vecchi tempi.

«Penso che dovremmo aspettare, prima di andare a letto insieme» disse Landy, e lo colse di sorpresa.

«Non stiamo già aspettando?»

«Dico sul serio. Il tuo matrimonio sta finendo, il mio è un casino. Mi sembra un po' sciocco cominciare adesso qualcosa che può solo complicare tutto.»

«E quando vorresti cominciare?»

«Non lo so. Voi avete fatto il grande passo. Curt e io ne abbiamo discusso. Ci siamo allontanati così tanto che non parliamo quasi mai. Non lo vedo da tre settimane e non so neanche quando tornerà a casa. Mi ha chiamata quattro giorni fa. Probabilmente frequenta un'altra.»

«Che casino.»

«Dammi un po' di tempo, ti prometto che non ci vorrà molto. Ho davvero voglia di vederti, Simon.»

«Adesso mi stai vedendo.»

«E dài, hai capito.»

28

La tosse persisteva nonostante i farmaci. Divenne più preoccupante quando Eleanor cominciò a sputare muco. La febbre alta e i mal di testa andavano e venivano, ma tornavano sempre, seguiti da brividi e aumento della sudorazione. Lei lamentava dolori al petto e difficoltà a respirare. Aveva perso del tutto l'appetito e non mangiava altro che biscotti allo zenzero e tè verde. Era stanca, però non riusciva a dormire a causa della tosse. Due giorni dopo Natale, il dottor Lilly informò Simon che Eleanor aveva la polmonite, ma era sotto controllo. Qualche ciclo di antibiotico forte avrebbe sistemato le cose.

La polmonite la costrinse a letto e impedì la fisioterapia. Una settimana di ricovero in ospedale non aveva portato grossi miglioramenti. Gli antibiotici non funzionarono, il respiro di Eleanor si fece ancora più faticoso. Quando uno dei monitor si mise a suonare la attaccarono a un respiratore. Il mattino del 28 dicembre Simon e Tillie andarono in ospedale a trovarla. Mentre Tillie sedeva accanto al letto, Simon parlò con il dottor Lilly, la dottoressa Wilkes e altri due medici, e rimase ad ascoltare mentre si confrontavano sul da farsi. Era necessario un drenaggio immediato dei polmoni. Eleanor era cosciente, quasi sempre.

Simon si era praticamente trasferito in ospedale, dove viveva accampato in sala d'attesa. Arrivarono un paio di amiche del "circolo del poker" di Netty, ma non furono autorizzate a vederla.

Nonostante dieci ore al respiratore, i polmoni di Eleanor si riempivano di liquido così in fretta che i medici non riuscivano a drenarli. Simon le sussurrò qualcosa all'orecchio, e per la prima volta non ebbe risposta. Corse dal dottor Lilly, che spiegò: «Non riesce a respirare da sola. Temo che stia soffocando. L'attività cerebrale è pressoché assente».

Simon era ben consapevole che, con tutta probabilità, quello che avrebbe detto e fatto nelle ore successive sarebbe stato controllato da altri avvocati, perciò disse il meno possibile.

«Aspettiamo qualche altra ora» aggiunse alla fine il dottor Lilly.

«Okay» mormorò piano Simon. Uscì dall'ospedale, raggiunse in auto lo studio e cercò di sonnecchiare.

Tillie lo svegliò per dirgli che lo volevano in ospedale. Lui le chiese di accompagnarlo. Poteva aver bisogno di una testimone, anche se nessuno dei due ne fece menzione. Come sempre, portò con sé la ventiquattrore. Dentro c'era il fascicolo con la direttiva anticipata di trattamento e la procura firmate da Eleanor.

Le sue condizioni erano più gravi che mai. Nonostante il macchinario a pieno regime, il suo corpo fragile e vecchio non riusciva quasi più a respirare. Il monitor aveva già smesso di mostrare attività cerebrale e cuore e polmoni non funzionavano più da soli.

«Simon, sembra che la decisione spetti a lei» annunciò il dottor Lilly.

Lui aveva previsto quel momento e stava già scuotendo la testa. «No, non me la sento. Sono i medici a dover decidere.»

«La direttiva anticipata è molto chiara. Non rianimare, niente respiratori, niente tubi, nessun macchinario che prolunghi il battito cardiaco.»

«Lo so, l'ho scritta io. Ma non voglio prendere questa decisione. Non sono un parente e non mi sento a mio agio in questa stanza.»

Il dottor Lilly gettò sul tavolo la direttiva e disse: «Okay, ci rivediamo qui alle otto di domattina». Uscì seguito da altri due medici e da Loretta Goodwin.

Si ritrovarono l'indomani alle otto. «Le condizioni della paziente non sono migliorate, anzi, di fatto sono peggiorate» esordì il dottor Lilly. «Non riesce più a respirare in autonomia e i monitor mostrano assenza di attività cerebrale. Il mio consiglio è di spegnere il respiratore.»

«Mr Latch?» fece la dottoressa Wilkes.

«Seguirò i consigli del team medico della mia cliente. Siete tutti d'accordo?»

Annuirono tutti. Simon andò alla caffetteria e cercò di bere un caffè. Dopo novanta minuti fu raggiunto da Loretta Goodwin, che mormorò: «È finita».

Eleanor Barnett fu dichiarata morta alle 10.02 del 30 dicembre 2015 presso il Blue Ridge Memorial Hospital.

Simon andò nell'ufficio principale per visionare i documenti con la dottoressa Wilkes e il suo staff. «Immagino che le avesse comunicato le sue disposizioni finali, giusto?» gli chiese.

«Sì. Si occuperà di tutto l'agenzia di pompe funebri Cupit & Moke. Quando sarà disponibile il corpo?»

«Stanno preparando il certificato di morte. Dovremmo concludere entro l'una.»

Un informatore entrò in scena con una soffiata che arrivò poco dopo la dichiarazione del decesso, per la precisione alle 10.26, secondo i tabulati telefonici che sarebbero stati analizzati per mesi. Si diede per scontato che fosse un uomo, ma senza una vera ragione. La sua voce era ovviamente camuffata. Una cella telefonica sul tetto dell'ospedale aveva agganciato il segnale del suo cellulare, un apparecchio usa e getta da pochi soldi, probabilmente finito nello stagno subito dopo aver consegnato il messaggio, che fu registrato e ascoltato un migliaio di volte.

"Eleanor Barnett è appena deceduta al Blue Ridge Memorial. I medici dicono che è stata polmonite, ma è una morte sospetta. Dovreste indagare."

L'operatore del 911 chiamò il Dipartimento di polizia di Braxton e inviò la registrazione a un certo Roger Barr. In quel momento, Barr era l'unico detective in servizio. Se il Dipartimento di polizia aveva una squadra Omicidi, era lui. L'ultimo delitto era avvenuto diciassette mesi prima davanti a quattro testimoni, perciò l'indagine era stata semplice. Barr ascoltò la registrazione e la riascoltò con il suo capo, che alzò le spalle e gli disse di provare a indagare.

Il detective chiamò l'ospedale, parlò con la dottoressa Wilkes e dopo aver avuto le informazioni che gli interessavano raggiunse in auto l'agenzia di pompe funebri Cupit & Moke. Mentre cincischiava nel salottino d'ingresso arrivò il corpo di Eleanor, trasferito in cella frigorifera passando dal retro. Un'anziana segretaria andò a chiamare Mr Douglas Gregg, il proprietario e gestore dell'agenzia, che si presentò sorridente nel suo solito completo nero. «Posso aiutarla?» chiese.

Barr, nella sua consueta tenuta – giaccone blu consunto, pantaloni cachi stropicciati e stivali da cowboy logori –, disse: «Sì, grazie. Che piani avete adesso per Ms Barnett?».

«Sarà cremata e sepolta accanto al marito al cimitero di Eternal Springs.»

«Okay, e chi si occupa delle ultime disposizioni?»

«Simon Latch, il suo avvocato.»

«L'ho sentito nominare, ma non lo conosco. Senta, rimandi la cremazione finché non trovo Mr Latch, d'accordo?»

«Certo, agente. Non andiamo mai di fretta con queste cose. C'è qualche problema?»

«Non lo so ancora.»

Simon era alla scrivania, intento a esaminare un sandwich confezionato, con uovo e insalata, rimasto in frigo per almeno due settimane. Di certo conteneva abbastanza conservanti da farlo durare parecchio, ma emanava uno strano odore pungente. In frigo non c'era nient'altro, almeno dal suo lato. Da quello di Tillie c'era la solita sfilza di bevande vegetali e frullati di frutta, e tutti stavano funzionando alla grande.

Come poteva pensare al suo fisico in un momento come quello?

Eleanor Barnett era appena morta. Negli ultimi nove mesi era stata una parte importantissima della sua vita, e verosimilmente avrebbe dominato anche il suo futuro. Simon provava tenerezza e una grande compassione per quella cara donnina, che aveva trascorso gli ultimi anni senza parenti e con poche amiche. Ma pensarsi libero dalle responsabilità e dalle preoccupazioni legate alla sua degenza in ospedale era un sollievo, e pazienza se rischiava di impiegare anni prima di sistemare i suoi affari. I pranzi non gli sarebbero mancati, anche se alcuni erano stati piacevoli.

Placò le emozioni dicendosi che lei aveva vissuto una vita lunga e felice, ed era morta senza soffrire troppo. Lui dubitava di arrivare a ottantacinque anni.

Tillie interruppe i suoi pensieri dando un colpetto alla porta mentre entrava, con uno sguardo che poteva significare soltanto guai. Gli tese il biglietto da visita: DETECTIVE ROGER BARR, CORPO DI POLIZIA DI BRAXTON.

«Che cosa vuole?»

«Non lo ha detto. Io sto andando a pranzo.»

Barr si sedette di fronte a lui in modo da lasciar intravedere la Glock nera che portava alla cintura. Che dilettante. Simon non lo conosceva, ma del resto cercava di evitare i casi penali.

Gli spessi baffi del detective gli coprivano il labbro superiore. «Sono appena stato all'agenzia di pompe funebri» esordì in tono sgarbato. «Perché tanta fretta di cremare Ms Barnett?»

«È morta due ore fa. Mi dica che bisogno ha di saperlo.»

«Sono affari miei, Mr Latch. Lei, piuttosto, ha fretta, o sbaglio?»

«Assolutamente no. Quando è stato dichiarato il decesso ho chiamato l'agenzia di pompe funebri. È così che va di solito. I parenti o l'ospedale fanno una telefonata.»

«E lei è un parente?»

«No. Non ci sono parenti a cui rivolgersi.» Barr era irritante sotto ogni punto di vista. La sua apparizione improvvisa, il suo ghigno sfacciato, come se insinuasse che c'era qualcosa di sospetto. Simon decise di rispondere a tono. «Lei invece cosa c'entra con Ms Barnett?»

«Al momento c'entra solo la curiosità. Il certificato dice che è morta di polmonite, giusto?»

«Quale sarebbe la domanda?»
«È morta di polmonite?»
«Senta, non sono un medico e non ho firmato io il certificato di morte. Se c'è scritto che è polmonite, allora è così. Perché non lo chiede al medico che l'ha avuta in cura?»
«Oh, lo farò di certo. Ho un mucchio di domande. Però per adesso rimandiamo la cremazione, okay?»
«Con quale autorità fa questa richiesta?»
«Otterrò un'ordinanza del tribunale. Che fretta c'è?»
«Nessuna. Non mi sono mai trovato in questa posizione, prima d'ora. L'ospedale ha consegnato il corpo alle pompe funebri, e la direttiva anticipata di Ms Barnett fa esplicita richiesta della cremazione e poi della sepoltura. Sto solo eseguendo le volontà della mia cliente.»
«Ho capito. Mi procurerò comunque un'ordinanza.»
Esasperato, Simon cercò di giocare d'anticipo. Un'ordinanza del tribunale significava troppa esposizione, e per motivi che non gli andava affatto di chiarire. «Non sarà necessario» disse «chiamo io l'agenzia di pompe funebri e dico di aspettare.»
«Già fatto.»

29

La fine dell'anno non si annunciava tranquilla. Giovedì 31 dicembre la giudice Mary Blankenship Pointer e suo marito, entrambi ancora in pigiama, bevevano il caffè nell'angolo della loro cucina riservato alla colazione. Mentre discutevano della cena di Capodanno alla quale erano stati invitati ma che avrebbero volentieri evitato, squillò il telefono di casa.

All'altro capo della linea si presentò un certo Teddy Hammer, avvocato dello studio tal dei tali di Washington. Aveva bisogno urgente di discutere di una questione, se possibile, quel mattino stesso. La giudice Pointer spiegò che di solito l'ultimo dell'anno riceveva fino a mezzogiorno, e si trattava quasi sempre di una giornata con pochi impegni. Hammer le spiegò di quale emergenza si trattava, disse che le avrebbe subito inviato per email la copia di un'istanza di provvedimento cautelare d'urgenza e le chiese un appuntamento in tribunale alle dieci.

Mentre aspettava l'email, la giudice cercò informazioni su questo avvocato Hammer. Non lo aveva mai sentito nominare, ma a Washington ce n'erano almeno un milione che non conosceva. La grande città era lontana da Braxton sotto mille aspetti. Lo studio di Hammer aveva una sede in Connecticut Avenue, dove lavoravano dieci legali, e una ad Arlington. Il sito internet era la classica sfilza di spacconate autocelebrative da avvocati.

Hammer rappresentava Jerry e Clyde Korsak, figliastri

di Ms Eleanor Barnett, morta il giorno prima. I suoi clienti erano rimasti turbati dalle "circostanze misteriose" in cui era avvenuto il decesso e volevano fare chiarezza. Chiedevano che i preparativi per il funerale e la sepoltura venissero interrotti "in via cautelare" finché non fosse stata disposta un'autopsia. In fondo alla seconda pagina dell'istanza, Hammer segnalava che una copia del documento sarebbe stata trasmessa all'avvocato Simon F. Latch, legale di Eleanor Barnett.

Quando ricevette l'email, l'avvocato Latch era seduto alla scrivania con un caffè a studiare i pronostici di Las Vegas sulle partite di football. In un secondo lasciò perdere lo sport e imprecò ad alta voce, allarmato. La porta del suo ufficio era aperta, ma in studio non c'era nessuno. Tillie, ovviamente, si era presa l'intero giorno libero. Non c'erano appuntamenti in agenda. Simon era ancora in boxer.

Al centro della scrivania c'era una scodella di yogurt magro greco, mirtilli e muesli che fino a poco prima non vedeva l'ora di divorare. Adesso la guardava senza il minimo appetito. Aveva lo stomaco improvvisamente chiuso. Resistette a un attacco di nausea.

Era l'inizio della fine? Il suo grande progetto truffaldino stava per andare all'aria? Cosa poteva esserci di misterioso nella morte di Netty? Lui stesso l'aveva vista spegnersi, consumata dalla polmonite. La tosse, la febbre, il respiro affannoso e il resto dei sintomi erano chiari, ne aveva parlato con infermiere e dottori. Una donna di ottantacinque anni aveva avuto un brutto incidente d'auto, non riusciva più a camminare, mangiava poco, si imbottiva di farmaci ed era progressivamente deperita e poi morta. Dov'era il mistero?

Gli stormi di avvoltoi si erano alzati in volo.

Quando riuscì in qualche modo a riordinare le idee e la stanza smise di girare, a Simon venne voglia di chiamare Teddy Hammer per insultarlo. O forse era più opportuno un approccio diplomatico, una telefonata tra colleghi per vedere di scucirgli qualche informazione. L'una e l'altra gli sembravano pessime idee.

Indagò sullo studio di Hammer, osservò una sua foto e ne

fu subito disgustato. Sulla cinquantina, completo scuro costoso, guance paffute, occhi gonfi, sorrisetto presuntuoso da avvocato di strada che conosce tutti i colpi bassi. Lo studio non era granché: la solita combriccola di maneggioni che si davano arie da grandi professionisti con agganci ovunque.

Tra le tante prospettive che lo sconcertavano, la più inquietante era che Jerry e Clyde avessero unito le forze. Basandosi sugli scambi con Eleanor, Simon aveva sempre dato per scontato che i figliastri vivessero ciascuno nel suo mondo e non fossero per niente legati. Adesso i due delinquenti si erano messi in combutta con un avvocato aggressivo per creare scompiglio riguardo alla sua morte.

Quando Simon entrò in aula, la giudice Pointer era già sullo scranno e chiacchierava con un assistente. Una stenografa, ovviamente irritata per la convocazione in un giorno festivo, si limava le unghie mentre aspettava. Simon si presentò a Teddy Hammer, che era solo. L'unico spettatore era il detective Roger Barr, che sfogliava una rivista seduto in prima fila.

Erano nell'aula B, una sala piccola riservata ai dibattimenti senza giuria. La giudice Pointer la preferiva a quella principale perché era più intima, e l'impianto di climatizzazione più affidabile. Quattordici anni prima aveva ricevuto la nomina a giudice direttamente dallo Stato, senza dover ricorrere a complesse campagne elettorali, e aveva un'ottima reputazione. Dopo gli obbligatori convenevoli dichiarò aperta l'udienza, e la stenografa cominciò a scrivere il verbale.

«Si tratta di una questione urgente, che di norma richiederebbe la notifica a tutte le parti e un certo grado di preparazione» disse la giudice Pointer. «Tuttavia, a quanto ho compreso, Ms Barnett è deceduta ieri e vi sono preoccupazioni riguardo a ciò che accadrà ora ai suoi resti. Mr Latch, lei è l'avvocato della signora? Stia pure seduto.»

«Direi di sì, Vostro onore. Ho redatto io le sue ultime volontà e sono stato delegato a gestire i suoi affari correnti, ma non ho ancora avuto l'autorizzazione di un tribunale a procedere con la sua eredità. Mi trovo in una specie di limbo.»

«Okay, andiamo avanti.»

«Ah, Vostro onore» si affrettò ad aggiungere Simon. «Per cautela vorrei che l'udienza si tenesse a porte chiuse e, almeno per adesso, gli atti restassero riservati.»

«Per me non c'è problema» concesse Hammer.

«Va bene» fece la giudice. «Al momento non vedo spettatori escluso il detective Barr della polizia di Braxton. Detective, le spiacerebbe uscire? Se dovessimo avere bisogno di lei la farò chiamare.»

Barr andò via irritato, lanciando un'occhiataccia a Simon.

«Avvocato Hammer, visto che l'istanza è sua, a lei la parola» disse la giudice.

«Grazie, Vostro onore. In realtà non è niente di complicato. Rappresento i due figliastri di Ms Eleanor Barnett, deceduta ieri. A quanto sembra, l'avvocato Latch ha fretta che i resti della signora siano cremati. Al momento si trovano nella cella frigorifera dell'agenzia di pompe funebri Cupit & Moke, non lontano da qui. Non siamo nella posizione di muovere accuse né di generare sospetti, ma prima che la signora venga cremata i miei clienti vorrebbero conoscere con esattezza la causa di morte. Perciò chiedono una sospensione e un'autopsia.»

Da diversi anni Simon aveva deciso di evitare i tribunali, se possibile. Odiava i dibattimenti, non ci si era mai sentito a suo agio. Nelle aule che frequentava lui non c'erano banchi riservati alla giuria né ai legali. La maggior parte delle volte, nessuno contestava nulla. Invece Teddy Hammer, lo si vedeva benissimo, era un abile combattente, abituato ad affrontare giudici e giurie.

«Prima di morire, Ms Barnett è stata ricoverata in ospedale per due settimane» spiegò Simon. «L'hanno curata i migliori medici della città. Io le sono stato accanto ogni giorno. L'ho vista arrendersi a poco a poco alla polmonite. I dottori le hanno provate tutte, compreso il respiratore negli ultimi due giorni. Non hanno dubbi che sia morta di polmonite. Non c'è bisogno dell'autopsia.»

«Ed è lei che ha preparato il testamento della defunta?» chiese la giudice Pointer.

«Esatto.»

«Nel quale sono specificate anche le sue disposizioni finali?»

«No. Quelle sono riportate in un documento successivo, la direttiva anticipata di trattamento.»

«Quando lo ha firmato?»

«Dodici giorni fa.»

«In ospedale?»

«Sì.»

«È stato lei, avvocato, a redigerlo?»

«Sì.»

La giudice aveva l'aria sospettosa. Anzi, nell'aula cominciò ad aleggiare un vero e proprio clima di sospetto, che Hammer intercettò alla perfezione. «Vostro onore» disse «i miei clienti sostengono che il padre e la matrigna avessero stipulato presso l'agenzia Cupit & Moke una polizza funebre a copertura dei costi delle esequie e di una sepoltura vicino al loro padre, nel cimitero di Eternal Springs. Sono inclusi anche l'imbalsamatura, la preparazione, una bella bara, la cerimonia e tutto quanto. Nella polizza non si parla di cremazione, ma soltanto di sepoltura.»

«Avvocato Latch?»

«È semplice, Vostro onore» disse Simon. «Ms Barnett ha cambiato idea. Ne abbiamo parlato tante volte. La cremazione è sempre più diffusa, e le piaceva l'idea.»

«Ha qualche copia della direttiva anticipata?»

«Certo.» Simon le distribuì subito alla giudice e all'altro avvocato, che lessero con attenzione. A un certo punto fu Hammer a intervenire. «Vostro onore» disse «Ms Barnett potrà essere cremata, com'era suo desiderio, tra una settimana, dopo l'autopsia. Non c'è problema, e non c'è fretta. Siamo ancora sotto le feste, lunedì non lavora nessuno. Permetta ai parenti della defunta di mettersi il cuore in pace: se l'autopsia confermerà la polmonite come causa del decesso, si procederà con la cremazione. Nessun problema.»

La giudice spostò il fascicolo dal suo tavolo. «Okay, faremo così» disse. «Accolgo l'istanza e ordino alle pompe funebri di rendere i resti disponibili per un'autopsia. Nel frattempo disporrò che tutti i procedimenti legati alla successione siano sospesi fino a dopo l'autopsia e la sepoltura. A quel punto ci rivedremo e stabiliremo come procedere con l'omologazione del testamento. Gli atti e i fascicoli di questa udienza rimangono secretati. Tutti i partecipanti hanno l'ordine di mantenere il massimo riserbo. Siamo intesi?»

Gli avvocati annuirono. La giudice Pointer aggiornò la seduta e sparì. Simon e Teddy si alzarono e si strinsero la mano. «Chi fa l'autopsia?» chiese Simon.

«Il medico legale a capo del laboratorio forense di Richmond.»

"Il laboratorio forense?" Simon fece un respiro profondo e cercò qualcosa da dire.

Teddy sfoderò un sorrisetto davvero molto eloquente. «Detto tra noi, avvocato Latch, è assai probabile che la sua cliente non sia morta per cause naturali.»

30

Il detective Barr uscì dal tribunale e partì in auto per l'ospedale. Lungo il tragitto ricevette una telefonata da Teddy Hammer, che gli riferì tutto quello che era successo dopo che l'avevano cacciato dall'aula.

In ospedale, la dottoressa Wilkes accompagnò Barr in una piccola sala riunioni, il cui tavolo era pieno dei vari oggetti raccolti nella stanza occupata fino al giorno prima da Eleanor Barnett. L'infermiera Loretta Goodwin e un operatore sanitario li avevano in qualche modo riordinati e avevano stilato un inventario. Barr li fotografò tutti con cura e girò anche un video.

C'era un vassoio di alluminio usa e getta con otto brownie al cioccolato e qualche briciola. Evidentemente, Eleanor non impazziva per il cioccolato. C'erano tre composizioni floreali dello stesso fioraio locale, accompagnate da biglietti dello studio legale di Simon Latch. I fiori erano appassiti e andavano buttati. C'erano quattro biglietti di auguri di pronta guarigione, spediti da quattro persone diverse. E due scatole ornamentali di quelle che il ristorante vietnamita Tan Lu usava per l'asporto. Una conteneva due biscotti allo zenzero di Saigon, l'altra, identica, nove. Su due lati di ciascuna scatola erano stampati il nome e il marchio del ristorante.

Barr fece attenzione a non toccare nulla. Loretta e l'operatore sanitario indossavano guanti sterili.

«Okay» disse lui. «Siccome voglio procedere con cautela, prima di spostare questi aspetterò il mandato di perquisizione. Nell'attesa vi chiedo di inscatolarli e tenerli al fresco. Altrimenti il cibo va a male.»

«Per quanto tempo?» chiese la dottoressa Wilkes.

«Non molto.»

Alle due del pomeriggio di giovedì 31 dicembre la salma di Eleanor Barnett fu collocata in una semplice bara di metallo, caricata sul carro funebre di Cupit & Moke e, dopo due ore di viaggio, consegnata al laboratorio statale della Scientifica di Richmond. Rimase sopra una branda dell'obitorio, insieme a sei altri cadaveri, in attesa dell'autopsia.

Quel weekend festivo il medico legale era fuori città.

Furono le peggiori vacanze di Capodanno della vita di Simon. Vagava per le stanze dello studio chiuso parlando da solo, ripercorrendo ogni singolo giorno di dicembre e cercando di ricostruire conversazioni, incontri e movimenti. Moriva dalla voglia di setacciare internet alla ricerca di informazioni sulle autopsie, ma aveva paura di toccare il computer. Tutto lasciava una traccia. Ricordò il famigerato caso, capitato in California, di un uomo sospettato della scomparsa di sua moglie. Un tecnico, ingaggiato dalla polizia per ricostruire l'attività del maritino in rete, aveva trovato nella cronologia delle sue ricerche frasi del tipo "Come sbarazzarsi di un cadavere", "Uccidere senza lasciare tracce" e "Omicidi fantasma". Il maritino stava scontando l'ergastolo.

Ogni email, ogni sito, ogni messaggio rischiava, a un certo punto, di diventare un bersaglio. Perciò Simon si limitò alle pagine di sport e scommesse, che conosceva bene.

Ma di che cosa aveva paura? Non aveva fatto niente di male.

Avrebbe voluto andare dai ragazzi, però Paula era di pessimo umore. Se solo avesse saputo. Simon era di umore cento volte peggiore del suo, perciò evitò di ronzare attorno a casa. Quando si sentì prigioniero del suo ufficio, si rifugiò da Chub a giocare a videopoker per ore, mentre Valerie gli serviva un drink dopo l'altro. Senza più freni inibitori a trattenerlo, si disse chissenefrega e cominciò a scommettere sul football. 100 dollari a puntata. Azzeccò i primi cinque pronostici consecutivi e alzò la posta.

Sabato 2 gennaio si svegliò con i postumi di una sbronza e si maledisse per quant'era sfigato. A mo' di penitenza preparò un pranzo al sacco e molta acqua e, dopo due ore di viaggio in auto, raggiunse il margine meridionale dello Shenandoah National Park. La temperatura era in calo e le previsioni davano neve: proprio quello che voleva. Quando si erano innamorati, lui e Paula avevano passato ore e ore su quegli stessi sentieri, spesso fino a tardi, per poi piantare la tenda e dormire nudi nello stesso sacco a pelo. Per non appesantire gli zaini si portavano poco da mangiare, soltanto carne in scatola o essiccata, e dopo tre giorni di trekking e sesso uscivano dai boschi affamatissimi e dimagriti. La destinazione era sempre la stessa steak house nella cittadina di Staunton.

La neve cominciò a cadere verso metà pomeriggio e Simon tornò indietro. Gli faceva male tutto, dalla testa che pulsava alla pianta dei piedi, ma non gli importava. La camminata, anche solo per poche ore, gli aveva schiarito le idee.

31

In Virginia meno del cinque per cento dei cadaveri veniva sottoposto ad autopsia. Fra le tante ragioni per eseguirla, la più frequente era l'ipotesi di omicidio. In tal caso, le forze dell'ordine locali contattavano il medico legale dello Stato e gli facevano avere la salma. La supposta causa del decesso veniva scritta su un talloncino fissato poi al cadavere.

Quello di Eleanor Barnett recitava: POSSIBILE AVVELENAMENTO.

Tanto bastò alla dottoressa Dendra Brock per decidere quali segni cercare. Si mise all'opera alle 9.31 di lunedì 4 gennaio. Senza fori d'ingresso o d'uscita, senza proiettili, frammenti, escoriazioni da corda o segni di arma da taglio di cui occuparsi, si concentrò sugli organi. Ad aiutarla c'erano il dottor Henry Roster, tossicologo forense, e gli assistenti di laboratorio di quest'ultimo. Tra le altre cose, asportarono fegato, reni, cuore, polmoni, stomaco, esofago, pancreas e parti degli intestini tenue e crasso. Pesarono ciascun organo e lo dissezionarono per prelevare campioni dei suoi tessuti.

Dopo due ore di lavoro senza pause ricollocarono gli organi nelle cavità, cucirono la salma e pulirono il laboratorio.

La causa del decesso non era polmonite ma, senza il minimo dubbio, ingestione di una sostanza altamente tossica. Sei ore dopo, il dottor Roster chiamò la dottoressa Brock e precisò che la sostanza in questione era il tallio. Inodore, insapore, incolore, circolava da decenni in tutto il mondo ed era legato, o sospettato di esserlo, a tantissimi omicidi. Negli Stati Uniti era vietato produrlo dal 1984.

L'indomani la dottoressa Brock riferì le sue conclusioni di persona al detective Barr. Non aveva l'autorità per decidere che cosa fare del cadavere, ma esortò caldamente la polizia a impedirne la cremazione. Barr seguì il carro funebre fino a Braxton. Lungo la strada chiamò Teddy Hammer e gli diede la notizia che aspettavano. Hammer telefonò alla giudice Pointer, che fece sospendere il procedimento di cremazione. Hammer non contattò Simon Latch. Ottenne un mandato di perquisizione e prese possesso degli oggetti lasciati da Eleanor in ospedale. Chiese anche di poterne perquisire la casa, e la giudice firmò un secondo mandato. Quel mercoledì mattina, Barr tornò al laboratorio forense dello Stato con gli oggetti e li consegnò al dottor Henry Roster. Il compito di quest'ultimo fu molto più facile, perché sapeva già che cosa cercare.

Secondo l'infermiera Loretta Goodwin, i brownie erano stati cucinati e consegnati di persona da Matilda. A Eleanor non piacevano, aveva cercato di rifilarli a infermiere e operatori sanitari. Per fortuna avevano rifiutato. Il regolamento dell'ospedale proibiva di assaggiare il cibo portato ai pazienti dall'esterno. A quel punto i brownie avevano ben più di una settimana. L'analisi chimica rivelò che non erano tossici.

Tutt'altra faccenda furono i biscotti allo zenzero. Ce n'erano undici: due in una scatola, vecchi e raffermi, e nove in un'altra. Entrambi i contenitori avevano il marchio del ristorante Tan Lu. In ogni biscotto venne riscontrata una significativa quantità di tallio.

Il giovedì mattina il detective Barr si presentò da Tan Lu con un mandato di perquisizione e chiese di vedere tutte le ricevute fiscali dell'ultimo periodo. I vietnamiti, terrorizzati, collaborarono di buon grado. In pochi minuti trovarono gli scontrini dei biscotti. La cameriera riconobbe in una foto Simon Latch, ne ricordava persino il nome.

Simon aveva i nervi a pezzi. Da giorni aspettava di sentir squillare il telefono fisso sulla scrivania, che però non dava segni di vita. Non una cosa insolita, considerato che in genere la prima settimana di gennaio era la più spenta dell'anno, ma adesso continuava a controllare che la linea non fosse scollegata. Se avesse saputo a chi rivolgersi, le telefonate le avrebbe fatte lui. Non aveva nessun recapito del laboratorio forense dello Stato, e anche in tal caso non avrebbe potuto chiamare e chiedere il referto di un'autopsia come se niente fosse. Erano informazioni strettamente riservate, almeno finché qualcuno non le avesse diffuse in tribunale. Avrebbe potuto contattare l'agenzia di pompe funebri, ma perché sprecare tempo? Soprattutto, gli sarebbe piaciuto parlare con il detective Barr, l'uomo che dominava i suoi pensieri, i suoi sogni, persino i suoi incubi, ma sapeva che Barr avrebbe deciso da sé come e quando rifarsi vivo.

L'attesa lo snervava e lo spossava. Non riusciva a concentrarsi su nulla, mentre i fascicoli aperti rimanevano lì a prendere polvere.

Barr lo chiamò poco prima delle sei di giovedì pomeriggio e chiese di poter passare in studio da lui. Come se Simon potesse dire di no.

Si accomodarono al grosso tavolo della sala riunioni, uno di fronte all'altro. Barr lesse i suoi appunti, che sembravano fitti, e cominciò con le domande. «È stato lei a scrivere il testamento con le ultime volontà di Ms Barnett?»

«Sì, lo scorso marzo.»

«Posso vederlo?»

«Mi spiace ma no. È confidenziale.»

«Però la sua cliente è morta e lei deve farlo omologare, giusto?»

«In teoria sì, quando la giudice Pointer darà il via libera.»

«E l'omologazione è un atto pubblico, giusto? A quel punto chiunque potrà leggere il testamento, o sbaglio?»

«Forse, o forse no. Gli atti si possono anche secretare e mantenere riservati.»

«Comodo. Ms Barnett era molto ricca?»

«In questo momento non posso parlarne, davvero. Forse più avanti. Cosa dice l'autopsia?»

«Non posso parlarne.»

«Conferma che la causa del decesso è polmonite?»

«Non posso parlarne.»
«Quanti segreti e quante cose di cui non si può parlare.»
«Eh, sì, mi sa che verranno fuori in tribunale» replicò Barr con un sorrisetto maligno.
«In che senso, in tribunale?»
«Al momento non posso parlarne.»
«Ma allora cos'è venuto a fare, se non può parlare di niente?»
«Voglio vedere il testamento.»
«Mi spiace, no.»
«Tornerò con un mandato.»
«Faccia pure.»
«E avrò bisogno di controllare i suoi computer.»
«Mi spiace, no.»
«Avrò un mandato anche per quello.»
«Non posso impedirglielo.»
«Arrivederci.» Di colpo Barr si alzò e uscì.
Per qualche minuto Simon rimase immobile. Quando riuscì a muoversi, si accorse di avere le ascelle sudate e la camicia appiccicata alla schiena. Uscì in strada a prendere una boccata d'aria gelida. Fece una telefonata, e un'ora dopo girò l'angolo e andò a piedi verso lo studio del miglior penalista della città, un uomo che quasi tutti, incluso Simon, trovavano antipatico.

Raymond Lassiter era un legale grande e grosso, brillante e chiassoso, che faceva di tutto per presentarsi come personaggio pittoresco. Si era fatto una reputazione diversi anni prima vincendo clamorosamente un paio di processi per omicidio, e continuava ad attrarre pezzi più e meno grossi della malavita della Shenandoah Valley. Una volta si era vantato di aver vinto diciassette processi consecutivi, ma nessuno lo poteva confermare. Molto di ciò che diceva avrebbe avuto bisogno di essere verificato, ma perché darsi la pena? La maggior parte delle persone si divertiva ad assistere ai suoi monologhi e gli dava corda. In aula era un osso duro. La polizia e i procuratori preferivano evitarlo. Era l'avvocato giusto se ti trovavi nei guai e avevi qualche soldo da spendere. A poco più di settant'anni, lavorava ancora sette giorni alla settimana. Siccome beveva parecchio, la mattina cominciava tardi e non prendeva quasi mai il ritmo prima delle cinque pomeridiane, quando il suo staff se ne andava a casa. Poi però lavorava fino a mezzanotte, di solito con una bottiglia di whisky sulla scrivania e un sigaro nel posacenere. Ed era un fiero sostenitore della disciplina: quando era impegnato in un processo metteva da parte l'alcol e diventava lucidissimo. La sobrietà lo rendeva più cattivo.

Ma quando ricevette Simon, poco dopo le otto, non era né completamente sobrio né ubriaco. Raymond riusciva a bere tutto il giorno senza che il tasso di alcol nel suo sangue superasse lo 0,10, la giusta rilassatezza ma nulla che potesse distrarlo. Simon accettò il bicchiere di bourbon ma non il sigaro. Raymond appoggiò i piedi sulla scrivania extralarge e attaccò: «Raccontami la tua storia, ma voglio sentire solo quello che mi serve sentire. Non tutto, okay?».

Simon non aveva mai condiviso un segreto con un avvocato penalista e non sapeva bene che cosa dire e non dire. «Ma non è il caso di firmare, non so, una procura, e stabilire una parcella, per ufficializzare?»

Raymond lo zittì agitando il sigaro. «Dopo. La mia parcella è di 5 dollari per i prossimi venti minuti. Voglio sapere la tua storia. Delle scartoffie ci occuperemo più avanti.»

«Rimane tutto tra noi?»

«Sì, sì, adesso parla.»

Dopo aver saputo da Simon le informazioni di base, Raymond intervenne: «Quindi non conosci il referto dell'autopsia?».

«No, Barr non me l'ha voluto dire.»

«Brava persona, Barr. Non una cima, ma è di quelli che non mollano l'osso. Qualche volta l'ho chiamato a testimoniare.» Raymond sbuffò fumo come a sottintendere che lo conosceva a fondo e avrebbe avuto molto altro da raccontare.

«Ma Teddy Hammer mi ha fatto praticamente capire che Eleanor non è morta per cause naturali» aggiunse Simon.

«Lui è uno stronzo» disse Raymond sbuffando altro fumo.

"Tu invece gli starai simpaticissimo. Quanta strada faremo con gli insulti?"

«Sembrava molto sicuro di sé. Non mi hanno accusato di niente, Raymond, però li sento sospettosi.»

«Sospettosi? Ti rendi conto di come ne esci? Avido avvocato scopre che una simpatica vecchietta possiede una fortuna segreta e le scrive un testamento che ne assegna a lui il controllo. Poi, mentre la poveretta è in ospedale, ferita e sotto l'effetto dei farmaci, la convince a firmare una procura e un testamento biologico che gli conferiscono ancora più potere, incluso il diritto di staccare la spina. E, pensa che coincidenza, lo fa il 30 dicembre, mentre il tempo sta per scadere, così lei muore praticamente nell'ultimo giorno dell'anno in cui le tasse di successione non sono in vigore, e lascia all'avido avvocato ancora più denaro con cui giocare. Qualcuno non crede che sia stata morte naturale, e l'avido avvocato fa di tutto per far cremare i resti, idea avuta da lui e non da lei, prima che qualcuno si incuriosisca troppo. Hai detto *sospettosi*?»

Simon non si era mai sentito così in colpa.

Dopo averlo messo alle corde, Raymond sferrò il colpo del KO. «Ragazzo, io per difendere un imputato per omicidio chiedo 200.000 dollari, in anticipo, non un centesimo in meno.»

Simon era preparato a una gran botta, o almeno così credeva. Non aveva idea di quanto chiedesse un celebre penalista per difendere un sospettato di omicidio, e aveva immaginato che fosse molto meno. «Non ho tutti quei soldi» disse. «E non so se mi incrimineranno per qualcosa. Il punto è che la polizia ha cominciato a ficcanasare e non voglio fare la mossa sbagliata.»

«Saggia scelta. Senti, mettiamola così. In queste fasi iniziali ti copro io. Quando tornerà Barr, digli che ti rappresento. A volte basta a spaventare i poliziotti, ma non sempre. Poi ci penso io a bullizzare Barr per capire quant'è seria la situazione. E lo farò pro bono, finché non ti arrestano.»

«Non mi arresteranno, perché non ho fatto niente di male. Avevo solo bisogno di parlare con qualcuno.»

«Bene. Parla con me e segui i miei consigli. Se la cosa si fa più seria, continueremo la chiacchierata.»

Una nuvola azzurra fluttuava vicino al soffitto, e il profumo intenso di tabacco pregiato riempiva la stanza. Simon era spaventato e non voleva andarsene. «Se l'offerta è ancora valida, fumo un sigaro anch'io.»

Raymond sorrise. «Serviti pure. Intanto verso da bere.»

32

Quel venerdì mattina, Simon trovò finalmente il coraggio di fare una telefonata che rimandava da mesi. Se fosse andata come voleva Eleanor, Wally sarebbe stato avvisato molto tempo prima.

«Buongiorno, Simon» gli rispose cordiale, e per un paio di minuti si scambiarono i soliti convenevoli.

«Ho visto l'ordinanza e mi hanno detto che della sepoltura ti occupavi tu» disse a un certo punto Wally. «Che succede?»

«Ecco, è una lunga storia, ma la faccio breve» rispose Simon. «Lo scorso marzo Eleanor è venuta da me e mi ha chiesto di scriverle un nuovo testamento. Diceva di non essere soddisfatta di quello che avevi redatto tu e voleva fare delle modifiche. Io l'ho accontentata. Il nuovo testamento è stato firmato due mesi dopo quello che avevi preparato tu, che dunque non è più valido.»

«Insomma, ho dei buoni motivi per farti causa.»

«Immaginavo che lo avresti detto, ma se fossi in te non mi entusiasmerei troppo. Il tuo testamento è inutile, puoi buttarlo. Nessuno ne sa nulla, Wally, e nessuno sa del piccolo bonus in contanti destinato a te e nascosto tra le clausole. Se provi a far omologare quel testamento, allora sì che scoppierà una bella battaglia legale. A ogni modo, il tuo primo problema è la donazione destinata a te. Immediata, pagabile al momento dell'omologazione, un furto in piena regola. Ai danni di una cara vecchina che si fidava di te. Se provi a far registrare il tuo testamento, o a impugnare il mio, ti denuncio all'ordine e allego una copia del tuo testamento.»

«Che bastardo.»

«Insultami pure, Wally, non mi interessa.»

Lui lo insultò ancora, poi si calmò. «Quando farai omologare il tuo testamento?»

«Non lo so. Devo prima consultarmi con la giudice Pointer, sembra che se ne occupi lei.»

«Ho sentito dell'autopsia. Perché farla? Aveva ottantacinque anni.»

«Non è stata una mia idea» rispose Simon. «A quanto pare Clyde e suo fratello Jerry hanno assunto un grosso avvocato per fare casino. Te lo ricordi Clyde, vero?»

«Ma che simpaticone, Latch. Mi sa che ha picchiato l'avvocato sbagliato.»

«Dài, che puoi chiedergli la rivincita.»

«Che ridere. Posso dare un'occhiata al tuo testamento?»

«Finché non sarà omologato, no.»

«E i soldi chi se li prende?»

«Una serie di enti benefici, a parenti e amici praticamente niente.»

«Li hai trovati, i soldi?»

«Più o meno. E tu?»

Wally fece una lunga pausa. «Non proprio» disse infine. «Ho fatto qualche telefonata a gente di cui mi aveva parlato lei, ma non sono andato a fondo.»

Simon fece una pausa altrettanto lunga e, prima che potesse replicare, Wally aggiunse: «Comunque ti sei comportato da schifo, Latch. Avresti dovuto dirmelo».

«E cosa avrei ottenuto? Probabilmente nient'altro che una denuncia per ripicca.»

«Avresti dovuto dirmelo» ripeté Wally con una certa tristezza, come se avesse appena saputo che gli era svanita tra le mani una montagna di soldi, una fortuna su cui contava.

Simon non riuscì a trattenersi. «Eleanor non voleva.» Era un'orribile bugia, ma ormai lei era morta e Wally non avrebbe mai saputo com'erano andate davvero le cose.

Simon ripensò a lungo a quella telefonata: non riusciva a credere di aver mentito in modo così meccanico e convincente.

Seduto alla scrivania dopo un'altra ora improduttiva, Simon aveva l'impressione che le pareti gli si stessero chiudendo intorno. L'edificio che ospitava il suo studio era stato costruito nel 1904, perciò le strutture portanti e gran parte dell'intonaco erano vecchi di un secolo. Si stavano muovendo, e un centimetro dopo l'altro si spostavano lentamente verso il centro, dove lo avrebbero inevitabilmente maciullato nel violento scontro che le attendeva. Non c'era modo di uscire, nessun posto in cui scappare, nessuno con cui parlare. Eccetto Raymond, il suo nuovo avvocato, disposto a non farsi pagare ma già pronto a mollarlo se le cose si fossero messe male. E parlare con Raymond era pesante: ogni conversazione era infarcita di almeno un paio di aneddoti sulle sue epiche vittorie in aula. Delle sconfitte non diceva mai una parola.

Di tanto in tanto Simon sentiva il pavimento cigolare, le pareti gemere, le bocchette di ventilazione contrarsi, l'intonaco scrostarsi, e la sua ultima fantasticheria a occhi aperti si dissolveva. Fantasticava un sacco perché era esausto, stanco, in deficit di sonno. Non aveva fame, almeno non di cibo, ma si era reso conto che stava bevendo troppo. Si svegliava quasi ogni mattina con la mente annebbiata, niente di tanto grave da rovinargli la giornata, però con qualche dolorino alla testa che gli diceva che era arrivato il momento di darci un taglio. Com'era il vecchio detto? "Se ti chiedi se stai bevendo troppo, allora stai bevendo troppo."

Teneva sempre il testamento di Eleanor Barnett a portata di mano. Lo aveva scritto di suo pugno una decina di mesi prima e stava cercando di convincersi che, se fosse tornato indietro, non avrebbe cambiato una virgola. Né che avrebbe fatto qualcosa di diverso.

Allora perché non riusciva più a mangiare e dormire e beveva troppo?

Le sue peggiori paure si stavano concretizzando al rallentatore. Nove giorni dopo l'autopsia, mentre Eleanor era ancora nella cella frigorifera, Raymond gli diede l'inquietante notizia che il detective Barr voleva incontrarlo per parlare del caso. Una mossa prevedibile, secondo Raymond, che ci era passato molte volte. Barr propose di incontrarsi nell'ufficio di Simon.

Si intuì subito che la reputazione di Raymond lo metteva un po' a disagio, ma il detective partì all'attacco senza indugiare: «Avvocato, ho qualche domanda per il suo cliente, e qualche richiesta» disse.

«Anche noi abbiamo qualche domanda» ribatté Raymond, sfrontato.

Barr lo ignorò e diede un'occhiata agli appunti. «Per prima cosa, come sapete, abbiamo perquisito la casa di Ms Barnett, ma non è stata una ricerca approfondita. Preferirei evitare di mettere a soqquadro l'abitazione, perciò le chiedo direttamente quali oggetti ha portato via.»

Raymond fece un cenno di assenso a Simon, che rispose: «In qualità di suo avvocato sono incaricato delle sue questioni finanziarie. Ho una copia della procura, se vuole. Ho preso il libretto degli assegni e un plico di fatture. Ho anche portato via una piccola cassaforte dall'armadio, ma non l'ho ancora aperta».

«Dov'era la cassaforte?»

«Nascosta sul fondo dell'armadio, in camera da letto.»

«E cosa c'è dentro?»

«Non lo so. Il mio avvocato mi ha consigliato di non aprirla.»

«Aspetteremo che abbiate un mandato e la apriremo insieme» intervenne Raymond.

«Okay, ha un'idea generica di quello che potrebbe contenere?»

Raymond fece un altro cenno a Simon. «Un'assicurazione per le spese funerarie, le sue ultime volontà e il testamento, atti di proprietà, il libretto dell'auto, varie polizze assicurative. Questo è quello che mi ha detto lei.»

«Qualche oggetto di valore? Gioielli, contanti eccetera?»

«Non saprei.»

Barr si infilò la penna nel taschino della camicia. «Benissimo» disse. «Allora propongo di incontrarci di nuovo qui domani, alla stessa ora. Avrò un altro mandato di perquisizione.»

«Vorremmo leggere il referto dell'autopsia» disse Raymond.

«Lo porto domani.»

«Okay. Un'ultima domanda: Mr Latch è sospettato della morte di Eleanor Barnett?»

«Al momento non posso rispondere.»

Il giorno dopo, Raymond era di nuovo nella sala riunioni a chiacchierare con Simon bevendo caffè in attesa del detective Barr, che era in ritardo. Gli squillò il cellulare e lui rispose. Quando la telefonata si concluse, assunse un'aria preoccupata e fece un profondo respiro. «Accidenti. Niente di buono.»

«Cioè?» chiese Simon.

«Si porta la Cougar, porca miseria.»

Cora Cook era la procuratrice capo di Braxton e in quanto tale si occupava dei crimini più gravi in città, che erano pochi. A Raymond, che ci si scontrava di tanto in tanto, non piaceva, ma del resto a lui non piaceva la maggior parte dei procuratori. Simon supponeva che nemmeno a loro piacesse lui. Benché fosse una funzionaria pubblica che ogni quattro anni doveva affrontare il verdetto degli elettori, Cora aveva la fama di essere una gran festaiola. Era stata sposata un paio di volte, frequentava i club più eleganti della città, girava alla larga dagli ambienti ecclesiastici e aveva un debole per gli uomini più giovani di lei. Da qui il soprannome "Cougar", che le era rimasto appiccicato. Le piacevano le minigonne di pelle aderenti, sempre troppo corte e fuori moda, e tacchi a spillo che avrebbero fatto arrossire una prostituta. Ma occupava quel posto da oltre un decennio perché era una brava politica e una procuratrice integerrima.

Il suo arrivo incupì molto l'atmosfera e Simon fu grato di avere dalla sua parte un avvocato esperto. Un penalista.

Che diamine stava succedendo? Non aveva commesso nessun crimine! Inspirò profondamente e chiuse gli occhi mentre le pareti cominciarono di nuovo a muoversi.

Cora Cook fece scivolare un documento verso Raymond, che le sedeva davanti. «Ecco il mandato di perquisizione per la cassaforte. Immagino che non l'abbiate aperta» disse.

Raymond scosse la testa con aria di sufficienza e guardò il mandato senza rispondere direttamente.

La cassaforte era appoggiata sul tavolo. Era una cassetta ignifuga economica con una manopola e una chiave, disponibile ovunque a meno di 100 dollari. Simon la aprì ed estrasse alcuni documenti: il testamento che aveva redatto lui, quello scritto da Wally, alcune polizze assicurative tenute insieme da un elastico, il libretto della vecchia auto che Netty aveva distrutto guidando sotto l'effetto dell'alcol, la polizza funeraria emessa da Cupit & Moke, 300 dollari in contanti e un sacchettino di velluto con alcuni orecchini e braccialetti. Non un granché.

Il detective Barr fotografò tutto.

«Il mio cliente è un sospettato?» chiese Raymond quando ebbero finito con la cassaforte e il suo contenuto.

«Diciamo che per ora è coinvolto nelle indagini» rispose la procuratrice.

«Oh, andiamo. Se stiamo parlando di un crimine, diteci qual è. Basta menare il can per l'aia.»

Senza scomporsi, lei tese con calma i referti. «Il primo è l'autopsia. La patologa e il tossicologo forense hanno trovato livelli moderati di una sostanza nota come tallio, un composto altamente tossico che non si trova più in commercio, ma che un tempo era usato come veleno per topi. Viene utilizzato spesso per uccidere perché non ha odore, colore né sapore. A seconda del dosaggio può produrre sintomi come febbre, nausea, mal di testa, problemi respiratori: nulla che faccia pensare a un avvelenamento, almeno finché non è troppo tardi.»

Simon cercò di leggere il referto, ma le parole erano sfocate. Il foglio tremava. Si sentiva travolto dagli stessi sintomi.

La procuratrice gli mise davanti un altro referto, quello

del tossicologo. «I risultati delle analisi sul cibo prelevato dalla stanza d'ospedale della vittima.»

Vittima? Malgrado la confusione, Simon colse la parola.

«Otto brownie al cioccolato, consegnati da una certa Matilda Clark, la quale, a detta di una delle infermiere, si era vantata che i suoi brownie al cioccolato e noci pecan fossero ottimi. È ovvio che la vittima la pensava diversamente, visto che non li ha mangiati. Sono stati analizzati in laboratorio, non contenevano niente di strano. C'erano anche undici dolcetti noti come "biscotti allo zenzero di Saigon", in due scatole da asporto del ristorante vietnamita Tan Lu. Tutti e undici contenevano quantità significative di tallio. I biscotti sono stati consegnati in due occasioni diverse da Matilda Clark.»

Raymond cercò di parlare, ma prima dovette schiarirsi la voce. «Sta insinuando che il mio cliente abbia avvelenato Ms Barnett?» domandò infine.

Simon era sbalordito, attonito, confuso. Non riuscì a trattenersi. «Cosa? Io non ho fatto niente!»

Raymond sollevò entrambe le mani per calmarlo. «Basta, Simon.»

«Il gran giurì si riunisce domani mattina e noi presenteremo questi referti» dichiarò freddamente la Cougar.

«Mi prende in giro!» sbraitò Simon dall'altro lato del tavolo. Era rosso in faccia, aveva uno sguardo da pazzo.

«Per favore, Simon» intervenne Raymond, che poi si rivolse a Cora. «Che fretta c'è? Dateci almeno il tempo di leggere i referti, parlare con qualche testimone, svolgere le nostre indagini. Così è un'imboscata. Il suo ufficio ha avuto tutto il tempo di andare a fondo, ma noi siamo stati colti di sorpresa. È profondamente ingiusto.»

«Io non ho fatto niente, okay?» protestò Simon.

Cora stava chiudendo il fascicolo. «Domani procediamo col gran giurì.»

Dopo un'ora, rimasti soli, Raymond e Simon erano ancora in sala riunioni a girare a vuoto, senza trovare un punto d'arrivo. Le questioni urgenti non mancavano, ma la più pressante era la necessità di evitare che il gran giurì procedesse. Raymond, come Simon, sapeva però che per la procuratrice il passaggio al gran giurì era una pura formalità. Se Cora Cook voleva un rinvio a giudizio per omicidio, lo otteneva in poche ore.

Parlarono degli altri sospettati. A chi poteva fare comodo la morte di Eleanor? Ovviamente Clyde e Jerry erano in cima alla lista. I due avevano unito le forze e si erano rivolti a un pezzo grosso di Washington. Non potevano averlo fatto dal giorno alla notte, dunque lo progettavano da un po'. Jerry aveva detto a Simon di essere passato in ospedale a fare visita alla matrigna.

Di sicuro anche Wally Thackerman, ignaro che il suo piano non avrebbe funzionato, pensava di avere molto da guadagnare dalla morte di Eleanor. Dritto in lista.

Raymond si stancò del giochetto. «Dovremmo concentrarci sulla tua difesa e lasciar perdere gli altri» spiegò.

«Sulla mia difesa? È assurdo.»

«Adesso devo andare. Ti chiamo domani. Ti consiglio di parlare con tua moglie e spiegarle che cosa potrebbe succedere.»

«Che cosa potrebbe succedere?»

«È altamente probabile che in un futuro molto prossimo tu venga arrestato.»

«Perché non lo dici tu a Paula?»

«Mi dispiace, Simon.»

33

Che cosa indossi il giorno del tuo arresto? È una di quelle domande che nessuno, nemmeno i criminali incalliti, si pone mai sul serio. Simon scelse un paio di jeans, un blazer e una camicia bianca. Raymond gli aveva consigliato di portare con sé qualche articolo per l'igiene personale, e lui infilò in un sacchetto di carta lo stretto necessario per lavarsi, biancheria pulita e due libri. Diede un ultimo sguardo allo specchio e disprezzò ciò che vide, poi spense le luci dell'ufficio senza sapere se le avrebbe riaccese mai più.

Nella reception, crollò su una sedia e guardò Tillie, completamente sconfitto.

«Che succede?» gli chiese lei, allarmata.

«Un paio d'ore fa il gran giurì mi ha rinviato a giudizio per l'omicidio di Eleanor Barnett.» Le parole suonarono come se a pronunciarle fosse stata una voce invisibile, dall'alto. Tillie non disse nulla, sbigottita.

«Sto andando al carcere cittadino, Raymond Lassiter mi aspetta là. Verrò schedato come un qualsiasi criminale e finirò in cella. Non so quando uscirò.»

«Per omicidio?!» sbottò lei.

Simon fece un respiro profondo. «Pare che qualcuno abbia avvelenato Eleanor mentre era in ospedale. Quei maledetti biscotti allo zenzero che le ho mandato erano avvelenati. Sospettano di me.»

Tillie deglutì a fatica e cercò di non scomporsi, poi si asciugò le guance con un fazzoletto. «Ma è assurdo, Simon. Tu non sei capace di fare una cosa del genere» riuscì a dire.

Lui annuì, però non rispose. Passò un altro lungo momento, mentre entrambi ignoravano lo squillo insistente del telefono fisso sulla scrivania di lei. «Come stanno Paula e i ragazzi?»

«Male. A lei l'ho detto ieri sera dopo che i ragazzi erano andati a letto. È inorridita, arrabbiata, spaventata, chi più ne ha più ne metta. La nostra preoccupazione maggiore è proteggere i nostri figli, ma sarà impossibile. Stanno per essere umiliati, e io non posso farci niente. Non posso proteggerli.» Gli si spezzò la voce e non riuscì a continuare. Tillie si asciugò di nuovo le lacrime, sembrava decisa a controllarsi.

«Ti chiamo dal carcere appena riesco. Chiudi a chiave lo studio e stanne alla larga. Di sicuro i giornalisti si faranno vivi al più presto, perciò mantieni un profilo basso.»

«Non riesco a crederci, Simon.»

«Sto vivendo in un incubo, Tillie, e nessuno ha idea di come finirà. Ci sono talmente tante incognite. Il miglior esito possibile è che da qui alla prossima settimana io riesca a uscire su cauzione. In tal caso cercheremo di tenere a galla questo posto in attesa del processo.»

«Ma come, un processo?»

«Quando ti rinviano a giudizio di solito va così, a meno che, ovviamente, non ti dichiari colpevole. E non ho intenzione di farlo.»

«Quando sarà il processo?»

«Chi lo sa. Tra qualche mese.»

Si alzò e pensò di stringerla in un abbraccio imbarazzato, ma visto che non l'avevano mai fatto le disse semplicemente: «Sii forte» e aprì la porta.

«Mettiti un giaccone.»

La temperatura era sottozero e c'era vento. Simon avanzò lungo Main Street, superò i negozi e gli uffici che conosceva così bene e cercò di non soffermarsi su quello che avrebbe pensato e detto la gente quando si fosse diffuso il pettegolezzo, l'incredibile notizia. Rallentò di fronte all'Ethel's Diner, deserto alle quattro del pomeriggio di un tetro venerdì, ma la sua cameriera preferita, Bella, era al bancone intenta ad asciugare tazze da tè e a chiacchierare con qualcuno in cucina. Lei non avrebbe mai creduto che Simon potesse compiere un gesto così orribile e si sarebbe offerta volontaria come giurata, se fosse stato possibile.

Attraversò la strada e superò la Monroe, poi arrivò al palazzo di giustizia, un capolavoro neoclassico di cui Braxton andava tanto fiera. Un centinaio di anni prima, la città aveva vinto una causa contro una società ferroviaria, scegliendo saggiamente di investire i soldi in un monumento commemorativo di se stessa, senza badare a spese. Con i suoi archi maestosi, i soffitti a volta e le colonne di marmo, veniva regolarmente votato come il tribunale più bello di tutta la Virginia.

Simon pensò a tutti i commessi, le segretarie, i custodi, gli uscieri, gli avvocati e i giudici che ci lavoravano, persone che conosceva da una ventina d'anni, e cercò di immaginarsi le loro facce quando avessero saputo. Pensarci era quasi insostenibile. Al primo piano, le luci erano accese nell'aula principale, dove entro qualche giorno lo avrebbero fatto entrare non in veste di avvocato ma di imputato, dove avrebbe dovuto affrontare un giudice per la prima di tante udienze.

Continuò a camminare per le strade del centro della sua città, in un certo senso senza meta ma in direzione del carcere.

Come in un sogno.

All'ingresso non lo aspettava una folla. Nessun reporter che gli gridava dietro. Nessun fotografo. Quelli sarebbero arrivati dopo, ma sempre troppo presto. Entrò nell'edificio e vide Raymond che chiacchierava con un agente in divisa. L'arresto di un avvocato per omicidio era un'occasione senza precedenti a Braxton, ma per fortuna la polizia non stava calcando la mano. Simon aveva temuto di essere circondato da un gruppo di agenti che non aspettavano altro di veder arrivare il loro nuovo trofeo, ma ce n'erano solo un paio che fecero del loro meglio per ignorarlo.

Raymond gli tese una copia fresca di stampa dell'atto di rinvio a giudizio, che lui lesse lentamente. Comparve il capo della polizia. «Mi dispiace, Simon» gli disse. Si conoscevano da anni ed era ovvio che avrebbe preferito trovarsi altrove. «Non ho alternative.»

«Capisco. Facciamola finita.»

La procedura richiese un'ora. Simon consegnò il portafoglio, che conteneva soltanto la sua patente, e il cellulare. Poté tenere l'orologio da polso perché il cinturino era in pelle, secondo la logica per cui con un cinturino di quel genere sarebbe stato difficile uccidere un altro detenuto. Posò per la foto segnaletica, poi consegnò i vestiti. Infilò una tuta arancione vivace con la scritta CARCERE CITTADINO sulla schiena. Gli fu consentito di tenere le calze e le scarpe da jogging. Gli presero le impronte e lui accettò di farsi prelevare un campione di sangue. Per le scartoffie ci vollero quindici minuti.

Fu un procedimento umiliante, per usare un eufemismo, e spaventoso, ma Simon era deciso a stringere i denti e comportarsi come se niente di quello che gli infliggevano potesse toccarlo. Era innocente, e dopo averlo dimostrato al mondo avrebbe potuto guardarsi indietro e vantarsi con se stesso di essere sopravvissuto al peggio. Sulla scrivania dell'ufficio teneva una tazza alta con dentro penne, matite ed evidenziatori, e su un lato c'era il suo mantra preferito: QUELLO CHE NON TI UCCIDE TI RENDE PIÙ FORTE.

Quando fu ufficialmente dichiarato detenuto nel carcere cittadino lo accompagnarono, senza manette, nella saletta dove gli avvocati incontravano i clienti. In diciotto anni ci era stato qualche volta, ma mai nei panni del povero fesso in tuta arancione.

«Questo colore ti dona» commentò Raymond.

«Devo ridere?»

«No. Ho appena parlato di nuovo con la giudice Pointer, non è disposta a fissare una cauzione prima di lunedì, in udienza.»

«Non mi stupisce.»

«L'ho praticamente supplicata di concederti un rilascio senza cauzione, ma non ha voluto sentire ragioni. Sembra che passerai il weekend qui dentro.»

«Non c'è problema. Mi sono portato dei libri. Ne approfitterò per pensare, cercare di capirci qualcosa.»
«In bocca al lupo, allora.»
«Raymond, ti ringrazio di cuore per essere qui. So che lo fai pro bono, ma vuol dire veramente tanto.»
«Sono con te, Simon.»
«Posso chiederti un favore?»
«Dimmi tutto.»
«Mi presti il telefono? Vorrei chiamare mia madre.»

La talpa colpì di nuovo quel venerdì sera. Spedì un'email anonima a Iris Kane, una giornalista del "Washington Journal". Il messaggio diceva:

> Ultime notizie da Braxton, Virginia. Avvocato locale arrestato per aver avvelenato e ucciso ricca cliente dopo aver curato il suo testamento. Simon Latch, 42 anni, questo pomeriggio è stato formalmente rinviato a giudizio dal gran giurì e si è consegnato alle autorità presso il carcere cittadino. È chiamato a comparire in tribunale lunedì mattina.

Iris fece una serie di telefonate, ma non scoprì quasi nulla. A quanto sembrava, il venerdì sera le fonti di Braxton chiudevano i battenti. Quindici minuti dopo, ecco un'altra email anonima.

> Eleanor Barnett, 85 anni, è stata dichiarata morta il 30 dicembre al Blue Ridge Memorial Hospital. Causa del decesso: polmonite. Ma in seguito l'autopsia ha rivelato che è stata avvelenata. Hai l'esclusiva, ma fa' presto. Questa storia può essere una manna per i tabloid.

Iris era d'accordo e fece ricerche online per un'altra ora, di nuovo senza trovare nulla. Si mise a letto presto, con l'idea di andare a Braxton il mattino seguente per una lunga giornata di indagini.

La cella era uno stanzino di tre metri per tre con le pareti di cemento, tranne una in sbarre di ferro affacciata sul corridoio. Dal muro spuntavano due brande sorrette da sostegni di metallo. Per fortuna quella superiore era libera, e Simon aveva la cella tutta per sé. Dall'altro lato del corridoio c'era Loomis, un ladro di auto, anche lui solo e desideroso di parlare. In realtà preferiva qualcuno che lo ascoltasse mentre sproloquiava. A due celle di distanza Carl, un presunto spacciatore che si dichiarava innocente, intimò varie volte a Loomis di chiudere la bocca. Anche altri gli gridavano di tacere, ma col passare della notte le chiacchiere si ammutolirono.

Simon cercò di leggere, però non riusciva a concentrarsi. Le provò tutte per non pensare ai suoi figli, ma era impossibile. Stavano per essere travolti da un imbarazzo inesorabile a causa di un crimine che lui non aveva commesso: il danno ormai era fatto. Anche se lo avessero prosciolto, il disastro stava per cominciare.

Il materasso misero era spesso pochi centimetri. Le lenzuola lise, ma pulite. Dentro la cella faceva un po' freddo, ma Loomis spiegò che erano fortunati perché la pompa di calore aveva fatto le bizze. Simon sentì dire che fuori nevicava, ma non poteva vederlo. Non sapeva dove fosse la finestra più vicina, di certo non da quelle parti.

Loomis gli raccontò che spesso, durante la prima notte in prigione, una volta spente le luci, i detenuti piangevano. Disse che li sentivi nel buio, anche se si mettevano il cuscino sulla faccia. Il singhiozzo patetico di uomini adulti rinchiusi, lontani da tutto ciò che amavano.

Quando l'ala fu finalmente avvolta dal silenzio, Simon capì che gli altri erano svegli, in attesa di sentirlo piangere.

34

Il primo giorno di reclusione Simon fece diverse scoperte importanti. Primo, la sveglia suonava alle cinque e mezza del mattino, o così gli disse il suo orologio da polso; una crudeltà, specialmente in un freddo sabato di gennaio. Secondo, la colazione veniva servita quindici minuti dopo, quando una guardia infilava un vassoio in una piccola feritoia sotto le sbarre. Terzo, la colazione era quanto di più scadente si potesse immaginare. Il pane bianco tostato era freddo e carbonizzato sul bordo. Le uova strapazzate erano una poltiglia altrettanto fredda, servita sopra tre fette di pancetta piene di grasso che nemmeno un cane si sarebbe degnato di mangiare. Il porridge di mais nella scodellina di metallo aveva l'odore e la consistenza dello stucco. La mela verde era amara. Il caffè istantaneo era poco più che acqua calda, rigorosamente insapore. Quarto, benché facesse schifo, secondo il suo dirimpettaio Loomis la colazione era il miglior pasto della giornata.

Simon non aveva idea di quanto tempo avrebbe passato in carcere, ma non poteva sopravvivere più di una settimana senza rischiare di morire di fame. Oltretutto, non gli tornava che il cibo fosse a malapena commestibile e la maggior parte dei detenuti grassi come i secondini. Da qualche parte dovevano esserci dei distributori automatici.

Quindici minuti dopo, quando la guardia venne a ritirare il vassoio, Simon si complimentò per la colazione. «Wow, grazie, deliziosa» disse. «A che ora si pranza?»

Il secondino, un tipo grande, grosso e sempliciotto che non si perdeva un pasto, si fece serio. «Eh, caro mio, non più di duemila calorie al giorno» disse.

"Sì, tante quante ne trangugi tu al mattino ingozzandoti di ciambelle."

Simon si sdraiò sulla branda e si preparò a una lunga giornata di noia e umiliazioni. Aveva ancora fame. L'unica lampadina al centro del soffitto era accesa. Non poteva spegnerla. Non riusciva a dormire, non riusciva a leggere e non aveva nessuna voglia di cominciare la giornata ascoltando le chiacchiere di Loomis riguardo ai suoi furti d'auto.

L'intuito, giustamente, disse a Iris Kane che il posto migliore per intercettare i pettegolezzi erano i bar. Arrancò sul marciapiede coperto da cinque centimetri di neve, passò davanti al City Café, vide che era pieno, ci si infilò, conquistò uno sgabello al bancone e ordinò caffè e focaccine. Nel lungo specchio chiazzato riusciva a osservare bene la clientela. Bastò uno sguardo per capire che era l'unica donna nel locale. Il resto degli avventori combatteva il freddo con camicie di flanella e piumini pesanti. Su ogni testa c'era un cappellino da camionista. La metà dei presenti aveva la barba. La scena le riportò in mente un suo vecchio reportage sui boscaioli dell'Oregon.

A occhio e croce, tutti avevano qualcosa da dire. Per ringalluzzire la gente del posto non c'era nulla di meglio di un bell'omicidio, anche se non era stato violento né drammatico come quelli che si vedono in tivù. Avvelenare un'anziana? Che codardi.

Per capire di cosa parlavano tutti sarebbero bastati due minuti anche a un reporter principiante.

«Ho sentito che Latch rischia la pena di morte.»

«Quel bastardo imbroglione voleva scucirle i soldi, è chiaro.»

«La vecchia la conosceva qualcuno?»

«No, ho sentito che era di Atlanta, aveva traslocato qui per la pensione, con un mucchio di soldi.»

«La prossima volta impara a fidarsi degli avvocati.»

«Io di Latch non mi sono fidato mai.»

«Se l'è spennata, o ci stava provando.»
«È sempre stato un cialtrone.»
«Oh, piano. Simon lo conosco da anni, mi sta simpatico, è una brava persona.»
«Ho sentito che si stava mollando con la moglie. Divorzio in vista.»
«Come minimo lei si terrà la casa e i figli, se lui resta dentro.»
«Quando va in tribunale?»
«Lunedì mattina, mi pare. Sta già brigando per uscire di galera.»
«Su cauzione? Anche se l'accusa è di omicidio?»
«Certo. Ricorda che è un avvocato. Figurati se un giudice riesce a tenerlo dentro. Vedrai che esce in un attimo, e che faranno una fatica maledetta a incriminarlo per omicidio. La legge non è uguale per tutti.»
«Ho sentito che lo difende Raymond Lassiter.»
«Eh, appunto. Il più scaltro della Virginia, non perde una causa.»
«Questa vedrai che lo tiene impegnato.»

Iris cercò di prendere appunti senza farsi notare. Probabilmente era l'unica estranea, e se si fosse capito che era una giornalista le chiacchiere sarebbero cessate di colpo. Rischiava persino che la cacciassero. Trovò un opuscolo, una guida ai negozi del posto, e finse di leggerlo.

Una verità era palese: a Simon Latch e alla sua difesa conveniva chiedere di trasferire la sede processuale lontano da quei potenziali giurati. Tutti si erano fatti un'opinione, e la maggioranza aveva già chiaramente emesso un verdetto di colpevolezza.

Iris pagò il conto e uscì senza dare nell'occhio. La cittadina cominciava a prendere vita, i negozianti di Main Street sgombravano i marciapiedi dalla neve spazzandola verso i canali di scolo. Trovò un angolo tranquillo nella biblioteca pubblica, che apriva alle otto. Aprì il portatile e cominciò a trascrivere tutti i commenti che ricordava. Cercò il numero dello studio di Raymond Lassiter, gli telefonò, ma trovò la segreteria. Normale, di sabato. Trovò anche il numero del carcere cittadino, ma l'agente che rispose non poteva divulgare le generalità dei detenuti. Iris andò a consultare gli archivi del "Journal" e della "Gazette", i quotidiani di Braxton, e lesse quel poco che trovò riguardo a Simon Latch. Fra gli atti del tribunale della contea pescò la richiesta di divorzio, che le disse pochissimo. C'era anche il rimando a una recente istanza che riguardava Eleanor Barnett, ma il fascicolo era secretato per ordine del giudice. Un dettaglio sospetto?

Dopo due ore di ricerche, Iris aveva bisogno di camminare. Prese le sue cose e uscì. Trovò lo studio di Raymond Lassiter e bussò alla porta. Non rispose nessuno. Stesso risultato da Simon F. Latch, avvocato e consulente legale. La stazione di polizia era praticamente deserta e, quando Iris si presentò come giornalista, l'agente di turno si cucì la bocca. Fece un altro tentativo al carcere, che raggiunse a piedi, ma nessuno le confermò niente. Prese l'auto e andò a ficcanasare all'ospedale, però chi sapeva o contava qualcosa non era di turno. Si fermò all'agenzia di pompe funebri, che nel fine settimana non aveva in programma funzioni. C'era una segretaria part-time che non sapeva nulla.

Iris aveva l'indirizzo di casa di Simon, ma preferì non turbare la famiglia. Sua moglie aveva chiesto il divorzio. Lui era dietro le sbarre, accusato di omicidio. Doveva essere un vero incubo.

A pranzo scelse una tavola calda del centro, non affollata. Ordinò un'insalata, origliò le conversazioni, ma nessuno parlava dell'arresto. Tornò nel suo angolino tranquillo in biblioteca e cominciò a mettere insieme un articolo. Titolo provvisorio: *Avvocato in manette dopo la morte per avvelenamento di una sua ricca cliente*. Le piaceva, ma sapeva che il direttore non avrebbe gradito, come succedeva quasi sempre.

Come se qualcuno la stesse osservando, in quell'istante le arrivò un'altra email fantasma. Era di nuovo la fonte anonima. "L'avv. Teddy Hammer di Wash. rappresenta gli eredi Barnett. Gli piace parlare."

La talpa era un problema, perché conosceva fin troppi dettagli del caso. Secondo Iris, e qualunque investigatore sarebbe stato d'accordo, doveva essere coinvolta nel delitto, in un modo o nell'altro. Perché questa persona voleva che Simon Latch fosse indagato e umiliato? Tante domande, poche risposte.

Iris chiamò lo studio di Teddy Hammer e lasciò un messaggio alla segreteria telefonica. Dieci minuti dopo le vibrò il cellulare: era Hammer.

«Non posso fare dichiarazioni ufficiali» le disse «ma se le serve posso darle un po' di contesto.»

«Lei a che titolo è coinvolto nel caso?» domandò Iris, prudente.

«Prima di tutto mettiamo in chiaro che resterò anonimo. Come ho già detto, posso soltanto darle informazioni di contesto.»

Iris odiava usare fonti anonime e queste situazioni la snervavano sempre, però non aveva scelta. Un avvocato importante conosceva i dettagli del caso, aveva molto da dire, e voleva parlare. Al momento, nella sua ricostruzione c'erano troppi buchi, e l'istinto le diceva che questo tizio poteva colmarli.

«Va bene, da questo momento la conversazione è confidenziale e lei una fonte anonima.»

«La avviso che sto registrando, e la invito a fare altrettanto.»

Lei premette un tasto. «Sto registrando la conversazione con Mr Teddy Hammer, sabato 16 gennaio, alle quattordici e venti» disse.

«Finora non erano spuntati giornalisti» commentò subito Hammer. «Come è venuta a conoscenza dell'arresto?»

«Una soffiata anonima, via email, ieri sera.»

Un attimo di silenzio, mentre l'avvocato rifletteva. «Okay, passiamo alla prima domanda.»

«A che titolo è coinvolto nel caso?»

«Rappresento Jerry e Clyde Korsak, i due figliastri di Eleanor Barnett. Due settimane fa siamo corsi in tribunale a far sospendere la cremazione di Ms Barnett, poche ore dopo la sua morte.»

«Chi voleva farla cremare?»

«Quello che adesso è in galera.»

35

Alle cinque e mezza del mattino dopo, mentre Simon stava finalmente riuscendo a dormire un po', risuonò la sveglia e i secondini entrarono nell'ala sbattendo le porte e sbraitando a tutti di svegliarsi. La colazione stava per essere servita. Sai che bella notizia. Nella sala ricreazione in fondo al corridoio Simon aveva trovato i distributori automatici, e al momento viveva di Coca-Cola e patatine.

Coca-Cola. Riecco, in un lampo, il solito pensiero: Netty e tutte quelle azioni. Continuava a chiedersi se ci fossero davvero.

Il secondino Mason faceva il turno del mattino e aveva l'onore di servire ai suoi ragazzi due pasti da buongustai. Il giorno prima, Simon era riuscito a strappargli qualche chiacchiera.

«'giorno, Latch.»

«Buongiorno, agente Mason. Lieto di rivederla. Cosa passa il convento stamattina?»

«Il solito.»

«Che fortuna.»

Mentre Simon prendeva il vassoio, Mason infilò sotto le sbarre un quotidiano. «Magari ti faceva piacere saperlo. Prima pagina, cronaca locale. Hai fatto il botto, Latch. Sei una vera star.»

L'edizione domenicale del "Journal", spessa cinque centimetri e imbottita di inserti pubblicitari. Simon, che sapeva cosa aspettarsi, si sedette sulla branda e prese fiato. Credeva di essersi preparato psicologicamente a essere dipinto nel peggior modo possibile, ma la realtà aveva superato la fantasia.

Nella colonna della metà superiore dedicata alla cronaca cittadina compariva una foto in bianco e nero di lui in giacca e cravatta, sorridente e in posa davanti all'obiettivo. Qualcuno l'aveva ripescata da un recente annuario dell'ordine degli avvocati della contea. Sotto, un titolo spietato annunciava: *Avvocato fallimentarista accusato di aver avvelenato e ucciso una sua facoltosa cliente.*

L'articolo copriva tutto: dopo una breve biografia dell'accusato e della vittima citava il testamento che conferiva al primo il controllo assoluto sui beni della seconda, e poi la procura e la direttiva anticipata firmate in ospedale dalla defunta pochi giorni prima di morire, che davano all'avvocato il potere di staccare il respiratore, cosa che lui aveva fatto. Quindi i tentativi sospetti di cremare il corpo poche ore dopo il decesso, il provvidenziale intervento dei figliastri, che avevano preteso un'autopsia, e infine la scoperta che la vittima era stata avvelenata, probabilmente durante il ricovero in ospedale. Era un articolo lungo, zeppo di sottintesi e speculazioni. A ben vedere, in ogni punto in cui sarebbe bastata una parola ma tre avrebbero avuto un'aria più sinistra, Ms Kane aveva optato per quest'ultima scelta. Non una fonte aveva acconsentito a farsi citare o identificare, e tutte protette dall'anonimato blateravano a ruota libera. Simon sospettò immediatamente che tra i cospiratori ci fosse Teddy Hammer. Le azioni dei suoi clienti, i figliastri, erano presentate sotto una luce troppo positiva. E certi dettagli dell'udienza davanti alla giudice Pointer poteva averli riferiti soltanto qualcuno che vi aveva assistito o partecipato: una palese violazione degli ordini della giudice.

In chiusura, l'articolo informava i lettori che quel lunedì mattina alle nove Mr Latch sarebbe stato chiamato a comparire in aula per il rinvio a giudizio e per discutere l'eventualità di un rilascio su cauzione. Quest'ultimo era a discrezione dei giudici, che raramente lo concedevano nei casi di omicidio. Il tono dell'articolo sembrava quello di un invito collettivo a presentarsi in tribunale a vedere l'imputato e partecipare alla festa.

Simon si asciugò il sudore dalla fronte, si accorse che gli tremavano le mani e si precipitò verso il minuscolo water di metallo in un angolo della cella. Tra rantoli e conati, vomitò le patatine del giorno prima nella tazza o sul bordo.

«Ehi, tutto bene?» chiese il suo dirimpettaio Loomis.

Lui non rispose. Quando finalmente gli passò la nausea, si sdraiò sulla branda e si coprì con il lenzuolo fino agli occhi. Voleva morire. Era possibile soffocarsi con il cuscino?

Ogni potenziale giurato che avesse letto il "Journal" avrebbe votato subito per condannarlo, e Simon non poteva dargli torto.

La domenica mattina nel carcere c'era poco movimento e Mason aveva la reception tutta per sé. Alle nove in punto, un altro secondino ammanettò Simon e lo portò dal collega.

«Vorrei usare il telefono» disse Simon.

«Per chiamare chi?» domandò Mason.

«Mia moglie e il mio avvocato.»

«Urbane?»

«Sissignore.»

Con un cenno Mason indicò una porta, e l'altro secondino accompagnò Simon in una sala con diversi telefoni disposti su un lungo tavolo. Gli tolse le manette e disse che lo avrebbe aspettato fuori. Chiuse la porta e lo lasciò solo.

Chiamò Paula al cellulare, e lei, come faceva spesso, non rispose perché non riconobbe il numero. Simon lasciò un messaggio in segreteria e disse che avrebbe richiamato dopo cinque minuti. Lo fece, e lei rispose al primo squillo.

«Come stanno i ragazzi?» le domandò.

«Stanno assorbendo il colpo, almeno credo. Non è facile.»

«Hai visto il "Journal"?»

«Sì. Ieri sera l'articolo era già online, mi ha chiamata Matilda. Entro mezzanotte lo sapeva tutta la città. Adesso è ovunque. Mi squilla il telefono di continuo, sono sommersa di email.»

«I ragazzi lo hanno visto?»

«Secondo te? Buck e Danny vivono online e a loro non sfugge niente. Si sono barricati in camera, non escono più. Abbiamo fatto un pessimo lavoro nel monitorare i loro device.»

«Online ne staranno parlando tutti.»

«È orribile.»

«E sui social?»

«Idem.»

Il tono di Paula era quello glaciale a cui Simon si era abituato nel corso degli anni, forse addirittura più duro del solito. Non poteva darle torto.

«E Janie?»

«È a pezzi. Sono tutti sotto shock, Simon, cosa credevi? Prima la separazione, poi il divorzio, adesso papà è in galera per omicidio. In prima pagina sul giornale, virale su internet. I ragazzi sono traumatizzati.»

«Gli hai spiegato che non sono colpevole, che non ho ucciso nessuno?»

«Sì, ci ho provato, e non sai quanto vogliono crederci. Amano il loro papà. Ma è tutto talmente incasinato che li disorienta. In questo momento ci sono due furgoncini della televisione parcheggiati in strada davanti a casa. Non possiamo uscire. Hanno messo un vigile a sorvegliare il vialetto. Stamattina i giornalisti ci hanno bussato alla porta alle otto. Quegli schifosi sono dei cafoni sfacciati, Simon, ma sono qui e non se ne andranno presto. Siamo noi che dobbiamo andarcene. Pensavo di scappare dai miei. E pazienza se domani c'è scuola, non ce li mando e oltretutto non ci vogliono andare.»

Simon si strofinò gli occhi con una mano, mentre con l'altra stringeva la cornetta. Non si era mai sentito così sconfitto.

Paula, determinata e gelida, continuò: «Ed è solo l'inizio, Simon. Domani andrai in tribunale e sarà un circo, però è solo la prima udienza di chissà quante, in vista di un processo che sarà un bordello di prima categoria. Gli schifosi là fuori perseguiteranno te, e la tua famiglia, ogni singolo giorno».

A Simon parve una reazione un po' eccessiva, ma nella

sua posizione non poteva controbattere. Non era lui a doversi nascondere in casa, sbirciando da dietro le tende i farabutti che lo spiavano con le loro macchine fotografiche.

«Senti, Paula» disse. «Devo parlare con i ragazzi e convincerli che sono innocente. Devono sapere subito, con chiarezza, che non sono figli di un assassino.»

«Simon, al momento mi sembra impossibile.»

Un altro pugno nello stomaco.

«In rete ti danno quasi tutti per colpevole, e non sono pochi a chiedersi perché sei stato rinviato a giudizio per omicidio ma senza aggravanti. Vorrebbero la pena di morte.»

Un altro pugno nello stomaco.

Trenta secondi di tregua servirono a entrambi a capire che non c'era più niente da aggiungere. Alla fine fu Simon a parlare. «Ho bisogno di un favore. Puoi chiamare Raymond Lassiter e chiedergli di venire qui alle due di oggi pomeriggio?»

«Chi è Raymond Lassiter?»

«Il mio avvocato, almeno per adesso.»

«Ah, già, l'ho visto scritto. Quanto ti costerà, Simon?»

"Ti", singolare.

«Non lo so. Stiamo ancora trattando. È molto probabile che oggi pomeriggio si licenzi.»

«E chi ti rappresenta, poi?»

«Probabilmente un avvocato d'ufficio appena laureato. Ma a questo penserò domani.»

Si capiva che Paula non era poi così in ansia per lui. Non gli aveva chiesto della cauzione né di quante probabilità avesse di uscire, non aveva voluto sapere come si stava, dietro le sbarre. Simon lo capiva. L'unica priorità di Paula erano i loro figli.

«Devo andare, ho finito il tempo» le disse, per porre fine alla sofferenza.

«Non so cosa dire, Simon. Mi dispiace, vorrei poterti dare una mano, ma alla fine siamo praticamente divorziati. Devo proteggere prima di tutto i ragazzi, e al momento non so come fare. Tu che dici?»

«Portali via da qui.»

Simon aprì la porta e aspettò che il secondino lo ammanettasse. Quando passò davanti alla reception, Mason gli disse: «Ehi, Latch, fuori ci sono dei giornalisti che continuano a ronzarci attorno. Cosa devo fare?».

«Li arresti e li sbatta nella cella vicino alla mia, così gli do io qualcosa da pubblicare.»

36

Pochi minuti dopo le cinque del mattino di quel lunedì, quando Paula aprì la porta del garage, fuori era ancora buio. Una volante della polizia parcheggiò nel vialetto all'orario previsto, e l'agente scese e salutò. Paula accompagnò fuori di casa i tre figli, ciascuno con lo zaino in spalla e un borsone da viaggio. Salirono in fretta sull'auto e partirono veloci dietro quella dell'agente. Nessuno si accorse di loro. Un paio di chilometri fuori città, la volante svoltò nel parcheggio di un minimarket. Paula la salutò con un colpo di clacson e non rallentò più. Non aveva idea di quando sarebbe tornata.

Aveva passato la notte a letto con il portatile acceso, senza perdere tempo a infilarsi il pigiama e senza alcuna intenzione di dormire. La vicenda sembrava ingigantirsi, benché nelle ultime ventiquattr'ore non fosse venuta a galla nessuna novità. Notiziari e testate riproponevano sempre le stesse notizie e riciclavano sempre le stesse ipotesi. La faccia di Simon era sull'homepage di tutti i più importanti quotidiani online, e stava per raggiungere quelli cartacei. Un caso così sensazionale non si poteva ignorare. Quando Paula vide il titolo di un quotidiano dell'Oregon che strillava *Avvocato della Virginia arrestato dopo aver avvelenato una sua ricca cliente*, capì che ogni speranza di imparzialità era vana. Non c'era più la minima prudenza, il minimo senso della misura, nessuno seguiva più le regole di una volta. Ma quali regole? Fino a poco tempo prima, qualunque giornale rispettabile avrebbe cercato di controllarsi e parlato di "presunto colpevole". Ora non più. Ormai Simon era stato beccato e condannato.

I commenti dei lettori erano, mediamente, così cattivi e feroci che Paula si costrinse a non leggerli. Passò ore intere, quella notte, a rispondere a tanti accorati messaggi dei loro amici. Parlò al telefono con il suo capo e lo informò che si prendeva una settimana di ferie. Non vedeva l'ora di andarsene da Braxton.

Grazie al cielo i suoi tre figli si addormentarono dopo pochi minuti, e mentre guidava cercò di godersi la solitudine senza preoccuparsi che qualcuno la spiasse. Le dispiaceva per Simon, ma al momento non poteva fare nulla per lui.

Il capo della polizia arrivò ad assumere il comando della situazione e mandò a chiamare il detenuto. «Senti, Simon» gli disse quando lo vide entrare nella sala visite. «Oggi è pieno di gente e di fotografi. Raymond mi ha chiesto un grosso favore e ho acconsentito. Visto che sarebbe imbarazzante per te presentarti in tribunale con la tuta arancione, levatela e rimettiti questi.» Indicò i jeans e la giacca.

«Grazie, capo.» Simon sembrava davvero grato, ma in tutta sincerità avrebbe voluto chiedergli per quale motivo nella sua prigione si usavano quelle tute di un arancione così sgargiante.

Presto arrivarono tanti altri agenti. Era un'occasione di quelle importanti, e il capo intendeva dare una dimostrazione di forza. Simon avrebbe voluto domandargli perché. La vittima era un'anziana donna senza famiglia e con poche amiche. Dov'era il rischio per la sicurezza? Di chi avevano paura i poliziotti?

Fuori dal carcere, un branco di segugi in attesa sfoderò le macchine fotografiche non appena vide uscire i primi agenti. Qualcuno non resistette alla tentazione e strillò banalità come: «Ehi, Simon, quanti soldi ci sono nell'eredità?» e «Ehi, Simon, dove ti sei procurato il tallio? Negli Stati Uniti è illegale».

Il furgone era parcheggiato a quattro o cinque metri dalla

porta posteriore della prigione e Simon ci salì a testa bassa. Due motociclette e una volante gli facevano strada, un'altra auto lo seguiva. Simon sarebbe potuto andare in tribunale a piedi in cinque minuti, ma era necessario fare un piccolo corteo. Imboccarono Main Street per farsi vedere da tutti, poi fecero il giro della piazza. Simon, seduto ben dritto, guardava fuori dal finestrino. Peccato che fosse ammanettato, altrimenti avrebbe salutato gli spettatori.

Protetto dalla stessa scorta entrò nel palazzo di giustizia da una porta di servizio e ignorando il pubblico. L'aula era piena, e non gli andava di incrociare lo sguardo di nessuno. Si sedette vicino al banco della giuria guardandosi i piedi, affiancato da due poliziotti. Raymond si chinò a bisbigliargli qualcosa. Quando la giudice Pointer finì di leggere alcune carte, lo chiamò. Lui e Raymond si avvicinarono allo scranno. Simon strinse i denti e guardò la giudice dritto negli occhi, deciso a non sbattere neanche le palpebre.

«Mr Latch, del suo rinvio a giudizio ci occuperemo dopo» disse lei, altrettanto impassibile. «Al momento le priorità sono due, la prima riguarda la sua rappresentanza legale, la seconda la cauzione. L'avvocato Lassiter, a quanto mi risulta, è qui per cortesia. Continuerà a rappresentarla?»

«No. Se riesco a uscire su cauzione troverò un altro legale. Mr Lassiter mi ha assistito, pro bono, fino a oggi. È qui soltanto come amico.»

Evidentemente, Raymond era rimasto colpito dalla folla e dal numero di fotografi e giornalisti. Si annunciava il processo più importante nella storia recente di Braxton, e il suo studio non era lontano dal tribunale. Al di là dei discorsi sulle parcelle, perderselo sarebbe stato un peccato. «Vostro onore» disse. «Se a lei sta bene, continuerò a rappresentare Mr Latch finché non si rivolgerà a un altro legale. Mi indichi pure come suo avvocato di fiducia.»

Simon guardò verso destra, a testa bassa fece un cenno a Raymond e sussurrò: «Grazie». Come gli altri avvocati presenti, aveva capito benissimo che Raymond Lassiter voleva andare fino in fondo. Non avrebbe mai permesso a un collega di invadere il suo territorio.

«Andiamo avanti» disse la giudice. «Avvocato Lassiter, ha qualcosa da dire riguardo alla cauzione?»

«Una cosa sola, Vostro onore. Il mio cliente esercita come avvocato in questa città, e in questo tribunale, da ormai quasi diciannove anni. La comunità lo conosce benissimo. È proprietario di un immobile adibito a ufficio in Main Street. Accetta di consegnare il passaporto e non uscirà dai confini statali senza il permesso della corte. Non è a rischio di fuga, e chiedo che sia scarcerato senza cauzione.»

«E per lo Stato, procuratrice Cook?»

La Cougar era ben consapevole che, almeno per il momento, l'opinione pubblica era fortemente avversa all'imputato. «Vostro onore, visto che stiamo parlando di omicidio premeditato, fissare una cauzione mi sembra il minimo. Nel caso di Mr Latch, come di qualsiasi altro imputato per un crimine così serio, non può che essere una somma importante. Non è giusto riservargli un trattamento di favore soltanto perché è avvocato. Scarcerarlo senza cauzione darebbe il messaggio sbagliato al resto della comunità.»

Raymond prese la palla al balzo: «Vostro onore, una cauzione non serve a mandare messaggi alla comunità. Il suo scopo è garantire che l'imputato si presenti in aula a difendersi dalle accuse. Né più, né meno. Lei, procuratrice Cook, è davvero convinta che Simon Latch lascerebbe la città e sparirebbe?».

Simon Latch stava sognando di lasciare la città e sparire salendo sul primo autobus e scendendo da qualche parte in Canada.

«È successo anche di peggio» rispose Cook. «Non avrei mai immaginato di vederlo sotto processo per omicidio.»

La giudice Pointer alzò le mani. «Va bene, va bene, procuratrice Cook, mi proponga una cifra» disse.

«Cinquecentomila.»

«Avvocato Lassiter?»

Stava per dire "Zero", ma non lo avrebbero preso sul serio. «Centomila.»

«Bene, i termini sono questi, Mr Latch. Lei consegnerà il passaporto e, usando il suo immobile come garanzia, verserà una cauzione di importo pari a trecentomila dollari.»

Simon annuì come se avesse le tasche piene di soldi, ma in realtà avrebbe voluto mettersi a urlare.

Venne il momento di fissare il calendario delle udienze, e ci fu un andirivieni di avvocati. A un certo punto, la giudice, spazientita, chiese il silenzio. «D'accordo» disse. «Ci vediamo giovedì alle nove in punto. C'è altro da discutere?»

Entrambi i legali fecero segno di no con la testa. Simon fu scortato fuori dall'aula dopo esserci rimasto meno di un quarto d'ora. La giudice Pointer diede un colpo di martelletto e scese dallo scranno. Per qualche istante gli spettatori rimasero immobili, come in attesa che lo spettacolo riprendesse. Quando capirono che era finito, si alzarono lentamente e raggiunsero le uscite.

Raymond seguì Simon fuori dall'aula e chiese agli agenti di poter parlare con il suo cliente. Simon, in manette, ebbe il permesso di andare con lui. Si spostarono nella biblioteca, che era sempre vuota, e chiusero la porta.

«Come stai?» chiese Raymond.

«Se non ho capito male mi servono 30.000 dollari, giusto?»

«Eh, già. Per avere il prestito dal garante che ti pagherà la cauzione. Ne conosco uno in gamba, l'ho già avvertito. Ci aspetta in carcere. Avevi detto di poterne raccattare 10.000.»

«Sì, grattandoli dal fondo del barile. Gli altri 20.000 me li presti tu?»

Raymond rise e Simon riuscì ad accennare appena un sorriso.

«Certo che no. Non sarebbe etico. L'immobile del tuo ufficio quanto può valere?»

«Raymond, ti ho già detto che tutto quello che possiedo è sotto doppia ipoteca. Forse riuscirei a spremere 10.000 dollari dalla casa, ma non è più mia. Dopo la divisione dei beni è tutta di Paula.»

«Puoi chiederglielo?»

«No. E non posso andare in banca. Nessuno mi presterebbe un centesimo, adesso come adesso. E come dargli torto.»

«Va bene. Quindi che si fa?»

«Chiamo mia madre.»

«È ricca?»

«No, ma s'inventerà qualcosa. E vorrei poter pagare anche te, Raymond, lo giuro. Metto in vendita lo studio, spero in un miracolo, e se trovo il compratore giusto magari...»

Raymond alzò una mano e scosse la testa. «Ne parliamo un'altra volta.»

All'una in punto la giudice Pointer convocò un'altra udienza, stavolta senza spettatori, e di tipo diverso. Nell'aula B piazzò due uscieri sulla porta e ordinò loro di non far entrare nessuno.

Teddy Hammer aveva presentato un'istanza con cui chiedeva la nomina di un amministratore straordinario dei beni di Eleanor Barnett. C'erano molte urgenze da affrontare, oltre alla sepoltura della defunta. Bisognava saldare le bollette in sospeso e fare l'inventario del suo patrimonio. Hammer chiedeva che l'incarico andasse al suo cliente Jerry Korsak. Jerry fu chiamato a testimoniare sotto giuramento. Cominciò subito a mentire, cercando di convincere la corte che nel corso degli anni il rapporto tra lui e Ms Barnett, ovvero "ma'", era stato molto stretto. Non avendo figli, si era sempre affidata a Jerry per i motivi più svariati.

Hammer badò che non esagerasse. La corte avrebbe sicuramente ordinato un esame dei tabulati telefonici, che avrebbero dimostrato tutto il contrario.

Clyde Korsak non era in aula e suo fratello non aveva idea di dove fosse.

La giudice Pointer era scettica. Sapeva della comparsata di Clyde nello studio di Wally e del suo arresto per aggressione, e dopo la morte di Eleanor le erano arrivate un sacco di voci. A controinterrogare Jerry non c'era nessuno, e la giudice non lo considerava un testimone affidabile. Inoltre, lei aveva già un piano.

Concluso l'interrogatorio, annunciò che nominava come amministratore straordinario il giovane avvocato Clement Gelly, un legale del posto con una buona reputazione. Diede istruzioni molto chiare: prima di omologare il testamento doveva passare ancora qualche settimana. L'atto stilato da Simon Latch e firmato dalla defunta sarebbe rimasto in sospeso fino a ulteriori indicazioni. Nel frattempo, l'avvocato Gelly avrebbe badato a saldare le spese e inventariare i beni. Il fascicolo sarebbe rimasto, secretato, sulla scrivania della giudice.

Nel pomeriggio Raymond passò dal carcere a informare Simon che c'era un nuovo amministratore. La mossa lo incuriosì, ma aveva preoccupazioni ben più urgenti. Voleva uscire di galera e dalla città, e andare a trovare i suoi figli.

Quando Raymond se ne andò, Simon telefonò a Paula e le parlò per mezz'ora. Lei e i ragazzi erano a casa dei nonni, a Richmond, e si sentivano al sicuro, lontani da chi li avrebbe importunati. Lui le riferì l'udienza di quella mattina e i dettagli della procedura di cauzione, e lei non gli offrì nessun sostegno economico. Simon non lo chiese. Come se non bastasse vivere da madre single, Paula temeva di perdere il lavoro. I suoi genitori erano quasi in pensione. Avevano lavorato sodo e risparmiato religiosamente per mettere da parte un fondo che era off limits.

Piuttosto che chiedere aiuto a loro, Simon sarebbe marcito in prigione.

37

Per quanto riguardava sua madre, la situazione non era meno complessa. Era sposata da molti anni con Arn, il suo secondo marito. Anni infelici, secondo Simon. Arn era una persona complicata, che non aveva mai cercato di renderle la vita più facile. Simon non aveva mai legato con lui. Era un tipo tosto, ex proprietario di un'impresa edile specializzata in coperture e riparazioni dei tetti, e probabilmente aveva dei soldi da parte in banca. Lui e la madre di Simon possedevano una bella casa nel sud della Virginia, dalle parti di Roanoke. Il problema era che tutti i loro beni erano in comunione. Sua madre non aveva un conto corrente intestato soltanto a lei. Quando Simon le spiegò che gli servivano 20.000 dollari per uscire di prigione, si agitò molto e rispose che avrebbe fatto tutto il possibile per aiutarlo. Arn non fu altrettanto comprensivo. Quando sua madre glielo passò, Simon gli chiese il prestito e promise di rimborsarlo non appena fosse riuscito a vendere lo stabile dello studio. Se avesse chiesto venti milioni sarebbe stato lo stesso. Arn restituì il telefono alla moglie e Simon lo sentì borbottare in sottofondo. Lei promise che gli avrebbe parlato e si sarebbe fatta viva l'indomani.

Conoscendo Arn, in quei giorni stava leggendo gli articoli di giornale sul casino combinato da Simon e si era convinto che sarebbe finito in carcere. I soldi, quindi, non li avrebbe mai restituiti. La telefonata era stata un disastro e peggiorò una giornata già pessima, se possibile.

Durante la sua quarta notte in prigione, Simon riuscì a leggere metà di un romanzo. Cercò di convincersi che sarebbe sopravvissuto al carcere, adesso che lo shock era stato assorbito. Si sentiva al sicuro. Loomis gli aveva spiegato che c'era un'altra ala, con i casi più difficili, ma nella loro la situazione era tranquilla. Il capo manteneva una disciplina ferrea, e la violenza, o la sua minaccia, era punita severamente. Era una prigione corretta, senza troppe regole, e i secondini erano persone vere che cercavano di dare una mano. In tutta onestà, tra l'altro, per ora a Simon andava benissimo trovarsi lontano da riflettori e pettegolezzi. Gli dispiaceva per Paula e per i ragazzi e sperava di rivederli al più presto. Riuscì persino a dormire qualche ora senza interruzioni.

Alle nove del mattino seguente, sua madre non aveva ancora richiamato. Simon si sentiva da schifo per aver scatenato una lite come minimo furiosa tra lei e Arn, però non aveva scelta. Era fiducioso che lei potesse avere la meglio e riuscisse a convincere il marito a dargli una mano. Diamine, il suo unico figlio era in carcere e si trattava di un'emergenza.

Raymond passò a metà mattina e discussero del progetto di vendere lo stabile dello studio. Parlarono di vari agenti immobiliari della città, pochi dei quali ispiravano fiducia. Una vendita del genere, ammesso e non concesso che qualcuno fosse interessato a comprare, avrebbe richiesto giorni, se non settimane. Per prima cosa bisognava far valutare l'immobile, poi pubblicare l'inserzione, poi aprire alle visite, e così via. Un procedimento lungo e macchinoso, e Simon ne era consapevole.

Ogni pomeriggio i detenuti potevano stare due ore nel Buco, una sala ricreazione con televisore, biliardo, scacchiere e un mucchio di vecchie riviste. Simon si stava facendo nuovi amici a destra e a manca, quasi tutti debitamente colpiti dal fatto che tra loro ci fosse un avvocato. Alcuni gli chiedevano assistenza legale, ma rimanevano delusi sentendogli spiegare che lui era specializzato in diritto fallimentare. Quel martedì, a fine pomeriggio, mentre giocava a scacchi con Loomis, un secondino lo avvertì che c'era una telefonata per lui. Simon era sicuro che fosse sua madre con buone notizie e corse a rispondere. Non era sua madre. Una voce familiare gli chiese: «E insomma hai finalmente trovato il posto giusto per te, eh, Latch?».

«Ciao, Spade. È quasi bello sentire la tua voce.»

«Ti sei messo in un gran casino, eh?»

«Puoi dirlo forte.»

«Eh, già. Senti, c'è qualcuno che ascolta la telefonata?»

Nel mondo di Spade, c'era sempre qualcuno che ascoltava o aveva addosso una cimice. Simon presumeva che in prigione le telefonate fossero sicure, però non ne aveva la certezza. «Ovviamente no. È anticostituzionale ascoltare le telefonate dei detenuti» rispose.

«E tu ci credi? Senti, stamattina mi ha chiamato Chub. Il locale è chiuso per ristrutturazione, ma lui è in giro ed è un po' preoccupato. Ha letto i giornali, mi ha chiamato e mi ha detto di salutarti.»

«Sono commosso.»

«E fai bene. Senti, Chub pensa che sei stato tu a far sloggiare i federali. Non so se è vero, però dopo che gli hai fatto la soffiata lui ha lasciato la città. Adesso pare che l'indagine si sia sgonfiata, no? Vuole sapere se ti può aiutare in qualche modo.»

«Eccome se può. Mi può prestare 20.000 dollari per la cauzione.»

«Caspita, 20.000.»

Quella somma non era niente per Chub. «Digli che quando riesco a vendere l'immobile del mio studio glieli restituisco. Fino all'ultimo centesimo.»

«Gli piaci, per qualche motivo. Pensa che sei un tipo perbene.»

«Infatti lo sono, a dispetto della mia attuale situazione. Anzi, digli che gli vendo lo stabile a un prezzo onesto, mi serve giusto il necessario per uscire di qui. A lui piace investire in immobili.»

«Eccome, sì. Vedrò cosa riesco a fare.»
«Grazie, Spade.»
«Ti richiamo domani.»

Tillie arrivò a fine pomeriggio ed ebbero il permesso di incontrarsi nella sala colloqui degli avvocati. Lei aveva portato una stampata dei loro attuali casi di bancarotta e il calendario delle udienze di Simon in tribunale. Anche se avesse pagato la cauzione e fosse stato libero di circolare, non riusciva a concepire di entrare in un'aula giudiziaria nemmeno per una questione di routine.

Dopo qualche minuto, Tillie ebbe un crollo emotivo. «Che cosa ti succederà, Simon?» chiese. «È assurdo, incomprensibile.»

Lui rifletté un momento. «Onestamente non lo so, Tillie» rispose. «Sembra che sarò costretto a vendere tutto per uscire di qui, ed è solo l'inizio. Al processo mancano ancora mesi. Non so proprio cosa succederà. Sul breve termine non mi vengono in mente motivi per essere ottimista.»

«Quindi lo studio chiude?»

«Probabilmente sì. Anche se mantengo l'immobile, sarebbe impossibile esercitare. Il mio nome è infangato. Non voglio neanche sapere che cosa senti in giro.»

«Niente di buono.»

«Mi danno tutti per colpevole, eh?»

Lei annuì, imbarazzata. «È orribile» disse asciugandosi gli occhi. «Ho persino paura di avvicinarmi all'ufficio.»

«Non andarci.»

«Non voglio lasciare la città, ma dove vado?» Cominciò a singhiozzare, le tremavano le mani. «Scusami. Mi ero ripromessa di non farlo.»

In dodici anni l'aveva vista piangere soltanto due volte, entrambe nell'ultimo mese. Non si erano mai concessi di avere un rapporto più stretto, soprattutto perché lei era stata ferita da altri uomini.

Tillie deglutì e disse: «Allora immagino che dovrò cominciare a cercarmi un altro lavoro».

«Non così in fretta. Facciamo passare questa settimana,

vediamo se riesco a uscire. Lavoreremo insieme e cercheremo di sistemare i fascicoli. Adesso ho bisogno di te, Tillie.»
Lei riuscì a sorridere. «Okay.»

Dopo lei sei del pomeriggio non erano ammesse telefonate, ma Simon voleva disperatamente uscire e i secondini lo sapevano.

Aveva bisogno di chiamare sua madre, e alla fine il custode disse di sì. Simon aspettò fino alle otto, sperando, ovviamente, che fosse lei a cercarlo. Non fu così, quindi compose il numero. Rispose Arn, in tono burbero.

Nessuno dei due era dell'umore di chiacchierare amabilmente. Quando sua madre prese il ricevitore, le tremava la voce. Poi sbottò contro Arn, che evidentemente le era rimasto vicino. «Mi lasci un po' da sola, per favore?» Dopo qualche secondo una porta sbatté.

«Non vuole» disse infine. «Ci ho provato in tutti i modi, Simon, davvero. Abbiamo litigato furiosamente e adesso non lo sopporto più. Mi dispiace, ma i soldi sono su conti cointestati. Che cosa stupida, lo so, però è sempre stato lui a controllarli. Te li darei tutti, se potessi. Mi dispiace tantissimo.»

Simon la ascoltò con gli occhi chiusi. Neanche sua madre e il suo patrigno lo avrebbero tirato fuori di prigione.

«Lo lascio, Simon, te lo giuro. Stavolta lo faccio. Non ne posso più.»

«Su, mamma, calmati. Me la caverò.» L'idea che sua madre se ne andasse di casa e ricominciasse da capo a settantatré anni era difficile da mandare giù, ma al momento non poteva certo darle torto.

«No, Simon, dico sul serio. Questa è stata la goccia che ha fatto traboccare il vaso. Ho investito almeno 80.000 dollari in certificati di deposito, e sono solo miei. Lui non può toccarli.»

Quegli 80.000 dollari gli sembravano un milione. «Mamma, fa' un bel respiro. Esci a farti un giro in macchina. Per adesso lascia perdere.»

«Mi dispiace tantissimo, Simon. Continuerò a provarci.»

«Ti voglio bene, mamma. Ci vediamo presto, vedrai che riesco a risolvere tutto, okay?»

«Ti voglio bene anch'io, mi dispiace tanto.»

Simon seguì il secondino fino alla sua cella, si stese sulla branda e cercò di leggere. Ore dopo era ancora sveglio a chiedersi se aveva causato un altro divorzio.

38

Dal momento che né Chub né Spade si sarebbero mai avvicinati volontariamente a un carcere, i dettagli furono affidati allo studio di Raymond Lassiter, con l'intervento di Matilda. Chub si sentiva lanciato e aveva cominciato il nuovo anno con entusiasmo, adesso che l'FBI aveva perso interesse. Aveva grandi piani per espandere i suoi locali e le sue proprietà, facendo meno affidamento sulle scommesse clandestine. Subire un'indagine federale lo aveva fatto rinsavire. Aveva accumulato troppi beni legittimi per rischiare una lunga condanna al carcere.

Quel giovedì, Chub confermò di voler comprare lo stabile di Main Street adibito a ufficio da Simon per 41.000 dollari in più rispetto al valore delle ipoteche. Stilarono un contratto semplice, senza troppe clausole, ma come al solito le banche si presero il loro tempo. Tra le altre cose, Chub permetteva a Simon di continuare a usare lo studio per sei mesi, gratis. Simon fu entusiasta dell'accordo e sollevato di non ritrovarsi letteralmente in mezzo alla strada.

Il pagamento fu effettuato quel venerdì mattina e Simon salutò Loomis. Una settimana dopo il suo ingresso in prigione, ne uscì da uomo libero, almeno in via temporanea. Il capo si offrì di accompagnarlo al suo studio in auto, ma lui non voleva essere visto su un'altra macchina della polizia. Si avviò spedito verso Main Street a piedi, evitando le vie più affollate e imboccando persino un vicolo. La sua auto era dove l'aveva parcheggiata, intatta. In ufficio sedette a lungo alla scrivania, respirando a fondo e ricordando a se stesso che era sopravvissuto a sette notti in carcere. Aveva tenuto duro, se l'era cavata al meglio e si era persino fatto qualche amico e qualche risata. La prigione non era un problema risolto, ma ci avrebbe pensato più avanti. Quello che voleva davvero erano un cheeseburger e delle patatine fritte. Non osava mettere piede in una tavola calda della zona, perciò prese l'auto e andò a ordinare direttamente al *drive-thru* di un fast food. Mangiò alla scrivania mentre il cellulare si ricaricava.

Dopo pranzo si mise a fare qualche telefonata. Chiamò sua madre, Paula, Tillie, Raymond, Chub e Spade. Aprì controvoglia il portatile, si tenne alla larga dalle notizie e dai social e lesse le email. Ce n'erano centinaia, quasi tutte da parte di amici, conoscenti e clienti che gli facevano gli auguri e gli offrivano incoraggiamento, ma anche di qualche idiota sconosciuto che gli augurava una morte dolorosa. Contò ventisette messaggi di giornalisti. Nel complesso fu un esercizio deprimente.

Alle due del pomeriggio, come programmato, andò in auto allo studio di Raymond e parcheggiò sul retro, cosa che da quel giorno continuò a fare. Come sempre, Raymond aveva la faccia arrossata e gli occhi gonfi dopo un'altra lunga notte, ma era bello arzillo e stava battibeccando con le sue segretarie.

«Mangiamo qualcosa? Ho bisogno di pranzare» ringhiò a Simon.

L'hamburger e le patatine erano stati ottimi e sazianti, ma dopo una settimana passata a patire la fame, Simon poteva mangiare ancora. «Certo.»

«Mando una delle ragazze a prendere dei panini. Tu dovresti tenerti alla larga dai locali del centro, per un po'.»

Simon non era in cerca di consigli, ma tenne la bocca chiusa. Tese a Raymond una busta.

«Che cos'è?»

«Un pagherò, per 190.000 dollari. E un assegno da 10.000.»

«Non me lo aspettavo.»

«Hai detto che la tua parcella per un caso di omicidio di primo grado è 200.000. Ti pagherò appena posso.»

Raymond sorrise e appoggiò la busta sulla scrivania. «Abbiamo molto lavoro da fare.»
«Lo so.»

Alle quattro di quel venerdì pomeriggio, il carro funebre di Cupit & Moke si fermò vicino alla tenda bordeaux e oro che copriva una fossa scavata nel cimitero di Eternal Springs. Quattro portantini dell'agenzia di pompe funebri trasportarono la bara in finto legno fino alla tenda, dove un gruppetto di amici e vicini aspettava al freddo. Doris, ancora malconcia, si muoveva a fatica con il suo nuovo deambulatore. Jerry Korsak rappresentava la famiglia, com'era suo dovere, ma non si presentò a nessuno. Un anonimo sacerdote sbrigò le formalità, disse una preghiera, lesse alcuni passi dalla Bibbia, recitò un'altra preghiera e gettò una manciata di terra sulla bara di una donna che non aveva mai incontrato.
Eleanor Barnett era finalmente stata sepolta, integra.

Lasciarsi Braxton alle spalle non lo aveva mai reso euforico quanto ora. Riusciva quasi a sentire il sapore e il profumo della libertà. Si rifiutò di guardare nello specchietto retrovisore. Non c'era nessuno.
Dopo sette notti in carcere, Simon aveva stabilito fermamente che non sarebbe mai più finito dentro. Se la sfortuna avesse continuato a perseguitarlo, e se un giorno fosse stato costretto ad affrontare una lunga condanna, sarebbe scappato in Brasile oppure si sarebbe gettato da un ponte.
Fece queste riflessioni per due ore, macinando chilometri. Era ormai buio quando imboccò un vialetto nella periferia ovest di Richmond. Si preparò e suonò il campanello. La porta si spalancò e i suoi tre figli gli saltarono addosso per abbracciarlo e baciarlo. Non si staccarono nemmeno mentre si sedevano sul divano in soggiorno. Paula fu abbastanza benevola da fargli una carezza sulla guancia e dirgli: «È bello vederti». I suoi genitori erano usciti per una lunga cena, quindi per un po' la famigliola dei Latch poteva starsene tranquilla. Quando la situazione si calmò, Simon andò dritto al punto. Disse che non era colpevole,

che non avrebbe mai fatto del male a un'altra persona a meno che non fosse per autodifesa, che si era affezionato a Netty e non aveva nulla a che fare con la sua morte. Aveva un bravo avvocato, il migliore in città, e confidavano di vincere. Non sapeva chi avesse avvelenato Netty, ma stavano compilando una lista di sospettati. Dopo averlo arrestato, la polizia aveva smesso di indagare, come al solito, perciò trovare l'assassino dipendeva da Simon e dal suo avvocato. A prescindere dai loro sforzi, il caso sarebbe andato avanti e lui presto o tardi probabilmente avrebbe subito un processo.

Buck e Danny avevano una sfilza di domande. Janie si limitò a rannicchiarsi contro suo padre e ad ascoltare. Frequentavano nuove scuole nel distretto di Richmond e faticavano a integrarsi. Paula stava disperatamente cercando un altro lavoro, fuori Braxton. Non aveva nessuna intenzione di restare là e sottoporre i ragazzi a nuove umiliazioni.

Arrivarono le pizze e la famiglia si riunì a cenare attorno a un tavolino in salotto. Buck trovò un vecchio western sulla tivù via cavo e i ragazzi si misero a mangiare e a guardare il film in silenzio. Dopo un'ora, Simon e Paula sparecchiarono e uscirono. Mentre passeggiavano lungo la via, lei gli chiese: «Allora, come si sta in prigione?». Fecero entrambi una risatina.

«Pensavo peggio.»

«Niente bande, niente violenza, ottima cucina.»

«Proprio così. Il capo la fa funzionare bene, ma non ho intenzione di tornarci. Sette giorni mi sono bastati.»

«Spero che tu abbia ragione.»

«Quanto ti fermerai qui?»

«Non molto. Il lato negativo di tornare a vivere con i tuoi dopo vent'anni è che di colpo ti trovi di fronte a tutti i capricci che avevi dimenticato, e che nel frattempo sono diventati molto più fastidiosi. Suppongo che sia così perché ci dimentichiamo il brutto e ci teniamo stretto il buono. Vogliamo bene ai nostri genitori e desideriamo che siano persone dalle mille risorse, ma a volte mostrano di non esserlo.»

Simon non aveva mai considerato i suoi genitori persone dalle mille risorse. «Mia madre vuole chiedere il divorzio» disse.

«Avrebbe dovuto lasciare Arn anni fa.»

«Non avrebbe mai dovuto sposarlo. Non si era ancora ripresa da una grossa delusione, di quelle davvero toste. La goccia che ha fatto traboccare il vaso sono stati i soldi. Li avrebbe anche avuti per aiutarmi a uscire di prigione, ma tutti i suoi conti sono cointestati con Arn. Non ha potuto toccarli, perché lui ha detto di no. Vedendo che non cedeva, lei gli ha dato un ultimatum, e poi se n'è andata.»

«Sono fiera di lei.»

«Le sei sempre piaciuta.»

«Cambiamo argomento.»

Svoltarono in un'altra strada e continuarono a passeggiare. «Che progetti hai?» le chiese lui.

«Sto cercando di districarmi, come puoi immaginare. Non posso stare qui. I ragazzi vanno in una scuola nuova perché sono costretti, no? Ma quando troverò un lavoro mi toccherà sballottarli da un'altra parte.»

«Tornare a casa è escluso?»

«Sì, nel modo più assoluto. Mi sa che non ti rendi conto di quanto è tremenda la situazione. La stampa ti ha praticamente fatto a pezzi. Avvocato avido seduce ricca vedova e la avvelena. A Braxton non c'è quasi nessuno che la pensi diversamente.»

«Sempre schietta, tu, eh?»

«Forse un po' di schiettezza ci vuole, con te.»

«No. Lo so bene che la situazione è pessima, credimi. Hai già una vaga idea di dove andare?»

«Non lo so. Passo le giornate al telefono e al computer a cercare un lavoro, qualche prospettiva c'è.»

Passeggiarono a lungo in silenzio finché non ebbero freddo. Quando arrivarono all'auto di lui, Paula disse: «Sono quasi le dieci. I miei tornano tra poco. Vuoi entrare a salutarli?».

«Domani. Ti spiace se porto i ragazzi a mangiare i pancake?»

«Saranno felicissimi.»

Si registrò in un albergo vicino al campus della Virginia Commonwealth University e andò dritto al bar. Landy lo aspettava dietro un séparé buio, l'angolino perfetto per un incontro. L'aveva chiamata durante il tragitto. Lei si aspettava un altro venerdì sera solitario, mentre il marito dava la caccia a qualche cattivo in Florida.

Parlarono di lui per un paio di minuti. Lei gli diede la notizia che, nientemeno che la sera di Natale, avevano deciso di comune accordo di separarsi pacificamente e andare ognuno per la sua strada. Del loro matrimonio non era rimasto nulla, e per fortuna non c'erano figli per cui accapigliarsi.

Poi parlarono della prigione. Da veterana dell'FBI abituata a sbatterci i malviventi, la incuriosiva sapere com'era. Simon minimizzò e si rifiutò di lamentarsi.

«Questa non è una conversazione ufficiale, okay, Landy? Tu non sei un'agente e io non sono un avvocato. Ora siamo solo due vecchi amici.»

«Amici e amanti» precisò lei con un sorrisetto malizioso.

Il cuore gli batté più forte, ma Simon si controllò. Le raccontò i fatti per come li conosceva. I risultati dell'autopsia, i referti tossicologici, le sue visite all'ospedale, quelle degli altri, quantomeno quelle di cui sapeva. Fece il nome di alcuni possibili sospettati e descrisse sia il suo testamento sia quello di Wally.

Dopo che ebbero ordinato un altro giro di drink, Simon disse: «Ho bisogno del tuo aiuto. Non ho fatto niente, okay?».

«Lo so, Simon. Non ho mai creduto che fossi stato tu.»

«Grazie. Non sono stato io, ma qualcuno ha avvelenato i biscotti allo zenzero. Hai mai sentito parlare del tallio?»

«Può essere, forse durante l'addestramento.»

«Comunque, devo indagare e mi serve il tuo aiuto. Per quanto riguarda la polizia, l'indagine è chiusa. Hanno il colpevole. Hanno chiuso il fascicolo e l'hanno consegnato alla procuratrice. Fine.»

«Non so, Simon. Abbiamo il divieto assoluto di svolgere indagini in privato. Non possiamo fare un secondo lavoro. Abbiamo abbastanza casi per conto nostro.»

«Lo capisco, ma devi aiutarmi a rintracciare il veleno. Non

ho i soldi per assumere un investigatore privato, né li ha il mio avvocato. Diamine, riesco a malapena a pagarlo. Io mi occupo di fare un po' di ricerche a Braxton: in ospedale, tra le infermiere, gli operatori sanitari, i custodi, i fioristi. Posso gestire quella parte dell'indagine, però senza aiuto non sono in grado di capire da dove proviene il tallio. È illegale da trent'anni. Da dove è arrivato, e come ce lo si procura?»

«Fammici pensare» rispose lei, controvoglia.

Arrivarono i drink. Lei sorseggiò del vino e lui tracannò...

«Vogliamo parlare dei nostri divorzi?» chiese lei con un sorriso.

«Prego.»

«Bene. Dopo che hai chiamato ho fatto un bel bagno, mi sono depilata le gambe, ho scelto la lingerie più striminzita che ho e mi sono preparata per la serata.»

«Stai benissimo.»

«E aspetta di vedere la lingerie. Adesso ce ne andiamo in camera, Simon, e non accetto che tu mi dica di no.»

«E chi dice di no?»

39

Raymond convinse la giudice Pointer a saltare l'udienza pubblica di rinvio a giudizio permettendo a Simon di presentare una dichiarazione scritta di non colpevolezza. In fondo si trattava di una formalità e, data la folla colpevolista che si era già radunata in occasione dell'udienza per la cauzione, Raymond preferì evitare altro clamore. La dichiarazione di non colpevolezza fu registrata e a quel punto il processo "Stato della Virginia contro Simon F. Latch" poteva essere calendarizzato. Convinti che temporeggiare non fosse una tattica vantaggiosa, Simon e Raymond chiesero di poter accelerare il più possibile i tempi. Cora Cook non era nella posizione di opporsi. Da procuratrice non poteva certo rifiutarsi di perseguire i criminali con aggressività. Lei per prima aveva forzato la mano quando si era trattato di ottenere il rinvio a giudizio dal gran giurì, e chiesto una cauzione sproporzionata nel tentativo di tenere Simon in prigione. Non poteva mostrarsi debole, né era mai stata incline a farlo. Gli elettori non si aspettavano niente di meno. Acconsentì a dare la massima priorità al processo e presentò insieme alla difesa un'istanza per chiedere che fosse celebrato rapidamente. La giudice Pointer fu felice di accontentare entrambe le parti e fissò la data della prima udienza il 23 maggio.

In realtà, al momento quello di Simon era l'unico caso

di omicidio a Braxton, e la città non aveva mai vissuto tanto clamore. I giornalisti ficcavano il naso ovunque in cerca di prospettive inedite. A ogni avvocato in città era stato chiesto un commento, ma quasi tutti si erano rifiutati di rispondere. Due programmi di *true crime*, in teoria da Hollywood ma in realtà da Reno e St Paul, entusiasmarono la gente del posto con i loro rimorchi pieni di attrezzatura e telecamere ingombranti. Cosa stessero filmando era un mistero per tutti. Almeno due volte al giorno un inviato della tivù con una troupe al seguito si piazzava all'estremità di Main Street e riprendeva lo studio di Simon, sempre chiuso. Dietro la porta c'era Tillie, sulle spine. Stava monitorando la storia sui giornali e online, e il suo album di ritagli si riempiva in fretta. Simon non aveva nessuna voglia di guardarlo.

"Avvistarlo" era difficile, perché non usciva quasi mai dall'ufficio. Spiava dalle tapparelle al piano di sopra e vedeva spesso i giornalisti fare la posta nel vialetto. Era isolato, depresso, spaventato per il processo e il suo futuro. Mangiava di rado e Tillie lo apostrofava perché continuava a dimagrire, mentre lei era sempre più in forma.

Trascorreva ore alla scrivania a scrivere a mano – niente al computer – e a compilare i suoi appunti sugli ultimi giorni di Netty. Li analizzava uno per uno, quasi ora dopo ora, con tutti i dettagli che riusciva a ricordare. I movimenti di lei, i suoi, l'incidente in auto, i viaggi all'ospedale, chi altro c'era, chi erano i medici e le infermiere e via dicendo. Netty era stata ricoverata il 17 dicembre ed era morta mercoledì 30. Per ogni giorno stilò un elenco di fatti e persone e chiese a Tillie di controllare anche la sua agenda e le sue telefonate. Era stata in ospedale tre volte, per fare visita a Netty e portarle i brownie. Le aveva anche portato i maledetti biscotti allo zenzero che Simon aveva comprato da Tan Lu. Chi aveva visto in ospedale? Si era registrata alla reception, com'era prassi? La prima volta sì, le altre due no. L'ospedale non era rigido riguardo alle visite mattutine.

I lunghi giorni cupi di gennaio furono seguiti da giorni persino peggiori a febbraio. Il telefono non squillava più, e per un piccolo studio legale che dipendeva dal passaparola l'attività andava troppo a rilento. Il passaparola c'era, ma non era clemente con Simon Latch.

La seconda settimana di febbraio Paula lo chiamò per dirgli che aveva trovato un lavoro promettente in una comunità residenziale per anziani di Danville, quattro ore più a sud, al confine con il North Carolina. Danville era grande più o meno come Braxton, con buone scuole e persino un piccolo college, e grossomodo il posto più lontano possibile dove andare senza uscire dalla Virginia. Aveva trovato un appartamento, lei e i ragazzi ci si sarebbero trasferiti entro qualche giorno. I suoi genitori la stavano facendo impazzire e i loro figli davano i numeri. Sì, era tutto abbastanza incasinato, ma finalmente c'era qualche progresso. Simon si offrì di aiutarla con il trasloco e lei accettò volentieri.

I non entusiastici tentativi di Landy di trovare produttori, mercati e spacciatori di veleni illegali non stavano andando bene. Finora aveva scoperto cose che sapeva già: ogni anno in America venivano contrabbandate migliaia di sostanze e composti chimici e droghe, per qualsiasi motivo e da qualsiasi punto d'ingresso. Si spendevano miliardi per cercare di fermare il flusso di cocaina, eroina e fentanyl. I veleni non erano una priorità ed era quasi impossibile rintracciarli.

Landy e suo marito avevano presentato domanda di divorzio consensuale e si erano lasciati con una stretta di mano. In quanto agenti federali professionisti, abituati a traslocare spesso, non avevano una casa di proprietà. Il contratto d'affitto del loro appartamento sarebbe scaduto di lì a pochi mesi, e Landy ci sarebbe rimasta finché non avesse trovato altro. Simon divenne suo ospite fisso. Stare lontano da Braxton gli piaceva quasi quanto il sesso scatenato che avevano ripreso a fare. Era una specie di flashback di vent'anni prima, quando quelle loro attività extracurricolari assorbivano anche il tempo che avrebbero dovuto dedicare allo studio.

Ma non avevano più vent'anni, e dopo qualche settimana i bollenti spiriti si raffreddarono. Si resero conto che c'era un motivo se la loro vecchia relazione non era sopravvissuta fuori dalla camera da letto. Verso fine febbraio Landy lo sorprese comunicandogli che sarebbe stata via un mese per un incarico di cui non poteva parlare.

In un giorno nevoso di inizio marzo Tillie entrò nell'ufficio di Simon e si sedette. Era visibilmente turbata e andò dritta al punto. «Penso che per me sia arrivato il momento di cambiare.»

Simon posò il contratto su cui stava rimuginando e disse: «Okay».

«In coscienza non posso continuare a essere pagata se abbiamo così pochi soldi e il lavoro è ridotto quasi a zero. Ci prendiamo in giro, Simon, se pensiamo che le cose miglioreranno. Sono io che aggiorno i conti. Vedo le entrate, so quanto sono misere. A questo punto tanto varrebbe staccare i telefoni. La porta è sempre chiusa a chiave, e se qualcuno viene a bussare di solito è un giornalista. Riceviamo almeno un paio di chiamate minatorie al giorno da idioti che ti vogliono vedere morto. Non ce la faccio più.» Si asciugò gli occhi.

«Che cosa farai?»

«Lascio la città, cerco lavoro da qualche altra parte.»

«Okay. Idee?»

«Forse. Ho una cara amica a Sarasota, un'ex compagna di scuola. Dice che lì il lavoro non manca e che posso stare da lei per qualche mese. Qualcosa troverò.»

«Quindi siamo arrivati alla fine.»

«Temo di sì. Ricorderò sempre con affetto questi giorni, Simon, almeno quelli buoni. Di brutti non ce ne sono stati molti.»

«Sei stata magnifica e mi dispiace vederti andare via.»

«Lo so. E so che se avessi i soldi per pagarmi e lavoro da fare rimarrei per sempre, però siamo a questo punto. Sono davvero preoccupata per te, Simon.»

«Grazie. Purtroppo le cose di cui preoccuparsi sono parecchie.»

Rimasero in silenzio a lungo fissando le pareti e ricordando i giorni felici. Tillie si tamponò gli occhi con un fazzoletto e anche a Simon venne voglia di piangere. «Me ne vado venerdì» disse lei alla fine.

«Puoi sempre tornare, lo sai?»

«Vorrei poterci credere, Simon, non sai quanto.»

Si alzarono e si abbracciarono per la prima volta, poi si abbracciarono di nuovo, e fu l'ultima.

40

Mentre Simon era concentrato sui suoi problemi penali e la giudice Pointer si rifiutava tenacemente di discutere la complicata eredità di Eleanor Barnett, Teddy Hammer perfezionava in silenzio il suo ambizioso piano. L'idea era di impugnare il testamento redatto da Latch accusandolo di circonvenzione d'incapace. Se lo avessero condannato per omicidio, Simon sarebbe rimasto a lungo fuori gioco e il suo testamento avrebbe perso ogni valore. Se invece, contro ogni pronostico, lo avessero assolto, sarebbe scoppiata una grossa battaglia legale attorno alla sua condotta come avvocato della defunta. Teddy era pronto ad accusare di circonvenzione d'incapace anche Wally Thackerman, che di sicuro, davanti a una minaccia di denuncia all'ordine per condotta immorale, si sarebbe fatto da parte.

Tolti di mezzo gli altri due avvocati e i loro testamenti, Teddy avrebbe svelato il suo segreto. Simon e Wally non avevano mai scoperto che c'era un terzo testamento, firmato da Harry Korsak nel 1988.

Secondo Jerry Korsak, che ne aveva una copia, suo padre aveva deciso di lasciare tutto a Eleanor in qualità non di erede ma di amministratrice del suo patrimonio, che alla morte di lei sarebbe stato suddiviso tra Jerry e Clyde. Harry non ne aveva mai parlato con la moglie perché i rapporti tra lei e i figliastri erano pessimi, e per questo, all'epoca, Eleanor non aveva firmato nessun documento simile a quello del marito.

Teddy aveva imparato presto a dubitare di quasi tutto quello che gli raccontava Jerry, e sulle prime non gli aveva creduto. Invece, con poche e semplici indicazioni il testamento di Harry cercava davvero di tutelare Jerry e Clyde alla morte di Eleanor. Purtroppo, però, lo si poteva considerare un esempio quasi cristallino di negligenza professionale da parte dell'ormai defunto avvocato che lo aveva redatto. In sostanza garantiva anni di contenziosi. Per esempio, Harry aveva mantenuto la comunione dei beni con Eleanor ma allo stesso tempo aveva cercato di metterli in un fondo fiduciario dalle caratteristiche poco chiare. Non si capiva, poi, perché alla morte di Harry il suo testamento non fosse stato omologato. Secondo Teddy, Eleanor non ne sapeva nulla, e grazie alla comunione dei beni non aveva dovuto far omologare da un giudice nessun atto di successione. Nemmeno Simon e Wally erano al corrente del vecchio testamento. Come avrebbero potuto? C'erano molte domande senza risposta, ma il succo era che Clyde e Jerry erano gli unici parenti di Eleanor ancora in vita. I nipoti non sapevano nemmeno che fosse morta.

La questione più urgente riguardava il patrimonio. Che cosa c'era nell'eredità di Eleanor? Parecchio, secondo Jerry. Suo padre aveva posseduto azioni ordinarie Coca-Cola e Walmart, questo era certo, e a sentire lui erano tantissime, per un controvalore assurdo. Prima di investire centinaia di ore di lavoro, Teddy doveva essere sicuro che ci fosse in gioco un patrimonio importante. Altrimenti non ne sarebbe valsa la pena. Per indagare si fece amico Clement Gelly, il giovane e coscienzioso legale che era stato nominato amministratore dei beni della defunta. Gelly avrebbe preferito di no, ma la giudice Pointer si fidava di lui e glielo aveva chiesto come favore personale.

Teddy convinse Clement a fare un viaggio insieme. Ottenuta la tacita autorizzazione della giudice Pointer, volarono ad Atlanta a spese di Teddy e presero una stanza in uno splendido hotel del lussuoso quartiere di Buckhead. Teddy aveva scoperto chi era Buddy Brown, il dirigente della società di consulenza finanziaria Rumke-Brown che, ai tempi, aveva assistito Harry Korsak. I suoi due tentativi di parlargli per telefono, tuttavia, erano andati a vuoto.

Buddy era al corrente della morte di Eleanor e dello scandalo in cui era coinvolto il suo avvocato a Braxton, in Virginia. Anzi, aveva anche un fascicolo con gli articoli dei giornali e seguiva le chiacchiere online. Sapeva che prima o poi sarebbe stato coinvolto, e quando l'amministratore dei beni della defunta, un certo Clement Gelly, gli chiese un appuntamento, intuì che non poteva dirgli di no.

Mentre Teddy lo aspettava cincischiando in albergo, qualche isolato più in là Clement raggiunse in taxi un palazzo di uffici popolato da professionisti e aziende che sembravano non voler dare nell'occhio. La sede della Rumke-Brown, al pianterreno, dava l'idea di un posto lussuoso ma discreto. Lo stile degli arredi era minimalista, con quadri d'arte contemporanea alle pareti e strane statue di bronzo sui tavolini. L'atmosfera era tranquilla, ovattata, con una musica bassa in sottofondo. La reception non esisteva, perché lì si entrava soltanto su appuntamento e le improvvisate erano sgradite. Un assistente andò incontro a Clement e lo accompagnò fino a un grande ufficio d'angolo, dove Buddy Brown lo aspettava sorridente.

Anche la pagina web dell'azienda era minimalista, e diceva poco o nulla. Citava pochi soci e una decina di associati, tutti molto più giovani di Brown. Di lui non si sapeva l'età, ma si era laureato alla Emory nel 1962, quindi doveva avere sui settantacinque anni. Atletico, abbronzato, pimpante, pronto alla prossima partita di tennis. Niente sport da pensionati. L'assistente servì caffè e acqua minerale di lusso al tavolo delle riunioni. Brown si rimboccò le maniche, guardò l'orologio, ed eccolo disponibile a dedicare un'ora alla causa, qualunque fosse.

«Si è cacciato in un bel ginepraio, a quanto vedo» disse.

«Un manicomio» concordò Clement. «Io ne sarei stato alla larga, ma la giudice mi ha affibbiato l'incarico di amministratore straordinario.»

«Sì, me ne ha parlato per telefono.» Traduzione: "Andiamo al sodo". «A che punto è il procedimento?»

«Quale? Il processo per omicidio comincia il 23 maggio. Il caos del testamento è in sospeso finché non si risolve la vicenda penale. Si occupa di entrambi la stessa giudice, è lei che comanda, e guai a sgarrare.»

«E io a che titolo sarei coinvolto, ora come ora?»

«Non a titolo ufficiale. Sto solo cercando di verificare l'entità del patrimonio di Ms Barnett.»

«Okay, ieri ne ho discusso per un'ora con il nostro legale, e la mia posizione è questa. Con i defunti Harry Korsak ed Eleanor Barnett, io ho, o meglio, avevo, una relazione fiduciaria, privilegiata e protetta da vincoli di riserbo. Trattiamo così tutti i nostri clienti. Tuttavia, dopo la loro morte, diciamo che questi vincoli si sono un po' allentati. Acconsento a rilasciare una deposizione purché sia in presenza del mio avvocato. Non acconsento a testimoniare in aula, a meno che, ovviamente, non riceva un mandato di comparizione, nel qual caso mi conformerò. Che ne dice?»

«Che può andare bene.»

«Per aiutarla a fare l'inventario dei beni, comunque, ci sono cose che potrei dirle già adesso. Ma in via ufficiosa, confidenziale.»

Clement non sapeva dove fosse il confine tra ufficiale e ufficioso, ma ne avrebbe parlato subito con Teddy Hammer, a pranzo. Di certo lui non era un semplice giornalista che lavorava a un articolo, e non aveva accettato di volare fino ad Atlanta per tornare a casa a mani vuote. «Certo» disse.

Buddy cominciò dall'inizio.

Quando conobbe Harry ed Eleanor, Buddy Brown lavorava ad Atlanta come intermediario finanziario per la Merrill Lynch. Alla morte del suo primo marito, avvenuta pochi anni prima, Eleanor aveva riscosso 50.000 dollari di assicurazione sulla vita. Harry lavorava per la Coca-Cola e aveva appena ottenuto i requisiti per accedere al piano di acquisto di azioni riservato ai dipendenti. Investirono tutti i loro soldi in quote e continuarono ad accumularne, per qualche anno. Erano persone parsimoniose, sempre attente a fare economia, e per trent'anni comprarono tutte le azioni Coca-Cola che potevano permettersi. Poi, con la stessa strategia, aggiunsero le azioni Walmart.

Nel corso degli anni entrambe le aziende crebbero e frazionarono diverse volte le loro azioni. Il gruzzoletto dei Korsak divenne una fortuna. Attorno al 1990 decisero di scialacquare per farsi una vacanza su un'isoletta semisconosciuta dei Caraibi. Si chiamava Montrouge, nelle Indie Occidentali Francesi, vicino alla Guadalupa. L'avevano scoperta dei dirigenti della Coca-Cola, che avrebbero preferito mantenere il segreto. Era un paradiso, piccolissima ma con montagne splendide e spiagge bianche. Harry ed Eleanor se ne innamorarono e comprarono un bel bungalow per mezzo milione. Sull'isola arrivò un immobiliarista di Atlanta, che ne colse il potenziale. L'idea era di comprarla, per intero, e poi dividerla in lotti, costruirci un paio di resort e stare a guardare mentre il valore aumentava. Un po' come a Mustique. Harry, che non era più in ottima salute, ne aveva abbastanza di lavorare e cominciò a sognare un lussuoso pensionamento sull'isola. Investì cinque milioni nel progetto e costruì una casa più grande, sulla spiaggia. Il prezzo dei terreni, intanto, aumentava vertiginosamente, e l'arrivo di qualche vip lo fece schizzare alle stelle.

Una prima trattativa per vendere Montrouge a duecento milioni di dollari sfumò. Harry avrebbe incassato il quindici per cento del totale. Servirono nuovi fondi per costruire un terzo resort, e Harry ci mise altri cinque milioni. A quel punto Buddy lo invitò ad andarci piano, ma lui non ne volle sapere. I resort funzionavano, il valore degli immobili era fuori scala, ma gli investitori cominciarono a litigare e a farsi causa gli uni con gli altri per questioni di proprietà. Un gruppo cercò di comprare le quote dell'altro con un'OPA ostile. Harry si schierò con i perdenti. Poi ci fu un prestito consistente da saldare, che gli costò altri cinque milioni. Quasi tutte le sue azioni Coca-Cola e Walmart andarono in fumo, ma gli rimaneva un ricco patrimonio immobiliare. Poi, un incredibile disastro. Il 1° giugno

1999, dopo duecentoquarant'anni di inattività, il vulcano di Montrouge eruttò e fece praticamente esplodere l'isola, cancellandola dalle mappe. Tra turisti e residenti morirono più di cento persone, in gran parte disperse. Harry ed Eleanor ci erano stati appena una settimana prima. Della loro casa di lusso non rimaneva niente. Le polizze assicurative standard dell'isola proteggevano le abitazioni private e i resort da fenomeni naturali come incendi, uragani, inondazioni e simili, ma nessuna citava espressamente le eruzioni vulcaniche. I proprietari intentarono cause legali importanti, e il contenzioso si protrasse finché non si stancarono di perdere. Le compagnie assicurative vinsero ogni singola causa.

Le già precarie condizioni di salute di Harry peggiorarono ancora più in fretta. Lui ed Eleanor ebbero un esaurimento nervoso e dovettero andare in terapia. Per fuggire da quella situazione, vendettero la casa di Atlanta e si trasferirono sulle colline della Virginia settentrionale. Harry morì poco dopo il trasloco.

Una storia tristissima.

Rimaneva un solo mistero: c'erano ancora soldi? E se sì, quanti?

Per un po' Buddy aggirò la domanda, poi disse: «Su consiglio del mio legale, non posso fornirle il valore esatto delle azioni nel portafoglio. Lo farò se un tribunale me lo ordina, ma per il momento no».

La ritrosia di Buddy irritò Clement. «Okay, d'accordo» rispose «ma sto cercando di prevedere gli estremi del contenzioso, e sarebbe opportuno avere anche soltanto una vaga idea di quanto valgono le azioni di Eleanor.»

«Capisco. Al loro massimo, le azioni Coca-Cola valevano poco più di dieci milioni. Ne sono rimaste per meno di mezzo milione. Le Walmart valevano circa sei milioni, e non ce ne sono più.»

Clement riuscì a non scomporsi. «Ammetto che non è la cifra che ci aspettavamo.»

«In sostanza, meno di mezzo milione.»

Clement se ne andò dopo un'ora e mezza, tornò in hotel e trovò Teddy Hammer seduto a una piccola scrivania nella sala business.

Si accomodò sorridendo di fronte a lui e, scuotendo la testa, disse: «È tutta una bufala».

41

A un mese dal processo, la giudice Pointer fissò un'udienza a porte chiuse per discutere una serie di dettagli, il più importante dei quali era la sede del dibattimento.

Raymond era sempre stato categorico sul fatto che la si dovesse spostare da Braxton. Gli andava bene qualunque posto, purché fosse fuori dal raggio d'azione della stampa di Washington e Richmond, che umiliando e mettendo alla berlina il suo cliente sin dal giorno del rinvio a giudizio gli aveva inflitto danni irreversibili. L'unica domanda dei giornali rimasta senza risposta era: quando arriva il plotone d'esecuzione? In quarant'anni di carriera come penalista di spicco, a Raymond non era mai capitato di difendere un cliente che i suoi vicini e concittadini avevano già inesorabilmente condannato. Più di una volta la sua stessa segretaria, un'anima compassionevole, gli aveva consigliato di patteggiare.

Simon, almeno all'inizio, non era stato così sicuro di voler portare il processo altrove. Per un po' aveva obiettato che, grazie alla sua versione del testamento, praticamente tutti gli abitanti di Braxton avrebbero beneficiato della generosità di Eleanor. Il fondo fiduciario da lui creato con una mossa di grande intelligenza poteva distribuire soldi a ogni chiesa, associazione civica, banco alimentare, gruppo scout, club di giardinaggio e via dicendo. Ma soprattutto non devolveva soldi a Simon: lui doveva guadagnarseli!

Avrebbe chiesto 500 dollari all'ora e presentato parcelle consistenti, ma a Washington, a un'ora da lì, chi lavorava per i grandi studi chiedeva il doppio. Simon era convinto di poter motivare le sue fatture anche sotto giuramento e nel controinterrogatorio.

Raymond aveva ribattuto che la giuria, delle clausole del testamento, poteva anche infischiarsene. Il processo non riguardava la successione, ma un omicidio. Per strano che fosse, non sempre il movente era determinante, e non andava dimostrato. Simon era convinto che il testamento sarebbe stato la prima prova dell'accusa, e che Cora Cook lo avrebbe sventolato con enfasi davanti alla giuria per mostrare che l'imputato sognava le ricche parcelle che soltanto la morte di Eleanor Barnett gli avrebbe garantito.

Lui e Raymond ne avevano discusso per settimane, di solito a sera tardi, tra sigari e bourbon. Ma Raymond era stato irremovibile riguardo all'allontanarsi da Braxton e aveva persino minacciato di ritirarsi, uno stratagemma che di tanto in tanto usava. La difesa presentò un'istanza di trasferimento della sede processuale.

A discussioni e litigi partecipava spesso anche Casey Noland, l'ultimo arrivato nello studio di Raymond. Aveva trent'anni e per tre si era fatto le ossa come avvocato d'ufficio nei tribunali federali. La sua ambizione dichiarata era quella di diventare un dinamico, radicale, pittoresco avvocato difensore alla Raymond Lassiter. Quando studiava legge, mentre i suoi compagni sognavano i grandi studi internazionali e salari da milioni di dollari, Casey non vedeva l'ora di andare in tribunale a difendere clienti accusati di crimini terribili. Voleva salvaguardare i diritti dei peggiori assassini. Voleva affrontare giurie scettiche. Voleva essere sotto i riflettori.

Anche Casey era single e aveva orari strani. Per fare colpo su Raymond, e farsi assumere, aveva persino cominciato a bere bourbon e fumare sigari.

Prima dell'udienza, la giudice Pointer mise due uscieri alla porta dell'aula B e vietò l'ingresso al pubblico. Era stanca dei giornalisti che ronzavano attorno al tribunale e importunavano la sua segretaria. Già diverse volte aveva chiamato la polizia per liberarsi di gente alla ricerca di dettagli giudiziari scandalosi.

Cora Cook si oppose all'istanza di trasferimento perché glielo imponeva il suo ruolo, ma sapeva benissimo che celebrare il processo a Braxton sarebbe stato impossibile. Nel suo ufficio si era sempre più propensi a credere alla colpevolezza, ma per lo staff di un procuratore era normale. Nessuno era disposto a concedere a Simon Latch il beneficio del dubbio. Alla faccia della presunzione d'innocenza. Per rispetto, le sue amiche non commentavano né spettegolavano sui casi, ma sapeva che ritenevano che Simon avesse avvelenato Eleanor. Secondo il suo attuale fidanzato, condannarlo sarebbe stato un gioco da ragazzi.

Si trattava di un'udienza ufficiale ma, come faceva spesso, la giudice Pointer la affrontò nel modo più informale possibile. Gli avvocati rimasero seduti mentre, rispettosamente, si scambiavano frecciate. La giudice li interrompeva se necessario. Simon sedeva tra Raymond e Casey Noland e passava appunti a entrambi, ancora una volta grato di non aver scelto la carriera del penalista. Con Casey non era ancora entrato davvero in sintonia.

Come la maggior parte degli Stati, la Virginia autorizzava sia l'accusa sia la difesa a chiedere lo spostamento della sede processuale. Nessuna delle parti, però, poteva proporre l'alternativa. Soltanto il giudice aveva la facoltà di sceglierla.

Dopo un'ora di discussione con pochi attriti si capì che la giudice Pointer aveva già scelto. «Autorizzo lo spostamento della sede processuale» disse «riguardo al quale renderò nota la mia scelta più avanti. Sto considerando varie parti dello Stato e sono d'accordo con la difesa che il processo vada celebrato lontano da qui.»

Gli avvocati scarabocchiarono appunti. La decisione non sorprese nessuno. Simon non era entusiasta di dover passare una o due settimane in un motel da quattro soldi in una città sconosciuta, ma più stava a Braxton, più si convinceva che sarebbe stato meglio andarsene.

Poi si battibeccò sui dettagli relativi alla presentazione delle prove, e la giudice fece alle parti una predica sulle regole, che imponevano trasparenza assoluta. Quanto a correttezza su quel fronte, la reputazione di Cora Cook era eccellente. Quella di Raymond non proprio, ma in questo caso non aveva niente da nascondere.

A mezzogiorno la giudice Pointer sorprese tutti annunciando una pausa, che sarebbe durata fino alle due. All'ordine del giorno del caso "Stato della Virginia contro Simon F. Latch" non rimaneva più nulla, e gli avvocati uscirono dall'aula perplessi. Che cosa c'era ancora da dire?

Simon si impegnava molto per non farsi vedere in giro a Braxton, specialmente in centro, nei posti dove pranzavano gli avvocati e gli habitué del tribunale. Casey portò lui e Raymond in un vecchio locale di campagna dove mangiarono panini, seduti in un angolo. Era uno dei pochi ristoranti che Simon ed Eleanor non avevano provato.

Alle due in punto rientrarono in aula e attesero per un quarto d'ora che la giudice Pointer prendesse il suo posto. Strano per una come lei, che di solito era la puntualità in persona. Per prima cosa congedò la stenografa e si rivolse a Raymond, Casey, Cora e Simon in tono informale.

«Mio marito è della zona di Tidewater, che conosco bene anch'io» disse. «Ci si arriva in quattro ore, in auto. Ed è un altro mondo, diversissimo dalle Blue Ridge Mountains che conosciamo e amiamo. Ha due milioni di abitanti, distribuiti in città grosse come Hampton, Chesapeake, Norfolk, Newport News, Portsmouth. Virginia Beach è il centro più grande, ha il doppio degli abitanti di Richmond. Il quotidiano più diffuso, il "Tidewater Times", non si è occupato di questo caso. Ho trovato soltanto due articoli, mentre gli altri giornali dello Stato facevano a gara a chi strillava di più. Come forse saprete, nella zona c'è una forte presenza di militari. Norfolk è sede della più grande base navale del mondo. La popolazione è molto eterogenea, con tanta gente di passaggio. Sono sicura che trovare giurati imparziali sarà più facile. Perciò ho notificato alla Corte suprema che trasferirò la sede del processo a Virginia Beach.

Ciò non influisce sulla data d'inizio, che rimane fissata al 23 maggio.»

Bevve un sorso d'acqua e si schiarì la voce. «Inoltre, ho informato la Corte suprema che mi ritiro da questo processo. Vi spiego perché. Ci sono due procedimenti, uno penale e uno testamentario. Nel nostro sistema il tribunale di circoscrizione ha giurisdizione su entrambi, e dato che sono la giudice di circoscrizione più anziana di Braxton sono finiti tutti e due sulla mia scrivania. Il rischio è che il mio giudizio su un caso sia influenzato da quanto scopro sull'altro. È meglio se ne abbandono uno. L'altro motivo è che nei prossimi mesi, per questioni legate alla mia salute, avrò bisogno di ridurre il carico di lavoro.»

Gli avvocati, giustamente, si rabbuiarono, anche se la giudice Pointer sembrava in ottima salute come sempre. Di colpo si fecero un sacco di domande che tennero per sé.

«La prognosi è buona, ma potrebbe volerci del tempo.» Un altro sorso d'acqua. «E infine, un'altra cosa che con il processo penale forse c'entra e forse no. La settimana scorsa ho parlato con Clement Gelly, il quale mi ha informata, in maniera che definirei ufficiosa, di una sua scoperta importante. È stato ad Atlanta, dal consulente finanziario che lavorava per Eleanor Barnett. A quanto pare, la signora ha spudoratamente esagerato la stima del valore del suo patrimonio. Il suo defunto marito perse un capitale di quindici milioni di dollari in investimenti sbagliati. Poi traslocarono a Braxton, e poco dopo morì. Secondo Clement, la casa vale 250.000 dollari, idem le azioni e i contanti.»

A Simon venne di nuovo la nausea, ma riuscì a rimanere gelido come se lo avesse sempre saputo e non fosse un problema.

L'aveva conosciuta un anno prima. Un anno prima l'aveva sentita pronunciare, quasi sottovoce, le parole che lo avevano rovinato: *dieci milioni in azioni Coca-Cola, sei milioni in azioni Walmart, quasi quattro milioni in contanti.*

Com'era possibile che una simpatica e anziana vedova, che sembrava perfettamente normale e si comportava come una qualsiasi ottantacinquenne, avesse nascosto una così assurda vena di *follia*? La sua vita, o almeno la parte che aveva coinvolto Simon, non dava il benché minimo indizio che fosse malata di mente. Una parola dominava i suoi pensieri: "idiota".

La giudice Pointer continuò a parlare dell'impugnazione del testamento, ma lui non sentì più nulla.

Simon finì per bazzicare almeno tre sere alla settimana la biblioteca dello studio di Raymond. Abbozzò memorie e istanze a proprio favore. Lesse decine di atti processuali legati a condanne per avvelenamento. Studiò la procedura e cominciò a impratichirsi di diritto penale. Lesse ogni resoconto e si informò su tutti i testimoni che l'accusa avrebbe presentato contro di lui.

L'ufficio di Raymond era in fondo al corridoio, la sua porta sempre aperta, il fumo del sigaro invadeva lo studio. Almeno una volta a sera, lo si sentiva tuonare «Simon», come se il suo cliente fosse un paralegale qualsiasi. Lui rispondeva sempre alla chiamata. Era il minimo che potesse fare, per un costoso avvocato che lo assisteva gratis.

La sera dell'udienza per lo spostamento della sede, attorno alle dieci, Simon si sedette e diede qualche profondo tiro al sigaro. Arrivò anche Casey, in calzoncini e scarpe da corsa. Raymond andò all'angolo bar, preparò tre bourbon lisci e chiuse la porta. Fecero tintinnare i bicchieri.

«Oggi pomeriggio Cora mi ha telefonato per offrirmi di patteggiare. Più o meno è un atto dovuto.»

«Ce lo aspettavamo, vero?»

«Sì. Quindici anni se ti dichiari colpevole. Magari esci dopo dieci in libertà condizionale, ma in questo Stato è dura ottenerla.»

«Quindici anni? Piuttosto mi butto da un ponte.»

«Non è un compromesso malvagio, considerate le circostanze.»

«Che cosa intendi per "circostanze"?»

«I fatti, Simon, i fatti.»

«Continui a non credermi, vero?»

«Ma figurati. Non ho mai dubitato di te. Il problema,

Simon, è che hai scritto in fronte la parola "colpevole", e non so come fare a cancellarla.»

«Chiamami a testimoniare. Spiegherò tutto quello che ho fatto e convincerò la giuria.»

«Le ultime parole famose. Se farti testimoniare o no lo decideremo all'ultimo minuto.»

«Dille di no. Non sono colpevole e non mi dichiarerò colpevole.»

Per un po' rimasero a sbuffare fumo, assorti nei drink. Come al solito, Casey parlava poco.

Per qualche motivo, a Raymond scappò da ridere.

«Che c'è?» sbottò Simon.

«Ma davvero credevi che la signora avesse venti milioni di dollari?»

«Mi fa piacere che lo trovi divertente.»

«Ci credevi?»

«Sì.»

«E allora qual è stata la tua prima reazione mentre prendevi appunti? Ti è arrivata una cliente, ha detto che era piena di soldi, quanti, venti milioni? Che cos'hai pensato?»

«Niente di lusinghiero. C'entrava con l'avidità.»

Raymond rideva, Casey sembrava divertito. Simon avrebbe voluto unirsi a loro, ma non ci riusciva.

Finì il bourbon e uscì lasciando il sigaro a metà. A piedi per le vie di Braxton ci andava soltanto la sera tardi, solitamente dopo essere stato da Raymond. Di giorno si barricava in ufficio ad aspettare che calasse il buio.

L'aria era fresca e il cielo sereno, perciò si mise a camminare. I suoi pensieri si accavallavano tra la proposta di dichiararsi colpevole, che trovava assurda, le menzogne distruttive di Eleanor e la prospettiva di essere giudicato da persone che vivevano lontano e non sapevano nulla del caso.

In quel momento si sentiva abbandonato dai suoi amici. Non uno era stato leale con lui. Molti gli avevano scritto subito dopo il suo arresto, ma avevano smesso in fretta. Alcuni suoi amici erano anche amici di Paula e, come nella maggior parte dei divorzi, non riuscendo a prendere una posizione avevano trovato più facile ignorare i Latch.

La mancanza di sostegno era devastante. La perdita dei suoi figli era dolorosa. Chiamava e scriveva ogni giorno, ma adesso, a quattro ore di distanza, loro erano alle prese con le difficoltà di una nuova vita.

E così camminò, per ore.

42

La prima settimana di maggio successero quasi in contemporanea due cose. Né l'una né l'altra poterono impedire che Simon andasse a processo con l'odiosa accusa di omicidio, ma furono il primo barlume di buona sorte dopo mesi e mesi.

Paula vendette la casa di Braxton a un prezzo più alto rispetto alla richiesta iniziale. Estinti entrambi i mutui, le rimasero 28.000 dollari, un'imprevista manna dal cielo. Simon si occupò gratis dei dettagli burocratici. All'ultimo minuto Paula gli disse che lo avrebbe ricompensato con 5000 dollari per il suo aiuto. Fu un bell'atto di generosità, e dopo una timida protesta Simon accettò il denaro.

Due giorni più tardi, sua madre lo chiamò per annunciargli che dopo ventisette anni d'infelicità lei e Arn si stavano ufficialmente separando. Non si erano fatti la guerra e avevano concordato di spartirsi a metà il patrimonio di famiglia. Finalmente era padrona dei suoi soldi, e per aiutare Simon con le spese legali gli avrebbe dato 10.000 dollari. Lui li accettò, lo definì un prestito e promise che prima o poi li avrebbe restituiti. Era fiero che a settantatré anni lei avesse avuto il coraggio di sfuggire a un matrimonio sbagliato portando con sé i suoi risparmi. Non sapeva quanti soldi avesse messo da parte, e non era intenzionato a chiederglielo. Non si sarebbe mai più immischiato nelle vicende finanziarie di una persona anziana. Al telefono le era sembrata ringiovanita di dieci anni, e stava organizzando una vacanza in

Grecia con qualche amica. Comunque, se Simon avesse avuto bisogno di lei in tribunale, era disposta a rimandarla. Lui l'aveva ringraziata, promettendole che ci avrebbe pensato.

Sua madre su qualche isola greca con le tasche piene di soldi. Lui, invece, era in partenza per un'aula giudiziaria da cui sarebbe uscito con una condanna per omicidio, oppure assolto ma povero in canna. Per anni non aveva invidiato sua madre, anzi, pensandola con quello scemo di Arn provava pena per lei. Adesso si era trasformata nella persona più fortunata che conoscesse.

Simon voleva che sua madre e i suoi figli stessero alla larga dal tribunale. Lui e Paula parlarono a lungo del processo. Tenere i ragazzi all'oscuro sarebbe stato impossibile. Anche se le cronache locali di Danville avessero ignorato la vicenda, in rete avrebbero fatto il pieno di robaccia. In una conversazione telefonica, valutarono l'ipotesi di fare un riassunto quotidiano serale ai loro figli. Paula avrebbe passato in rassegna le news e intavolato una discussione, tenendo conto degli articoli dei giornali. Meglio così, tutto sommato, che fare finta di niente sperando che il processo non li sfiorasse. Simon non aveva paura della verità, e voleva che i suoi figli sapessero che non era colpevole di nulla, eccetto forse di un piccolo errore di valutazione. A ogni modo, immaginarsi mentre andava e veniva dall'aula seguito da un'orda di curiosi e sotto i riflettori dei notiziari e della stampa scandalistica non era piacevole.

Quando ricevette l'assegno di sua madre, Simon lo depositò subito sul conto dello studio e ne staccò uno a Raymond per le spese legali. 10.000 dollari. Glielo consegnò quella sera stessa, di persona. «Ne mancano solo 180.000» disse fiero.

«Da dove arrivano questi?» domandò Raymond sospettoso.

Simon glielo raccontò. Lui mise l'assegno in un cassetto.

Dopo aver parlato con dei suoi amici avvocati della zona di Tidewater, Raymond era fermamente convinto che il trasferimento del processo da quelle parti sarebbe stato un grande vantaggio per Simon. Era lontano dalle Blue Ridge Mountains, letteralmente in un altro mondo.

Al posto di Mary Blankenship Pointer, la Corte suprema

aveva nominato Padma Shyam, una delle tre giudici del circuito giudiziario di Virginia Beach. Aveva quarantasei anni, sedeva sullo scranno da nove e ogni anno riceveva le valutazioni migliori in assoluto non soltanto dai colleghi, ma anche dagli avvocati che avevano a che fare con lei.

Un buon amico di Simon dei tempi di legge esercitava a Chesapeake, vicino a Virginia Beach, e stravedeva per la giudice Shyam.

Sulle prime, il passo indietro della giudice Pointer aveva messo Raymond e Simon in difficoltà. La conoscevano bene e pensavano di avere inquadrato le sue inclinazioni ed eccentricità. Era una giudice severa, rigorosa, ma sempre imparziale. Simon era ancora scottato dai 300.000 dollari che lei aveva richiesto come cauzione per il suo rilascio, per non parlare delle sette notti in prigione, però l'aveva perdonata e si era convinto che, se necessario, gli avrebbe dato un'opportunità.

Adesso, però, almeno per il processo per omicidio potevano dimenticarsi di lei. Raymond aveva chiacchierato due volte con la giudice Shyam e si era sentito a suo agio. Anche lei era preoccupata per l'esposizione mediatica del caso. Aveva pensato di selezionare la giuria con una settimana di anticipo rispetto alla data annunciata per il processo. Così il cancelliere avrebbe potuto mettere a disposizione dei legali una cinquantina di potenziali giurati senza clamore e in un'aula vuota. Se ne fossero serviti altri, ne avrebbe convocati altri cinquanta. Se fossero riusciti a non far trapelare niente alla stampa, la maggioranza dei giurati non avrebbe saputo nulla del caso. Se invece avessero aspettato fino a lunedì 23 maggio, il tribunale sarebbe stato un circo e i potenziali membri della giuria avrebbero dovuto sgomitare tra la folla soltanto per raggiungere l'aula, capendo che si trattava di un caso da prima pagina. Mettere insieme un gruppo non informato e imparziale sarebbe stato quasi impossibile.

La giudice Shyam era sempre più convinta della sua idea, e gli avvocati pensarono che avrebbe funzionato. Non le era mai successo di selezionare una giuria in anticipo sull'inizio di un processo, ma le norme non lo vietavano. Era anche tentata di emettere un ordine di non divulgazione, per zittire avvocati e testimoni. Raymond, che di solito adorava vedersi citato dai giornali, accettò ben volentieri. Promise di non dire una parola riguardo al processo, e di impedire anche a Simon di aprire bocca.

Simon non aveva la benché minima intenzione di farsi vedere fuori dal tribunale.

Dopo una lunga serie di riunioni a tarda sera, elaborarono una strategia difensiva tanto spavalda quanto audace. Contro Simon non c'erano prove dirette: nessuno lo aveva visto comprare il tallio e niente dimostrava che ne avesse acquistato. Nessuno lo aveva visto mentre avvelenava i biscotti allo zenzero o li offriva a Eleanor Barnett. Per ammantare il più possibile di sospetto le sue azioni, l'accusa avrebbe senz'altro fatto affidamento su un sacco di indizi, che però, da soli, potevano non bastare a convincere la giuria.

Grazie a un amico che gli doveva un favore, Raymond aveva contattato un patologo che in cambio di appena 1000 dollari, una tariffa notevolmente bassa, aveva accettato di esaminare il referto dell'autopsia. La dottoressa Brock, che l'aveva effettuata, aveva credenziali ed esperienza ineccepibili, e come testimone per l'accusa sarebbe stata credibile. Idem il tossicologo forense. Per contestarli servivano periti altrettanto qualificati e disposti a testimoniare. E sarebbero costati una fortuna.

L'amico dell'amico di Raymond non aveva avuto nulla da ridire sulle conclusioni dell'autopsia.

Perché, allora, darsi la pena di contestare gli esperti? Meglio usare il buon senso e accettare quasi tutte le loro conclusioni. Sì, Eleanor era morta per avvelenamento da tallio. Sì, Simon le aveva comprato i biscotti del ristorante Tan Lu, dov'erano stati tre volte a pranzo insieme. Sì, a tutti e due piaceva mangiare in quel locale. Sì, Matilda aveva fatto tre visite a Eleanor in ospedale, durante due delle quali aveva con sé i biscotti allo zenzero e altri regalini. Sì, la storia del testamento era vera. E anche quella della procura firmata in ospedale, e l'accordo sulle parcelle future. Tutto ciò che era vero ed evidente andava accettato.

Così come andava contestato con forza che Simon avesse avvelenato i biscotti. Era stato qualcun altro, non lui.

Quanto all'identità del colpevole, era un problema della polizia e dell'accusa. Non stava certo a Simon risolvere il caso.

Il suo unico dovere era salvarsi la pelle.

43

Lunedì 23 maggio.

Quando la sveglia digitale suonò, alle cinque del mattino in punto, Simon la stava fissando.

Era deprimente cominciare un nuovo giorno sapendo che sarebbe stato uno dei peggiori della sua vita. E ancora più deprimente era pensare che l'indomani sarebbe stato persino peggio, e così il giorno seguente, in un'eterna spirale. Gli serviva un caffè forte, ma nella "suite" dell'albergo economico che aveva prenotato per i successivi cinque giorni non ce n'era. Dopo un paio di notti aveva già un ricordo affettuoso della prigione di Braxton.

Forse l'unica nota positiva di quel momento era che Simon si sentiva lucido: niente confusione, niente dolore sordo alla testa. Se Raymond era in grado di rinunciare all'alcol durante il processo, allora poteva farlo anche il suo cliente. Si concesse cinque minuti per guardare il soffitto buio e ascoltare il rombo dei motori diesel degli autoarticolati a diciotto ruote che si sorpassavano sulle interminabili superstrade a sei corsie di Tidewater. All'alba mancava ancora un'ora, ma il traffico era già rumoroso. Dove si trovava, e com'era finito lì? La domanda lo perseguitava ormai da mesi, e con qualche sforzo riusciva quasi a elaborare un resoconto di ciò che era successo. Quanto alla domanda più importante – dove stava andando? – non c'erano risposte, soltanto paura.

Quel giorno terribile non sarebbe svanito nel nulla: doveva affrontarlo e, se proprio non poteva sfidarlo apertamente, doveva almeno mostrare una falsa fiducia nel poter gestire qualsiasi cosa avesse deciso il potente Stato della Virginia. Scalciò via le lenzuola, appoggiò i piedi sulla moquette dozzinale e si rese conto di essere già stanco. Poi si fece una doccia veloce e si vestì come gli era stato detto. Raymond gli aveva consigliato un completo scuro, camicia bianca, cravatta neutra, niente che irritasse i giurati. Da ex scommettitore, Simon avrebbe puntato 1000 dollari sul fatto che nessuno dei sette giurati maschi in attesa di giudicarlo avrebbe avuto la cravatta.

Sette uomini, cinque donne; nove bianchi, due neri, un asiatico. Due sostituti. Ne conosceva il nome, l'occupazione, la confessione religiosa, il livello di istruzione, eccetera. Il mercoledì precedente erano stati selezionati in un'aula deserta in meno di tre ore. Dei quarantotto convocati al primo turno dal cancelliere, soltanto sette avevano alzato la mano quando era stato loro chiesto se sapessero qualcosa del caso. Oltre la metà non aveva mai sentito parlare di Braxton, in Virginia. La difesa era entusiasta di quell'assenza di notorietà. Non sarebbe stato necessario un secondo gruppo. La giudice Shyam era una grande professionista e officiò in modo impeccabile la selezione dei giurati. Raymond la definì la più equa a cui avesse mai assistito in oltre quarant'anni.

La giudice ci aveva anche visto giusto riguardo all'esposizione mediatica. Sulla prima pagina dell'edizione domenicale del "Tidewater Times" comparve un articolo, corredato da una foto di repertorio, che riassumeva tutte le clamorose accuse contro Simon. Accennava al misterioso testamento, al presunto patrimonio, alla procura firmata sul letto di morte, al testamento biologico che gli aveva permesso di staccare la spina, alla morte di Eleanor proprio il 30 dicembre, alla vicenda della cremazione e alle prove dell'avvelenamento. In seconda pagina c'erano altri articoli, uno dei quali pieno zeppo di commenti a caso raccolti tra la gente di Braxton. La maggior parte chiedeva di rimanere anonima. Un altro articolo tracciava la storia degli omicidi per avvelenamento in America e citava statistiche dell'FBI. Il tallio aveva un lungo, sordido rapporto con l'omicidio.

Quando Simon lesse gli articoli gli venne la nausea, però fu anche grato che la giuria fosse già stata selezionata e invitata dalla giudice a evitare la stampa e, se possibile, a non parlare con nessuno del caso, ma soprattutto a non prendere decisioni affrettate finché non fossero state esibite tutte le prove. Aveva insistito sulla presunzione di innocenza e istruito la giuria sul principio basilare secondo cui Simon Latch era innocente finché non fosse stato provato che era colpevole oltre ogni ragionevole dubbio.

Il mercoledì precedente, nell'aula deserta, era sembrato un ammonimento forte. Oggi, però, l'aula stava per riempirsi di giornalisti di ogni sorta, e di decine di spettatori e frequentatori abituali del tribunale. La giudice Shyam aveva convocato più uscieri e guardie del solito.

Mentre usciva dalla stanza, Simon si fermò a guardarsi allo specchio. I pantaloni gli stavano larghi perché era parecchio più magro rispetto a prima del rinvio a giudizio. Landy, ormai a tutti gli effetti la sua ragazza, gli aveva fatto notare più volte che aveva il volto scavato e le borse sotto gli occhi. Raymond aveva detto che era importante mantenere un'espressione del viso serena, nulla di fasullo o di artificioso, e fare giusto un sorriso di tanto in tanto, magari qualche cenno qua e là, niente espressioni allarmate o preoccupate, e allo stesso tempo non doveva mai apparire sfrontato o indignato.

Grazie, Raymond. E poi? Qualche altro trucchetto mentre cerco di ascoltare, analizzare e ricordare ogni parola pronunciata in aula, e intanto prendo pagine di appunti lanciando occhiatine di sottecchi alla giuria?

Quando Simon uscì dall'albergo e si diresse verso Virginia Beach, a circa cinque chilometri da lì, era ancora buio. Vide una tavola calda aperta giorno e notte e si fermò a prendere un caffè. Comprò l'edizione del lunedì del "Tidewater Times" e vide ancora una volta la propria faccia in prima pagina.

Raymond aveva parecchi amici avvocati in tutto lo Stato. Marshall Graff era il re dei civilisti di Virginia Beach e aveva messo a disposizione della difesa il suo ufficio. Era impressionante, ben diverso da qualsiasi studio legale di Braxton. Mobili costosi e ultramoderni, una magnifica sala riunioni con venti poltrone in pelle attorno a un lungo tavolo, uffici sufficienti ad accogliere il suo team di venticinque persone più il personale di supporto e, al secondo piano, un piccolo studio con vista sul tribunale, dove Raymond si sistemò a lavorare.

Simon arrivò alle sette e trovò il bricco del caffè. Raymond e Casey Noland arrivarono qualche minuto dopo. Raymond si dichiarò pronto, disse che lo spettacolo stava per cominciare, che se non eri nervoso il primo giorno di processo allora qualcosa non andava. Raccontò un paio di aneddoti difficili da seguire.

Simon lo ascoltava tenendo d'occhio la strada di fronte al tribunale. Stavano arrivando i furgoni della televisione, raggruppati nei punti strategici da un piccolo esercito di vigili urbani. Sui marciapiedi erano state sistemate barriere per tenere alla larga giornalisti e curiosi. I giurati sarebbero entrati da una porta laterale, lontana dalla stampa. Simon aveva la propria strategia, messa a punto da Marshall Graff e dai suoi assistenti.

Alle otto e trenta Raymond e Casey presero le pesanti ventiquattrore e si diressero all'ingresso principale del tribunale. Attirarono parecchia attenzione e Raymond, sorridente, si divertì a punzecchiare i giornalisti, curiosi di sapere dove si nascondeva il suo assistito. Per prenderli in giro, disse loro che quella mattina Simon avrebbe dormito fino a tardi.

Un associato di Marshall Graff accompagnò Simon in auto fino a un ingresso di servizio seminascosto da alcuni cassonetti della spazzatura, dove lui saltò giù ed entrò nel tribunale senza essere visto. Alle otto e cinquantacinque varcò a grandi passi la soglia dell'aula insieme a Raymond e Casey, sedette al tavolo della difesa e cercò di non fare caso alla folla che lo guardava.

La giudice Shyam salì sullo scranno alle nove in punto e diede il buongiorno. Attaccò la solita tiritera sul processo e sulle regole da rispettare per mantenere il decoro in aula. Descrisse a grandi linee le fasi del procedimento, che si aspettava di concludere entro la fine della settimana, ma senza fretta. Informò il pubblico che la giuria era già stata selezionata e chiese agli uscieri di convocarla. I giurati entrarono, qualcuno con fare titubante, e occuparono ciascuno il suo posto numerato.

La giudice fece un cenno a Cora Cook, che si alzò e si avvicinò con aria teatrale al podio di fronte ai giurati. Nel suo guardaroba non c'era un solo vestito che si potesse considerare tradizionale, ma il nero totale le donava decisamente. I tacchi non erano altissimi e la gonna non cortissima, però aveva una bella figura e sapeva come valorizzarla. I giurati la guardarono, lei sorrise, li salutò e attaccò il suo discorso d'apertura ringraziandoli ossequiosa per il loro servizio, eccetera.

Simon scribacchiò sul suo taccuino: "Come se avessero scelta!".

Cora andò quasi subito al punto. «Questo è un caso di omicidio motivato dall'avidità.» Pronunciò quelle parole in tono solenne e con una certa, efficace teatralità. Simon si sentiva addosso gli occhi dei giurati. Non sollevò lo sguardo.

«A marzo dello scorso anno, nella cittadina di Braxton, sulle Blue Ridge Mountains, una cara signora di nome Eleanor Barnett, vedova e senza figli, prese appuntamento con un avvocato di nome Simon Latch, l'imputato.» Cora fece una pausa per aggiungere enfasi e indicò Simon. Lui annuì serio come a dire: "Sì, sono io, ma avete sbagliato persona".

«Ms Barnett aveva ottantacinque anni e voleva fare un nuovo testamento. L'imputato esercitava come avvocato a Braxton da diciotto anni, era conosciuto e aveva già redatto molti testamenti semplici ed economici. L'incontro ebbe luogo come programmato il 10 marzo, nel suo ufficio di Main Street. A un certo punto del primo incontro, l'imputato si rese conto che un testamento semplice non sarebbe stato sufficiente per Ms Barnett, almeno secondo lui. La signora non era una cliente qualsiasi, anzi. Sosteneva che il suo patrimonio ammontasse a milioni di dollari. Dichiarò di non avere debiti e di possedere milioni di dollari in azioni Coca-Cola e Walmart, e altri milioni in contanti depositati in una banca di Atlanta. A questo punto entrò in gioco l'avidità, e l'imputato decise di agire diversamente dal solito. Nei precedenti dodici anni, a redigere ogni singolo testamento preparato dallo studio di Mr Latch era stata la sua segretaria, Matilda Clark. Possiamo definirla un'operazione di routine. Per qualche motivo, tuttavia, l'imputato non affidò a Ms Clark la stesura del testamento ma decise di scriverlo da sé, senza dirle niente. Da quel momento, l'imputato escogitò un piano per ingraziarsi Ms Barnett e ottenere da lei più denaro possibile.»

Simon scribacchiò: "Finora niente male, parecchio sul pezzo, ha esposto bene i fatti. Perché sto già sudando?".

Raymond lo aveva avvertito che la maggior parte dei procuratori cerca di disumanizzare il suo obiettivo definendolo soltanto "l'imputato". Cora stava seguendo il copione.

«Purtroppo» proseguì lei «il piano si è concluso con l'avvelenamento e la morte di Ms Barnett.» Con un altro gesto teatrale, indicò Simon e disse: «Signore e signori della giuria, Ms Barnett è morta per mano del suo stesso avvocato, l'imputato che siede qui davanti a voi».

A quel punto Cora commise l'errore innocuo di dilungarsi sul testamento preparato e scritto dall'imputato. Cercò di spiegare alcuni dettagli relativi alla costituzione del fondo, ma finì per perdere l'attenzione dei giurati, che non la seguivano. Simon li osservò e intuì che erano confusi o annoiati.

I suoi pensieri vagarono altrove. Sentirsi definire assassino e vedersi processare sarebbe stato un incubo anche per una persona colpevole. L'orrore era la potenziale pena: morte per iniezione letale o decenni di prigione. Per un innocente, tutta quella farsa era oppressiva e surreale. Simon continuava a ripetersi che non stava succedendo per davvero, che in un momento cruciale la giudice avrebbe fermato tutto, sciolto la giuria, richiamato la procuratrice e annunciato che l'imputato era assolto e libero di uscire dal tribunale da innocente. Già che c'era, si sarebbe anche scusata per il disturbo. Tuttavia, a mano a mano che passavano le ore e i giorni, si stava abituando in silenzio al ruolo dell'accusato. Spesso i lenti ingranaggi della giustizia americana faticavano a mettersi in moto, ma una volta che i vari elementi si univano nello stesso momento e nello stesso luogo – l'aula giudiziaria – non c'era modo di fermare il disastro.

Cora tornò alle subdole macchinazioni di Simon e la giuria si rianimò. Dopo aver scritto il testamento, l'imputato aveva convinto un agente assicurativo e la moglie, suoi vicini d'ufficio, a fare da testimoni. Da quel momento in poi aveva fatto del suo meglio perché nessuno ne sapesse nulla. A causa di un'anomalia nelle leggi sulle imposte di successione statali, per gli eredi di Ms Barnett sarebbe stato molto vantaggioso se fosse morta entro l'anno solare 2015. L'imputato aveva quindi una data di scadenza. A poco a poco era riuscito a diventare amico di Ms Barnett, che frequentava regolarmente e spesso portava a pranzo fuori, offrendosi sempre di pagare. Durante una di quelle uscite, i due avevano scoperto un ristorante vietnamita di Braxton. Ms Barnett si era appassionata in particolare ai biscotti allo zenzero di Saigon per cui il locale era famoso.

Su un grosso schermo appeso alla parete di fronte alla giuria, Cora proiettò la fotografia di un biscotto allo zenzero. Piatto, del diametro di circa cinque centimetri. Poi aggiunse una foto della scatola da asporto di Tan Lu. Conteneva dodici biscotti e costava 6,25 dollari. L'ultima immagine raffigurava un mucchietto di polvere bianca su un vetrino da laboratorio. Sembrava bicarbonato. Cora disse che si trattava di un campione di tallio, un veleno che in America non veniva più prodotto ma il cui possesso non era illegale. Fino a poco tempo prima era diffuso come topicida. Proveniva quasi tutto dalla Cina e dall'India. Era inodore, insapore, invisibile se mischiato ad altre sostanze, e letale.

Con un'altra mossa teatrale, Cora andò al tavolo delle prove vicino allo scranno e da una scatola di cartone estrasse un comune vassoio di plastica in dotazione agli ospedali. Al centro c'erano due confezioni di Tan Lu. «Signore e signori, ecco l'arma del delitto» dichiarò, mostrandole alla giuria. «Undici biscotti. Nove in una scatola, due nell'altra, tutti contenenti tallio. I tredici che mancano sono stati consumati dalla vittima. L'imputato li ha acquistati in due date diverse nel mese di dicembre e fatti consegnare dalla sua segretaria nella stanza d'ospedale di Eleanor Barnett. Dopo aver consumato i biscotti, nell'arco di una settimana, Ms Barnett è morta per avvelenamento acuto. La morte è sopraggiunta dopo una lenta e dolorosa agonia. Il medico legale descriverà le condizioni del cadavere.»

In aula non volava una mosca. Tutti guardarono Cora riporre delicatamente il vassoio nella scatola di cartone. Lo maneggiava come se il minimo sobbalzo potesse liberare il tallio e uccidere lei, la stenografa e forse anche la giudice.

Tornò al podio e consultò i suoi appunti. Simon si sentiva addosso gli sguardi di alcuni giurati, e non erano sguardi di compassione.

«Ebbene, dopo la morte di Ms Barnett, l'imputato ha cercato disperatamente di cancellare le proprie tracce, di nascondere le prove.» Sollevò un documento e lo sventolò. «Questa si chiama direttiva anticipata di trattamento, detta anche testamento biologico. Scritta dall'imputato, presentata a Ms Barnett in ospedale, probabilmente mentre mangiava i biscotti, e da lei firmata in quel momento, su consiglio dell'imputato.»

«Obiezione, Vostro onore» tuonò Raymond alzandosi. «Pura speculazione. L'accusa non può sapere quando la defunta ha mangiato i biscotti.»

La giudice, come tutti i presenti sorpresa e quasi scossa dall'esplosione di Raymond, impiegò un attimo a reagire.

«La prego di chiedere alla procuratrice di attenersi ai fatti, Vostro onore» proseguì lui. Si voltò, lanciò un'occhiata torva a Cora e aggiunse: «O forse lei sa se e cosa stava mangiando Ms Barnett quando ha firmato il documento, e se lo sa allora ce lo dica, ma non si limiti a lavorare di fantasia».

«Ordine, ordine, avvocato» intervenne la giudice. «Basta così. Questo è un discorso di apertura ed è concessa grande libertà. Lei avrà la sua occasione tra poco, Mr Lassiter. Obiezione respinta.»

Raymond, infuriato, si lasciò cadere sulla sedia e continuò a lanciare occhiatacce a Cora come se avesse fatto qualcosa di grave. Non era così. Aveva semplicemente ricamato un po' sui fatti, una cosa che succedeva di continuo ed era permessa. La rumorosa interruzione di Raymond non era che uno studiato e teatrale tentativo di intimidire Cora e dare un certo tono al processo. Non si sarebbe fatto mettere i piedi in testa.

La momentanea confusione fece perdere il filo a Cora. Mischiò alcune carte, controllò gli appunti e sollevò un altro documento, tenendolo per un angolo come se fosse appiccicoso e puzzolente. «E questa» disse «è la procura firmata da Ms Barnett insieme alla direttiva anticipata di trattamento. I due documenti conferivano all'imputato il potere di interrompere le terapie di Ms Barnett, ovviamente dietro consiglio dei suoi medici. Mercoledì 30 dicembre, mentre era attaccata a un respiratore e non mostrava attività cerebrale, l'imputato, insieme ai medici, decise di staccare la spina. Ms Barnett morì novanta minuti dopo.»

Simon diede un'occhiata superflua al suo orologio da polso. Ce n'era un altro, grosso, da parete, appeso sopra lo scranno della giudice. La procuratrice martellava da quasi un'ora e aveva ancora la giuria in pugno. Simon aveva la nausea e faticava a mantenere un'aria pensosa ma sicura di sé.

Cora Cook era brillante e davvero efficace. Non gridava, non sermoneggiava, metteva la giusta enfasi sui fatti. Vi si atteneva, probabilmente perché erano a suo favore. Espose ai giurati le azioni compiute dall'imputato immediatamente dopo la morte di Ms Barnett. Dopo meno di due ore aveva chiamato l'agenzia di pompe funebri e dato disposizioni perché venissero a prenderla in ospedale e... la cremassero!

Benché il contesto fosse quello di una normale cerimonia funebre, l'immagine del cadavere che bruciava era altamente drammatica, e Cora vi indugiò troppo a lungo. "Adesso basta!" scribacchiò Simon.

Qual era il movente dell'assassino? L'avidità, il denaro, il controllo assoluto del patrimonio, enormi parcelle. L'imputato aveva scritto e fatto firmare a Ms Barnett un testamento che gli conferiva il controllo totale dei suoi beni. La sua casa, le sue azioni, tutto ciò che lei possedeva sarebbe stato venduto, e i proventi messi in un fondo con un unico amministratore fiduciario: l'imputato. Che avrebbe deciso quali assegni staccare e, nei panni di un Babbo Natale, dato tutto in beneficenza. In cambio, s'intendeva, di una parcella piuttosto generosa da 500 dollari all'ora. Un onorario del genere poteva sembrare basso a Wall Street, dove miliardari e società gigantesche si scontravano a colpi di cause legali, ma per un avvocato qualunque, che si occupava di fallimenti e successioni nella provincia americana, era eccessivo.

Il tema dell'avidità dell'imputato era troppo allettante, e Cora rischiò un'altra volta di dilungarsi troppo. Ma se ne accorse in tempo e passò rapidamente al punto cruciale, alla beffa. A quanto sembrava, il piano dell'imputato per riscuotere parcelle esorbitanti si sarebbe rivelato un buco nell'acqua. A un certo punto della sua vita Eleanor Barnett era stata una donna molto ricca, sì, ma il denaro era svanito in cattivi investimenti. Non c'era nessun patrimonio milionario da amministrare. Forse, da tempo, Ms Barnett viveva nel passato, nei sogni, però questo non era più possibile saperlo.

La procuratrice cominciava a perdere slancio. La giudice Shyam non aveva fissato un limite di tempo, e forse era stato un errore. Ma Cora seppe leggere la situazione e andò svelta alle conclusioni. Garantì ai giurati di poterli convincere, prove alla mano, che l'imputato aveva ucciso con il veleno la sua cliente. A quel punto sarebbe stato loro dovere emettere un verdetto di colpevolezza.

La giudice Shyam sospese l'udienza per venti minuti.

44

Quel mattino, bevendo il caffè Raymond aveva detto a Casey e a Simon di essere pronto a scegliere fra tre diversi discorsi di apertura, a seconda della tattica di Cora. La procuratrice aveva molti argomenti da trattare, e questo, secondo Raymond, poteva costarle qualche divagazione di troppo. Nel complesso, però, era stata molto in gamba. La giuria l'aveva seguita mentre raccontava una storia avvincente, sollevando molti sospetti su Simon.

Raymond decise di sottolineare che la difesa non doveva dimostrare nulla, e di limitarsi a smontare la tesi accusatoria. Finita la pausa, dopo che i giurati tornarono ai loro posti, si diresse al podio senza appunti e sfoggiò un sorriso accattivante.

«Signore e signori, consentitemi di ricordarvi che nulla di quello che vi ha riportato l'accusa è stato dimostrato, che non esistono prove, ma soltanto le sue congetture, le sue speranze e forse i suoi sogni riguardo a quello che lo Stato potrebbe cercare di dimostrare contro Simon Latch. La mia collega ha raccontato una bella storia. È una procuratrice esperta. Il problema è che ha promesso troppo. Non può mantenere tutto quello che ha promesso in quasi due ore, perché non ne ha le prove.»

Si allontanò dal podio e infilò le mani nelle tasche dei pantaloni. «Moltissimi fattori importanti sono stati opportunamente trascurati. Per esempio, la procuratrice Cook ha detto che Eleanor Barnett si trovava in ospedale dopo essere rimasta coinvolta in un incidente d'auto, senza precisare che quella sera Ms Barnett si era messa al volante a tarda ora, e per eccesso di velocità ha bruciato un semaforo rosso e travolto un'altra auto ferendone gravemente i passeggeri. Peraltro aveva bevuto, be', diciamo parecchio. Il suo tasso alcolemico era di zero virgola nove, oltre il limite consentito. Pare che quella sera si fosse vista con le amiche del "circolo del poker", come lo chiamavano, per la loro annuale festa di Natale. Era sbronza, si è messa alla guida e ha attraversato a tutta velocità le strade di Braxton alle dieci e mezza con la sua amica Doris sul sedile del passeggero. L'ha quasi uccisa, diamine.»

Accennando alla scampata morte di Doris era quasi riuscito a strappare una risata. Simon rimase molto colpito dalle sue doti oratorie. Erano anni che sentiva parlare delle stravaganze e dell'abilità di Raymond, ma non lo aveva mai visto in azione. Con un'aula gremita, una giuria attenta e tutti gli addetti ai lavori presenti, era al centro della scena e nel suo elemento naturale.

«Avidità!» sbottò forte. Poi fece una risata di pancia che colse tutti di sorpresa. «Parliamo di avidità. Per redigere un testamento semplice, l'avido Simon Latch aveva chiesto a Eleanor Barnett ben 250 dollari. Che non ha mai ricevuto! E come anticipo sull'onorario, sul quale era stata lei a insistere, addirittura 1000 dollari. Avidissimo, eh? E non ha mai ricevuto neanche quelli! Per quasi nove mesi di assistenza legale, senza contare i lunghi pranzi per cui lei premeva, i caffè, le telefonate a notte fonda, le visite in ospedale, senza contare nulla se non le ore passate alla scrivania a occuparsi delle sue questioni legali, oltre sessanta fatturabili, l'imputato, Simon Latch, ha ricevuto una somma totale pari a... zero! Niente, neanche un centesimo. Allora perché stiamo parlando di avidità?»

Raymond si allontanò dal podio, scuotendo la testa di fronte a una sciocchezza del genere.

«E ora un'altra cosa sulla quale la procuratrice Cook ha sorvolato. Simon Latch, un membro rispettato dell'ordine che durante la sua lunga carriera a Braxton non ha mai ricevuto denunce per violazione dell'etica professionale né è mai stato segnalato per negligenza, ha dubitato sin dal primo istante delle affermazioni di Ms Barnett riguardo al suo patrimonio personale. Quanto spesso succede che un cliente entri in uno studio legale per la prima volta e dichiari all'avvocato di possedere un capitale da venti milioni o giù di lì? A Braxton, in Virginia? Non succede mai, ve lo posso assicurare. Simon Latch non è uno stupido. Ha colto i segnali di una ricchezza modesta – l'assenza di debiti, una buona pensione ereditata dal marito, una bella casa libera da ipoteche –, ma non si trattava di elementi insoliti. Ha sospettato subito che Ms Barnett non stesse dicendo la verità. Le ha chiesto ripetutamente di dimostrare quello che dichiarava, per esempio inoltrandogli i rendiconti periodici del suo consulente finanziario o gli estratti conto della banca. Ogni volta che lei rifiutava, Mr Latch diventava più sospettoso.»

E qui cominciavano le invenzioni. Soltanto Simon avrebbe potuto dire alla giuria che cosa era accaduto tra lui ed Eleanor. Soltanto lui avrebbe potuto raccontare quali erano stati i suoi pensieri all'inizio. C'era una base di verità in ciò che Raymond diceva alla giuria, ma la fantasia stava prendendo il sopravvento.

«A guidarlo non è stata l'avidità. Quella povera donna non aveva nessuno. Né un marito né figli, né fratelli o sorelle né parenti stretti. Aveva bisogno di un amico, di qualcuno che la consigliasse, di un avvocato che la aiutasse a districarsi nel dedalo della legge. Aveva ottantacinque anni, era sola, e ha dichiarato di possedere una fortuna. Forse credeva davvero che i soldi ci fossero ancora. Forse, signore e signori, Ms Eleanor Barnett era un po' svitata, come si usa dire talvolta.»

Simon non aveva mai pensato davvero che Netty fosse instabile o avesse perso la lucidità mentale, però qualcosa non tornava. Qualche rotella fuori posto c'era di sicuro. Gli riusciva ancora difficile capire perché avesse costruito una farsa così complessa e dettagliata.

«La procuratrice Cook ingigantisce la questione della cremazione. Ancora una volta le sue affermazioni non sono corrette. Alcuni anni fa, Simon e sua moglie hanno depositato due testamenti e direttive anticipate con cui chiedono di essere cremati e sepolti in un mausoleo. Niente di strano. Sono convinti che sia un modo più economico e sostenibile di procedere. La cremazione si sta diffondendo rapidamente in tutto il paese, tanto che negli ultimi dieci anni l'aumento della richiesta è stato del trenta per cento ogni anno. Simon ha consigliato la cremazione a molti suoi clienti. Eleanor Barnett era tra questi. Non stava cercando di distruggere le prove facendola cremare. È un'assurdità.»

Raymond pronunciò con sdegno la parola "assurdità", come a dire che solo uno sciocco poteva credere a una fesseria del genere.

«E quanto allo staccare la spina, ah, questa poi è proprio bella. Purtroppo però non è vera. Di nuovo, la collega sorvola su alcuni fatti importanti. Sentirete parlare la dottoressa Connor Wilkes, direttrice dell'ospedale, e vi dirà che Simon non voleva intervenire nella decisione di staccare Ms Barnett dal respiratore. Ha detto chiaramente a lei e ai medici che si trattava di una valutazione clinica e che dunque dovevano farla loro, non lui.»

Di colpo, apparve triste e frustrato. Parlò piano, come se stesse confidando qualcosa alla giuria. «La verità è che non sappiamo chi abbia avvelenato Eleanor Barnett. E lo Stato della Virginia sprecherà questa settimana cercando di accusare di un omicidio un innocente, mentre il vero assassino ride di noi. L'assassino potrebbe trovarsi qui proprio adesso.» Raymond lasciò che quelle parole risuonassero nell'aula, poi, con aria un po' troppo teatrale, fece una pausa e fissò il pubblico, come in cerca del colpevole. Come se sapesse che lo stava guardando e ascoltando.

Tornò a rivolgersi ai giurati. «Di questo passo, l'omicidio di Ms Barnett non sarà mai risolto. La polizia ha scelto l'uomo sbagliato, lo ha arrestato e ha interrotto le indagini. La procuratrice è corsa dal gran giurì e ha ottenuto il rinvio a giudizio senza mai considerare altri sospettati. E adesso siamo qui, in quest'aula, e stiamo a guardare mentre lo Stato della Virginia cerca invano di incolpare del delitto Simon Latch. Non è stato lui, signore e signori. Nessuno lo ha visto acquistare il veleno. Non ci sono prove che lo abbia fatto. Nessuno lo ha visto adulterare i biscotti allo zenzero, perché non lo ha fatto. Nessuno lo ha visto farli mangiare a Ms Barnett, perché non lo ha fatto. Non ci sono prove, punto e basta.»

"Splendido, ma questo è il momento perfetto per finirla" scrisse Simon.

Lo sapeva anche Raymond, che con un'espressione indignata concluse: «Quando tutti i testimoni avranno deposto e le prove saranno state presentate, delibererete e vi renderete conto che Simon Latch non è colpevole. Allora tornerete in quest'aula ai vostri posti, lo dichiarerete innocente e andrete a casa sapendo di aver adempiuto al vostro dovere civico, ma il vero assassino sarà ancora libero. E si farà una risata, statene certi. Una bella risata».

Il detective Roger Barr fu convocato come primo testimone per l'accusa. Era l'una e un quarto di lunedì, e lo aspettava un lungo pomeriggio. Cora Cook lo fece parlare del suo addestramento e del suo lavoro e via dicendo, ma non stava testimoniando come esperto in nessun campo. Il suo compito era presentare il contesto del caso e delle indagini. Altri testimoni avrebbero colmato le lacune e presentato le prove.

Il suo coinvolgimento era cominciato il 30 dicembre dell'anno precedente, quando dalla centrale operativa del pronto intervento lo avevano informato di una telefonata anonima. "Eleanor Barnett è appena deceduta al Blue Ridge Memorial. I medici dicono che è stata polmonite, ma è una morte sospetta. Dovreste indagare": così aveva detto una voce distorta.

La procuratrice si avvicinò al tavolo delle prove, dove era stato preparato un registratore. Ricevuto un cenno dalla giudice, premette un tasto. Il messaggio risuonò forte dal sistema di amplificazione dell'aula. Ms Cook attese qualche secondo e lo riprodusse di nuovo.

Il detective Barr descrisse in modo esaustivo gli sforzi

dei tecnici della polizia per identificare e rintracciare chi aveva chiamato, ma non era stato possibile. Non si riusciva a stabilire il sesso dell'informatore. Aveva utilizzato un cellulare usa e getta, con un numero temporaneo. La voce era camuffata. In ogni caso, il detective Barr aveva ricevuto dal capo della polizia il via libera a indagare e si era diretto subito all'ospedale. Consultando i suoi dettagliati appunti descrisse alla giuria le sue azioni iniziali, passo dopo passo, minuto per minuto. I colloqui con i medici e il personale ospedaliero, l'inventario degli oggetti nella stanza di Eleanor, la visita all'agenzia di pompe funebri per sospendere la cremazione e così via.

Simon finse di ascoltare con grande interesse, ma aveva letto tutti i rapporti di Barr. Aveva letto anche tutto il resto dei fascicoli della polizia, esaminato ogni reperto che lo Stato era pronto a sfoderare. Aveva letto, riletto e memorizzato ogni dettaglio noto agli specialisti, agli avvocati e agli investigatori. Perciò prese appunti, gli stessi che negli ultimi quattro mesi aveva scribacchiato già un centinaio di volte. Chi era la talpa, l'informatore, la persona abbastanza vicina a Eleanor da sapere che era morta? Il suo sospettato principale era Jerry Korsak, entrato in ospedale almeno una volta e probabilmente più di una. Ovviamente mirava a essere incluso nell'eredità, e con questo intento aveva persino assunto un costoso avvocato. Un tipo viscido e malvagio come lui avrebbe potuto benissimo avvelenare la cara matrigna. Per di più era al verde, e disonesto quanto bastava a mirare ai soldi senza farsi scrupoli. Ma sembrava anche un po' tardo, incapace di compiere un delitto del genere senza lasciare traccia. La grande domanda che si faceva sempre Simon quando sospettava di Jerry era: come faceva a sapere della cremazione? La talpa l'aveva fatta sospendere immediatamente. Se fossero trascorse altre due ore, ciò che restava della cara Eleanor sarebbe finito in cenere.

L'altra sospettata era Tillie, principalmente perché aveva maneggiato i biscotti allo zenzero. Simon li aveva comprati e lasciati sulla sua scrivania perché li portasse all'ospedale. Lei sapeva della cremazione perché aveva redatto il testamento biologico. Conosceva l'ora della morte di Eleanor. Ma Simon non riusciva a convincersi che un'anima buona come Matilda Clark potesse commettere un crimine così orribile.

Sulla lista di Simon continuava a esserci il nome di Wally Thackerman, per ovvie ragioni. Due giorni prima che Eleanor morisse si era registrato alla reception dell'ospedale, come avrebbero dovuto fare tutti i visitatori. Era rimasto con Eleanor per mezz'ora e poi aveva firmato l'uscita. Simon era venuto a conoscenza della sua visita molto tempo dopo, quando aveva letto i registri dell'ospedale. Nel mondo di Simon, Wally rimaneva un sospettato, sebbene non fosse tra i principali. Se aveva intenzione di avvelenare Eleanor, perché registrarsi e firmare l'uscita, lasciando una prova evidente che era stato lì?

Una veemente obiezione di Raymond strappò Simon ai suoi pensieri da detective dilettante. Lo Stato stava presentando come prova il testamento redatto da lui per conto di Eleanor. Raymond si oppose, ma soltanto perché era suo dovere. Non ci si poteva illudere di tenere il testamento lontano dalla giuria. Due settimane prima, durante un'udienza preliminare durata tutto il giorno, le parti si erano già scontrate per stabilire quali documenti ammettere agli atti. La difesa sosteneva che il testamento fosse il risultato del lavoro privato di un avvocato, e dunque riservato e protetto. Non era ancora stato omologato, e perciò non lo si poteva considerare un atto pubblico. L'accusa aveva replicato che il segreto professionale era venuto meno con la morte di Eleanor, perciò Simon non aveva nessun diritto di tenere nascosto il testamento. Era una questione cruciale, ed entrambe le parti avevano presentato lunghe memorie. Simon aveva scritto tutte le trenta pagine della sua. La giudice Shyam aveva subito deliberato in favore dell'accusa. Il testamento, la dichiarazione anticipata e la procura potevano essere ammessi agli atti. Raymond non si stupì della decisione.

Il detective Barr spiegò alla giuria com'era venuto in possesso dei documenti, ma non stava a lui discuterne. Non era un avvocato.

Alle tre e mezza tutti avevano bisogno di una pausa, e la

giudice Shyam sospese l'udienza fino alle quattro. L'aula si svuotò in fretta e la gente corse alle toilette. Simon rimase al tavolo della difesa a guardare la folla. Notò Teddy Hammer, evidentemente venuto a tenere d'occhio la situazione, e ne fu sorpreso. Considerato che il valore del patrimonio di Eleanor era notevolmente diminuito, Simon pensava che Teddy fosse andato a occuparsi di pesci più grossi. Forse non era così. Forse stava ancora ficcanasando nel tentativo di raccattare da quanto rimaneva almeno 100.000 dollari in parcelle. Buon per lui. Al casino del patrimonio di Eleanor si sarebbe dedicato qualcun altro. Simon era ben più preoccupato per i suoi guai.

Una giornalista agguerrita gli si avvicinò e stava per fargli una domanda, quando un usciere la afferrò praticamente per la giacca. «Niente stampa, niente stampa!» le ringhiò allontanandola.

Simon chiacchierò con Casey Noland. «Immagino che siano tutti schierati qui fuori.»

«Oh, sì. A decine.»

«Mi hanno già condannato?»

«Da mesi, ormai.»

«Grazie tante.»

Il detective Barr tornò al banco dei testimoni per rispondere alle domande sulle infrazioni stradali compiute da Eleanor Barnett e sull'incidente che l'aveva portata in ospedale. Furono mostrate copie delle multe e dei verbali giudiziari. Si trattava di prove non necessarie né rilevanti, ma Raymond vi aveva accennato durante l'arringa di apertura e la giudice Shyam non ebbe nulla in contrario ad ammetterle. Raymond non aveva intenzione di criticare Ms Barnett, che riposasse in pace.

Quando Cora Cook ebbe finalmente concluso con il detective Barr, lasciò il testimone al controinterrogatorio. Raymond si avvicinò al podio con un taccuino e ve lo lasciò cadere. «Detective Barr, come ci si procura il tallio?»

«Non lo so.»

«Non lo sa?»

«Non lo so.»

«Ha provato ad acquistarlo, come agente di polizia?»

«No. Perché avrei dovuto?»
«Ah, non saprei. Magari per capire meglio l'arma del delitto. Per descriverla meglio alla giuria. Magari per avere informazioni che potrebbero essere utili più avanti. Mi vengono in mente molte ragioni.»
«Mi spiace, non ci ho mai provato.»
«Però crede che Mr Latch lo abbia acquistato, giusto?»
«Non so come se lo sia procurato. Perché non lo chiede a lui?»
«Adesso le domande le faccio io, detective. Avrà di certo parlato con altri investigatori della Omicidi, o con dei tossicologi, o con altri esperti del settore, per capire meglio da dove viene il veleno. Dico bene?»
«È una domanda?»
«Certo. Risponda» scattò la giudice Shyam, chiaramente infastidita dalla presunzione di Barr.
«Be', ho parlato con il tossicologo della Scientifica subito dopo l'autopsia. Abbiamo discusso in generale del tallio, ma nulla di specifico.»
«Okay. Ora, può confermarmi che nello scorso mese di gennaio lei chiese a Mr Latch di consegnare volontariamente i suoi due computer, portatile e fisso?»
«Sì.»
«E lui lo fece?»
«Non subito. Era parecchio riluttante.»
«Sa dirmi, in base alla sua esperienza, se in genere le persone sono riluttanti a consegnare il proprio computer a un detective della Omicidi?»
«Be', sì, diciamo di sì.»
«E alla fine Mr Latch le ha consegnato i computer?»
«Sì, dopo che mi sono procurato un mandato. C'era anche lei, avvocato. Abbiamo il video integrale di quell'incontro.»
«Okay, perché volevate i suoi computer?»
«Stavamo cercando prove, tracce, dati di consultazione che rimandassero ai veleni, nello specifico al tallio.»
«Chi ha esaminato i computer di Mr Latch?»
«Charles Pettigrew, un tecnico della Scientifica.»
«E Mr Pettigrew ha trovato quello che stava cercando?»

«No.»
«Mr Pettigrew ha trovato qualche prova che Mr Latch o qualcun altro avesse cancellato, resettato o in qualche modo eliminato documenti o dati di consultazione da uno dei computer?»
«No, non c'era nulla.»
«Quindi la vostra ricerca nei computer di Mr Latch non ha rivelato nulla che avesse a che fare con i veleni?»
«Esatto.»
«Avete anche controllato i tabulati telefonici di Mr Latch, sia del cellulare che del numero fisso?»
«Sì, dopo aver ottenuto un mandato per esaminare anche quelli.»
«In cerca di che cosa?»
«La stessa cosa. Qualunque riferimento a veleni, morti per avvelenamento, tallio, tutto quanto.»
«E che cosa avete trovato?»
«Niente di interessante.»
«Nessun accenno a niente che fosse anche minimamente collegato ai veleni in generale, e nello specifico al tallio?»
«Esatto.»
«Da quanto tempo lavora come agente di polizia?»
«Undici anni.»
«E da quanto è un detective della Omicidi?»
«Da sei anni.»
«Su quanti omicidi ha investigato?»
«Cinque o sei. A Braxton non ne capitano molti.»
«Qualcuno di questi omicidi implicava il tallio?»
«No.»
«Ha chiesto l'aiuto della polizia di Stato della Virginia?»
«Sì, di norma ci consultiamo con loro per i casi di omicidio, ma in questo caso specifico non sono stati coinvolti ufficialmente.»
«Loro hanno idea di come ci si potrebbe procurare il tallio?»
«Ehm, be', non ricordo che la polizia fosse a conoscenza di altri casi di avvelenamento come questo.»
«Sono a conoscenza di qualcuno che potrebbe commerciare illegalmente veleni letali?»

«Se è così, non me ne hanno parlato.»

Con un sospiro profondo e l'aria frustrata, Raymond disse: «Vostro onore, non ho altre domande. Vorrei riservarmi di chiamare di nuovo il testimone domani mattina».

«Come vuole. L'udienza è aggiornata a domattina alle nove.»

45

I testimoni più "importanti" erano attesi il martedì mattina. Erano tutti dottori pieni di impegni che non potevano permettersi di perdere tempo aspettando in corridoio fuori dall'aula come gli altri. Avevano fissato date certe e orari generici per comparire in aula.

Alle nove in punto, subito dopo che la giudice Shyam diede il bentornato a tutti e chiese ai giurati se fossero sereni e in forma, venne chiamato a testimoniare il dottor Samuel Lilly. Con le solite domande preliminari, Cora Cook accertò che aveva il giusto grado di esperienza e istruzione, e che da quattro anni era il responsabile del personale medico del Blue Ridge Memorial Hospital. Aveva anche seguito la degenza di Eleanor Barnett in qualità di primario, e descrisse le lesioni che ne avevano causato il ricovero.

In termini non medici, la signora aveva parecchi graffi e lividi e due costole rotte, ma non era in pericolo di vita. Tuttavia, considerata l'età ci si aspettava una lunga convalescenza. Consultando i suoi appunti, Lilly disse alla giuria che dopo quattro giorni la paziente aveva iniziato a mostrare i sintomi di qualcos'altro, che lui e le infermiere pensavano fosse polmonite. Febbre, affaticamento, nausea e dolori più intensi. Ma era stabile e non l'avevano considerata un'emergenza.

Il dottor Lilly e l'imputato si erano conosciuti all'indomani del ricovero di Eleanor e visti quasi tutti i giorni fino alla morte della paziente. Il dottore era presente quando l'imputato aveva proposto alla sua cliente, che sedeva nel suo letto d'ospedale, di firmare una procura e una direttiva anticipata. C'erano altri testimoni, tra i quali la dottoressa Connor Wilkes. Al dottor Lilly era parsa una situazione insolita, ma l'imputato aveva spiegato con dovizia di particolari che si trattava di documenti indispensabili e, soprattutto, si era voluto accertare che Eleanor capisse che cosa stava facendo. In nessun momento il dottor Lilly aveva pensato che Eleanor stesse subendo pressioni indebite o che l'imputato si stesse approfittando di lei. Tuttavia, considerata la situazione, era ovvio che agisse su consiglio del suo legale, l'imputato stesso.

In precedenza, durante una conversazione privata fuori dalla stanza, quest'ultimo aveva confessato al dottor Lilly il suo disagio nel ruolo di esecutore del testamento biologico della paziente, ma che purtroppo non c'erano alternative. Nessun parente, nessun amico.

Quando le condizioni di Eleanor avevano cominciato a peggiorare, l'imputato le era rimasto vicino e sembrava sinceramente toccato da quanto stava succedendo. A un certo punto erano stati costretti a collegare Ms Barnett a un ventilatore polmonare, perché non riusciva più a respirare da sola. Nel corso delle sue ultime ventiquattr'ore, i dottori Lilly e Wilkes avevano discusso il da farsi con due altri colleghi e con l'imputato. Mr Latch era stato categorico sul fatto di non volersi prendere la responsabilità di staccarla dai macchinari. Diceva che la decisione spettava ai medici. Quando l'attività cerebrale della paziente si era interrotta, era stato il dottor Lilly a decidere di rimuovere il respiratore. L'imputato aveva acconsentito, ma ribadendo che si trattava di una decisione dell'équipe medica. La paziente era morta novanta minuti dopo. L'opinione unanime del dottor Lilly e del suo staff riguardo alla causa del decesso era che si trattava di polmonite virale acuta. In nessun momento avevano sospettato che la paziente fosse stata avvelenata.

Durante un lungo, lento e metodico controinterrogatorio, Raymond fece ricostruire al dottore gli ultimi due giorni di degenza di Eleanor e sottolineò ripetutamente che Simon era riluttante a partecipare alle discussioni di ordine sanitario. Era ovviamente turbato da quanto stava accadendo, e si sentiva fuori posto.

Quando il dottor Lilly fu congedato e uscì dall'aula, Simon e Raymond convennero che era stato il miglior testimone possibile.

Poi toccò alla dottoressa Dendra Brock, medico legale dello Stato della Virginia con una lunga carriera alle spalle. Era una patologa rispettatissima e aveva eseguito migliaia di autopsie. Insegnava, teneva conferenze, aveva scritto decine di articoli e persino un libro. Un curriculum sfavillante. Quando Cora attaccò con le domande di rito per verificare la credibilità della specialista, Raymond si alzò in piedi e sorrise. «Vostro onore, scusate l'interruzione» disse. «La difesa riconosce senza alcuna obiezione la grande competenza della dottoressa Brock nel suo campo. Anzi, siamo onorati di averla qui da noi in Virginia e la ringraziamo per il suo eccezionale contributo come servitrice dello Stato.»

Ms Cook annuì e sorrise a Raymond. Anche la giudice Shyam sorrise a entrambi. «Benissimo» commentò «possiamo ufficialmente considerare la dottoressa Brock esperta qualificata nel campo della patologia forense. Procediamo pure.»

Con una serie di scambi che ovviamente avevano già concordato, la procuratrice e la dottoressa Brock chiarirono il contesto nel quale era stata effettuata l'autopsia di Eleanor Barnett. La salma era arrivata da Braxton il 31 dicembre ed era rimasta in cella frigorifera fino a lunedì 4 gennaio, quando la dottoressa aveva proceduto all'esame. Il detective Roger Barr l'aveva avvertita dell'ipotesi che si trattasse di morte per avvelenamento, e lei spiegò in termini comprensibili ai profani quanto fosse stato utile saperlo in anticipo. Il cadavere era pieno di lividi, ma non c'erano segni di aggressione o violenza. A prima vista si trattava di contusioni vecchie di diversi giorni, che non c'entravano nulla con la sua morte. Gli appunti del dottor Lilly avevano confermato alla dottoressa Brock che la defunta aveva avuto un incidente automobilistico.

Le norme imponevano di filmare e fotografare ogni autopsia. Quella di Eleanor era durata quattro ore e dieci minuti. Simon e Raymond l'avevano esaminata in privato, e per Simon era stato un trauma. Giurò che non ne avrebbe mai più guardata una.

Raymond scattò in piedi un'altra volta. «Se alla Corte non dispiace» disse «stiamo accertando che la causa del decesso di Eleanor Barnett non è la polmonite ma l'intossicazione acuta da veleno. La difesa non lo ha mai contestato e non ha intenzione di contestarlo. Non c'è bisogno di infliggere ai giurati ogni minimo dettaglio dell'autopsia, direi. Sappiamo com'è morta. Conosciamo la causa del decesso.»

La giudice Shyam annuì. «Quanto prevedeva di scendere nei dettagli, procuratrice Cook?» chiese.

«Vostro onore, vorremmo che la giuria avesse ben chiaro che cosa ha causato la morte di Ms Barnett.»

«Ma la difesa conviene che si è trattato di intossicazione acuta da veleno.»

«È per dare un po' di contesto, Vostro onore, se posso.»

«Procediamo con calma.»

Raymond si sedette, però era irrequieto, pronto a nuove obiezioni.

La dottoressa Brock era già stata chiamata tante volte a deporre in aula, ed era completamente a suo agio. Sapeva di cosa parlava e si ingraziò subito la giuria evitando i tecnicismi. Insieme a due assistenti aveva cominciato l'autopsia svuotando la vescica e raccogliendo campioni di urina. Poi aveva drenato il sangue. La defunta aveva mangiato pochissimo, ma la dottoressa era riuscita a recuperare circa 11 grammi di cibo ingerito. Un campione era abbastanza cospicuo da poterlo dissezionare, e risultava composto di farina raffinata, zucchero bianco, zenzero lavorato e melassa. Cora stava per proiettare sullo schermo una foto dei resti del biscotto, ma Raymond balzò in piedi. «Sul serio dobbiamo obbligare i giurati a vederlo, Vostro onore?» sbottò, esasperato.

«No. Obiezione accolta. Abbiamo capito, Ms Cook, vada pure oltre.»

L'urina e il sangue contenevano in quantità moderata una sostanza insolita, successivamente identificata come tallio. Confrontando i campioni di urina e sangue prelevati durante l'autopsia con quelli esaminati il giorno del ricovero, la dottoressa Brock aveva accertato che il tallio era stato ingerito dopo l'ingresso della paziente in ospedale. Sullo schermo davanti ai giurati la procuratrice Cook proiettò una foto a colori del fegato di Eleanor su un vassoio da laboratorio; pesava 1280 grammi. La dottoressa precisò che in media un fegato umano pesa un chilo e mezzo, ma possono esserci variazioni. In genere è di colore rosa, ma sul lato sinistro di quello nell'immagine apparivano chiazze più scure, chiaro segno, almeno secondo lei, di un grave danneggiamento. Di fianco alla prima fotografia, Cook proiettò quella di un fegato sano, senza chiazze. Con l'aria di un'insegnante che chiacchiera con gli studenti, Brock spiegò che il fegato è l'organo che metabolizza la maggior parte dei farmaci e delle sostanze tossiche; ecco perché si concentrano lì.

Due settimane prima, mentre guardava il video dell'autopsia, Simon aveva quasi sentito una fitta al fegato e giurato, per l'ennesima volta, di darci un taglio con il bourbon.

Fecero seguito altre foto coloratissime: immagini al microscopio dei tessuti del fegato di una persona sana e della defunta; il rene destro di quest'ultima, che pesava 730 grammi e presentava macchie scure, segno, secondo la dottoressa, di danni irreversibili dovuti alle tossine; poi comparvero immagini dei tessuti del rene; infine della vescica e, per concludere, della milza.

Dopo un'ora di quello spettacolo, i giurati ne avevano abbastanza. Raymond, ancora più esasperato, si alzò e prese di nuovo la parola. «Vostro onore, la prego» disse. «Qui si sta cavillando su un dato di fatto. Ms Barnett è morta per intossicazione. Qualcuno l'ha avvelenata. Il problema è che in aula c'è l'imputato sbagliato.»

Sembrava un disco rotto, ma lo faceva apposta. A furia

di ripetere sempre lo stesso concetto, prima o poi la gente ci crede. La procuratrice, stanca di quelle obiezioni a senso unico, sbottò: «Vedrà che l'imputato è quello giusto, Vostro onore».

«Calma, calma» disse la giudice Shyam. «Quanto durerà ancora la deposizione?»

«Ah, non lo so» fece Cook, perdendo la sua solita freddezza. «Non sapevo che ci fosse un limite di tempo.»

«E infatti non c'è, Ms Cook. Trovo però che lei e la testimone abbiate accertato ciò che andava accertato, e la difesa è d'accordo. Possiamo passare oltre?»

«Senz'altro.»

La dottoressa Brock descrisse la procedura con cui aveva prelevato i fluidi e i tessuti e li aveva affidati, dopo l'etichettatura e l'impacchettamento, al suo laboratorio di fiducia, a Bethesda. A consegnarli, il giorno dopo l'autopsia, era stato un corriere speciale. Per ogni fase della catena di custodia esisteva una certificazione ufficiale.

«Vostro onore, non abbiamo alcuna intenzione di contestare la catena di custodia» ribadì Raymond, più di una volta. «Per quanto riguarda la causa del decesso, troviamo che non ci sia nulla da obiettare.»

Il dottor Henry Roster era il tossicologo forense a cui la dottoressa Brock si rivolgeva ogni volta che poteva. I due avevano già esaminato insieme altri casi, per fortuna pochissimi, di morte per avvelenamento. Il curriculum di Roster era fitto come quello di Brock, e Raymond non aveva intenzione di sorbirselo tutto. Convenne con garbo che il testimone era un tossicologo "eminente" e credibile.

Per cominciare, Roster precisò alla giuria che l'analisi delle sostanze tossiche e dei veleni in un cadavere era un procedimento complicatissimo, che richiedeva una lunga serie di esami eseguibili soltanto da un laboratorio specializzato. Mentre si dilungava su questo argomento, Raymond lo interruppe. «Vostro onore, mi scusi se indosso di nuovo i panni del seccatore» disse. «Ma non abbiamo nulla da contestare sul fatto che, secondo il referto di questo stimato ricercatore, la causa del decesso di Ms Barnett sia intossicazione acuta da veleno.»

«Obiezione respinta. Andiamo pure avanti.»

Come testimone, Roster era più impacciato della sua collega Brock. Cominciò spiegando che il tipo più diffuso di esami di laboratorio sui veleni sfruttava una tecnica chiamata "immunodosaggio". Siccome in aula erano al massimo in tre a conoscere quel termine tecnico, la procuratrice Cook premette un tasto e ne proiettò la definizione sullo schermo. Di certo, vederlo scritto non lo spiegava: ci provò il dottor Roster. L'immunodosaggio è un test che misura la reazione degli anticorpi a determinate sostanze. Che cos'è un anticorpo? Una proteina prodotta dal corpo, che difende quest'ultimo dagli antigeni. Che cos'è un antigene? Qualunque sostanza esterna che, iniettata nel corpo, stimola la produzione di anticorpi.

Simon guardò i giurati. Su dodici, quattro erano laureati e due non avevano finito il liceo. Tre erano in pensione, due disoccupati, uno era in cassa integrazione e faceva il mulettista. Come gruppo erano ragionevolmente istruiti e intelligenti, e fino a quel momento avevano mantenuto alta l'attenzione. Roster li aveva già persi.

Descrisse i quattro possibili esiti di un test tossicologico: vero positivo, falso positivo, vero negativo e falso negativo. Andò avanti per un secolo, sforzandosi di risultare interessante ma sapendo benissimo che si trattava di argomenti impenetrabili. Uno alla volta, i giurati cominciarono a guardarsi in giro in cerca di qualcuno che li salvasse. Raymond decise di non intervenire. Lui ci aveva provato a sveltire il procedimento, prima che la giudice lo zittisse.

La procuratrice cercò di portare un po' di brio con qualche altra diapositiva a colori, e il dottor Roster riuscì a non trascinare tutti nella noia, almeno finché non fu costretto a chiamare in causa la "cromatografia", il procedimento con cui si separano le sostanze tossiche da un composto. Purtroppo non la si poteva evitare, né spiegare con chiarezza in meno di cinque minuti.

Per salvare i giurati, la giudice lo interruppe. «Procuratrice Cook, è mezzogiorno e dieci e la giuria deve pranzare. Quanto manca al testimone per concludere?» chiese, e il suo tono sottintendeva che il testimone aveva già parlato abbastanza.

«Non molto, Vostro onore. Meno di dieci minuti.»

«Avvocato Lassiter, quanto crede che durerà il controinterrogatorio?»

«Cosa? Diamine, giudice, tutto quello che dice l'esperto, cioè, il poco che ho capito, a me sta benissimo.»

Fu una replica abile e non così sarcastica, ma spesso, in contesti stressanti come un'aula di tribunale affollata, il minimo tentativo di leggerezza o ironia viene ricompensato con fragorose sghignazzate. E infatti il pubblico sfogò la tensione con risatine ed esclamazioni. La giudice ne prese atto, sorrise, ma richiamò subito i presenti all'ordine. Diede un colpo di martelletto e dichiarò conclusa la deposizione. Era ora di andare a pranzo.

Quando si confrontava con esperti coltissimi e istruiti davanti a una giuria di gente comune, non sempre altrettanto sofisticata, Raymond se la godeva. «Dottor Roster» attaccò. «Io, come il mio assistito Simon Latch, abito a Braxton, una cittadina di trentamila abitanti. Mettiamo che avessi un problema di topi nel mio fienile e volessi sbarazzarmene. Dove potrei procurarmi del tallio?»

«Non è possibile. Negli Stati Uniti il tallio è illegale.»

«Come mai?»

«Da parecchi anni è vietato produrlo. Per un po' lo si era utilizzato, legalmente, come topicida, ma poi è stato proibito sfruttarlo anche in quella forma.»

«Per quale motivo?»

«Perché troppi animali domestici lo ingerivano e morivano.»

«È pericolosissimo, vero?»

«Sì, sì.»

«Perché?»

«Perché, in parole povere, è insapore, inodore, incolore e letale.»

«Tanto che ha una consolidata e sordida reputazione come sostanza preferita degli avvelenatori, giusto, dottor Roster?»

«Così si dice, avvocato. Non credo che ci siano prove a livello scientifico, però. Non è esattamente il mio campo.»

«Certo. Lei lavora per uno dei più importanti laboratori nazionali, vero?»

«Lo possiamo definire tale, sì.»

«E il suo laboratorio conserva una scorta di veleni, tossine, e via dicendo?»

«Sì, è fondamentale per il nostro lavoro.»

«Quanti campioni avete?»

«Non lo so. Centinaia. Disponiamo di un reparto approvvigionamento il cui unico compito è quello di trovare e inventariare sostanze chimiche, droghe, tossine e veleni. Il tutto, ci tengo a sottolinearlo, avviene sotto la supervisione degli organi federali competenti.»

«Avete anche una scorta di tallio, quindi?»

«Sì.»

«Dove ve lo procurate?»

Roster ci pensò per un attimo e si strinse nelle spalle. «Non mi ero preparato a questa domanda, avvocato. Potrei contattare il laboratorio e risponderle entro un'ora, se vuole.»

«Non si disturbi. Dov'è presente il tallio in natura?»

«Negli strati più superficiali della crosta terrestre, dove si presenta come sottoprodotto dell'estrazione di altri metalli, come lo zinco e il rame.»

«Okay. Mettiamo che io volessi avvelenare qualcuno con il tallio. Dove lo troverei?»

«Non ne ho idea, avvocato.»

«Va bene, ma se da decenni è il veleno preferito degli assassini americani e non, qualcuno dovrà pur sapere dove procurarselo, giusto?»

Roster si strinse di nuovo nelle spalle, come per stare al gioco. «Direi di sì.»

«E lei, quindi, a chi chiederebbe di procurarglielo? Da dove comincerebbe la sua ricerca di una scatolina di tallio?»

«Avvocato, le ho già detto che questo esula dalle mie conoscenze e competenze.»

«Se proprio glielo devo dire, dottore, lo trovo un po' assurdo. Lei, uno dei più importanti tossicologi americani, per non dire mondiali, non ha la più pallida idea di dove andare o di chi contattare per comprare del tallio. È questo che sta dicendo alla giuria?»

«Più o meno, avvocato Lassiter. Io non saprei chi contattare.»

«Ma allora come avrebbe fatto un piccolo avvocato di provincia di Braxton, un uomo onesto che il tallio non lo ha mai sentito nominare, a mettere le mani sul veleno perfetto?»

«Forse lo deve chiedere a lui.»

«Dottore, forse si è dimenticato che al banco dei testimoni c'è lei. È in grado di rispondere alla mia domanda?»

«No.»

«Immaginavo. Ha detto che lavora come tossicologo forense da ventisette anni. Quante volte è stato chiamato a deporre in processi per omicidi compiuti con il tallio?»

«Due. Questa è la terza.»

«La prima volta dove fu?»

«Obiezione» disse Cora Cook alzandosi in piedi. «La domanda non è pertinente. Vogliamo davvero riesaminare vecchi casi che non hanno assolutamente nulla a che fare con questo?»

Prima che la giudice aprisse bocca, fu Raymond a tuonare: «Un attimo, giudice. Questo è un controinterrogatorio! Ho il diritto di approfondire tutti gli aspetti irrilevanti che voglio. Come ha fatto l'accusa, del resto».

«D'accordo, per ora obiezione respinta» replicò la giudice, paziente. «Ma ci sono dei limiti, avvocato Lassiter.»

Raymond guardò Roster torvo, come se lo avesse sorpreso a mentire. «Dove fu il primo caso, dottore?»

«Nell'Ohio, era il 1998.»

«Il processo McGregor, giusto?» chiese Raymond, mentre guardava i giurati come a dire: "Quanto sono intelligente?".

«Mi sembra.» In quel momento Roster si rese conto che Raymond conosceva quel caso tanto quanto lui, e si corresse. «Sì, era McGregor.»

«Che si concluse con l'assoluzione dell'imputato, giusto?»

«Esatto.»

«E Mr McGregor dove si era procurato il veleno, il tallio?»

«Lo aveva rubato da un laboratorio di Cincinnati, ma mi pare che non si riuscì a dimostrarlo.»

Raymond andò a sedersi e disse ad alta voce: «Non colpevole. Non colpevole per tutti i capi d'accusa».

46

Un usciere gentile accompagnò Simon alla porta di servizio e lui sgattaiolò fuori dall'edificio prima che Raymond affrontasse i giornalisti sulla gradinata esterna con le solite battute e i soliti "no comment". Ormai si era capito che non avrebbe mai detto nulla di nemmeno lontanamente concreto sul caso, ma lo seguivano lo stesso, in branco sul marciapiede, e scattavano foto o giravano filmati identici a quelli del giorno prima. Simon, intanto, nascosto sotto un cappellino verde della John Deere, saltò sul sedile anteriore di una Chevrolet Impala nera, chiaramente del parco auto in uso alle agenzie governative, e sfrecciò via con Landy al volante. Quando furono lontani dal tribunale e dai potenziali inseguitori, Simon alzò la testa e le domandò com'era andata, secondo lei.

«Una vera noia. Però Raymond fa bene a dare ragione ai medici. A furia di sentire "sì, è morta avvelenata, ma non è stato il mio cliente", ti rimane in testa. La procuratrice non mi entusiasma.»

«Difficile trovarne uno che appassioni.»

«Non hai trovato eccitanti le décolleté leopardate?»

«No. Fanno ridere.»

Landy alzò gli occhi al cielo. «Ai ragazzi della giuria piacciono eccome.»

«Dove stiamo andando?»

«Vicino alla spiaggia c'è un chioschetto che vende frutti di mare. Tranquillo e riparato.»
«Lavori spesso da queste parti?»
«Un paio di casi all'anno. Al momento stiamo interrogando i testimoni di un giro di appalti truccati. Estremamente monotono. La vita da agente dell'FBI non è sempre sparatorie e inseguimenti.»
«Stanotte dormi qui?»
«È un invito?»
«Per questa notte, o un'altra.»
«Vedo se riesco a organizzarmi. Delano dice che la tua giuria non è un granché.»
«Parlami di questo Delano.»
«È il mio partner in questa missione. Stamattina ha seguito le prime due ore, è uno che di processi ne sa. Ha lavorato quattro anni sul campo, in tribunale, per un difensore d'ufficio. Secondo lui hai già la giuria contro. Il danno più grosso è stato dipingerti come l'avvocato ingordo che coglie al volo l'occasione per approfittare di una cliente vulnerabile e sola al mondo.»
«Lo pensi anche tu?»
«Stamattina sono andata via a metà seduta, e oggi io e Delano non potremo esserci. Impegni di lavoro. Ma domani passiamo. Sto solo cercando di esserti d'aiuto, Simon.»
«Grazie, ma non hai risposto alla domanda. Pensi anche tu che la giuria abbia già deciso?»
«Come sempre è difficile leggerla. E non sono ancora state mostrate tutte le prove. Direi che per ora è un pareggio.»
Simon inspirò a fondo e ci rifletté. «Non mi sono approfittato della mia cliente» disse. «In tutto questo non ci ho guadagnato niente. Anzi, ho perso tutto.»
«Lo so. Sto dalla tua parte. Ma la tua cliente è morta, e i biscotti glieli hai comprati tu.»

Alle due del pomeriggio di quel martedì, l'accusa chiamò a deporre la dottoressa Connor Wilkes. Cora Cook accertò in poco tempo che da quattro anni Wilkes era direttrice generale dell'ospedale, e che prima del decesso di Ms Barnett aveva incontrato l'imputato in diverse occasioni. La dottoressa raccontò di quando Latch si era presentato nel suo ufficio con una nuova procura e una direttiva anticipata, il testamento biologico, chiedendole di leggerle. Poi se n'era andato. Lei aveva inviato una copia dei documenti, per avere un'opinione in merito, al legale dell'ospedale, che non aveva avuto nulla da ridire: l'importante era assicurarsi che la paziente non stesse subendo alcuna pressione indebita per firmare le carte. Molti dei dottori e delle infermiere che la dottoressa Wilkes aveva consultato si erano detti sospettosi e contrari a fare da testimoni alle firme. Tuttavia, l'assenza di parenti o familiari di Ms Barnett era un dato di fatto.

Wilkes e il suo staff avevano incontrato Latch nella stanza di Ms Barnett. Lui aveva distribuito copie dei documenti legali e risposto a tutte le domande. Aveva spiegato alla sua cliente cosa stava per firmare in modo chiaro e scrupoloso, frase per frase. Per almeno due volte si era offerto di rinviare le firme a un altro giorno. Ma visto che la signora aveva ottantacinque anni ed era ricoverata, avevano pensato che fosse meglio procedere. Dopo che la paziente aveva firmato tutto, Latch aveva lasciato le copie degli atti alla struttura.

Sì, firmare documenti come quelli in un letto d'ospedale era senz'altro una cosa insolita, e la dottoressa Wilkes ricordava un solo precedente. In quelle circostanze, però, non le sembrava che ci fosse stato nulla di sbagliato. La paziente aveva bisogno di una direttiva anticipata e di un legale che agisse per conto suo, ed era padrona di sé.

Nei giorni in cui la salute di Ms Barnett era rapidamente peggiorata, l'imputato aveva avuto diversi colloqui con lo staff sanitario. Era chiaramente preoccupato per la paziente e si confrontava spesso con dottori e infermiere. Si era rifiutato di prendere la decisione di staccare Ms Barnett dal respiratore. Aveva detto più di una volta che tale responsabilità spettava ai medici. La signora era stata dichiarata morta alle 10.02 del 30 dicembre.

Circa un'ora dopo, la dottoressa Wilkes aveva risposto a una telefonata del detective Barr.

Durante il controinterrogatorio, Raymond insistette con

forza su ciò che Wilkes aveva già detto, ovvero che in nessun frangente Simon Latch aveva mostrato la benché minima impazienza di eseguire le ultime volontà della sua cliente. Non avrebbe voluto essere lì, ma non c'era nessun altro.

Chiarito per bene questo punto, Raymond colse di sorpresa la dottoressa chiedendole se avesse mai controllato il registro dei visitatori della reception. Lei rispose di no. Lui le consegnò un plico di fogli stampati e le chiese di cercare quello datato 22 dicembre dell'anno precedente.

«Eccolo, avvocato, ci sono» disse lei quando lo trovò.

Raymond gettò uno sguardo teatrale ai giurati e domandò: «Le risulta che tra i nomi riportati sul foglio ci sia quello di tale Jerry Korsak?».

«Sì. Entra alle cinque e mezza del pomeriggio per fare visita a Ms Barnett ed esce dopo una ventina di minuti.»

«Lo ha incontrato anche lei, quel giorno?»

«No, non sono solita ricevere i visitatori.»

«Certo che no. Sa di chi stiamo parlando?»

«Ho saputo in seguito che è il figliastro di Ms Barnett.»

«Esattamente. Adesso, la prego, vada al 26 dicembre, attorno alle quattro del pomeriggio. Vede il nome di un tale Wally Thackerman?»

La dottoressa sfogliò le carte. «Sì» rispose a un certo punto. «Entra alle quattro e undici.»

«Per fare visita a chi?»

«A Eleanor Barnett. Esce dopo circa un quarto d'ora.»

«Grazie. Ora, dottoressa Wilkes, l'ospedale tiene traccia dei regali, dei fiori, dei pasticcini, dei biglietti e del resto delle cose che i visitatori portano ai pazienti?»

«No. Dubito che esista un ospedale in grado di tenere il passo con tutta quella roba.»

Raymond era convinto che fosse necessario fare i nomi di Jerry Korsak e Wally Thackerman in aula. Magari, in una fase successiva, ricordare alla giuria che Eleanor aveva ricevuto altre persone poteva essergli d'aiuto. Forse potevano esserci altri sospettati.

Il proprietario e direttore dell'agenzia di pompe funebri Cupit & Moke era Douglas Gregg, un amabile e anziano signore che imbalsamava i defunti di Braxton da decenni. Nessuno gli aveva mai visto addosso un abito che non fosse nero. Prese posto nel suo miglior completo da becchino e sembrava pietrificato.

Dichiarò di aver conosciuto l'imputato il 29 dicembre, il giorno prima che Ms Barnett morisse, quando era passato a salutarlo e a esaminare la polizza funeraria di Ms Barnett. Latch aveva mostrato a Gregg la direttiva anticipata della signora con le istruzioni relative alla cremazione e alla successiva sepoltura nel cimitero di Eternal Springs, vicino al suo compianto marito. L'indomani lo aveva chiamato per dirgli del decesso.

Cora Cook diede al testimone una copia dei tabulati dell'agenzia. Il 30 dicembre alle 10.49 Gregg aveva ricevuto una telefonata dall'imputato e appreso che Ms Barnett era appena morta. Latch gli aveva anche chiesto di mandare il carro funebre a prenderla non appena possibile. Nel suo lavoro era la routine. Dopo la consegna della salma a Cupit & Moke era arrivato il detective, con l'ordine di sospendere il procedimento della cremazione.

Circa un mese dopo, Ms Barnett era stata finalmente sepolta, integra, vicino al suo compianto marito.

Tra l'orario ufficiale di morte e la telefonata alle pompe funebri erano passati soltanto quarantasette minuti. Nel corso del processo l'accusa lo avrebbe ripetuto più e più volte, per dimostrare che l'imputato aveva fretta di far cremare la salma e, in tal modo, distruggere le prove dell'avvelenamento.

Nel controinterrogatorio, Raymond cercò di far dire a Gregg che quarantasette minuti non erano poi così pochi, ma lui non cedette. Di solito passavano ore, prima che l'ospedale o la famiglia lo chiamassero.

«Sembrava davvero un po' di fretta» concluse.

Il giurato numero quattro in prima fila era uno tosto. Nigel Adcock, quarantotto anni, responsabile distrettuale del reparto vendite di un'acciaieria, sposato, tre figli, cattolico, probabilmente il più elegante dei sette maschi. A Simon era stato antipatico a prima vista, avrebbe voluto eliminarlo dalla giuria, ma Raymond aveva bisogno di tagliare altrove.

Adcock aveva chiesto di poter essere esonerato dall'incarico dicendo che aveva troppe trattative di lavoro in corso, viaggiava tanto, era un uomo impegnato e alle dipendenze di un capo che avrebbe protestato davanti a una settimana di assenza. La giudice Shyam non si era mostrata comprensiva e non glielo aveva concesso.

Arrivati a martedì pomeriggio, Simon aveva lanciato abbastanza occhiate alla giuria da riuscire a leggerla, o almeno gli sembrava. Adcock aveva già deciso, si vedeva, e non lo avrebbe aiutato. Simon aveva passato i suoi appunti a Raymond e Casey, e anche loro tenevano gli occhi ben aperti.

Per l'accusa, l'ultima testimone del giorno era una scommessa. Chiamando a deporre Matilda Clark, la procuratrice Cook ambiva a dimostrare che l'imputato aveva redatto da sé le ultime volontà di Eleanor e fatto del suo meglio per tenere all'oscuro la segretaria. Una condotta davvero sospetta. L'unica spiegazione possibile era che volesse nascondere il testamento fino al giorno dell'omologazione.

Matilda era in gran forma: abbronzata, tonica, con una bella acconciatura nuova e occhiali firmati che Simon non le aveva mai visto. Dopo aver giurato di dire la verità, però, perse baldanza, come se testimoniare contro il suo ex capo fosse l'ultima cosa che voleva fare.

Con le domande di rito, la procuratrice la fece presentare alla giuria: dodici anni nello studio legale di provincia di Simon, lavoro di routine con particolare attenzione al diritto fallimentare, centinaia di testamenti. Le si incrinò la voce e aveva gli occhi lucidi, a conferma che odiava essere lì ad aiutare l'accusa.

Si ricordava benissimo di Eleanor Barnett, e descrisse le loro prime conversazioni telefoniche. Una cara signora rimasta sola al mondo. Matilda le aveva chiesto le informazioni basilari e in seguito verificato che riceveva una bella pensione e non aveva debiti. Ms Barnett, tuttavia, si era rifiutata di parlare di soldi con lei.

L'inganno era cominciato un istante dopo l'uscita della cliente dallo studio. Di norma Matilda prendeva il modulo, lo compilava in base agli appunti di Simon, stilava un testamento stringato e aspettava che, nel giro di una settimana, il cliente tornasse a firmarlo in presenza dell'avvocato Latch. Da anni la tariffa era sempre la stessa, 250 dollari. Nel caso di Ms Barnett, invece, Simon si era tenuto per sé gli appunti e aveva detto che potevano esserci complicazioni, che dovevano aspettare qualche settimana e così via.

Il 27 marzo Matilda si era presa un giorno libero perché era il suo compleanno. Simon aveva ricevuto Ms Barnett per la firma del testamento e chiesto di fare da testimoni a due vicini d'ufficio. Matilda era venuta a saperlo e, di punto in bianco, aveva chiesto a Simon se avesse scritto lui il testamento di quella cliente.

Lui aveva mentito e risposto di no. Matilda si asciugò di nuovo gli occhi, ovviamente turbata da quel tradimento della fiducia. No, in tutti gli anni in cui aveva lavorato per Simon non ricordava di averlo mai visto redigere da sé un testamento. I modelli erano salvati sul suo computer, e lei in pochi secondi ne avrebbe saputo produrre uno a misura di cliente.

In diverse occasioni, nelle settimane successive, Matilda aveva chiesto a Simon di Ms Barnett. Il fascicolo della signora era ancora aperto, e lei ci teneva che le sue carte fossero in ordine. Simon era sempre stato evasivo. Altre menzogne, altre lacrime.

Simon era stressatissimo. Il suo matrimonio stava per finire e lui, praticamente, viveva nello studio legale. Aveva cercato di tenerlo nascosto a Matilda, ma alle segretarie non sfugge niente. Come avvocato riusciva a malapena a far quadrare i conti. Lavorava sodo e a tutte le ore, ma in una piccola città era dura. Durante la primavera e l'estate almeno altri sette clienti avevano ingaggiato Simon per preparare testamenti semplici, redatti nella maniera abituale. La tariffa era sempre stata di 250 dollari.

Dopo l'incidente automobilistico e il ricovero di Eleanor, Matilda era stata almeno tre volte a trovarla, e in due occasioni le aveva portato i suoi brownie fatti in casa e i biscotti allo zenzero di Tan Lu. Simon le aveva spiegato che lui e Ms Barnett erano stati a pranzo nel ristorante vietnamita e lei adorava quei dolcetti. Matilda escludeva che i brownie e i biscotti fossero stati adulterati prima che li portasse nella stanza d'ospedale. Le sue visite erano state amichevoli ma brevi. Eleanor non era mai stata troppo espansiva con lei.

Cora diede alla testimone un documento etichettato come "Reperto n. 8" e le chiese se lo avesse già visto. Era il testamento redatto da Simon, e firmato da Eleanor Barnett in presenza di Tony e Mary Beth Larson il 27 marzo dell'anno precedente. Matilda rispose che sì, lui gliene avevano mostrata una copia poche settimane prima.

«In dodici anni da segretaria dell'imputato lei ha mai redatto un testamento come questo?» domandò Cora.

«Ah, no. Non ci abbiamo mai neanche provato. È complicatissimo costituire fondi fiduciari e tutto il resto. Simon non è mai stato specializzato in diritto tributario e patrimoniale e non ha mai preteso di esserlo. Facevamo solo testamenti semplici.»

«Qual era la tariffa di Mr Latch per un'ora di lavoro?»

Lei fece una sorta di alzata di spalle e una risatina. «Non saprei neanche dire se avessimo un tariffario a ore. Si faceva pagare a forfait per ogni causa fallimentare, rogito, o piccoli reati penali giudicati presso il tribunale cittadino. Il nostro lavoro era quello. Ogni tanto cercava di chiedere 300 dollari all'ora, ma i clienti tentennavano e si chiudeva al ribasso.»

«Questo testamento fissa una parcella di 500 dollari all'ora. È normale, in una città come Braxton?»

«Non so quanto chiedano gli altri studi. Ma Simon non si è mai fatto pagare così tanto.»

«La trova una somma eccessiva?»

«Non saprei.»

«Si occupava lei della fatturazione, giusto?»

«Sì, e della contabilità.»
«Quante altre volte l'imputato ha chiesto 500 dollari all'ora e li ha ricevuti?»
Ci pensò un secondo, però la risposta era ovvia. «Non ricordo che sia mai successo.»

47

Dopo quattro giorni di sobrietà, Raymond aveva bisogno di bere. Gli avvocati si ritirarono in uno dei locali preferiti di Marshall Graff e ordinarono cocktail e ostriche. Si sistemarono a confabulare in un angolo dando le spalle al mondo e commentarono le testimonianze di quel giorno.

Raymond riteneva che la testimonianza di Matilda fosse stata ininfluente. Aveva sollevato sospetti e dipinto Simon come un tipo spregevole che stava tramando qualcosa, ma cosa esattamente? Preparare un testamento assolutamente legittimo per la sua cliente, come se fosse un reato? Simon era a processo per omicidio, non per aver mentito alla segretaria. Niente di ciò che aveva dichiarato Matilda provava che Simon avesse avvelenato Eleanor Barnett. Certo, quei maledetti biscotti li aveva comprati lui, ma quand'erano stati consegnati in ospedale erano innocui. E sognava di riscuotere una parcella più alta per il lavoro svolto: di sicuro neanche quello era un reato. Altrimenti, ogni avvocato del paese sarebbe finito alla sbarra. Casey, che di norma contraddiceva Raymond per partito preso, pensava che la testimonianza di Matilda avesse danneggiato Simon perché al banco dei testimoni aveva proprio l'aria di una che si sentiva tradita dal suo capo. Due giurate erano sembrate molto solidali con lei.

A Simon andava bene che Tillie non avesse fatto danni

peggiori. Conosceva un mucchio di segreti, incluse le innumerevoli volte in cui lui si era intascato parcelle in contanti senza fattura. Certo, divideva quasi sempre la parte in nero con lei. Ma quella era ridicola, come evasione fiscale. "Lo fanno tutti gli avvocati" amava ripetere. Tillie avrebbe potuto dipingere lo studio legale per quello che era davvero: una catena di montaggio che per due soldi si occupava di fallimenti e altre noiose questioni legali, sulla quale gravavano pesanti ipoteche e che si teneva a malapena a galla. Avrebbe potuto descrivere il suo ex capo come un uomo che viveva al di sopra delle proprie possibilità e al quale avrebbero davvero fatto comodo parcelle più consistenti.

Dopo un'ora di riflessioni e due martini accompagnati da una dozzina di ostriche, Simon si congedò e tornò alla sua suite d'albergo buia e solitaria. Landy gli aveva scritto un messaggio per comunicargli che non poteva passare a fargli compagnia. Forse la sera dopo. Probabilmente era con Delano, chiunque egli fosse.

Alle otto di sera Simon chiamò Paula e salutò la famiglia. Si figurò lei, Buck, Danny e Janie seduti al tavolo della cucina, dopo cena, magari impegnati con i compiti, mentre chiacchieravano al telefono in vivavoce con il padre incriminato. Raccontò delle deposizioni di quel giorno e spiegò cosa ne pensava. Gli avvocati erano ottimisti. I giurati attenti. La giudice imparziale ed equa. L'aula era ancora affollata di spettatori. Il processo sarebbe dovuto finire entro venerdì. No, non sapeva come sarebbe andata.

Simon riuscì a sembrare fiducioso, o almeno a fingersi tale, ma non era facile. Immaginare il momento in cui i suoi figli avessero saputo che era stato condannato per omicidio gli scatenava pensieri tremendi, incontrollabili. I ragazzi non avevano fatto nulla per meritarsi un tale dolore.

E neanche lui.

Invece di spassarsela con Landy, andò a letto da solo verso le dieci. L'orario non contava, perché non riuscì comunque a dormire. La chiamata di Landy alle 23.17 non aiutò. «Dobbiamo parlare» gli disse.

«Okay, stiamo parlando.»
«Credi che qualcuno ci stia ascoltando?»
Da almeno sei mesi Simon viveva dando per scontato che ci fosse sempre qualcuno ad ascoltarlo o osservarlo. «Non lo so. Diamine, sei tu l'FBI.»
«Su Brodnax Road, vicino al centro, c'è un hotel Best Western. Ti aspetto nella hall verso mezzanotte.»
«Immagino sia importante.»
«Da non crederci.»
«Arrivo subito.»
Nella hall dell'albergo non c'era nessun altro. Persino del portiere non c'era traccia. Simon seguì Landy nella sua stanza al primo piano. Lei mise la catenella alla porta e la chiuse a chiave. Il suo portatile era su un tavolino, già aperto. «Dopo che Matilda Clark è uscita dal palazzo di giustizia l'abbiamo seguita» esordì.
«Non sapevo che stessi lavorando al caso.»
«Infatti. È solo un favore.» Schiacciò un tasto e spiegò: «È andata un po' in giro, ha cincischiato qua e là in modo parecchio sospetto, come se badasse a non essere seguita. Alla fine si è fermata a un Hampton Inn a meno di un chilometro da qui».
Il filmato buio mostrava Matilda nella hall dell'albergo; parlava con un uomo che non si riusciva a identificare. Poi i due scomparvero.
«Stanza 220. Occupata nelle ultime tre notti da un certo Jerry Korsak. È meglio se ti siedi.»
Lui si sedette.

Dopo altre cinque ore insonni, Simon fece una doccia e indossò lo stesso completo e la stessa camicia di lunedì, andò in auto al Balfour Hotel ed entrò nella hall all'alba. Trovò Raymond e Casey che in una sala riunioni armeggiavano con un grosso thermos di caffè. Lì accanto c'era un vassoio di pasticcini intonsi.
«Okay, sentiamo» fece Raymond, lucido nonostante gli occhi arrossati e il volto tirato.
Simon estrasse un taccuino dalla ventiquattrore e diede

un'occhiata agli appunti che aveva elaborato nella notte. «Ho conosciuto di persona Eleanor il 10 marzo dello scorso anno, nel mio ufficio. Accennò a due figliastri, Clyde e Jerry Korsak, ma voleva a tutti i costi estrometterli dal testamento. Io le consigliai di lasciare 100.000 dollari in contanti a ciascuno dei due per evitare problemi.»

«Bella mossa» fece Raymond, con aria saccente.

«Grazie. Lei firmò il testamento e non ci furono novità fino al 15 giugno, quando Clyde arrivò in città e aggredì Wally Thackerman nel suo studio. Quella è un'altra storia. Jerry non era ancora entrato in scena. Le settimane passarono. In quel periodo cominciai a notare che Matilda stava diventando molto carina. Era dimagrita, andava in palestra ogni mattina, mangiava solo cose sane, si vestiva in modo più curato. Nel corso degli anni era già successo, ogni volta che passava da un uomo sbagliato a quello successivo. Ha sempre fatto fatica a trovare quello giusto.»

«Avete mai avuto una storia?» volle sapere Raymond.

«Non che siano affari tuoi, ma la risposta è no. Più dimagriva più era felice, e sospettai che avesse trovato un nuovo fidanzato. Ce n'erano stati parecchi e avevo imparato a non fare domande. Il mio matrimonio era in crisi e non mi andava di parlarne. Ognuno teneva la sua vita privata per sé. Ma che frequentasse qualcuno era talmente ovvio che mi venne la tentazione di dire qualcosa, però mi morsi la lingua. Evidentemente, più o meno in questo periodo, l'estate scorsa o in autunno, ha conosciuto Jerry Korsak.»

«È una bestia come il fratello?» chiese Raymond.

«Molto diverso. Di bell'aspetto, ben vestito, direi sui cinquant'anni. L'ho incontrato di persona una sola volta. Lo scorso dicembre, quando Eleanor era in ospedale, venne in città e passò da me in ufficio, dicendo che era andato a trovare "ma'", la chiamava così. Non avevo idea che frequentasse Matilda.»

«Non puoi saperlo con certezza.»

«No, è vero. Però adesso sembra sospetto. Mesi fa, quando mi hanno rinviato a giudizio, lo studio non aveva quasi più lavoro e le nostre strade si sono separate. All'epoca Matilda mi disse che sarebbe andata dalle parti di Sarasota, mi pare, ospite di un'amica.»

«E non le parli da allora?»

«Sì, ci siamo sentiti parecchie volte. Siamo vecchi amici. Ha lavorato per me dodici anni.»

Raymond, irritato, sembrava considerarla una perdita di tempo. «Okay, interessante, però non cambia un bel niente. Siamo nel bel mezzo di un processo per omicidio e veniamo a sapere questa cosa. Non possiamo chiedere una sospensione per dare la caccia alla tua ex segretaria e chiederle con chi va a letto. Questa storia non prova niente.»

Casey avrebbe voluto ribattere qualcosa, ma non trovò nulla su cui obiettare. Con il processo in pieno svolgimento era troppo tardi per scoprire prove nuove e potenzialmente importanti. Se Simon fosse stato condannato, avrebbe potuto puntare il dito contro qualcun altro in appello. In caso di proscioglimento, se lo sarebbe potuto tranquillamente risparmiare.

Raymond addentò un croissant e il tavolo si riempì di briciole. Dopo un lungo silenzio carico di tensione, disse: «Okay, ragazzi, è tutto molto avvincente, però non ci porta da nessuna parte, quantomeno non adesso, nel bel mezzo del processo. Abbiamo una giornata piena, ci aspettano diversi testimoni da ascoltare e interrogare. A questo pensiamo più avanti. Torniamo al punto».

«Pensi che dietro l'avvelenamento ci siano Matilda e Jerry?» domandò Casey a Simon.

«Per me sono i principali sospettati.»

«Ragazzi, ci penseremo poi» li riprese Raymond. «Torniamo al punto.»

Com'era consuetudine, l'accusa aveva chiamato a comparire più testimoni di quanti ne intendesse interrogare. Tra questi c'era Wally Thackerman.

L'originale del testamento di Eleanor che Wally aveva preparato due mesi prima che Simon redigesse il suo era misteriosamente svanito nel nulla. Si pensava che fosse in mezzo ai documenti importanti di Eleanor, ma il detective Roger

Barr non lo trovò. Il mandato di comparizione di Wally specificava che avrebbe dovuto portare con sé la copia del testamento che conservava in ufficio. Non lo fece.

Raymond e Casey non concordavano sulla possibilità che l'accusa portasse davvero Wally al banco dei testimoni. Quel mercoledì mattina, quando Cora Cook riprese la parola, annunciò: «Vostro onore, lo Stato chiama a deporre l'avvocato Walter Thackerman».

Trascorse qualche minuto mentre l'usciere cercava Wally in corridoio e lo accompagnava in aula. Lui salì sul banco dei testimoni e giurò di dire la verità. Soppesando attentamente ogni parola, raccontò del suo rapporto con Eleanor Barnett. Gli si era presentata come una vedova senza figli che aveva bisogno di un testamento semplice: la stessa storia che avrebbe rifilato a Simon due mesi dopo. Si disse stupito dalla sua immaginazione, dalla sua meticolosità e dalla sua astuzia.

Quasi tutto ciò che diceva Wally era opinabile, perché fondato sul sentito dire, su affermazioni fatte da una persona deceduta. Nessuna delle parti però intervenne, perché entrambe volevano che la giuria sentisse la testimonianza. L'accusa stava cercando di dimostrare che la presunta agiatezza di Eleanor aveva scatenato in entrambi gli avvocati, e specialmente in Simon, il movente dell'avidità. Il patrimonio di Eleanor rendeva necessaria la redazione di un testamento più complicato, che avrebbe generato parcelle sostanziose. La difesa voleva che Wally dipingesse Eleanor come un'anziana ormai fuori di testa che sognava ancora la sua ricchezza svanita nel nulla.

«Ms Barnett firmò il testamento da lei preparato il 7 gennaio dello scorso anno, esatto?» chiese Cora.

«Sì, esatto.»

«E che ne è stato dell'originale?»

«L'originale lo conserva sempre il cliente. Io ho tenuto una copia.»

«L'originale di Ms Barnett non è stato rinvenuto. Ha idea di dove possa essere?»

«No» rispose Wally lanciando un'occhiata a Simon.

«La sua copia dov'è?»
«Nel mio ufficio. A Braxton.»
«Oggi avrebbe dovuto portarla in aula.»
«Mi rifiuto di farlo.»
«E su quali basi?»
«Sulla base del fatto che si tratta di un prodotto del mio lavoro, e quindi è protetto dal segreto professionale. Il testamento non è stato omologato e non è di dominio pubblico. Non sono stato accusato di nessun reato. Quindi non sono tenuto a consegnarlo.»
«Vostro onore, chiedo alla corte di ordinare al testimone di consegnare il testamento preparato per Eleanor Barnett.»
La giudice Shyam era stata aggiornata sulla questione dal suo assistente e non ebbe esitazioni. «Richiesta respinta. Il testamento non è stato omologato e potrebbe rimanere per sempre in un cassetto. Di conseguenza, lo considereremo un documento riservato e protetto dal segreto professionale. Proceda pure.»
Wally lanciò un'altra occhiata a Simon e fece un lieve cenno del capo, come a dire: "Io proteggo te, tu proteggi me".
Il piccolo, sporco segreto della donazione da 485.000 dollari a favore di Wally rimase sepolto.
Cora era delusa, ma mantenne la calma. Chiese a Wally se poteva descrivere in termini generali in che modo sarebbe stato distribuito il denaro dal testamento di Eleanor. Lui si lanciò in un riassunto verboso di cosa s'intendeva per fondo fiduciario e di chi ne avrebbe beneficiato, ma lasciò intendere di non aver mai creduto che i soldi ci fossero davvero. Difese la clausola con cui si era autoattribuito una parcella da 750 dollari all'ora. Sì, erano tanti, ma il lavoro sarebbe stato complicato. Gli avvocati specializzati in successioni a Washington e New York avevano tariffe più alte. Lì a Virginia Beach, proprio in fondo alla strada, c'era uno studio legale i cui soci fatturavano 1000 dollari all'ora. A tratti riusciva quasi a far sembrare 750 dollari all'ora il salario minimo nazionale.
Simon era divertito e lo fece capire a Wally. Chissà, magari un giorno avrebbero potuto riderne davanti a una birra.

Durante una pausa Raymond, Casey e Simon discussero di come gestire Wally nel controinterrogatorio. «Lascialo stare» suggerì Simon. «Non ha fatto niente per danneggiarci.»

«Che mi dici della donazione da mezzo milione di dollari?» intervenne Casey.

«Lasciamo perdere. Non ci aiuterebbe.»

48

A gennaio, quando Clement Gelly aveva accettato l'incarico di amministratore straordinario del patrimonio di Eleanor Barnett, la giudice Pointer gli aveva praticamente garantito che non sarebbe rimasto invischiato in nessun processo penale. Di sicuro non gli andava di deporre contro Simon Latch, un avvocato che apprezzava e rispettava. Ricevuto il mandato di comparizione che lo obbligava a partecipare al processo, perciò, aveva presentato un'istanza con cui chiedeva l'esonero. L'istanza era stata respinta, e lui aveva implorato la giudice Pointer di rimuoverlo dall'incarico di amministratore. La giudice si era rifiutata e scusata per il pasticcio in cui l'aveva messo, ma non c'erano alternative, perché a quel punto nessun altro avvocato di Braxton aveva la benché minima intenzione di farsi coinvolgere.

Gelly giurò di dire la verità e si preparò a deporre con la ferma intenzione di non sprecare una parola più del necessario e, se possibile, di non dichiarare nulla che danneggiasse Simon.

Basandosi sulle imposte sugli immobili pagate da Eleanor, sugli estratti conto delle sue banche e sulle rendicontazioni trimestrali dello studio Rumke-Brown, Gelly fece un rapido calcolo del valore del patrimonio della defunta. Il valore della casa, sulla quale non gravavano ipoteche, era stato fissato appena un anno prima a 292.000 dollari. Su un conto corrente della Security Bank di Braxton erano depositati 3300 dollari. Una filiale di Atlanta della East Federal deteneva due certificati di deposito del valore di 21.000 e 13.000 dollari, e su un conto corrente intestato alla signora presso la stessa banca figuravano 28.400 dollari. Il suo patrimonio includeva 6775 azioni ordinarie dell'azienda Coca-Cola, per un valore di mercato pari a 271.000 dollari. Contando anche circa 5000 dollari in arredi ed effetti personali di vario genere, il valore totale dell'eredità Barnett ammontava a poco più di 630.000 dollari, dai quali non erano state detratte imposte statali o federali anticipate.

Mentre scribacchiava le cifre e le sommava, Simon dovette ammettere che la maggior parte dei testamenti che aveva redatto in tutta la sua carriera riguardavano successioni molto meno ricche. Rispetto alla media di Braxton quello sembrava un capitale, ma niente a che vedere con i suoi sogni patetici e meschini. Non poté fare a meno di ricordare la prima volta che aveva conteggiato il totale dell'eredità di Netty. Era successo più di un anno prima, nella sua sala riunioni, mentre lei si tamponava gli occhi con un fazzoletto e dalla sua bocca dai denti ingialliti uscivano menzogne. Che bugiarda scaltra e convincente era stata. E che avido, stupido credulone era stato lui.

Basandosi sui rendiconti di Buddy Brown, Clement fece un rapido riassunto della storia degli investimenti di Harry Korsak e di come aveva accumulato le sue ricchezze. Non potendola confermare sorvolò sulla parte migliore, l'eruzione del vulcano che aveva spazzato via l'isola di Montrouge dai Caraibi e dalle mappe, e si limitò a precisare che Harry aveva perso quasi tutti i suoi soldi in investimenti sbagliati. Una sottotrama pittoresca, ma del tutto irrilevante.

Clement mostrò alla giuria il misterioso taccuino che Ms Barnett teneva seminascosto dentro un portassegni, ma si rifiutò di ipotizzare perché lo facesse. Toccava alla giuria farsi un'idea. All'apparenza, poco dopo aver perso il suo denaro, la cara signora aveva perso anche il senno e fingeva ancora di essere straricca. Aveva mentito con dovizia di particolari a due avvocati, badando a non cambiare mai versione.

Simon pensò a quante ore aveva perso con lei a pranzo nei

ristoranti etnici parlando perlopiù di pietanze strane. Tutto a spese della sua striminzita carta di credito.

Netty non si era mai offerta di pagare, neanche una volta.

L'eredità, in assenza delle tasse di successione, avrebbe fruttato guadagni insperati, probabilmente a Jerry e Clyde Korsak. Era abbastanza sostanziosa da continuare ad attrarre un pezzo grosso come Teddy Hammer, che per il terzo giorno consecutivo curiosava in aula, seconda fila a partire dal fondo, lato sinistro. Un vero avvoltoio. Pregava per una condanna che tenesse Simon fuori dai giochi per diversi anni.

L'accusa avrebbe voluto usare la deposizione di Clement per avvalorare la propria tesi: prima Simon si era convinto che la sua cliente fosse davvero ricca, poi aveva deciso di approfittare del suo patrimonio per scucirle consistenti parcelle. A Simon sembrava che tutto questo fosse già stato accertato.

Il testimone successivo portò nuovi elementi. Anche lui, Dirk Wheeler, deponeva suo malgrado dopo essere stato raggiunto da un mandato di comparizione. Cora lo presentò ai giurati: faceva l'avvocato a Washington e aveva studiato legge insieme all'imputato. Erano vecchi amici, che ogni tanto si sentivano.

«Mr Wheeler, può confermare che il 10 marzo dell'anno scorso l'imputato le telefonò al numero del suo ufficio?»

«Sì, confermo.»

«Secondo i tabulati, la conversazione durò quasi quindici minuti.»

«È una domanda?»

«Diciamo di sì.»

«Lei ha i miei tabulati, Ms Cook, e pure quelli di Simon. Sa esattamente quanto durò la telefonata.»

«Di cosa parlaste?»

«Del tempo, di basket universitario, della vita in generale, dei problemi di salute di un nostro ex compagno di università.»

«Qual era il motivo della telefonata?»

«Fu Simon a chiamare. Dovrà chiederlo a lui.»

«Che cosa voleva?»

«Ecco, tra le altre cose mi disse che era alle prese con una cliente piuttosto ricca, e voleva qualche generico consiglio di ordine fiscale.»

«Materia in cui lei è specializzato, giusto?»

«Sì, sono un fiscalista ma mi occupo anche di successioni.»

«Parliamo dei consigli che diede a Simon. Può descriverceli con maggiore esattezza?»

«Discutemmo soprattutto di aliquote.»

«Potrebbe spiegarlo alla giuria?»

«Sì, potrei.»

Dopo una pausa imbarazzata in cui trafisse con lo sguardo il testimone, che non batté ciglio, Cora lo esortò: «La prego di farlo, allora».

«I dubbi di Simon riguardavano le aliquote in base a cui calcolare le tasse di successione, ma non ci fu bisogno di parlarne, perché l'anno scorso nessuno ha pagato tasse di successione. Colpa di un cavillo legale sfuggito al Congresso. A Simon spiegai questo.»

«Non lo sapeva?»

«Se lo avesse saputo non si sarebbe rivolto a me.»

«Possibile che una notizia simile non fosse circolata, all'epoca?»

A Dirk sfuggì una risatina, come se stesse parlando con una stupida. «Possibile, sì» commentò. «All'inizio dell'anno scorso, gli avvocati al corrente del cavillo erano pochissimi. È una questione fiscale, e la maggior parte dei legali evita l'ambito fiscale. Io, come ho detto, mi occupo soltanto di quello.»

«Quanto spesso la chiama l'imputato per chiederle consigli?»

«Non tengo un diario delle mie telefonate private, Ms Cook. Simon e io ci sentiamo di continuo. L'anno scorso l'ho chiamato io, quando ho avuto un problema con un fallimento. Uno telefona, l'altro risponde. Tra colleghi è normale. Nella telefonata a cui lei si riferisce non ci fu assolutamente nulla di insolito.»

Dirk era credibile e fece vacillare Cora sui suoi tacchi da 15 centimetri. In realtà capitava di rado che gli avvocati, perlomeno quelli che conosceva Simon, si telefonassero per chiedere consigli legali. Sarebbe stata una chiara ammissione di ignoranza. Ma Dirk stava segnando punti a favore della difesa, e l'accusa cominciava a perdere interesse.

Nel controinterrogatorio, Raymond chiese a Wheeler quanto guadagnassero all'ora i fiscalisti di Washington specializzati in immobili.

«Dipende dai casi, come quasi tutte le parcelle. I grossi studi, che assistono grossi clienti, chiedono 1500 dollari all'ora. Gli studi più piccoli cercano di tenere il passo.»

«Posso chiederle qual è la sua tariffa?»

«Certo, non è un segreto. Ai nuovi clienti presentiamo sempre le nostre parcelle alla luce del sole. Al momento chiedo 900 dollari all'ora.»

«Una bella cifra, si direbbe.»

«Sì, ma noi assistiamo clienti facoltosi che possiedono beni tassabili in tutto il mondo. Il nostro compito è fare in modo che generino il minimo possibile di imposte. Si tratta di situazioni complicate, che richiedono grande competenza.»

«Secondo lei 500 dollari all'ora sono un compenso equo per il lavoro di amministrazione dell'eredità di Ms Barnett?»

«Più che equo.»

Simon sbirciò verso il banco della giuria e incrociò lo sguardo della numero 11, Mindy Rutledge, trentaquattro anni, madre di tre figli, il cui marito era appena stato espulso dalla Marina. Il messaggio nell'espressione schifata della donna era inequivocabile: "Credi davvero di convincermi che al mondo c'è qualcuno che merita 500 dollari all'ora?".

In pausa pranzo raggiunsero alla svelta lo studio di Marshall Graff e si radunarono nella stanza del loro "consiglio di guerra". Mentre mangiavano sandwich in piedi, arrivò Landy e chiuse la porta. «Noi oggi non ci siamo visti, okay?» disse.

Gli altri annuirono e si avvicinarono al portatile che lei aprì sulla scrivania. Landy premette un tasto, fece partire un video. «Alle otto e quattro minuti di stamattina Matilda Clark ha lasciato l'Hampton Inn» spiegò. «Quella davanti è lei, dietro c'è Jerry Korsak. Adesso si fermano, si salutano con un bacetto sulla guancia, e ciascuno va verso la sua auto.»

Fermò il filmato e zumò su Tillie. Simon, Raymond e Casey si sporsero a guardare meglio.

«Ms Clark è andata verso Fredericksburg, Virginia, dove dopo tre ore ha parcheggiato nei pressi di una palazzina in un grosso complesso abitativo. Dal mese di febbraio di quest'anno, l'unità 614 è stata affittata a Jerry Korsak. Circa un'ora dopo l'ingresso di Ms Clark, un manutentore le ha suonato alla porta, lei ha risposto, lui si è scusato e ha detto di aver sbagliato appartamento. Lavora per noi, e ha confermato l'identità della signora. Nel frattempo, Jerry è tornato in tribunale e ha trovato posto in ultima fila. Porta gli occhiali, forse nel tentativo di camuffarsi.»

«L'ho visto» disse Simon. «Viene tutti i giorni.»

«In fondo è una parte interessata» fece Casey.

«Si è rifatto vivo anche il suo avvocato, Teddy Hammer. Sentono l'odore del sangue.»

«E dei soldi.»

Landy chiuse il portatile. «Okay, ragazzi» disse «per questa cosuccia rischio il licenziamento, quindi acqua in bocca. L'agenzia non è tenera con chi fa lavoretti sottobanco.»

«Puoi fidarti» disse Raymond.

«Grazie mille, Landy.»

«Di niente. Buona fortuna.»

Annuì e se ne andò senza strette di mano né bacetti a Simon. Rigorosamente professionale.

«Suggestivo, certo» disse Raymond sgranocchiando patatine. «Ma per il momento è una strada che non possiamo permetterci di imboccare.»

A Simon non era ancora passato lo sconcerto per aver visto Tillie e Jerry insieme. «Non capisco» disse. «Non dovremmo informare la giudice?»

Entrambi gli avvocati difensori scossero la testa. «No» rispose Raymond. «Non si può chiedere una sospensione e dire: "Ehi, giudice, potremmo avere sottomano altri indizi".»

«È un fatto molto sospetto, sono d'accordo, ma non dimostra proprio nulla che sia rilevante» gli fece eco Casey.

Simon crollò su una sedia con la testa tra le mani. «Questa giuria mi farà a pezzi, lo sento» disse.

Raymond prese un altro grande boccone del suo sandwich di segale al tonno affumicato. «Macché» replicò, con la bocca piena. «Siamo in vantaggio, Simon. Secondo me l'accusa non ha più testimoni decenti. Gli ultimi due hanno aiutato più noi che Cora. Ormai è a fine corsa, non le resta più nulla da dimostrare.»

«Non saprei. Casey?»

«Su tutto quello che l'accusa ha accertato siamo d'accordo anche noi. Tutto sommato è riuscita a dipingerti come un tipo losco, ma non ti ha collocato sulla scena del crimine. Sono d'accordo con Raymond: non hanno in mano più niente. Per ora sono piuttosto fiducioso.»

«Chiamate a testimoniare anche me, allora?»

«Lo faresti?» chiese Raymond.

«Per salvarmi la pelle farei qualsiasi cosa, direi qualsiasi cosa che mi aiutasse a uscire da uomo libero dal tribunale. Sapete come ci si sente, quando l'idea di andare in prigione per sempre ti assilla tutto il giorno, tutti i giorni? Vorrei vedere se dormireste la notte, con quell'incubo sempre dietro l'angolo. È spaventoso. Sono disposto a fare o a dire qualunque cosa.»

L'ultima testimone per l'accusa fu Sami Lu, la figlia diciottenne di Tan Lu, proprietario dell'omonimo ristorante. Lavorava part-time per i suoi sin da bambina, e stava per iscriversi al Virginia Tech con una borsa di studio. Sami avrebbe preferito non essere coinvolta nel processo e all'inizio si era rifiutata di testimoniare: perciò le era stato recapitato un mandato di comparizione. Aveva con sé degli appunti, copie dei quali erano state consegnate alla difesa.

Cora chiese alla ragazza se ricordasse di aver servito l'imputato e la sua cliente, Ms Eleanor Barnett. Lei rispose che non conosceva il nome della cliente ma che sì, l'anno prima la coppia era stata tre volte a pranzo da loro ed era stata lei stessa a servirli. Basandosi sugli appunti precisò in quali date, e aggiunse che a pagare era stato ogni volta Mr Latch, con la carta di credito.

Con tempismo quasi perfetto Raymond balzò in piedi.

«Vostro onore, la prego. Perché sprecare tutto questo tempo?» domandò, visibilmente esasperato.

«Motivi la sua obiezione, avvocato Lassiter» ribatté la giudice, seccata.

«Vostro onore, non so quante volte è stato già detto e ripetuto che Simon Latch pranzò diverse volte al ristorante Tan Lu, e in seguito passò a comprare due scatole di biscotti allo zenzero da far avere a Ms Barnett in ospedale. Questo non vuol dire che l'avvelenatore sia lui.»

«Ora basta! Obiezione respinta. Continui pure, procuratrice.»

Sami mostrò gli scontrini degli acquisti di Simon e la procuratrice ne proiettò le foto sullo schermo. Simon approfittò della distrazione per sbirciare la giuria. La numero 2 era Linda Garfield, trentasette anni, perito immobiliare per conto di una banca, una donna attraente con occhi castani grandi e tristi. Se era possibile flirtare con una bella giurata che dovrà decidere se condannarti o no, Simon lo stava facendo. No, Linda non lo avrebbe mai condannato.

Cora prese due reperti, le scatole da asporto di Tan Lu, e Sami confermò che erano identiche a quelle vendute da lei a Mr Latch.

Sulle prime Raymond fu tentato di snobbare la testimone e lasciar perdere il controinterrogatorio, ma poi decise di prendersi gioco delle teorie dell'accusa. Salì tranquillo sul podio e cominciò con le domande.

«Mi dica, signorina, chi è che nel vostro ristorante si occupa di cucinare questi biscotti allo zenzero di Saigon?»

Sami fece un bel sorriso, il primo di quel giorno. «Ah, tutti» rispose. «Io, i miei genitori, mia sorella, mia zia. Tutta la famiglia lavora nel ristorante.»

«Quindi lei sarebbe in grado di preparare questi biscotti.»

«Sì.»

«E da quanto tempo lo fa?»

«Non saprei. Tanti anni.»

«Quali sono gli ingredienti?»

«Farina bianca, zucchero di canna, zucchero bruno, burro, lievito, uova, zenzero in polvere, melassa, un pizzico di sale, un po' di cannella in polvere. Credo che sia tutto.»

«Delizioso, si direbbe. Quando prepara questi biscotti ha bisogno di seguire la ricetta?»

«No, ormai sono pratica.»

«Li vendete appena sfornati, tutti i giorni?»

«Sì.»

«Più o meno quanti ne cucinate ogni giorno?»

«Più di un centinaio.»

«Fu lei a cucinare i biscotti acquistati da Mr Simon Latch?»

«Questo non glielo so dire. Ne vendiamo tanti e, come dicevo, in cucina lavora tutta la famiglia.»

«È mai capitato che qualcuno abbia accusato nausea o malori dopo aver mangiato i vostri biscotti?»

«No, che io sappia.»

«È pratica di un veleno chiamato tallio?»

«No.»

«Lei o qualcuno dei suoi familiari ha mai aggiunto del tallio ai biscotti?»

«No.»

«Quindi, a quanto le risulta, i biscotti comprati da Mr Latch, sia per il consumo all'interno del locale sia da asporto, non contenevano tallio né altri veleni.»

«A quanto mi risulta no.»

«E Mr Latch si è mai lamentato di essere stato avvelenato dai vostri biscotti?»

«Non credo. No, che io sappia.»

«Grazie.»

«La testimone è congedata» disse la giudice Shyam.

Cora si alzò in piedi. «Vostro onore, ho concluso» disse, e non fu una sorpresa per nessuno.

La giudice rifletté un secondo mentre ripassava gli appunti. Indicò agli uscieri di accompagnare fuori i giurati e aggiornò la seduta alle nove del mattino dopo. Simon, Raymond e Casey approfittarono della conclusione anticipata per chiudersi a parlare in un'aula vuota in fondo al corridoio. Raymond era dell'avviso che, lasciandolo concludere senza sferrare la mazzata decisiva, l'accusa avesse gestito male il processo. La procuratrice aveva semplicemente esaurito i colpi. Gli ultimi testimoni non erano stati efficaci, anzi, avevano dato l'impressione che Cora Cook si limitasse a cincischiare tanto per perdere tempo.

Casey era più pessimista. Siccome interrogare i testimoni non era il suo forte, si era concentrato sui giurati: quasi tutti lo allarmavano.

Simon pregava ancora che accadesse un miracolo, ma si aspettava il peggio. Da una finestra del secondo piano guardò i furgoncini delle reti televisive raccogliere armi e bagagli e allontanarsi dal tribunale. Quando sparirono, disse: «Faccio un giro in macchina. Se avete bisogno, chiamatemi».

«E domani? Vuoi testimoniare?»

«Non lo so. Fammici dormire su. Domattina alle sette ci prendiamo il caffè e decidiamo.»

49

Per un momento gli sembrò di essere seguito da una Impala blu, che tuttavia si confuse subito nel traffico a sud di Norfolk. Si accertò di essere al sicuro facendo qualche deviazione a caso e, alla fine, si rilassò su una strada di campagna vicino a Suffolk. Procedette per tre ore a passo tranquillo attraverso le piantagioni di arachidi e i campi di tabacco della Virginia meridionale. Era un perfetto giorno di primavera e la vita sarebbe stata davvero piacevole. Peccato che l'indomani lo attendesse il terribile momento in cui una giuria composta da gente come lui, dodici persone normali, avrebbe avuto nelle mani il suo futuro.

Passò in rassegna tutti i testimoni e le deposizioni che riusciva a ricordare. In certi momenti, i tre giorni appena trascorsi erano un ricordo sfocato. Ma bastava un secondo perché rivedesse chiaramente com'erano vestiti e come parlavano i testimoni. La tesi dell'accusa si basava quasi soltanto sui sospetti e sul movente, ma non aveva la benché minima prova schiacciante. Certo, era stato lui a comprare quei maledetti biscotti e a darli a Tillie, che li aveva portati a Eleanor, che dopo averli mangiati era morta. La procuratrice e il suo team si erano giocati malissimo la parte cruciale dell'avvelenamento, in primo luogo perché non avevano prove. Simon non c'entrava nulla con la morte di Netty, e il semplice fatto di esserne sospettato gli bruciava ancora tanto. La possibilità di venire condannato lo stava distruggendo.

Paula si era trasferita con i ragazzi in un trilocale, in un nuovo complesso sorto alla periferia orientale di Danville. La piscina era affollata di giovani single che bevevano birra e ascoltavano musica. In un vicino parco giochi i bambini più piccoli andavano su dondoli e altalene mentre le madri chiacchieravano.

Non male come posto, e lontanissimo da Braxton.

Buck aprì la porta e accolse suo padre con un abbraccio di quelli veri, e poco dopo arrivarono anche Danny e Janie. Simon era deciso a non commuoversi troppo e cercò di sdrammatizzare. Paula, ai fornelli, stava preparando la pasta. Per qualche ora si sentirono di nuovo una famiglia, mangiarono senza fretta e parlarono un po' di tutto: della scuola, della nuova città, dei nuovi amici e dei vecchi, a Braxton. Janie chiese se sarebbero mai tornati in quella che continuava a chiamare "casa nostra".

Alla fine dell'anno scolastico mancava soltanto una settimana, e i compiti non erano una priorità. Dopo aver sparecchiato la cena tornarono a sedersi e parlarono a lungo del processo. Simon diede un giudizio sincero di tutti i vari testimoni. Spiegò che l'indomani mattina toccava parlare al suo difensore, e non ci sarebbe voluto molto tempo. Non doveva dimostrare niente. Per Simon valeva la presunzione di innocenza, e a tutti gli effetti era innocente. L'onere della prova spettava all'accusa, e secondo i suoi avvocati la procuratrice non era stata convincente.

I ragazzi credettero a ogni sua parola. Paula aveva detto e ripetuto loro che non avrebbe mai commesso un crimine come quello.

Simon, che aveva evitato i media, chiese come avevano coperto il processo. Buck raccontò che i giornali di Washington e Richmond ne parlavano ancora, ma quelli di Danville non più molto. Dopotutto era un posto piccolo. Danny disse che online si leggevano cose orribili, meglio starne alla larga. Simon non aveva intenzione di approfondire.

La conversazione si spostò sulla fine della scuola e sui progetti per l'estate. Un anno prima la famiglia era andata in campeggio e in canoa sulle Smoky Mountains, e nonostante gli attriti fra i genitori era stato divertente. Simon sperava di poterci tornare, anche se condividere una tenda con Paula era fuori discussione.

Il pensiero dei suoi figli lo straziava. Non avevano fatto niente per essere costretti a scappare di casa e ad ascoltare tutto quello schifo riguardo al padre. Un'eventuale condanna di Simon li avrebbe segnati per sempre.

I ragazzi continuarono a parlare e a godersi come non mai quei momenti insieme. Bramavano l'attenzione del papà. Alle undici meno un quarto, Paula annunciò: «Un quarto d'ora e poi tutti a nanna».

Quando i ragazzi furono a letto, Simon le disse che le doveva parlare.

«Okay. In casa non ci sono alcolici.»

«Non ne ho bisogno.»

«E io?»

«Neanche. Un caffè?»

«Decaffeinato?»

«Meglio ancora.»

Quando furono certi che i ragazzi stessero dormendo, fu Simon a rompere il silenzio: «Tillie potrebbe essere coinvolta nella morte di Eleanor» disse.

Paula rimase a bocca aperta e non rispose.

«È una storia lunga.»

«Ti ascolto.»

Si mise a dormire sul divano, quello che lui e Paula avevano comprato in saldo a Braxton tanti anni prima, quando i bambini erano piccoli e la vita molto meno complicata. Ovviamente non prese sonno. Alle tre di notte si alzò e uscì in silenzio dall'appartamento. Mentre partiva, si domandò quando avrebbe rivisto i suoi figli. Magari già nel weekend, se il processo fosse finito bene. Oppure dopo settimane, mesi, persino anni.

All'inizio della sua carriera aveva fatto da difensore d'ufficio a un cliente che si era dichiarato colpevole ed era andato in prigione. Simon lo aveva preso in simpatia e aveva mantenuto i contatti con lui, per posta e con una telefonata ogni tanto. Il cliente aveva una moglie e dei figli ai quali non permetteva di andare a trovarlo al penitenziario. Gli mancavano tantissimo, ma non voleva che lo vedessero in tuta da carcerato. Erano passati sei anni, prima che ottenesse la libertà condizionale e potesse tornare a casa.

Sei anni? Simon rischiava di passarci tutta la vita, dietro le sbarre.

Spingendosi al limite di velocità raggiunse il suo albergo all'alba, si fece una doccia, si cambiò e incontrò i suoi avvocati per colazione alle sette del mattino. «Siamo dell'avviso di non chiamarti a deporre» disse Raymond non appena la cameriera se ne andò.

«Sentiamo perché.»

«Avrò difeso mille clienti, Simon, e ricordo appena una manciata di casi in cui l'imputato si è tolto dagli impicci testimoniando in aula. Vuol dire prestarsi a un controinterrogatorio brutale, che la procuratrice tiene pronto sin dal primissimo giorno. Vuol dire trappole, domande trabocchetto, insinuazioni, discussioni, risposte a tono, commenti irrilevanti. Ovviamente ci sarei io a obiettare con il coltello tra i denti, ma alla fine penso che ci pentiremmo di non averti lasciato tranquillo al tuo posto.»

«Tu che dici, Casey?»

«Per il semplice fatto che sei un avvocato» rispose l'altro «la metà dei giurati sospetterà che stai mentendo. Stai combattendo per la tua vita, e diresti qualsiasi cosa pur di non andare in galera. Però non sei mai stato sottoposto a un controinterrogatorio come quello che rischi. Certe tue azioni, da sole, sono bastate a metterti in cattiva luce. A forza di parlarne e riparlarne, sembreranno ancora più gravi. Su questo concordo con Raymond. Rischiamo il meno possibile e limitiamoci a contestare le tesi dell'accusa.»

«Se la giuria votasse adesso, come andrebbe a finire?» chiese Simon a Raymond.

L'altro bevve un sorso di caffè e chiuse gli occhi. «Otto a quattro per l'assoluzione.»

«Chi sono i quattro colpevolisti?» chiese Casey.

«Due, quattro, sette e undici» rispose Raymond senza esitazione.

«Io aggiungerei anche otto e nove» disse Casey.

Per un secondo, a Simon parve di essere seduto a un tavolo da poker con due professionisti. Ripensò ai giorni felici da Chub, quando giocava a videopoker per ore e beveva bourbon e ginger ale mentre guardava tre partite in contemporanea sui maxischermi.

Ma la posta in gioco, adesso, era la sua vita.

«A me questa giuria non è mai piaciuta. Ritengo che siamo in parità, sei a sei» disse Casey.

«Quindi niente assoluzione?» chiese Simon.

«Niente assoluzione né condanna. Pareggio, ed entro l'anno un altro processo con una giuria migliore.»

50

Chiunque fosse stato a procurarsi il tallio lo aveva aggiunto ai biscotti allo zenzero di nascosto, o nella stanza di Eleanor in un momento di tranquillità. Tra i possibili sospettati, soltanto Matilda avrebbe potuto manipolare i biscotti in ufficio o a casa sua. Ma era irrintracciabile, e non più coinvolta nel processo. Contro di lei non c'era la minima prova, soltanto congetture. La difesa non poteva contare su nessun cavillo procedurale che la richiamasse in aula a rispondere a nuove domande. E comunque non ne sarebbe valsa la pena, perché al banco dei testimoni Matilda avrebbe negato qualunque accusa.

Simon faticava ancora a credere che Tillie fosse coinvolta, ma le sue certezze vacillavano. La sua storiella con Jerry Korsak moltiplicava i sospetti.

Ciò che lo incuriosiva erano i movimenti dei visitatori in ospedale, che a conti fatti non erano sottoposti a nessuna misura di sicurezza o di sorveglianza. Le porte delle stanze dei pazienti non erano mai chiuse a chiave, anzi.

Per questo Simon aveva proposto di chiamare come prima testimone per la difesa Loretta Goodwin, l'infermiera che supervisionava l'ala orientale dell'ospedale. Raymond aveva tempo a disposizione e molti argomenti da affrontare. Gli piaceva camminare su e giù per la sua area dell'aula, fare domande e ascoltare lanciando occhiate ai giurati.

Loretta faceva l'infermiera da otto anni, e da tre era responsabile del reparto. Tra le sue mansioni c'era quella di coordinare l'assistenza ai pazienti, compresa Eleanor Barnett. Aveva parlato diverse volte con Simon Latch, ed era rimasta colpita dalla grande disponibilità dell'avvocato ad aiutare la sua cliente. Non le era parso che volesse immischiarsi nei problemi di Eleanor, e aveva pensato che vi fosse costretto dalla mancanza di alternative. Loretta era presente quando Eleanor aveva firmato la direttiva anticipata e la procura, e secondo lei, benché si trattasse di una situazione insolita, Simon aveva agito nell'interesse della sua cliente.

Raymond si dilungò forse troppo su questo dettaglio. Simon scarabocchiò: "Okay, cambia argomento", e il suo difensore gli lesse praticamente nel pensiero.

Raymond parlò della sorveglianza dell'ospedale, delle norme sull'entrata e sull'uscita dei visitatori, dell'andirivieni di gente tra i vari piani e nei corridoi. Come in tante strutture di quel tipo, il viavai di operatori sanitari era costante ovunque.

E quanti erano questi operatori? Per dimostrare che decine di persone avevano accesso illimitato alla stanza di Eleanor, Raymond si affidò allo schermo. Cominciò proiettando una foto della dottoressa Connor Wilkes, la direttrice, che la giuria aveva già conosciuto. Poi apparvero il primario, dottor Samuel Lilly, e il dottor Joe Huber, responsabile degli specializzandi. Per ciascuno Raymond fece alla testimone le stesse domande, che cominciavano a diventare monotone. Loretta spiegò con pazienza che i dottori avevano accesso illimitato alla stanza di Eleanor, e come loro le infermiere, lei inclusa. Vedersi sorridente su uno schermo così grande le fece commentare ironicamente: «Che capelli orrendi». La giuria lo trovò divertente. Fecero seguito quattro infermiere e quattro loro assistenti. Per ognuna Raymond chiese che ruolo avesse nel prendersi cura di Eleanor, e Loretta lo spiegò con pazienza alla giuria. Al Blue Ridge Memorial c'erano due capoinfermiere a cui Loretta rendeva conto, e che passavano regolarmente a controllare Eleanor. Sullo schermo comparvero anche le loro facce.

Alle dieci e mezza la giuria aveva fatto la conoscenza dell'intero staff ospedaliero, o almeno così sembrava. A quel punto, Cora Cook ne ebbe abbastanza. «Vostro onore» disse «è tutto molto suggestivo, ma non ne vedo la rilevanza.»

«Nemmeno io» concordò la giudice Shyam. «Avvocato Lassiter?»

Raymond si aspettava l'interruzione e la sfruttò per affondare il colpo. «Vostro onore, è nostro diritto provare che almeno trenta dipendenti dell'ospedale potevano entrare e uscire dalla stanza di Ms Barnett ventiquattr'ore su ventiquattro senza che nessuno, o quasi nessuno, li sorvegliasse, li osservasse o ne registrasse i movimenti. Né noi né, come si è visto, l'accusa, possiamo dimostrare chi è stato ad avvelenare la defunta, ma un fatto è certo: la sua porta era sempre aperta.»

«Basta così, avvocato Lassiter. Non è ancora il momento dell'arringa. Facciamo una pausa, l'udienza riprende tra venti minuti.»

Una tazza di caffè non bastò a rallentare lo slancio della difesa. Loretta tornò al banco dei testimoni e Raymond ricominciò da dove era stato interrotto. Servendosi delle foto presentò tre infermiere tirocinanti, tre operatori sanitari che svolgevano vari compiti e cinque tecnici che lavoravano a ogni piano, potevano andare dove volevano a seconda delle necessità e con scarsi controlli.

Alla fine Raymond premette un tasto e lo schermo si spense. Andò al podio e sfogliò alcune carte mentre l'aula si rilassava. L'agonia era finita. Lui si rivolse alla testimone. «Ms Goodwin, abbiamo appena presentato alla giuria quasi trenta dipendenti ospedalieri. Ciascuno di loro segnalava regolarmente ogni ingresso nelle camere dei pazienti?»

Lei sospirò e si strinse nelle spalle. «No, non direi. In teoria ogni medico o infermiera che entra in una stanza dovrebbe annotarlo in un registro specificando che servizio ha svolto o cos'è successo.»

«Ma non è sempre così, se ho capito bene.»

«No, è praticamente impossibile. Non abbiamo tempo di registrare tutto.»

«E lo staff non medico? Gli operatori sanitari, i tecnici, gli addetti alle pulizie o alle riparazioni segnano meticolosamente ogni loro visita?»

«No» rispose piano l'infermiera.

Raymond le diede una copia del registro e la interrogò sulle persone che erano passate da Eleanor. Latch aveva firmato due volte, ma di solito non lo faceva. Wally Thackerman aveva firmato una volta, e come lui un altro avvocato.

Loretta si guadagnò un'altra risata commentando che, quando c'era un incidente d'auto, il numero di avvocati in giro per l'ospedale si moltiplicava.

Ammise inoltre che il regolamento sulle visite non veniva fatto rispettare con rigore militaresco. Anzi, a volte il viavai era poco ordinato e il controllo "permeabile".

«Siamo un ospedale pubblico» disse. «Da noi i visitatori sono sempre graditi. Facciamo del nostro meglio per monitorarli, ma non sempre è possibile. E non abbiamo mai avuto problemi seri.»

A mezzogiorno, Loretta cominciò a mostrare segni di stanchezza. Raymond e la difesa non solo avevano sottolineato il punto, ma lo avevano ribadito con la perentorietà di uno schiacciasassi: le persone che in qualsiasi momento avrebbero potuto avvelenare Eleanor erano decine.

Il controinterrogatorio di Cora Cook durò soltanto dieci minuti, però, a parere di Simon, fu efficace. La procuratrice ripassò con la testimone i nomi dei medici e delle infermiere e le domandò se, secondo lei, uno di loro aveva usato il veleno. Certo che no.

Mentre Loretta lasciava il banco dei testimoni, la giudice Shyam annunciò la pausa pranzo e la ripresa dell'udienza all'una e mezza.

Ma Raymond lasciò i presenti di stucco con un annuncio enfatico e a tutto volume: «Vostro onore, la difesa ha concluso».

51

Per scrivere le istruzioni da fornire ai giurati e risolvere le obiezioni che la giudice Shyam aveva lasciato in attesa di valutazione occorsero tutta la pausa pranzo e altre due ore. Chiarito ogni dubbio, la giuria venne convocata e in aula calò il silenzio. Quando la procuratrice Cora Cook prese la parola erano quasi le tre del pomeriggio.

Si rivolse ai giurati e li ringraziò ancora una volta per il servizio reso, un gesto superfluo che non significava nulla. Non ne potevano più né del servizio reso né gli uni degli altri: inutile lusingarli con false lodi.

Ad attirare la loro attenzione bastò un brusco cambiamento di tono. «Secondo le statistiche dell'FBI, nella nostra nazione si commettono ventimila omicidi all'anno. Quasi il quaranta per cento dei casi rimane insoluto. Sono cifre che turbano, ma lasciamole da parte. Quasi la metà, il cinquanta per cento, dei casi risolti si basa su prove circostanziali. Nessuno vede compiere il gesto fatale. Nessuno vede l'assassino premere il grilletto, affondare il coltello o colpire col bastone. Non ci sono testimoni oculari. E siccome l'assassino non ammette la propria colpa, gli investigatori studiano il luogo del delitto e trovano indizi. Ogni omicida ne lascia, sempre. Proiettili e cartucce, pronti per i test balistici. Sangue, liquido seminale, saliva, sudore, frammenti epiteliali: su quelli si basano le analisi del DNA. Impronte digitali o delle suole, follicoli piliferi e via dicendo sono oggetto di analisi scientifica. A occuparsi dell'esame e dello studio dei veleni sono i tossicologi.»

Cora era dietro al piccolo podio e consultava di rado i suoi appunti. Parlava direttamente con i giurati, li guardava negli occhi, da oratrice esperta, che sapeva il fatto suo.

«Eleanor Barnett è stata assassinata in un modo estremamente subdolo. Ha ingerito una sostanza che da decenni è nota come "la preferita degli avvelenatori". Il tallio è insapore, inodore, e letteralmente invisibile. Se ne possono ingerire piccole quantità nel corso di giorni o settimane senza che desti sospetti, anzi. Spesso, come in questo caso, lascia spiazzati persino i medici, che raramente vi hanno a che fare. Dottori e infermiere non avevano nessun motivo di sospettare che qualcuno stesse segretamente aggiungendo piccole dosi di veleno ai biscotti preferiti di questa cara e rispettabile signora ricoverata dopo un brutto incidente d'auto, biscotti comprati dall'imputato e consegnati dalla sua storica e fedele segretaria.

«Ora, com'è evidente, la difesa vorrebbe convincervi che non è stato l'imputato ma qualcun altro a procurarsi un veleno reperibile soltanto al mercato nero e soltanto per motivi malvagi, e che questo qualcuno si sarebbe introdotto nella stanza di Ms Barnett per aggiungere la sostanza nociva ai biscotti. Comodo, no? E davvero originale. "È stato qualcun altro." Scommetto che non l'avete mai sentito dire.

«Ma perché qualcun altro avrebbe dovuto uccidere Eleanor Barnett? Signore e signori, qui gira tutto attorno al movente. E il movente è l'avidità. Chi poteva trarre vantaggio dalla morte della signora? Certo, immagino che le pompe funebri qualche dollaro lo avrebbero incassato. Ma è difficile immaginare che Mr Douglas Gregg, il proprietario dell'agenzia che avete conosciuto al banco dei testimoni, si sia intrufolato nella sua stanza e l'abbia uccisa per poterla cremare. Dovremmo crederci? Ridicolo. Tanto quanto è ridicolo accusare le altre brave persone innocenti che la difesa ha trascinato in quest'aula per infangarne il nome. I medici, le infermiere, gli operatori sanitari, le assistenti infermieristiche, persino gli addetti alle pulizie, tutta brava gente che fa soltanto il suo lavoro, quello di salvare vite, e di cui adesso l'imputato vuole invitarvi a sospettare. Davvero scandaloso.»

Simon lanciò un'occhiata ai giurati e se ne pentì subito. Se davvero, come diceva Raymond, otto di loro stavano dalla sua parte, gli sarebbe tanto piaciuto vedere dov'era seduto il primo.

«Chi ha il movente? Chi voleva Eleanor morta?» La voce forte, incredula di Cora rimbombava nell'aula. Lasciò perdere gli appunti e prese il ritmo snocciolando una sfilza di fatti incontestabili. La segretezza con cui il testamento era stato redatto ed eseguito. L'ovvia convinzione che in gioco ci fosse un capitale; altrimenti, perché mai l'imputato si sarebbe dato la pena di creare un fondo fiduciario tramite il quale donare soldi a centoventi enti benefici? Perché il testamento destinava a Clyde e Jerry Korsak 100.000 dollari ciascuno, un lascito che avrebbe ridotto di molto il denaro a disposizione del fondo? Perché l'imputato aveva chiesto consiglio al suo vecchio amico avvocato Dirk Wheeler, fiscalista specializzato in successioni, riguardo a una cliente dal patrimonio ricchissimo? Perché l'imputato si era autodesignato sia legale che rappresentava l'eredità sia amministratore fiduciario del fondo, senza coinvolgere altri soggetti? Perché l'imputato si era attribuito una parcella da 500 dollari all'ora, una somma oscena per un avvocato di provincia che mai in vita sua si era occupato di questioni patrimoniali così complesse? La sua segretaria, peraltro, aveva confermato che si trattava di un onorario senza precedenti.

Cora tacque, guardò i giurati con un'espressione stupefatta e domandò: «Ma chi diamine può valere 500 dollari all'ora?».

Poi fece abbassare il grande schermo bianco davanti ai giurati e ripassò con scrupolo la cronologia degli eventi, badando a elencare ogni data e orario importante: l'incidente e il ricovero di Eleanor, l'acquisto della prima scatola di biscotti da Tan Lu, l'aggressività con cui l'imputato aveva convinto la sua cliente a firmare, nel suo letto d'ospedale, una procura e un testamento biologico; l'acquisto di una seconda scatola di biscotti; il peggioramento delle condizioni di Eleanor; il respiratore; la sua morte; infine, i quarantasette minuti trascorsi fra l'orario ufficiale del decesso e la telefonata con cui l'imputato chiedeva agli addetti delle pompe funebri di "venire a prenderla".

La procuratrice concluse in un'ora. Le ultime parole che disse alla giuria furono: «Un esempio cristallino di omicidio premeditato».

Simon cercò di tenere la schiena dritta, di prendere appunti insensati e di mostrarsi tranquillo.

Raymond non perse tempo e andò subito all'attacco. «Ebbene, signore e signori della giuria» disse «ancora una volta il grande Stato della Virginia, con le sue inesauribili risorse in termini di avvocati, investigatori, esperti, dottori e denaro, si è trascinato in un'aula giudiziaria senza le prove sufficienti a ribaltare la presunzione d'innocenza dell'imputato. L'accusa non ha prove!» La sua voce tuonò nel silenzio dell'aula.

«Quelle che lo Stato vi presenta sono semplici congetture. Tonnellate di congetture. E sospetti. Un sacco di sospetti indiziari. E la salma di una cara signora che meritava di meglio. Una signora che si è fidata dell'imputato perché non le era rimasto nessuno di cui fidarsi. Una signora che era stata ricca ma aveva perso tutto, e che sotto diversi aspetti soffriva di palesi squilibri mentali. Viveva ancora in un mondo di fantasia in cui lei e il suo compianto marito erano davvero ricchi. Delirava, e sognava ancora il denaro perduto. Era smarrita nel passato.

«E, diciamocelo, come poteva Simon Latch sapere che era tutto un imbroglio? Forse avrebbe dovuto scavare più a fondo. Io non lo so, e adesso non è poi così importante. Oggi l'unico fatto importante è che qualcuno ha avvelenato Eleanor Barnett, e questo qualcuno non è Simon Latch.»

Raymond smise di camminare e si asciugò la fronte con un fazzoletto. «Avidità? Vogliamo parlare di avidità? Simon Latch non ha mai ricevuto un centesimo da questa donna. Mai. Per lei, pagare le spese legali non è mai stata una priorità. Lui, pur credendola ricca, non ha mai insistito per essere ricompensato.»

Simon seguiva con lo sguardo Raymond che camminava su e giù davanti ai giurati, e così facendo intercettò le espressioni di alcuni. Quelli che annuivano come se fossero d'accordo erano una minoranza.

Raymond concluse con il giusto tempismo dopo mezz'ora. I giurati avevano ascoltato abbastanza. La giudice disse loro di tornare a casa e non pensare al processo fino all'indomani, venerdì.

Landy aveva passato quasi tutto il pomeriggio in aula e lo aspettava dietro al tribunale, vicino ai cassonetti. Scapparono di nuovo in auto senza farsi vedere e si fermarono dopo un'ora a ovest della città. Secondo lei la giuria era divisa in due e non sarebbe arrivata a un verdetto. Simon era troppo consumato dalla paura per commentare. Di certo non aveva fame.

Ordinarono da bere sulla terrazza all'aperto di un ristorante di Williamsburg mentre il sole tramontava. Lei gli chiese se il sesso lo avrebbe fatto stare meglio, lui rispose di no. Al momento, l'unica cosa che poteva farlo stare meglio era un'assoluzione.

52

Quali erano le attese più strazianti, nella vita? Simon non se l'era mai domandato. L'attesa di subire un'esecuzione capitale stava senz'altro in cima alla lista. E l'attesa della morte imminente di una persona cara nel fiore degli anni?

L'attesa della notizia di una tragedia? Della pubblicazione di un elenco di caduti in battaglia?

L'attesa di una sentenza doveva essere fra le prime tre.

Di nuovo, Simon dormì soltanto pochi minuti alla volta e non riuscì a mangiare. Sapeva di avere l'aria smagrita ed emaciata, e sapeva che così l'avrebbe visto ancora una volta la giuria, ma del suo aspetto non gli importava nulla.

La giudice mise al lavoro i giurati alle nove e un quarto, e l'attesa ricominciò. Simon aveva l'ordine di non uscire dall'edificio, e andò a nascondersi nella penombra di un'aula vuota al primo piano. Tentò di leggere un libro, ma lo abbandonò perché parlava di un omicidio per avvelenamento. Erano le nove e quaranta. Si sfilò l'orologio dal polso. Si appisolò su una sedia di legno e presto cominciò a sbavare.

La giudice Shyam riprese la seduta alle undici e venti e tutti tornarono in fretta nell'aula. Simon era sudato e aveva lo stomaco a pezzi. Quando si sedette, Raymond gli sussurrò: «Non è per il verdetto, ma per una puntualizzazione sulle istruzioni ai giurati».

«Cioè?»

«Non ne ho idea.»

I giurati entrarono e tutti stettero a guardarli come se nei loro gesti ed espressioni si potesse leggere cosa pensavano. Se ci furono segnali, Simon non li colse, ma del resto non era un avvocato penalista. Secondo il primo giurato la discussione procedeva bene, a parte un dubbio relativo alla questione del movente. Era necessario dimostrare il movente per provare l'omicidio? La giudice rispose di no, ma aggiunse che capiva la perplessità. Rilesse la parte delle istruzioni alla giuria in cui si parlava del movente, e così facendo finì per creare ulteriore confusione. Spiegò che non le era consentito di offrire spiegazioni più articolate e disse ai giurati di tornare al lavoro.

Simon chiese a Raymond di chiarirgli cos'era successo, ma persino lui era confuso.

L'aula si svuotò e Raymond sembrava intenzionato a restare seduto al tavolo della difesa a chiacchierare con il suo assistito. «Fuori è ancora pieno di gente?» domandò Simon.

«Purtroppo sì. Sono tornati gli avvoltoi, al gran completo.»

«Dovrei fare qualche dichiarazione?»

«Aspettiamo. In caso di verdetto negativo parlo io, prometto che ricorreremo subito in appello eccetera. Se il verdetto è positivo, magari festeggiamo insieme davanti ai fotografi.»

«Magari» disse Simon, e per un istante si concesse di sognare.

«Se invece finisce alla pari e senza un verdetto, ci conviene sparire alla svelta senza aprire bocca. Ci sarà un nuovo processo, e allora è inutile sperare che una dichiarazione alla stampa ci sia d'aiuto.»

«Capito. Senti, Raymond, sei stato meraviglioso. Non so come ringraziarti, davvero.»

«È stato un piacere. Più di così non potevamo fare.»

Uscirono a pranzo, mangiarono il più lentamente possibile e cercarono in qualche modo di riempire altre due ore.

Il pomeriggio più lungo della vita di Simon si concluse dieci minuti dopo le cinque. L'attesa era finita.

Quando i giurati rientrarono per l'ultima volta l'aula era gremita, fatto insolito per un venerdì pomeriggio. Il primo giurato consegnò un foglio al commesso, che lo lesse e lo passò alla giudice Shyam. Lei lo esaminò con espressione seria e disse all'imputato di alzarsi in piedi con un tono che non era quello di un invito.

Con le ginocchia molli e il cuore in gola, Simon Latch si alzò, affiancato dai suoi legali. L'aula intera aspettava con il fiato sospeso.

La giudice si avvicinò al microfono per evitare fraintendimenti. «Per il capo d'accusa di omicidio premeditato, dichiariamo l'imputato, Simon Latch, colpevole.»

53

Al colpo del martelletto, un usciere aprì le porte dell'aula e la folla si precipitò fuori. Tra i primi ad andarsene ci fu Jerry Korsak, che chiamò subito Teddy Hammer, tornato nel suo studio di Washington.

«L'hanno inchiodato» gli annunciò allegramente. «Colpevole, omicidio di primo grado.»

«Mi prendi in giro» balbettò Hammer, incredulo.

«No, giuro. Ci hanno messo tutto il giorno.»

«Pazzesco.»

«Evidentemente no. Hai vinto. Adesso che si fa?»

«Non lo so. Fammici pensare.» Hammer aveva assistito a quasi tutto il processo, e il giorno prima se n'era andato con la convinzione che l'accusa non avesse presentato prove sufficienti a giustificare un verdetto di colpevolezza. Nella migliore delle ipotesi, secondo lui, la giuria non sarebbe arrivata a una decisione unanime, il che avrebbe portato a un secondo processo. «Ne parliamo domani» disse.

Jerry si infilò il telefono in tasca e si guardò attorno. Il marciapiede era affollato di giornalisti che parlavano a bassa voce o erano freneticamente impegnati col cellulare. Le telecamere aspettavano in una zona protetta dagli uscieri, benché per l'intera settimana l'imputato non si fosse fatto vedere.

Simon rimase seduto a lungo al tavolo, indifferente al chiasso e al viavai della folla che aveva fretta di uscire dall'aula. La giudice e la giuria se n'erano andati. Gli avvocati e i commessi giravano qua e là raccogliendo documenti e infilandoli nelle ventiquattrore. Lentamente, l'aula si svuotò quasi del tutto.

Lui non si accorgeva nemmeno delle pacche sulle spalle, dei "mi dispiace tanto" di circostanza, dei "vedrai che ci rifacciamo in appello". Era troppo stordito per reagire e continuava a ripetersi: "Io non ho ucciso nessuno, lo giuro. So di non essere stato io". Casey gli rimase accanto per dargli sostegno silenzioso, mentre Raymond si sottoponeva al rituale obbligatorio di scambiare due parole con i rappresentanti dell'accusa. Cacciò via anche alcuni giornalisti.

"I miei poveri ragazzi" pensò Simon, e cercò con tutte le forze di allontanare quell'immagine dalla mente.

Trascorse mezz'ora. Sedeva abbandonato sulla sedia, immobile, fissando il vuoto. Due agenti di polizia di Virginia Beach cincischiavano nei paraggi dello scranno, e sembravano aspettare il momento buono per intercettarlo.

Alla fine Raymond si sedette accanto a lui e gli si avvicinò. «Senti, Simon, è ora di andare» disse. «Ti portano alla prigione cittadina, ci passerai la notte. Ti raggiungo là. Domattina, degli agenti di Braxton vengono a prenderti e ti portano a casa.»

«Non ho ucciso nessuno.»

«Lo so. Ti ho sempre creduto e ne sono più convinto che mai. A volte però le giurie fanno cose strane, e temo che sia successo anche nel nostro caso. Non me lo spiego.»

«E adesso che succede? Vado in prigione?»

«No.»

«Per il resto della mia vita?»

«No.»

«Non ce la posso fare, Raymond. Giuro che no.»

«Vacci piano. Il prossimo passo sono le istanze post-processuali, poi la sentenza. Non c'è fretta. Lunedì mattina parlerò subito con la giudice e le chiederò di concederti di restare in libertà su cauzione fino alla sentenza. Viene concesso di rado, ma succede. Arriveremo in fondo a questa storia, Simon, te lo giuro.»

«Non posso andare in prigione.»

Raymond guardò Casey mentre gli agenti si avvicinavano. Uno dei due sfilò un paio di manette dalla cintura. «Loro ti accompagneranno alla prigione cittadina» disse.

Simon li guardò inorridito. «In manette? E devo stare seduto dietro?»

«Temo di sì» rispose Raymond.

Paula stava riordinando la scrivania come se si preparasse al weekend. La giornata, come quelle che l'avevano preceduta, non era stata produttiva. Era difficile concentrarsi, con un occhio sempre alle notizie. Mentre la giuria deliberava non era neanche riuscita ad allontanarsi dalla scrivania. Il sandwich che avrebbe dovuto essere il suo pranzo era rimasto intonso. Per fortuna i suoi colleghi non avevano colto ancora nulla, ma era inevitabile. Nel frattempo, erano andati tutti a casa.

Per poco non le sfuggì un grido quando lesse il titolo sul portatile: *Verdetto di colpevolezza per l'avvocato della Virginia sotto processo per avvelenamento*. Una ripresa di Action News mostrava Simon uscire sotto scorta da un ingresso secondario del tribunale e raggiungere una coppia di volanti della polizia di Virginia Beach. Aveva i polsi ammanettati sul davanti e due agenti gli reggevano i gomiti. Non aveva le caviglie incatenate, ma i due poliziotti avanzavano il più lentamente possibile, godendosi il breve momento di gloria del rituale della "sfilata del colpevole". Simon appariva confuso e stordito, ed evitava la valanga di domande stupide della calca di giornalisti. Un altro agente aprì la portiera posteriore di una volante, Simon abbassò la testa e fu spinto dentro. Allontanandosi dal tribunale, i conducenti di entrambe le auto badarono ad accendere i lampeggianti e le sirene, come se la gente dovesse essere avvertita che c'era un condannato per omicidio che stava andando in prigione.

Dopo qualche secondo, il cellulare di Paula vibrò. Era Danny, in lacrime.

In carcere, Raymond stava già minacciando denunce su denunce. Con un linguaggio piuttosto colorito ma impossibile da fraintendere, spiegò che il suo cliente non era un sospettato e che non era sotto la giurisdizione della polizia di Virginia Beach. Sarebbe rimasto in custodia soltanto ventiquattr'ore, quindi non c'era nessun bisogno prendere le impronte digitali o scattare foto segnaletiche a Mr Latch. Non avrebbe infilato una tuta arancione sbiadito già indossata da centinaia di altri. Non lo avrebbero messo in una cella con altri detenuti. E gli avrebbero consentito di tenere con sé il telefono.

La guardia carceraria all'ingresso si sentì in dovere di accettare tutte le condizioni, tranne il cellulare.

Simon fu rinchiuso in una cella riservata alla custodia cautelare. Raymond lo salutò e partì per Braxton. Era furibondo, per non dire bellicoso, e incazzato col mondo intero per la batosta presa in un caso così importante.

La branda era davvero più comoda del letto con cui Simon aveva lottato negli ultimi quindici mesi. Ci si distese, chiuse gli occhi e cercò di convincersi che stava ancora sognando. Passò improvvisamente dalla disperazione e lo sconforto più totale alla rabbia e al desiderio di vendetta. Riuscì a impedirsi di pensare ai suoi figli.

Alle sei arrivò un detenuto amichevole che si era guadagnato mansioni speciali e gli passò attraverso le sbarre un piatto con prosciutto cotto e verdure bollite. «Posso portarti qualcos'altro?» gli chiese.

Simon diede un'occhiata alla cella vuota. «Qui non c'è niente da leggere.»

«Libri o riviste?»

«Libri.»

«Vedo cosa riesco a trovare.»

Simon moriva di fame e dall'inizio della settimana non aveva quasi toccato cibo, perciò giocherellò con le verdure e riuscì a mandare giù qualche boccone. Quando il detenuto tornò a riprendere il piatto, gli passò un tascabile consumato e con le pagine piene di orecchie. Simon lo guardò e gli sfuggì un sorriso.

La solitaria pioggia d'argento, di John D. MacDonald. Durante il secondo anno di legge, un suo caro amico e compagno di studi gli aveva prestato un poliziesco intitolato *La morte viene dal Messico*. Il protagonista era l'investigatore privato Travis McGee, l'eroe più famoso di MacDonald. A furia di leggere e scambiarsi libri della serie di Travis McGee, Simon e l'amico avevano messo in piedi un progetto letterario. L'obiettivo era trovare tutti e ventuno i libri, soltanto in edizione tascabile, e di pagarli il meno possibile. Erano entrambi squattrinati e il poco che avevano in tasca lo spendevano per pizza e birra, ma ispezionavano con diligenza i siti e le librerie specializzati in usato, i mercatini di quartiere, ogni posto in cui avrebbero potuto trovare le avventure di Travis McGee. E meno le pagavano, meglio era. Durante l'ultimo semestre avevano comprato l'ultimo libro a 2,25 dollari in un mercatino delle pulci e lo avevano letto. Quando si erano laureati avevano venduto la piccola collezione a uno studente del secondo anno per 200 dollari, si erano divisi i soldi e per onorare il vecchio Travis erano andati a cena in una steak house.

Il libro fu come una droga. Simon scalciò via le scarpe, tornò a stendersi sulla branda e ben presto si perse in un altro mondo.

Per quanto fosse umiliante, il carcere non era il posto peggiore in cui Simon poteva trascorrere il weekend. Essere dietro le sbarre, che fosse a Virginia Beach o, nella tarda giornata di sabato, a Braxton, lo teneva lontano dalle notizie... e la notizia era lui. Senza accesso alla televisione o a internet, era protetto dal fuoco di fila della stampa scandalistica. Dal filone principale della vicenda – avvocato di provincia avvelena ricca cliente vedova per assumere il controllo della sua eredità – si erano diffuse a macchia d'olio diverse sottotrame. Una delle più popolari riguardava le macchinazioni di Simon per spedire la defunta all'agenzia di pompe funebri pochi minuti dopo averle staccato la spina, in modo da distruggere le prove dell'avvelenamento da tallio. Anche il dettaglio sulla necessità di ucciderla entro il 1° gennaio per risparmiare il quaranta per cento in tasse di successione andava per la maggiore. E la bufala con cui Eleanor aveva imbrogliato due sciocchi avvocati locali, convincendoli che possedeva milioni, faceva sorridere.

In televisione apparvero esperti di tutti i tipi, pronti a fare congetture a ruota libera. Medici e tossicologi discutevano le straordinarie qualità del tallio, come se fosse il veleno perfetto per un omicidio ben riuscito. Avvocati specializzati in diritto testamentario con una scarsa conoscenza del caso ritenevano che Latch avesse tramato per guadagnare milioni in parcelle.

Ogni genere di esperto nel settore legale dissezionò il processo, e l'opinione diffusa era che Raymond avesse fatto un clamoroso errore a non portare il suo cliente al banco dei testimoni. Sul fronte opposto c'erano esperti convinti che non si dovrebbe mai permettere all'imputato di testimoniare in aula. Qualcuno scovò un vecchio amico di Harry Korsak, che fu ben felice di raccontare la storia dell'eruzione del vulcano nei Caraibi e degli investitori a cui non era rimasto altro che un souvenir di lava.

La prigione era un rifugio. Simon aveva occasionalmente accesso al cellulare, ma Raymond, Casey, Paula, Landy e l'agente di polizia di Braxton che lo aveva accompagnato in città sabato mattina lo avevano avvertito di non leggere le notizie. Landy passò a trovarlo la domenica e gli portò altri tre romanzi di Travis McGee, edizioni tascabili nuovissime che aveva comprato da Barnes & Noble. Simon stava cominciando una nuova collezione e progettava di raccoglierli tutti e ventuno un'altra volta. Leggerli lo aiutava a distrarsi e gli riportava alla mente ricordi cari dei giorni all'università, che adesso gli apparivano così spensierati.

Alle nove e mezza di quel lunedì mattina, il secondino aprì la porta della sua cella e gli ordinò di seguirlo. Niente manette in vista. Sembrava che Raymond avesse minacciato di fare causa all'amministrazione cittadina, al carcere e a ogni singolo impiegato se Mr Latch non fosse stato trattato con sufficiente rispetto. Lo aspettava nella piccola sala visite destinata ai colloqui con gli avvocati e sembrava collerico e pronto ad attaccare briga quanto lo era stato venerdì e sabato. Casey, che lo accompagnava, aveva portato un thermos di ottimo caffè da casa. Ne versò una tazza a Simon.

«Ho parlato con la giudice Shyam un'ora fa. Com'era prevedibile, non è soddisfatta del verdetto» spiegò Raymond.

«Benvenuta nel club» commentò Simon.

«È stata molto schietta, dice che l'ha davvero sconcertata.»

«E che cosa può farci?»

«Be', molto, ma non è disposta ad accogliere la nostra istanza di annullamento del verdetto per insufficienza di prove. Ci vuole un bel fegato per fare una cosa del genere, e non si fa quasi mai. Sarebbe una presa di posizione molto pesante per lei o per qualsiasi altro giudice. Anzi, non mi pare di ricordare un caso in Virginia in cui il giudice del processo abbia annullato su due piedi un verdetto di colpevolezza e liberato l'imputato.»

Con uno sguardo chiese conferma a Casey, come se il suo associato fosse onnisciente. «Una decina di anni fa, a Rockingham County, un giudice annullò un verdetto di colpevolezza in un processo per rapina in banca. Non fu rieletto» disse lui.

«Insomma, possiamo scordarcelo. Ma Shyam ti concede la libertà fino all'emissione della sentenza.»

«Cioè fino a quando?»

«Lo sapremo tra pochi minuti.»

«Quindi esco oggi?»

«Stamattina.»

Alle dieci si strinsero attorno al cellulare di Casey per la videochiamata. L'assistente della giudice Shyam la stava registrando. Cora Cook era in linea dal suo ufficio dietro l'angolo.

La giudice Shyam andò dritta al punto. «Le istanze post-processuali devono essere presentate entro trenta giorni, con ulteriori trenta giorni a disposizione per le repliche reciproche. Al termine dei sessanta giorni renderò note le mie decisioni. La difesa mi ha informato che presenterà ricorso contro il verdetto alla Corte suprema. Naturalmente, quel calendario non è sotto il mio controllo.»

«Vostro onore, l'accusa non intende presentare istanze post-processuali» disse Cora Cook.

«Come previsto. Mr Lassiter?»

«Diverse, giudice. Le presenteremo entro i termini.»

«Fisso la data della sentenza a lunedì 22 agosto.»

«Vostro onore, chiediamo che nel frattempo all'imputato sia permesso di rimanere in libertà con la stessa cauzione» disse Raymond.

«Ms Cook?»

«Lo Stato si oppone, Vostro onore.»

«Su quali basi?»

«Sulla base del fatto che l'imputato è stato dichiarato colpevole di omicidio di primo grado, il che lo espone alla possibilità di essere condannato all'ergastolo; sulla base del fatto che ora l'imputato ha indubbiamente un incentivo maggiore a fuggire rispetto a prima; sulla base del fatto che agli imputati non viene quasi mai concesso di rimanere liberi dopo un verdetto di colpevolezza. E potrei continuare.»

«Mr Latch è in libertà su cauzione da gennaio e non ha mai mancato di comparire in aula, quando era richiesto. Abbiamo il suo passaporto, giusto?»

«Sì, è nella cassaforte» rispose l'assistente della giudice.

«Come pensavo. Non vedo ragioni di tenerlo in prigione in questo momento. Lo farò tra novanta giorni, all'emissione della sentenza. L'obiezione dell'accusa è respinta.»

«Fa' le valigie» sussurrò Casey a Simon.

«Quali valigie?»

Era una magnifica giornata di primavera, le piante erano in fiore, la città e la campagna incantevoli. Simon avrebbe voluto concedersi una lunga passeggiata per ammirare tanta bellezza e godersi il dolce profumo della libertà. Andarsene a zonzo, però, non era una buona idea. Poteva solo immaginare il subbuglio che avrebbe creato se avesse incontrato qualche conoscente, un giornalista o, peggio ancora, una delle storiche pettegole della città. Ormai per lui Braxton era tossica, una casa perduta, un luogo dove le chiacchiere sulla sua storia avrebbero imperversato per anni, dove a difenderlo erano rimasti pochi amici o forse nessuno, un reticolo di strade che non poteva più percorrere. Non sapeva dove avrebbe passato gli anni successivi, in prigione o altrove, ma di certo non a Braxton. La sua famiglia era scappata via per ricominciare da zero. Il suo studio legale era deserto, lo stabile venduto. L'ordine gli avrebbe presto ritirato la licenza, come previsto dalla legge.

Infilandosi in vicoli e traverse riuscì ad arrivare a destinazione senza essere visto. Entrò nello studio dalla porta sul retro e vagò per le stanze osservando le cose come se fosse stato via anni invece che undici giorni. Il suo accordo ufficioso con Chub gli permetteva di restare fino al 1° luglio. E dopo, be', chissà. Con le tende chiuse, sedette nella reception e fissò la scrivania vuota e impolverata di Tillie. Il telefono era staccato. L'antiquato computer della sua segretaria sembrava un fossile.

Ancora non riusciva a credere che Matilda Clark avesse avuto il fegato di avventurarsi nel mercato nero, acquistare una quantità di veleno di cui non sapeva niente e aggiungerlo ai biscotti allo zenzero con l'intenzione di uccidere un altro essere umano. Fissando il punto in cui aveva meticolosamente lavorato al suo fianco per dodici anni, si disse che non poteva essere vero.

Che ruolo avesse Jerry Korsak nel quadro generale era un'altra incognita. Di sicuro moltiplicava per mille gli intrighi.

Una certezza rimaneva costante: non era stato lui. L'assassino era qualcun altro.

Mancavano ottantaquattro giorni.

54

Teddy Hammer si mosse alla svelta. Il mattino seguente presentò un'istanza di apertura della successione di Eleanor Barnett, deceduta, a suo dire, senza un testamento valido. L'obiettivo dell'avvocato era di far nominare Jerry Korsak amministratore dell'eredità.

Fu la prima mossa di una battaglia legale destinata con grandi probabilità a trascinarsi per anni, come la maggior parte delle successioni. Come Clement Gelly, Hammer era convinto che la liquidazione dei beni della defunta potesse fruttare almeno mezzo milione in contanti. E voleva la sua parte.

In contemporanea, a nome dei fratelli Korsak, intentò due cause chiedendo risarcimenti stellari. La prima, da dieci milioni di dollari, era contro Simon Latch, fresco di verdetto di colpevolezza. Con la seconda, da venti milioni, accusava l'ospedale di negligenza medica per aver permesso che la paziente venisse avvelenata. Teddy fu così gentile da inviare per email una copia delle citazioni in giudizio a Simon, che se lo aspettava e le lesse divertito. A essere ottimisti, in quel momento il suo patrimonio netto era di 5000 dollari: tanto valevano gli arredi dello studio e la sua Audi in leasing vecchia di sei anni, che aveva superato il chilometraggio consentito. Non aveva praticamente nessuna prospettiva di reddito futuro. Che si accomodassero pure!

Aprì con circospezione il portatile e cominciò a leggere

decine di messaggi da amici, conoscenti, ex assistiti, clienti allarmati per le loro pratiche. Combatté la tentazione di dare un'occhiata ai social o leggere le notizie. Perché guastare un'altra giornata orribile?

Si tenne occupato con del lavoro improrogabile. Preparò la lettera in cui spiegava ai suoi clienti che non avrebbe più esercitato e che dovevano trovarsi un altro legale. Dal momento che non avrebbe più ricevuto nessuno, promise di inviare per posta, elettronica o tradizionale, le pratiche che li riguardavano. Mandò messaggi ad avvocati delle controparti, assistenti giudiziari, magistrati e giudici, scusandosi per il disagio creato. Fece una breve, difficoltosa chiacchierata con Paula. I ragazzi stavano malissimo e lei non voleva che andasse subito a trovarli. Simon li amava più di ogni altra cosa, ma per il momento non se la sentiva proprio di affrontarli.

Un forte colpo alla porta lo fece sobbalzare. Lo ignorò.

Molto più tardi, quella sera, si avventurò fuori dallo studio e andò a piedi all'ufficio di Raymond. Casey era dalla ragazza del momento, a recuperare l'assenza dell'ultimo periodo. Alla moglie di Raymond stava bene che lui lavorasse a ogni ora e stesse alla larga da casa. Quando Simon lo trovò, nella sala riunioni, stava finendo un sandwich, mentre il primo sigaro della serata disperdeva già fumo sopra il tavolo. Si versarono del bourbon.

«Se ho imparato qualcosa, è che non possiamo dare niente per scontato» disse Simon dopo un lungo sorso. «Hanno dato per scontato che fossi l'assassino e mi hanno condannato. Noi sappiamo che non è vero. Adesso stiamo dando per scontato che Matilda fosse coinvolta, insieme a Jerry Korsak, e potrebbe essere un errore.»

«Va bene, ti ascolto. Hai un sospettato migliore?»

«Parecchi. Proviamo a ragionare. Io ho comprato i biscotti e Matilda li ha portati in ospedale. L'assassino, che aveva accesso alla stanza di Eleanor, li ha visti. Non riesco a credere che abbia avuto il sangue freddo o il tempo di estrarre ventiquattro biscotti dalle scatole e avvelenarli con il tallio trattenendosi nella stanza. Ha più senso che abbia notato le scatole, sia andato da Tan Lu a comprarne due identiche, ovviamente pagandole in contanti e senza chiedere ricevute, e abbia aggiunto il tallio dopo essersele portate a casa, o non so dove. Infine, al momento giusto, probabilmente dopo mezzanotte, quando l'ospedale è quasi deserto, è tornato in camera e ha scambiato le scatole.»

Raymond, accigliato, accese un fiammifero. «Mi sembra di ricordare una conversazione simile, un mese fa.»

«Sì, ma un mese fa né tu né io credevamo possibile che dodici giurati mi avrebbero condannato. E ci sbagliavamo. E un mese fa non avevamo il tempo e i soldi di indagare su altri sospettati. Adesso le cose sono radicalmente diverse, Raymond. Dobbiamo trovare l'assassino.»

«Ti credevo convinto che fossero Matilda e Jerry Korsak.»

«Sono i sospettati principali, ma se invece ci sbagliassimo? Su di loro indagheremo, non so come, ma ci inventeremo qualcosa. E allo stesso tempo dobbiamo allargare la rete.»

«Quanto?»

«Hai mostrato ai giurati le facce di trenta medici, infermiere e dipendenti dell'ospedale che avevano libero accesso alla stanza di Eleanor. L'ho trovata una mossa geniale ed efficace.»

«La giuria no, mi pare.»

«No, infatti. Ho di nuovo sfogliato i registri, ogni pagina, ogni parola, e ci ho trovato altri tre nomi. In totale sono trentatré. Direi che possiamo eliminare tranquillamente i tre dirigenti dell'ospedale e due segretarie. Ne rimangono ventotto. Dei sette medici che si sono occupati di Eleanor, chi più chi meno, abbiamo le fatture che registrano orari d'ingresso e uscita. Eliminiamoli pure, e arriviamo a ventuno. Eleanor è rimasta in ospedale per due settimane e i registri dicono che almeno otto infermiere e infermieri l'hanno assistita. Per risparmiare tempo togliamo questi otto dalla lista. Ho scoperto una decina di casi, negli ultimi cinquant'anni, in cui infermiere ospedaliere hanno fatto fuori dei pazienti per vari motivi folli, ma per adesso non spingiamoci fin là. E siamo a tredici. Ci sono stati tre addetti alle pulizie in servizio in vari momenti, anche se a loro non viene chiesto di compilare nulla. Sono inseriti nei registri di reparto. Non voglio esagerare, ma presumiamo che questi tizi non siano abbastanza sofisticati da procurarsi del tallio al mercato nero. Scendiamo a dieci. Tecnici e operatori sanitari. Persone che ne sanno parecchio di medicina e farmaci e, come in ogni ospedale, teoricamente hanno accesso completo alla stanza di Eleanor. Mi segui?»

Raymond sbuffò una nuvola di fumo, a occhi chiusi. «Credo di sì. Va' avanti.»

«Allora, cominciamo dai nostri top ten. Purtroppo ne sappiamo pochissimo, perché non abbiamo accesso ai loro fascicoli personali e alla loro storia lavorativa. Dobbiamo hackerare l'archivio dell'ospedale.»

«E dài, Simon.»

«Non sto chiedendo a te di farlo. Ci penso io. Diamine, che cosa ho da perdere? Condannato per omicidio venerdì e oggi citato in giudizio per risarcimento danni sempre per lo stesso omicidio. Che vuoi che sia una banale accusa di pirateria informatica.»

«Vedi un po' tu. Il mio studio continuerà a fare il possibile per indagare su qualsiasi sospettato, ma non possiamo correre rischi. Mi stai chiedendo dei soldi?»

«No. Sto solo facendo un po' di ipotesi, Raymond. La persona che ha ucciso Eleanor è entrata nella sua stanza d'ospedale perché aveva il diritto di farlo, perché nessuno ci avrebbe fatto caso, e non doveva nemmeno preoccuparsi delle telecamere di sorveglianza, che tra l'altro sono pochissime.»

«E che mi dici del movente? Tu, in teoria, ne avevi uno. E anche Matilda e Jerry. Perché mai un dipendente dell'ospedale dovrebbe avvelenare una vecchia signora che ha già un piede nella fossa?»

«A questo non ci sono risposte. Ma pensa alle infermiere che uccidono i pazienti. Ai serial killer che aggrediscono donne a caso. Ai cecchini che fanno stragi nelle scuole. Non hanno moventi. È solo gente pazza, punto.»

«Su questo hai ragione eccome, Simon. Senti, vediamo cosa riusciamo a fare. La sconfitta brucia, sai? Tu hai avuto la peggio, però ti assicuro che è una bella botta anche per me. È un verdetto assurdo, non doveva andare così. Mi dispiace, Simon.»

«Per favore, Raymond, non dirlo più. Ti sono debitore, ricordalo. Hai fatto un lavoro meraviglioso e avremmo dovuto vincere.»

«Sì. Avremmo dovuto vincere.»

Dopo aver chiuso per rinnovo dei locali, Chub aveva riaperto. Se per "rinnovo" si intendevano una mano di vernice fresca, moquette e arredi nuovi e una bella ripulita per rimuovere gli strati di macchie di nicotina, non era così evidente. La clientela era abituata a una certa atmosfera sgangherata. Simon era convinto che in verità Chub avesse chiuso in fretta e furia il locale per levarsi un po' di torno e sviare l'FBI, o almeno placarne l'aggressività. All'epoca Chub aveva sopravvalutato i meriti di Simon nell'aver tenuto lontano i segugi.

Adesso lui era tornato e aveva bisogno di un favore. Passò al locale quel martedì sera sul tardi e riuscì a evitare facce familiari. Al bancone, Valerie gli fece un gran sorriso. «Eccoti qui, sei già evaso?»

«Divertente. Per qualche mese sono ancora libero.»

«Girava voce che ti avevano incatenato e portato dritto al braccio della morte.»

«E quanto sono affidabili le voci che girano qui dentro, di solito?»

«Molto, molto poco. È bello vederti, Simon. Quando ho sentito la notizia mi è venuto da piangere.»

«Anche a me. Un bourbon e ginger ale.»

«Arriva subito.»

«Non vedo Chub. È qui in giro?»

«Di sopra. Vado a chiamarlo.» Fece scivolare il drink sul bancone verso di lui e si allontanò. Simon teneva gli occhi incollati a una partita dei Dodgers, sperando che nessuno lo disturbasse. Era felice che fosse baseball e non basket, altrimenti avrebbe avuto la tentazione di fare una puntata.

Non era mai stato invitato nell'ufficio di Chub. Una parete non era altro che un falso specchio che permetteva al capo di sorvegliare il piano di sotto. Un'altra era piena di maglie di famosi giocatori di football incorniciate e autografate. Una terza di foto di Chub che si pavoneggiava accanto a vecchie glorie sportive che Simon non riconosceva, e ad alcuni tizi dall'aria losca che dovevano essere politici o boss. Sull'ultima parete erano in mostra palle da baseball, da basket e da football autografate, gagliardetti, programmi delle partite del Super Bowl, fogli delle scommesse del Kentucky Derby e così via.

Si misero comodi su due poltrone e sorseggiarono i loro drink: bourbon e ginger ale per Simon, birra in bottiglia per il capo. «Oh, mi dispiace tanto, non riesco neanche a crederci. Il tuo avvocato ha detto che farai appello e tutto il resto» esordì Chub.

«Il piano è quello, ma non sarà facile. Mi serve aiuto, Chub.»

«Se si tratta del tuo studio, resta pure quanto vuoi. Sto ancora lavorando ai progetti per la ristrutturazione, probabilmente lo affitterò come ufficio, magari come negozio usando solo il pianterreno. Però non ho fretta.»

«Grazie, sei molto gentile. Al momento non saprei dove andare.»

«Una bella scocciatura.»

«Ma non è per questo che sono qui.» Come ogni volta che parlava con Chub, Simon si chiese se ci fosse qualcun altro in ascolto. Ne dubitava, però. E a quel punto, che gliene importava? «Ho bisogno di aiuto, per la precisione di un bravo hacker.»

Chub fischiò, come se fare il bookmaker e gestire da trent'anni un giro di scommesse clandestine fosse un reato da niente in confronto alla pirateria informatica. «Non posso aiutarti, Simon. Non so niente di computer. Quello non è proprio il mio mondo.»

Da almeno dieci anni, sulle macchine da videopoker di Chub girava un software artigianale che gli permetteva di conteggiare vincite e perdite dei clienti più attivi. Non era un'informazione di pubblico dominio, ma i giocatori lo sapevano. Eppure lui fingeva sempre di non sapere nulla di tecnologia.

«Non sto chiedendo a te di pensarci. Mi serve Spade. Lui conosce le persone giuste.»

«Sì, e infatti un paio d'anni fa ha rischiato di farsi beccare. È rimasto scottato, non posso dargli torto.»

«Senti, Chub, a te chiedo soltanto di parlare con Spade in modo da non doverlo fare io. Lui cerca un hacker. L'hacker non viene a sapere il mio nome, ma mi spiega come piratare i fascicoli del personale ospedaliero. Spade non infrange nessuna legge, tu nemmeno, e nemmeno l'hacker. E se mi beccano, chi se ne frega? Mi hanno già condannato per omicidio, finirò comunque in prigione. Non ho niente da perdere.»

«Vuoi hackerare l'ospedale?»

«Sì. Immagino che sia facile.»

«E chi lo sa? Non è il mio mondo.»

«Okay, però Spade invece ci vive, e conosce le persone giuste.»

Chub bevve un sorso dalla bottiglia e guardò la parete di maglie da football. «E se Spade vuole essere pagato?»

«In quel caso ricordagli che lo scorso dicembre gli ho tolto di dosso l'FBI. Digli che andavo a letto con l'agente federale incaricata dell'indagine. Magari hai bisogno di ricordartelo anche tu.»

«Ah, me lo ricordo bene.» Altro sorso. «E così ti facevi una federale?»

«Era una vecchia amica dell'università. Che rimanga fra noi, per favore.»

«E a chi vuoi che lo dica, oltre a Spade? Tutte le mie conversazioni sono confidenziali, Latch. Lo sai.»

Certo. Oppure registrate dalle forze dell'ordine.

«Lo so. Parla con Spade, Chub. Mi serve aiuto. Sono davvero disperato.»

«Vedrò che cosa posso fare.»

55

Si incontrò con Landy in un albergo sull'interstatale vicino a Staunton, Virginia, due ore a sud di Braxton. Lei era in zona per lavoro e aveva qualche ora che poteva buttare via senza destare sospetti. Desiderava ancora aiutare Simon, ma l'idea di continuare a dedicarsi in segreto al suo caso la preoccupava sempre di più. Oltretutto, la sua supervisora spingeva perché effettuasse degli arresti in una non ben precisata indagine in ambito finanziario e lei si sentiva sotto pressione. Problemi professionali a parte, il suo divorzio era ormai definitivo e, pur sollevata per la rottura, stava attraversando l'inevitabile momento di calo emotivo. La condanna di Simon non aiutava. Aveva persino ipotizzato di cambiare lavoro, ma l'idea di intraprendere una carriera da avvocato, cominciando a quarantatré anni come associata in uno studio legale poco prestigioso, di certo non la allettava. Con una scorta infinita di giovani talenti a disposizione, non erano molti gli studi che cercavano una persona come Landy.

Simon prese due caffè nella hall e li portò in camera di lei. Non erano ancora le quattro del pomeriggio, troppo presto per pensare a un drink o alla cena. Non che fossero dell'umore. La vita di entrambi era sottosopra.

«Spero che tu stia ignorando i social» disse Landy.

«Sì. Li evito, come evito la televisione, i giornali, le riviste. Presumo che la storia venda bene.»

«Per usare un eufemismo. Fa furore. La stampa scandalistica è fuori controllo. Gli articoli rasentano la pura invenzione. I post sono di un'idiozia mai vista. È vergognoso.»

«Risparmiamelo, Landy. Sto già abbastanza male. Oggi Paula mi ha detto che a scuola si è capito che i ragazzi sono i miei figli. Il cognome Latch non è particolarmente diffuso.»

«Mi dispiace. E scusa per averne parlato. Pensavo che volessi saperlo.»

«Grazie. Lo so che sei preoccupata.»

Senza oltrepassare i limiti né violare alcuna regola dell'FBI, Landy aveva raccolto informazioni su Matilda Clark e sul suo fidanzato. A febbraio, Jerry Korsak aveva firmato un contratto d'affitto semestrale per un monolocale a Fredericksburg. Matilda aveva lasciato il lavoro allo studio a marzo dicendo che sarebbe andata in Florida, invece si era trasferita da Jerry. Al momento lavorava full-time, o così sembrava, allo sportello di un'agenzia di noleggio auto vicino al Reagan National Airport, a circa un'ora dall'appartamento.

Quanto a Jerry, non si capiva se avesse un lavoro. Di sicuro non riceveva sussidi statali di disoccupazione. Aveva cinquantun anni, e un curriculum professionale lacunoso a dir poco. Adesso che stava cercando di farsi nominare amministratore dell'eredità di Eleanor, sarebbe stato più facile seguirne i movimenti, tra le convocazioni in tribunale e la presentazione delle varie istanze. La giudice Pointer non aveva ancora approvato la sua richiesta, ma al momento non c'erano altri candidati.

Per legittimo che fosse sospettare di Matilda e Jerry come possibili assassini di Eleanor, qualunque indagine su di loro si sarebbe scontrata con ostacoli enormi. Per prima cosa, il detective Roger Barr considerava il caso praticamente chiuso. Aveva arrestato il sospettato giusto, aveva contribuito a farlo prima rinviare a giudizio e poi dichiarare colpevole. L'assassino non poteva chiedere ai poliziotti di continuare a indagare per fargli il favore di ribaltare la sentenza. Un altro problema era la mancanza di prove. Se Matilda e Jerry erano colpevoli, dov'erano i testimoni? Non c'era un solo dipendente dell'ospedale che li avesse visti fuori dall'orario di visita. Dov'era il veleno? Quello non consumato dalla vittima era stato gettato via da mesi. Dov'era la prova che se l'erano procurato? Trovare uno spacciatore nel mercato nero sarebbe stato impossibile.

E dov'era il mercato nero, esattamente? Come sospettava Landy, nemmeno l'FBI si occupava più di tanto del traffico illegale di un veleno che teoricamente non aveva richiesta. L'agenzia, così come decine di altre istituzioni, considerava prioritario fermare il flusso di altre sostanze, molto più diffuse.

«È un vicolo cieco, Simon» disse Landy. «Non è competenza dell'FBI, e gli agenti locali hanno fatto il loro lavoro. Hanno il loro uomo.»

Simon annuì in silenzio. Possedere del tallio non era un reato. Produrlo, sì. E probabilmente proveniva dal terzo mondo.

Estrasse alcuni fogli dalla ventiquattrore e li appoggiò sul tavolo.

«Il prossimo progetto. Qui ci sono i nomi di alcuni dipendenti dell'ospedale. Eri in aula quando Raymond ha proiettato le facce sullo schermo?»

«Sì, giovedì scorso, giusto?»

«Esatto. Almeno trentatré medici, infermiere e altri dipendenti che avevano accesso alla stanza. Ne ho selezionati dieci. Puoi fare qualche ricerca su di loro e darmi un po' di contesto? Senza dare nell'occhio?»

Landy sfogliò l'elenco. Ciascun nome era accompagnato da una foto a colori e un breve paragrafo di descrizione. Raymond aveva ottenuto le informazioni durante la fase istruttoria.

«Due farmacisti, due tecnici, una dietista, due assistenti infermieristiche, tre operatori sanitari. Pensi davvero che una dietista avvelenerebbe la sua paziente?» chiese Landy dopo aver letto la lista.

«No, ma nemmeno un avvocato.»

«E i farmacisti non passano per le stanze a distribuire i farmaci, o sbaglio?»

«Landy, sono disperato. Abbi pazienza.»

«Va bene, va bene.»

«Quante informazioni puoi trovare?»

«Infinite. Il database dell'agenzia è enorme. Proprietà immobiliari, utenze domestiche, attività con carte di credito, storia matrimoniale, istruzione, religione, cause legali, report creditizi, fedina penale, curriculum professionale e via dicendo.»

«Su ogni americano?»

«In teoria su ogni adulto. Ma quasi tutti i dati provengono da altre fonti, molte delle quali sono pubbliche. L'agenzia si limita a raccogliere e indicizzare, diciamo.»

«E tu hai accesso a questi dati?»

Lei esitò per un momento e si strinse nelle spalle. «Certo, con un motivo valido. Vediamo che cosa riesco a scovare.»

Alla fine trovarono il modo di ordinare i drink e la cena. Simon non voleva guidare fino a casa, e la prospettiva di passare un'altra notte nel Ripostiglio lo faceva rabbrividire. Perciò dormirono insieme nella stanza d'albergo di Landy, ogni pensiero romantico ormai svanito.

Dopo una settimana nei panni del pregiudicato, Simon aveva bisogno di cambiare aria. Era stanco di vivere nell'ombra e dietro porte chiuse a chiave, terrorizzato ogni volta che qualche idiota bussava allo studio. La ricerca di un appiglio che dimostrasse la sua innocenza non faceva passi avanti, o così sembrava. Aveva passato giorni interi sepolto tra le carte, a caccia di altri possibili nomi di dipendenti ospedalieri attivi nel reparto di Eleanor durante il suo ricovero. Quando non si dedicava a quella noiosissima ricerca, lavorava alla prima bozza del ricorso in appello alla Corte suprema della Virginia. Nel corso della sua carriera aveva fatto appello due volte, entrambe per banali dispute immobiliari, e in entrambi i casi in qualità di avvocato, non di cliente. Adesso, stare dall'altra parte era assolutamente straniante. Non si trattava di scrivere in un legalese artificioso, ricalcato su quello di vecchie sentenze, ma di salvarsi la pelle. Si prese l'impegno di scrivere una decina di bozze, finché ogni parola non fosse stata perfetta e convincente: finché la corte non avesse avuto altra scelta che annullare il verdetto. Se una prosa perfetta e chiara poteva spuntarla, in qualche modo l'avrebbe prodotta.

Landy, intanto, sbirciava nel database dell'FBI. Casey ficcanasava in giro per Braxton in cerca di pettegolezzi su alcuni dipendenti ospedalieri. E Spade, controvoglia, era alla ricerca di un hacker adatto.

Il primo sabato di giugno, Simon caricò l'auto con l'attrezzatura da campeggio e lasciò la città. Si fermò in un negozio lungo la strada e comprò cibo in scatola, cracker, manzo essiccato e whisky, cose che poteva portare nello zaino senza fatica. Imboccò la Blue Ridge Parkway e si godette un viaggio lento e piacevole di una novantina di minuti in direzione sud. Entrò nello Shenandoah National Park e si fermò in un'area di sosta insieme a un'altra decina di veicoli. Gli ci volle qualche minuto per sistemare lo zaino nel modo più comodo possibile, poi partì per una passeggiata di circa otto chilometri che avrebbe richiesto due ore di cammino. Sopra la vallata si stagliava la Hawksbill Mountain, che con i suoi 1200 metri era la vetta più alta del parco. Ci saliva a piedi da anni, e ne amava gli scorci e la solitudine.

Nelle giornate limpide la visibilità dalla vetta era di un'ottantina di chilometri. La gente ci si fermava a riposare, pranzare e fare un pisolino, ma anche a dipingere e disegnare. I cartelli di pericolo erano numerosi. Secondo una guida, da quando il sentiero era stato inaugurato, nel 1936, almeno sette persone erano precipitate nel vuoto. Tre dispersi erano stati ritrovati soltanto dopo mesi, quando la neve si era ormai sciolta e i coyote ne avevano già fatto scempio. Due avevano lasciato delle lettere.

A meno di novanta giorni dalla sentenza che lo attendeva, Simon si ritrovò a pensare al suo futuro, per tetro che fosse. Se i suoi tentativi di dimostrare che era innocente fossero andati a vuoto, esito che al momento sembrava il più probabile, avrebbe finito i suoi giorni proprio lì, in cima alla Hawksbill Mountain. Avrebbe lasciato dei biglietti nell'auto, bevuto qualche sorso di bourbon, si sarebbe avvicinato all'orlo roccioso del burrone e gettato nel vuoto.

Si sedette su una panchina, bevve qualche sorso d'acqua, inspirò l'aria limpida godendosi il panorama e si sentì in pace con la decisione presa. Più visualizzava il volo nel vuoto, più lo desiderava.

56

Come al solito, Simon non rispondeva ai numeri di telefono sconosciuti. Se chi chiamava riteneva di avere un messaggio importante, lo lasciava in segreteria. Di tanto in tanto ce n'era uno abbastanza interessante da invogliarlo a rispondere. Una voce diceva: "Simon, Spade mi ha detto di chiamarti". Femminile, sensuale, misurata, leggermente roca.

Lui la richiamò immediatamente. «Sono Simon Latch» disse.

«Ciao, Simon, piacere. Io sono Zander.»

Una donna di poche parole.

«Sei amica di Spade?» domandò lui.

«Sì, sì. Siamo stati molto legati. Poi magari ti racconto. Mi ha chiesto di vederti per avere un po' di contesto.»

Considerato che si trattava di una perfetta sconosciuta, che oltretutto gravitava nell'orbita di Spade, Simon si disse di andarci piano, al telefono. Probabilmente qualcuno li stava ascoltando. Sì, e allora? Cosa potevano fargli le autorità che non avessero già fatto?

«Dove preferisci che ci vediamo?» chiese.

«Presumo che tu stia mantenendo un basso profilo, ultimamente.»

«In effetti sì.»

«Vicino al college, in Kitt Street, c'è una sala da tè. Ci vediamo lì tra un'ora?»

«Va bene, a dopo.»

Nella Virginia rurale, tè e infusi non facevano furore. Il locale era minuscolo, con soltanto sei tavolini rotondi, e alle dieci e mezza del mattino non c'erano avventori. Zander, seduta in un angolo, lo accolse accennando appena un saluto e con l'aria di una che sta sprecando il suo tempo. Non fosse stato per i capelli sparati blu petrolio, la collezione di piercing in faccia e il mascara pesante, la si sarebbe potuta definire attraente. Età indefinita, fra i diciotto e i trentacinque. Il primo pensiero di Simon fu: "Sto mettendo il mio destino nelle mani di questa tipa inaffidabile?".

Si sedette senza stringerle la mano; lei, peraltro, non gliela tese. «Piacere di conoscerti, Zander» disse, con un cenno della testa.

«Piacere mio.» Non si era sbagliato riguardo alla voce, morbida e sensuale. Quasi compensava la sua prima impressione.

«Com'è che tu e Spade vi conoscete?»

Lei sorrise. Denti bellissimi. Niente borchia di metallo sulla lingua.

«È stato sposato con mia madre, quando avevo più o meno sedici anni abbiamo vissuto nella stessa casa.» A sentirla, sembrava parlasse di un secolo prima. «Poi si sono mollati e io e la mamma abbiamo traslocato. Ma Spade mi è sempre stato simpatico. Mi ha ispirato lui a cercarmi un lavoro fuori dagli schemi.»

Simon non aveva intenzione di approfondire.

«Ti va un tè?» propose lei. La sua tazza era quasi vuota.

«Fanno anche il caffè?» domandò lui, guardando un menu affisso alla parete.

«Certo. Come lo prendi?»

«Nero va benissimo.»

«Lois, un caffè nero e un altro tè alla menta» disse lei, a voce alta.

Nascosta da una tendina dietro il bancone, Lois brontolò qualcosa, o scoreggiò. A ogni modo, ordine ricevuto.

«Quindi sei pratica del lato oscuro di internet.»

Lei fece un altro sorriso. «Che cosa ti ha detto di me Spade?»

«Niente.»

«Non mi stupisce. Ho letto del tuo caso, cioè, leggo articoli tutti i giorni. Girano un sacco di voci. Sei aggiornato su quello che dicono?»

«Ma figurati. Ho giurato di stare lontano dai social e dal resto delle porcherie, almeno per un po'. Troppo deprimenti.»

«Io vivo online. Giorno e notte, dal lunedì alla domenica. Per mestiere. Qualche anno fa il mio ragazzo e io abbiamo mandato in tilt il Dipartimento dei trasporti di uno Stato del Midwest. Hanno pagato il riscatto.»

«Sei ancora in attività?»

«Più o meno. Senza dare nell'occhio. Dopo quel lavoro ne abbiamo fatto un altro, ma ci hanno beccati. Lui si è preso tutta la colpa ed è finito dentro. Esce fra quattro mesi, e a quel punto dovremo prendere qualche decisione seria.»

Dalla tendina spuntò Lois, che servì due tazze senza dire una parola e sparì.

Simon non le fece caso. «Sto cercando il vero assassino» spiegò. «Forse è un dipendente dell'ospedale. Ho bisogno di consultare i fascicoli con i dati del personale. Ovviamente sono documenti riservati.»

«Tutto è riservato, Simon. A meno che uno non sappia come entrarci.»

«Tu ce la potresti fare?»

«Certo. È facile. Gli ospedali credono di essere al riparo, protetti dalle norme sulla privacy dei pazienti e fesserie varie. Il problema è che c'è troppo viavai. A questo aggiungi le sedute e i consulti a distanza online, o la teleterapia. Per una professionista, trovare uno spiraglio e dare un'occhiata è ancora più semplice.»

«A me interessano dieci dipendenti.»

«Benissimo, ma fammi capire che cosa stai cercando. Cioè, se c'è per esempio un operatore sanitario che ha l'hobby di avvelenare le persone, dubito che l'abbia menzionato nel curriculum.»

«Certo.»

«Cioè, per arrivarci basta il buon senso.»

«Va bene, ma da qualche parte devo cominciare. Ho la lista con i dieci nomi.»

«Solo carta, niente online, e non salvare niente sul tuo computer. Tutto lascia tracce, Simon, e io le so trovare.»

Lui le diede un foglietto piegato con scritti i dieci nomi. Lei lo prese, lo posò sul tavolo, lo ignorò.

«Quanto tempo ci vorrà?» domandò lui.

«Perché, hai fretta?»

«Eccome.»

«Domani, stessa ora?»

«Perfetto. È davvero così facile, eh?»

Lei lo trafisse con un'occhiata che diceva: "Non dubitare di me".

Simon si domandò se a impedirle di sbattere le palpebre fosse tutto quell'acciaio nelle sopracciglia. Lo sguardo di Zander non era affatto sgradevole, però lo turbava. Se c'era una pillola che rendeva così calmi e freddi, ne avrebbe presa volentieri una anche lui.

«Hai paura di essere beccata?» le chiese, da criminale a criminale.

«Non proprio. Succede, ma raramente. Siamo in vantaggio di anni luce sulla polizia. E se ti beccano, com'è successo a Cooley, il mio ragazzo, finisci in una bella struttura federale e continui a lavorare dalla prigione.»

C'erano tante cose che Simon non sapeva, e ancora di più che avrebbe preferito non sapere.

Il mattino dopo si videro allo stesso tavolo e ordinarono le stesse bevande. Zander consegnò a Simon una busta imbottita sigillata, venti per trenta. «Mi spiace, ma non c'è granché» gli disse. «A parte le solite cose: vecchie domande di assunzione, referenze, titoli di studio, buste paga, qualche segnalazione disciplinare di pochissimo conto. Nulla che mi abbia fatto drizzare le antenne.»

Parlava come se l'indagine fosse passata nelle sue mani, cosa che a Simon stava benissimo. Zander lavorava in un mondo sconosciuto, e se le andava di approfondire e dargli una mano, buon per lui. «Ma che cosa ti aspettavi?» gli chiese.

«Diciamo che a spingermi è un certo livello di disperazione, non so se mi spiego.»

«Certo. Il fatto è che nei fascicoli personali dei dipendenti non c'è niente. Se uno di loro è un cattivo soggetto che potrebbe essere stato coinvolto in un avvelenamento, non troverai nulla di utile. Cosa vuoi che confessi? Che il suo hobby preferito è inventarsi miscugli velenosi o comprare sostanze vietate al mercato nero? O che al college è stato espulso da chimica per aver fatto esplodere un laboratorio?»

Che saputella! Simon trattenne un sorriso di ammirazione davanti a tanto sarcasmo e faccia tosta. Niente la intimidiva. «Ho capito» disse. «Sono ancora all'inizio, okay? Da qualche parte dovrò pur cominciare.»

«Stai partendo col piede sbagliato.»

«Sto cercando anche da altre parti.» Bevve un sorso di caffè e cercò di sostenere lo sguardo di Zander, che sbatteva lentamente le ciglia. «E dove?»

«Qualcuno, in ospedale, aveva il tallio. Ed è senz'altro un pazzoide a cui piace avvelenare le persone, e magari l'ha pure già fatto.»

«Credi di trovarne traccia nel suo fascicolo?»

«Ma figurati. Sei sempre così sarcastica?»

«Più o meno. Ieri sera ho parlato con Cooley.»

«Ha un cellulare?»

«Ne ha tre, ovviamente di contrabbando. Magari aggiornati, su come si vive in prigione. I secondini trafficano cellulari, li vendono ai detenuti.»

«Buono a sapersi.»

«Alcuni fanno un sacco di soldi, con il contrabbando.»

«Me ne ricorderò. Che dice Cooley?»

«È incuriosito. In due ore ha rimediato il contatto di un venditore di tallio a Singapore. Se vuoi te lo ordino. 50 dollari per 50 grammi.»

Simon dovette riprendere fiato mentre i suoi pensieri si accavallavano.

«Naturalmente tu non puoi ordinarlo, altrimenti lasci una traccia. Noi no.»

«Okay, ma penso che sia troppo tardi. Fammici pensare. È così facile?»

«No, figurati. È complicatissimo. Troppo difficile per

l'hacker medio e impossibile per uno come te. Sono gli abissi del dark web, Simon. Non ci provare.»

«Non ci penso nemmeno.»

Zander finì il tè. «Sei di fretta?» chiese.

«Per niente.»

Lei si voltò verso un'apertura che sembrava comunicare con la cucina e ordinò altro caffè e tè. Lois non rispose.

Simon si fidava, ma si chiese se non fosse il caso di procedere con maggiore prudenza. Sembrava davvero facile: da una prigione federale, un detenuto con tre cellulari e un computer, tutti di contrabbando, si fa un giro nel dark web e in un paio d'ore localizza un venditore di tallio.

Per un po', in attesa delle bevande, rimasero in silenzio. Quando Lois venne e se ne andò, fu Zander a parlare. «Stando a quello che ho letto, ma tieni conto che di solito non credo a nessuno, si direbbe che tu abbia comprato i biscotti allo zenzero, che la tua segretaria li abbia portati in ospedale, e che fino a quel punto stesse andando tutto bene.»

«Sempre che ad avvelenare i biscotti non sia stata la segretaria.»

«È una possibilità?»

«Remota.»

«Okay, quindi la tua teoria è che il misfatto l'ha compiuto qualcuno dall'interno.»

«Esatto.»

«E allora mettiamoci all'opera.»

Per qualche motivo, Simon si sentiva più protetto da una criminale come Zander che dall'FBI.

57

Nessun vincolo di lealtà legava più Simon a Eleanor Barnett, che con il suo inganno aveva causato una quantità inimmaginabile di guai. Tuttavia, il testamento che le aveva preparato era stato redatto con tutti i crismi e risultava legalmente valido, a meno che non fosse dimostrata l'infermità mentale di lei. Di questo poteva farsi carico qualcun altro. Quanto al resto, Simon non intendeva starsene con le mani in mano mentre Teddy Hammer e quei cialtroni dei suoi clienti saccheggiavano quel che rimaneva dell'eredità. Oltretutto, stava per essere radiato e incarcerato: quindi decise di agitare le acque più che poteva, prima di andarsene in gloria.

Presentò un'istanza di omologazione del testamento della compianta Eleanor Barnett, accompagnata da tre dichiarazioni giurate, due firmate dai Larson e una scritta di suo pugno, che la dichiaravano "lucida e capace di intendere e di volere". Dal momento che la giudice Pointer non avrebbe mai potuto affidare l'esecuzione del testamento proprio a lui, Simon chiese alla corte di dare l'incarico a Clement Gelly, che già agiva da amministratore dell'eredità. Parlandogli al telefono, la giudice si disse lieta di sentirlo e persino preoccupata per lui, e lo accolse nella mischia insieme al suo testamento. Fissò la prima udienza di omologazione il 17 giugno e la notificò agli interessati. Com'era prevedibile, attirò una folla di giornalisti e di altri habitué del palazzo di giustizia.

Simon sapeva che i suoi giorni in tribunale erano contati. Il 22 agosto lo aspettava l'udienza davanti alla giudice Shyam che avrebbe sancito la sua condanna, e immaginava che sarebbe stato il suo ultimo intervento in veste di avvocato. Per la prima udienza di omologazione, nell'aula in cui giocava in casa, era deciso a presentarsi al meglio, con l'aria di uno che se la passava benissimo. Aveva detto a Paula e ai ragazzi che c'erano altissime probabilità di vincere in appello, e che presto avrebbero annullato il primo verdetto della giuria. Si era rifiutato di parlare con i giornalisti. Li evitò, entrò nell'edificio da una porta secondaria e in tutta fretta raggiunse l'aula principale.

La giudice Pointer richiamò i presenti all'ordine e diede loro il benvenuto, ringraziandoli per essere accorsi così numerosi ad assicurarsi che il sistema legale funzionasse a dovere. Ovviamente, nessuno era lì per quel motivo. Volevano vedere l'avvocato che aveva avvelenato la sua ricca cliente vedova ed era stato giudicato colpevole dell'omicidio. Cercavano qualcosa da raccontare. Simon sapeva di avere tutti gli occhi addosso. La gente del posto – gli avvocati, gli uscieri, i frequentatori abituali del tribunale – era esterrefatta che Simon Latch, uno dei loro, si fosse cacciato in un pasticcio come quello. Stentavano a credere che potesse finire in prigione. Gli altri – inviati della tivù, giornalisti, venditori di fumo del *true crime* – erano lì perché avevano sentito l'odore del sangue, ingolositi da una prospettiva inedita sul caso.

In ultima fila sedeva a testa bassa Wally Thackerman, curioso da morire ma deciso a non sfoderare la sua versione del testamento di Eleanor, soprattutto perché non aveva idea delle conseguenze. Le possibilità di intascare qualche soldo grazie alla sua infida clausola erano quasi inesistenti. Quelle di fare una figuraccia piuttosto alte.

Simon, che aveva presentato l'istanza, poté parlare per primo. Senza riferirsi ai suoi problemi personali, spiegò alla giudice Pointer che il 27 marzo dell'anno precedente la defunta Eleanor Barnett aveva firmato un testamento redatto da lui. Il documento possedeva tutti i requisiti legali necessari: Simon lo presentò come "Reperto A" e la giudice lo ammise tra le prove. In rapida successione, Simon chiamò a deporre Tony Larson riguardo al suo coinvolgimento, come testimone, nella firma delle ultime volontà di Eleanor Barnett. Poi toccò a sua moglie Mary Beth, la quale spiegò che l'avvocato Latch, loro buon amico e vicino d'ufficio, chiedeva spesso a lei e a suo marito di presenziare alle firme. Eleanor Barnett le era rimasta impressa, e la ricordava molto lucida e consapevole di ciò che stava facendo. Dopo erano persino andati a pranzo insieme, in un ristorante dietro l'angolo.

Una volta che il testamento fosse stato omologato, la domanda era: chi avrebbe fatto da esecutore o da amministratore? L'incarico, secondo gli atti, spettava a Simon, ma non era una strada praticabile. C'era bisogno di un amministratore, e come anticipato nell'istanza Simon propose Clement Gelly. Lui andò a deporre e accettò di continuare a gestire l'eredità.

Teddy Hammer avrebbe voluto nominare amministratore Jerry Korsak, ma non si fidava, e preferì non chiamarlo a deporre. Avrebbe dato a Simon l'opportunità di metterlo sotto torchio, con risultati disastrosi.

«Vostro onore» disse Teddy «ci fidiamo dell'avvocato Gelly e acconsentiamo alla sua nomina ad amministratore. Molto più urgente è la questione relativa alla validità di questo testamento. È nostra intenzione impugnarlo di fronte a un giudice.»

«Su quali basi?» domandò Pointer.

«Circonvenzione d'incapace. Quando ha firmato il testamento, Ms Barnett era sotto il completo controllo dell'avvocato Latch. In aula sarà nostra intenzione dimostrare che, all'epoca in cui lo redigeva, Mr Latch agiva con la convinzione che la sua cliente fosse piuttosto ricca. Le clausole del testamento gli attribuiscono poteri straordinari, nonché la possibilità di incassare parcelle sostanziose per rappresentare non solo la sua eredità, ma anche il fondo che con essa sarebbe stato creato. È semplice, Vostro onore: voleva i soldi.»

In quel momento della vita, l'ultima cosa che Simon desiderava era subire un altro processo, il cui unico possibile imputato, oltretutto, era lui. E poi non aveva la benché minima intenzione di sorbirsi la lotta per l'eredità. Non poteva importargliene di meno di chi avrebbe avuto quei soldi o quanti fossero in realtà.

Riuscì a isolarsi e a non ascoltare più Teddy Hammer e tutti gli altri. Per un attimo fu contento di essere arrivato alla fine, seppure inaspettata, della sua carriera legale. Ah, gli avvocati: quando cominciano a parlare non li fermi più.

Continuassero pure gli avvoltoi ad azzuffarsi per i resti di Eleanor.

58

L'inattaccabile verdetto di colpevolezza di Simon Latch cominciò a mostrare qualche crepa una tarda sera d'estate, nell'ufficio di Raymond. Dalle finestre aperte usciva fumo di sigaro. Lo staff se n'era andato da un pezzo. Dalle casse si diffondeva musica bluegrass a basso volume. Erano quasi le dieci e Raymond stava leggendo le ultime sentenze della Corte suprema statale, un'abitudine noiosa che in quasi cinquant'anni non aveva mai perso. La legge gli piaceva ancora, e ci teneva a essere aggiornato su ogni suo cambiamento.

Sentì bussare alla porta dello studio. Normalmente, avrebbe ignorato il seccatore e atteso che se ne andasse, ma per qualche motivo si incuriosì. Qualcosa gli disse di andare ad aprire. Con il sigaro in bocca e il bicchiere in mano, accolse una giovane donna che aveva già visto da qualche parte, ma non ricordava dove.

«Buonasera, signorina» disse, con il fare da gentleman che aveva sempre con le donne.

«Sono Loretta Goodwin, faccio l'infermiera. Ci siamo conosciuti in tribunale il mese scorso.»

I piani di allontanare la visitatrice cambiarono all'istante. «Ma certo, ma certo. Prego, entri pure.»

Investita dall'odore di fumo e alcol, Loretta non si mosse. «No, mi basta un minuto. Sto cercando di contattare Simon Latch, però non risponde al telefono e non ho idea di dove sia.»

Raymond capì al volo che era successo qualcosa. «Posso rintracciarlo io, stia tranquilla. C'entra con il processo?»

Loretta si guardò attorno, nervosa, e rispose alla domanda con lo sguardo. «Devo parlare con lui.»

«Okay, vi metto volentieri in contatto, ma Simon vorrà sapere il motivo. Per diverse ragioni, ultimamente se ne sta chiuso in ufficio. Parla con pochissime persone.»

Lei era nervosa e inquieta. «Senta, se riguarda il processo, non abbiamo tempo per i giochini» la incalzò Raymond. «Se non riguarda il processo, non è importante.»

«Riguarda Ms Barnett.»

«Entri, si sieda. Io chiamo Simon.»

Quindici minuti dopo, ecco comparire Simon. Aveva la maglietta fradicia di sudore, disse che era stato a fare una lunga camminata. Sempre dopo il calare del buio.

Loretta era a disagio, ma risoluta. «A dicembre, quando ci siamo conosciuti in ospedale, io sapevo già chi era lei» disse a Simon. «Diversi anni fa mio zio ebbe un contenzioso con un vicino, riguardo a dei confini. Abitiamo a Beeno, è pieno di Goodwin, sono una specie di clan. Comunque, mio zio si fece rappresentare da lei, e lei trovò un compromesso accettabile senza chiedere troppi soldi. Lo zio parlava bene di lei. Non è facile assumere un avvocato quando uno conosce poco la legge e non sa quanto gli costerà. A ogni modo, quando a occuparsi di Ms Barnett è arrivato lei, l'avevo già sentita nominare. A noi dello staff è sembrato sospetto che avesse fatto firmare quelle carte alla signora mentre stava male, ma l'accusa di averla avvelenata ci ha colti di sorpresa. Comunque, noi pensavamo che la polizia sapesse cosa stava facendo.»

«Chi intende con "noi"?» chiese Simon.

«Lo staff, le persone che hanno seguito la paziente. Come sa, c'è un gran viavai a tutte le ore.»

«Una notte ho tentato di dormire in ospedale. Impossibile.»

«Alla fine del processo presumevamo che la polizia e la procuratrice avessero fatto il loro dovere. Ci era sembrata una cosa proprio triste, una cara signora, nostra paziente, uccisa così, e per giunta da quello che sembrava un avvocato gentile. Io, però, ho sempre avuto un dubbio. La sensazione che fosse stato qualcun altro.»

Dopo una lunga pausa, fu Raymond a parlare. «È stato qualcun altro?»

«Non lo so. Ma c'è una persona.»

Ne parlò a lungo senza farne il nome. Era un tecnico di radiologia, lavorava per l'ospedale da un paio d'anni. Nel suo gruppo erano in tre e si occupavano di tutti i reparti, non soltanto di quello dov'era ricoverata Eleanor. Lo descrisse come un tipo anonimo, la classica persona che passa sempre inosservata. Parlava poco, non era per niente socievole, non attaccava bottone con nessuno, era anche un po' nervoso. Nei loro quotidiani pettegolezzi su chi andava e veniva in reparto, le infermiere e le loro assistenti lo avevano citato poche volte. Era single e aveva voti bassi quanto a personalità e ancora più bassi quanto ad aspetto fisico. Adesso, però, Loretta ricordava tre episodi che potevano essere importanti.

Un giorno, nella sala comune, alcuni membri del personale stavano pranzando con della pizza ricevuta in regalo da un ristorante locale. Erano una decina e l'atmosfera era rilassata. Questo tizio stava in disparte, mangiava e ascoltava senza dire una parola. Mancava una settimana all'inizio del processo e le chiacchiere non riguardavano altro. L'opinione generale era palesemente contro Simon Latch. Tutti si erano bevuti la storia dell'avvocato avido sbattuta sulle prime pagine nelle settimane precedenti. Avevano giocato alla giuria, ciascuno diceva la sua. La maggior parte aveva votato per la colpevolezza. Un paio erano rimasti indecisi. Il tizio non si era espresso, ma era chiaro, almeno a Loretta, che non riteneva Simon colpevole. Durante la discussione, lei lo aveva visto più volte scuotere la testa e alzare gli occhi al cielo.

Poi Loretta parlò di quando, sotto Natale, Ms Barnett aveva cominciato a peggiorare. Un tardo pomeriggio aveva visto il tizio uscire dalla stanza della signora da solo, a mani vuote. Dalla cartella della paziente risultava che l'ultima radiografia era stata effettuata tre giorni prima. Lui non aveva nessun motivo per trovarsi lì. Le era sembrato insolito, ma non così sospetto.

Poi, circa una settimana dopo il processo, un venerdì sera, alcuni ragazzi dell'ospedale si erano dati appuntamento in un locale a bere qualcosa. Visto che l'indomani era giorno libero, avevano deciso di scatenarsi. Con loro c'era il tizio, che di solito non frequentava i colleghi. Dopo la chiusura del bar erano finiti a casa di un infermiere, perché avevano ancora voglia di bere. La birra non faceva più effetto, e così erano passati agli shot di vodka. Per qualche motivo avevano cominciato a parlare del tallio e dell'avvelenamento di Ms Barnett. Il tizio ne sapeva parecchio di veleni: da dove venivano, se erano legali o no, che storia avevano e come agivano sul corpo umano. Aveva detto che procurarsi il tallio non era difficile. A un certo, annebbiato punto della notte tra venerdì e sabato era girata una busta di droghe assortite. Benzedrina, ecstasy, eroina, LSD e chissà cos'altro. C'era anche della cocaina, e qualcuno aveva commentato: "Speriamo che non sia tallio". Mentre quelli che si erano scatenati finivano KO, qualcuno aveva sentito il tizio garantire: "Ve lo dico io, non è stato l'avvocato ad avvelenare la vecchia" o qualcosa del genere.

Verso mezzogiorno del sabato, cominciando a riprendersi dalla botta, i ragazzi avevano notato che il tizio era già andato via. Non riuscivano a immaginare come ci fosse riuscito, in quelle condizioni, e per un'ora avevano tracannato caffè e parlato delle cose che aveva detto.

Loretta chiarì da subito che la maggior parte delle sue informazioni era come minimo di seconda mano, ma lei ci credeva. Perché, ubriachezza a parte, quel tizio ne sapeva così tanto? La sua fonte era un infermiere del pronto soccorso, un collega fidato che conosceva da cinque anni. Era rimasto turbato da certe frasi del tizio, almeno per quanto riusciva a ricordare.

Al lavoro, il lunedì seguente, lui aveva girato alla larga dai compagni di bevuta ed era tornato alla solita routine di riservatezza e silenzio. L'infermiere del pronto soccorso lo aveva definito "parecchio strano".

Si chiamava Oscar Kofie. Simon ricordò di averlo incrociato poco dopo il ricovero di Eleanor. Lui e un altro tecnico la stavano mettendo nel letto dopo una radiografia. Lei li aveva definiti i suoi nuovi amici, Oscar e Bill. Oscar Kofie, un nome insolito, in cui Simon si era imbattuto setacciando i registri dell'ospedale.

Da avvocati, Simon e Raymond intuirono subito il potenziale pericolo che correva Loretta con quei racconti. Se avessero portato a un'indagine su Kofie e, auspicabilmente, alla sua condanna, la responsabilità della morte di Eleanor Barnett sarebbe ricaduta sull'ospedale.

In quel momento, comunque, avevano ben altre preoccupazioni. Era molto più importante trovare l'assassino. E Loretta era una professionista sicura di sé, che dava l'idea di sapersi difendere da sola.

Simon riuscì a trattenere l'agitazione e la ringraziò per essersi fatta avanti. Raymond sbuffò del fumo, impassibile, e disse che avrebbero passato al setaccio il nuovo sospettato. «Senza chiamare in causa lei» specificò a Loretta.

«Grazie, è tutto sentito dire» ribadì lei. «Non ho prove concrete.»

59

Venne il momento di prendere un altro tè con Zander. Le sue mirabili abilità da hacker non avevano ancora prodotto niente di utile, ma Simon le era grato lo stesso. Considerato che lei aveva già trovato il modo di entrare nei database dell'ospedale, indirizzarla verso un nome preciso non fu un problema. Aprì il portatile sul tavolino e ticchettò sulla tastiera. «Beccato.»

Girò lo schermo verso Simon e di colpo gli mise di fronte la faccia di Oscar Kofie, che ricordava vagamente da qualche mese prima. Poco più di trent'anni, guance paffute, sbarbato, occhiali da supermercato, stempiatura incipiente. Un volto né particolare né riconoscibile. Anche il curriculum era anonimo: diploma biennale presso un community college di Dayton, certificazioni da tecnico di radiologia ottenute in Ohio, Maryland, Pennsylvania e Virginia, undici anni di esperienza in vari ospedali pubblici e privati.

«Cos'è che fa di lui un sospettato?» chiese Zander in tono distratto, come se non le importasse. Simon aveva imparato che in effetti non le importava di niente, eccetto forse del fidanzato detenuto e dei problemi che avrebbe potuto causare a entrambi dopo essere uscito in libertà condizionale.

«Solo qualche nuova voce che ho sentito. Quanto riesci a scoprire su questo tizio?»

«Tutto quello che vuoi.»

«Per esempio un curriculum dettagliato?»

«Dammi uno o due giorni.»

Simon andò in auto a Charlottesville per incontrare Landy a pranzo. Lei doveva comparire davanti al gran giurì in quella zona e, a suo dire, stava buttando via la giornata. Nel tempo libero, e Simon le ricordò ripetutamente che nel suo mondo il "tempo libero" non esisteva più, Landy aveva messo insieme i profili di una quarantina di dipendenti dell'ospedale che si potevano considerare innocui. Oscar Kofie non era tra questi.

Stavano pranzando all'aperto nella zona pedonale del centro, all'ombra di una quercia, insieme a decine di giovani professionisti, proprietari di negozi, impiegati, studenti e turisti. Era una splendida giornata. Simon era a pranzo con una bella donna, che conosceva sotto ogni aspetto da quando entrambi avevano ventitré anni. Per quanto potesse essere un momento piacevole, non riuscì a goderselo neanche un po'.

«Ti trovo male» osservò Landy.

«Chissà, sarà l'effetto della prigione. Non so. Tra l'altro, ieri ho ricevuto la lettera dell'ordine, mi hanno radiato senza nemmeno un'udienza.»

«Mi dispiace.»

«Continui a ripeterlo, e vorrei che smettessi.»

Landy non disse altro per un bel po' mentre soffrivano in silenzio. Simon sfiorò a malapena il suo piatto. «Sto passando dodici ore al giorno a fare ricerche online. Ho salvato una montagna di dati, quasi tutti inutili. Ho cercato di classificare ogni omicidio per avvelenamento accertato negli ultimi vent'anni in tutta la nazione. Sono più o meno una ventina all'anno, ma probabilmente quelli che non vengono rilevati sono centinaia. Mi serve altro aiuto dall'FBI.»

«Sto facendo del mio meglio, Simon, e farò tutto il possibile.»

«L'FBI raccoglie più dati sui crimini di qualsiasi altra agenzia, però molti casi non vengono denunciati e finiscono nel dimenticatoio.»

«In questo paese ci sono un mucchio di reati.»

«Lo so. È possibile andare oltre le statistiche ufficiali? Esistono dati che per qualche motivo l'FBI non rende pubblici?»

«Parli di avvelenamenti, giusto?»
«Di che altro, sennò?»
«Non mi rispondere male. Sto dalla tua parte, ricordi?»
«Scusami. Sì, di omicidi per avvelenamento.»
«Non saprei, ma perché noi federali dovremmo nascondere quelle statistiche?»
Simon fece un respiro profondo e non rispose. Provò a dare due morsi a una trota fritta e mise giù la forchetta. «So che non è facile starmi vicino.»
«Ma no, figurati. Sto cercando di capire, Simon.»
«È solo che ci aspettiamo miracoli dall'FBI e so che non è realistico. Però ho un contatto hacker che sta trovando più cose di voi.»
«Guarda che è illegale. Noi non possiamo fare nulla senza un mandato.»
«Lo so.»
«State violando le legge?»
«E chi se ne frega?» disse Simon ridendo. «Tra cinquantotto giorni finisco in prigione. Incriminatemi! Condannatemi! Forza, condannatemi a morte.»
«Abbassa la voce, Simon.»
«Scusami.»
«Vediamo che cosa riesco a fare. Tu però datti una calmata, okay?»
«Facile dirlo, per te.»
«Lo so, lo so.»

Alle quattro e mezza di quel pomeriggio Simon entrò in un ufficio di noleggio auto Avis a Pentagon City, vicino al Reagan National Airport. Al banco dell'accettazione lavoravano tre donne, una era Matilda Clark. Indossava un elegante tailleur pantalone blu scuro con la scritta AVIS sopra il taschino destro e il suo nuovo nome, MADDIE, sopra il sinistro. Le stava molto bene. Simon, che portava occhiali da sole e berretto, si mise in fila e riuscì a camuffarsi dietro un tizio robusto che gli stava davanti. Quando fu il suo turno si sfilò occhiali e berretto, si chinò verso il banco e si trovò faccia a faccia con Tillie. Lei sembrò sul punto di svenire.

«Ciao, Matilda» disse lui a bassa voce. «Ops, vedo che adesso ti chiami Maddie.»

Tillie, ammutolita, lanciava occhiate nervose in giro.

«Non ti preoccupare. Mi serve un'auto a noleggio. Non ti creerò problemi.»

Tillie ticchettò sulla tastiera come se stesse lavorando, e si ricompose a fatica. «Che cosa vuoi?» domandò.

«Bere qualcosa insieme dopo il lavoro. Da O'Malley, in fondo alla strada. Va bene alle cinque?»

«D'accordo» concesse lei con un sorriso. «Facciamo cinque e mezza.»

«Okay. Per favore, vieni e non scappare. So che abiti a Fredericksburg. Appartamento 614. E so dove bazzica il tuo coinquilino in questi giorni. L'FBI lo tiene d'occhio.»

Dopo averla lasciata senza parole, Simon si voltò e uscì.

Alle cinque e mezza Tillie entrò da O'Malley e Simon le fece un cenno dal suo séparé. Avevano tante cose di cui parlare, anche se lei non aveva intenzione di dire granché. Lui sorseggiò una birra mentre un cameriere prendeva l'ordine di Tillie, una bibita light.

«Ma come, niente frullato di asparago?» fece Simon per scherzare, però la battuta cadde nel vuoto.

Rivederlo l'aveva sconvolta, ma adesso era tutto passato. Tillie appariva impassibile e composta. «Cosa ci fai qui, Simon?»

«Ero di passaggio. Sto cercando la persona che ha avvelenato Eleanor Barnett, Tillie, perché puoi stare certa che non sono stato io.»

«E hai trovato me. Pensi che sia stata io?»

«Il pensiero mi ha sfiorato, sì. Quando ho scoperto che sei andata a convivere con Jerry Korsak mi sono insospettito davvero molto. Ma se ho imparato una cosa, ultimamente, è che non bisogna mai dare troppe cose per scontate.»

«Perché mi hai tenuto nascosto il testamento di Ms Barnett?»

«Perché sono stato avido e volevo i suoi soldi, e per averli ho dovuto scrivere un testamento contorto che mi dava il pieno controllo del suo patrimonio. Non volevo che lo sapessi perché sei una persona buona, onesta e corretta, e mi avresti messo con le spalle al muro. Non volevo discutere. Volevo i soldi. Il mio matrimonio stava andando in pezzi, non ne potevo più dello studio con tutte le sue spese. Eleanor Barnett era il mio biglietto alla lotteria.» Trangugiò della birra e si pulì il mento con la manica. «Ecco qui. Sono stato abbastanza sincero?»

«Direi di sì.»

«Parliamoci chiaro, Tillie. Basta fesserie. Mi hanno giudicato colpevole e finirò in prigione: non ho nessun problema a dire la cruda verità. Non sono stato io ad avvelenare Eleanor.»

«Allora siamo in due.»

Si studiarono a lungo, nessuno dei due osava battere ciglio. Poi Simon bevve un altro sorso, si asciugò la bocca e chiese: «Quand'è che ti sono venuti i primi sospetti?».

«Tre giorni dopo che aveva firmato il testamento redatto da te. Pur di tenermene all'oscuro, mi hai mentito. Ma non hai la stoffa dell'imbroglione, Simon, e come bugiardo fai pena. Quando si parlava di Ms Barnett stavi sempre sulle tue, e intanto la portavi a pranzo, cercavi di ingraziartela. L'ho capito subito, che cosa stava succedendo. Poi abbiamo scritto il testamento biologico che ti dava il controllo assoluto. Il dettaglio della cremazione è stata una bella idea. Ammettilo anche tu, di segnali ce n'erano tantissimi.»

«È quello che ha pensato anche la mia giuria.»

«Infatti.»

«E tu sei d'accordo? Pensi che sia colpevole?»

«No. Avevo molti sospetti, però ho cambiato idea.»

«Perché?»

«Ti conosco troppo bene. In aula ti ho osservato e ho visto un uomo sconcertato dalle accuse, uno che non farebbe mai del male a un'altra persona.»

Arrivò la bibita e lei la ignorò. Simon scolò la sua birra e ne ordinò un'altra. Si guardarono a lungo, sforzandosi di credere l'una all'altro.

«Come hai conosciuto Jerry?» chiese Simon a un certo punto.

«Sono davvero affari tuoi?»

«Diciamo così.»

«Nulla di strano. Un giorno in cui tu non c'eri è passato dallo studio. Una settimana dopo mi ha chiamata e siamo andati a bere qualcosa. Abbiamo parlato del più e del meno. Ha avuto varie disavventure sentimentali. Anch'io, eccome.»

«Non sembra il tuo tipo.»

«E quale sarebbe il mio tipo, Simon? Li ho provati tutti.» Riuscì a sorridere.

«Vuoi un consiglio? Non ricordo neanche l'ultima volta che ho preso una decisione furba. Ho una domanda, piuttosto.»

«Sono un libro aperto.»

«Il 30 dicembre, il giorno in cui è morta. Ho chiamato l'agenzia di pompe funebri perché venissero a prenderla, ma una telefonata anonima ha avvertito la polizia di Braxton, che poi ha sospeso la cremazione. Secondo me sei stata tu a chiamare.»

Lei strinse i denti e distolse lo sguardo. Colpita e affondata.

«Perché, Tillie? Sono stato assolutamente sincero con te, mi aspetto che tu faccia altrettanto.»

«L'ha voluto Jerry. Voleva un'autopsia. Lo ha convinto Teddy Hammer, che sospettava tantissimo di te.»

«E il fatto che tu e Jerry abbiate fermato la cremazione è una prova abbastanza evidente del fatto che non abbiate avvelenato Eleanor. Altrimenti nessuno lo avrebbe mai saputo, e io non sarei qui ad aspettare di finire in prigione.»

«Non siamo stati noi, Simon. Te lo giuro.»

«Neanch'io, nonostante il verdetto.»

«Quindi chi l'ha uccisa?»

Simon si massaggiò le tempie e scosse la testa. «Se non sono stato io e non siete stati voi, allora non lo so» disse. «Sospetto che qualcuno sia entrato nella stanza quando era già ricoverata da qualche giorno. Sai quanto sono caotici gli ospedali. C'è un viavai di medici, infermiere e dipendenti vari a ogni ora.»

«Dici che c'entra qualcuno di loro?»

Simon non intendeva sbilanciarsi. Tillie avrebbe ripetuto tutto a Jerry.

«Forse. Perché Jerry mi ha fatto causa?»

«L'ho supplicato di lasciar perdere, gli ho spiegato che sei al verde. Ma Hammer ha detto che andava fatto.»

«Sono peggio che al verde.»

«Posso aiutarti?»

«Diamine, no. L'ultima cosa di cui ho bisogno è che ti faccia coinvolgere anche tu. Lascia perdere. Le cose vanno già abbastanza male e tu vai a letto col nemico.»

60

Evidentemente, in prigione Cooley aveva parecchio tempo libero. L'istituto in cui stava finendo di scontare la pena era una struttura federale non recintata, a minima sicurezza, dove la violenza non era tollerata. Simon fece qualche ricerca online e scoprì che tre anni prima era stato condannato nel Maryland, e che all'inizio di settembre lo avrebbero rilasciato in libertà condizionale. Aveva infranto la legge federale con un reato complesso, una faccenda di furti telematici. Ulteriori indagini non avevano portato alla luce praticamente nulla sulla sua ragazza, Zander.

La curiosità di Simon verso i due impallidiva di fronte al loro interesse per lui. Secondo Zander, Cooley si era introdotto facilmente nel suo mondo virtuale: aveva sfogliato le pratiche del suo studio, un noiosissimo spreco di tempo, e violato il suo vecchio indirizzo di posta personale su Google. Dopo un breve momento di irritazione, Simon si disse che non poteva importargliene di meno. Da anni dava per scontato che qualcuno, da qualche parte, gli sbirciasse ogni email, acquisto, impegno e appunto personale, ed era sempre stato cauto. A metterlo al tappeto, piuttosto, fu sapere che Cooley gli aveva hackerato l'indirizzo email segreto che usava da più di un anno, soprattutto per scommettere di nascosto.

«Com'è che poi hai smesso?» gli domandò Zander mentre bevevano in un bar frequentato da studenti, vicino alla sala da tè.

«Vincevo troppo.»

«Non sembrerebbe.»

«Ho capito che era il momento di mollare quando una vecchia amica mi ha spifferato che ero entrato nei radar dell'FBI.»

«Ero solo curiosa.»

«Okay, ho un compito importante per voi. Riuscite a indagare sul mondo virtuale di Oscar Kofie, il tizio che ti ho segnalato l'ultima volta?»

Lei rise come una ragazzina. «Cooley è già sulla sua pista» disse. «Ma non sarà facile. Kofie ci tiene alla privacy e sa muoversi nel mondo digitale.»

«Non so se ti seguo.» Le nozioni tecnologiche di Simon erano quantomeno vaghe, e di solito parlare con Zander lo faceva sentire un vero cretino. Lei alzava gli occhi al cielo con aria da saputella spazientita, o sfoderava sorrisi affettuosi e rassicuranti che irradiavano benevolenza.

«Si vede benissimo che è paranoico» gli disse, sorridendo. «E che si protegge con firewall e barriere di tutti i tipi. Ma a Cooley piacciono le sfide. Vedrai che prima o poi entra.»

Ancora una volta Simon pensò divertito che parlavano di un detenuto che, in un angolo della biblioteca del carcere, si serviva di un portatile di contrabbando per creare scompiglio nel mondo virtuale. E ancora una volta lo fece riflettere l'idea che, nel vasto universo della rete, ci fosse davvero qualcuno capace di trovare e osservare tutto. Perché quella gente non andava a lavorare per i servizi segreti, lasciando in pace la gente comune? Se lui avesse potuto, e sapeva che ormai era impossibile, avrebbe buttato via i computer e sarebbe tornato all'Età della Pietra, quando la gente si scriveva lettere con carta e penna e faceva lunghe chiacchierate con telefoni vecchio stile.

«Cooley sta lavorando a una cosa per te.»

«Uh, che emozione.»

«Sei sarcastico?»

«Sì.»

«Ha sviluppato un software impossibile da hackerare o penetrare. Lo ha chiamato "Teflon".»

«Originale.»

«Tanto quanto il tuo sarcasmo. Gira anche sul mio computer. È un programma fatto su misura dell'utente, che ne rende impenetrabile il sistema operativo. Così io, lui o chiunque altro potremo inviarti allegati senza lasciare traccia.»

«E di cos'abbiamo paura? Mi hanno già dichiarato colpevole, Zander. Andrò in galera.»

«Bravo, dieci e lode. Io invece non sono una pregiudicata, non ancora, e ci terrei a non diventarlo. Quindi ti installo Teflon, gratis. Non ti accorgerai nemmeno che c'è.»

«Fa' come vuoi. Chissà se a Kofie piacciono le ragazze. Ha trentasei anni, è single, mai stato sposato. Magari frequenta i siti di appuntamenti in cerca d'amore.»

«Sai cosa me ne frega. Ma se lo fa, vedrai che Cooley lo scopre.»

Loretta Goodwin accettò l'invito a prendere un caffè dopo il lavoro, ma non era tranquilla. Aveva tre figli, era felicemente sposata, e non le andava di rischiare che la vedessero a tu per tu con Simon in un bar o in qualche posto losco. Scelse la caffetteria al piano interrato dell'ospedale, che alle sei del pomeriggio era sempre deserta.

Simon prese due tazze di caffè e si sedettero a un tavolino d'angolo appartato. Lui dava le spalle all'ingresso e Loretta poteva vedere chi entrava e usciva, cioè quasi nessuno. Non era impaziente di parlare, però disposta ad ascoltare sì.

«Non abbiamo un sospettato certo» disse Simon. «La lista è piuttosto corta, e in cima c'è Kofie. Non lo sto ancora accusando, ma è il più promettente. Quanto lo conosce lei?»

Loretta si strinse nelle spalle e abbassò lo sguardo. «Non granché.»

«Ha fatto amicizia con qualche collega? Esce con qualcuno? È etero o gay?»

«Non lo so e non m'interessa. Non sono affari miei. Ho già abbastanza preoccupazioni, Mr Latch.»

«Simon, per favore. Quanto spesso lo vede?»

«Una volta alla settimana, più o meno. È una di quelle persone che noti a malapena. Come un mobile.»

«Ma ci sarà qualcuno che lo conosce.»

«Forse, però non so chi. Lavoriamo in mondi diversi, Simon. Quando sono qui sono presissima dai pazienti. Non ho tempo per socializzare. Non rientra nelle mie mansioni.»

«Capisco. Torniamo alla storia di Kofie che esce a bere con i colleghi e fa lo splendido. Chi erano gli altri? Erano in tre, o ricordo male?»

«Mi pare che fossero in tre.»

«Sa i loro nomi? E i nomi dei supervisori di Kofie?»

Lei sospirò, indecisa se dire di sì.

«Per favore, Loretta, non le sto chiedendo di fare niente di immorale o illegale. Sono disperato, okay?»

«Vedo cosa posso fare.»

«Grazie. Qualunque tipo di informazione potrebbe essere decisivo, non soltanto per me. Immagini per un momento che l'assassino sia davvero Kofie. Per l'azienda ospedaliera il contraccolpo legale sarebbe tremendo. Un dipendente, in teoria una persona fidata, avvelena una paziente. Non ci sono abbastanza soldi in tutta la Virginia per risarcire un danno del genere.»

«Ho capito.»

61

Frutto di meticolose ricerche, scritta benissimo e convincente in ogni suo dettaglio, l'istanza che chiedeva l'annullamento del verdetto di colpevolezza e la celebrazione di un nuovo processo fu depositata entro i termini di legge da Raymond Lassiter. Era un capolavoro di 38 pagine, almeno secondo l'opinione del suo autore, l'imputato in persona. Raymond e Casey l'avevano letta con attenzione e non avevano modifiche da suggerire, nemmeno una virgola.

Dopo essersi liberato di quell'incombenza, Simon tornò al tedioso compito di catalogare i casi di omicidio per avvelenamento. Landy aveva ricevuto il nullaosta dalla sua supervisora – le statistiche sui reati non erano confidenziali, in fondo – e gli passava più link e dati di quanti lui potesse leggere e filtrare. L'anno precedente c'erano stati ventidue casi, o quantomeno ventidue incriminazioni per delitti di quel genere. Quattro imputati si erano dichiarati colpevoli. Gli altri stavano ancora aspettando il verdetto. La tendenza allarmante dell'ultimo decennio era che circa un terzo delle persone accusate veniva scagionato. L'omicidio per avvelenamento era difficile da provare. Ciò, ovviamente, non confortava Simon. Era stato incastrato da una giuria fuori di testa, e più rifletteva sul verdetto, più si convinceva che a comprometterlo fosse stata la bravura dell'accusa nel cucirgli addosso i panni dell'avvocato avido.

Il suo telefono trillò alle 2.38 di notte: ovviamente era Zander, che dormiva quasi sempre fino a dopo mezzogiorno perché passava la notte a navigare online. Simon era alla scrivania, intento a bere caffè forte, sveglio più che mai, e a studiare le statistiche sui crimini.

«Bingo» disse lei.

«Cioè?»

«Una svolta importante. Sono appena entrata negli archivi dell'ospedale e ho trovato la domanda di assunzione del nostro uomo.»

«Congratulazioni. Non ti chiedo come hai fatto.»

«Non capiresti neanche se ti facessi un disegnino.»

«Grazie, come sempre.»

«Oscar Kofie lavora al Blue Ridge Memorial dal 2013. Veniva da due anni all'ospedale della University of Maryland. Prima ancora era a Scranton. E prima che a Scranton, in un ospedale di Columbus, Ohio. La mansione è sempre la stessa, tecnico di radiologia, ma sembra che cambi città ogni due o tre anni. Ti invio i dati.»

«Sappiamo il perché dei trasferimenti?»

«Ma per piacere. Doveva convincere l'ospedale ad assumerlo, non a scartarlo. Ovviamente, il suo curriculum sorvola su qualsiasi esperienza negativa.»

«Già.» Simon si maledisse per aver fatto l'ennesima domanda inutile e scatenato l'inevitabile e fastidiosa risposta sarcastica.

«Ti invio tutto.»

«Puoi provare a capirlo tu, se negli ospedali precedenti è successo qualcosa?»

«Ci sto lavorando. E anche Cooley.»

«Grazie.»

Si addormentò sul divano, che era più comodo della sua branda, anche se tra l'uno e l'altra gli stavano devastando la schiena. Dormì qualche ora e si svegliò all'alba. Scese nella reception, sbirciò dalle finestre, vide che non c'era nessuno e alle sei e un quarto uscì furtivamente dalla porta sul retro e imboccò il vicolo per fare una lunga corsa. Erano passati cinquantuno giorni, ben oltre la metà del tempo che lo separava dal momento in cui la giudice Shyam sarebbe stata costretta a condannarlo a una lunga detenzione.

Dopo una doccia prese le sue cose e guidò tre ore in direzione sud, fino a un parco statale sugli Appalachi. Paula aveva trascorso la prima notte con i ragazzi in una baita sul lago e non vedeva l'ora di cedere il testimone e andarsene. Lei e le sue amiche storiche di Braxton avevano in programma una settimana festaiola negli Outer Banks. La famiglia riunita pranzò con degli hot dog, poi Paula partì in fretta.

Toccava a Simon occuparsi dei ragazzi, perciò non c'erano regole. Nuotavano nel lago per ore, pescavano nei ruscelli di montagna, andavano in canoa e in kayak, mangiavano schifezze ogni volta che lo desideravano e guardavano vecchi film fino ad addormentarsi. Nessuno diceva una parola riguardo al futuro che incombeva come una nuvola in lontananza. Buck e Danny erano molto più informati sul caso di quanto Simon immaginasse. Non era chiaro quanto sapesse Janie, perché non diceva granché. Tutti e tre ignoravano il casino in cui era il padre, o almeno erano bravi a fingere che fosse così.

L'unica regola non negoziabile della settimana era niente dispositivi. La vacanza era offline. Si svegliavano presto, durante il giorno non si fermavano un attimo e la sera, se non guardavano film, giocavano a vecchi giochi da tavolo e a carte. Simon insegnò ai figli il poker, anche se era chiaro che i due più grandi lo conoscevano già. E poi gin rummy, bridge e blackjack. Ben presto cominciarono a usare fiches di plastica, e i ragazzi sembravano avere talento al tavolo da gioco. Janie se la cavava particolarmente bene, e propose di passare ai soldi veri, centesimi di dollaro. Simon si chiese se stava dando un pessimo esempio, ma lasciò correre. Ammise a stesso che l'azione da Chub gli mancava. Era un divertimento innocuo, giusto? Dopo tre sere, Janie aveva vinto un dollaro e dieci centesimi a blackjack.

Quando i ragazzi crollavano, Simon sgattaiolava in auto a bere qualche sorso di bourbon e a controllare i messaggi al telefono. La quarta sera ne trovò uno di Zander: "Chiamami. Importante. Potenzialmente importantissimo".

Senza esitare, violò la regola e le telefonò.
«Quanto li paghi, i tuoi avvocati?» disse lei rispondendo. Sempre frasi a caso.
«Non so. Sono affari tuoi?»
«Potrebbero.»
«Poco. Anzi, in realtà non li sto pagando. Si dice pro bono.»
«Ne ho sentito parlare. Vuol dire gratis, giusto?»
«Mi avevi detto che era urgente.»
«Okay, il tuo team di hacker pro bono spacca, e sta trovando molta più roba del tuo team legale pro bono.»
«Sentiamo.»
«Cooley e io abbiamo il forte sospetto che il nostro caro Oscar Kofie sia un serial killer.»
Di solito, quando Zander partiva per la tangente, era lei a riempire le piccole pause nella conversazione. «Ci sei ancora?» chiese.
«Non saprei.»
«Si sposta di continuo e lascia una scia di cadaveri.»
Il segnale del cellulare era a dir poco scarso. Cadde la linea e Simon riprovò invano a chiamare Zander. Entrò piano nella baita per accertarsi che i ragazzi stessero dormendo. Sì, dormivano profondamente, poteva prendere l'auto e allontanarsi. Su un pendio c'era un'area picnic con una splendida vista sul lago e una ricezione migliore. Parcheggiò là e telefonò a Zander. Mancava poco a mezzanotte e sembrava quasi di poter toccare la luna piena.
«Scusa. Sono in montagna. Spiegami questa cosa dei cadaveri.»
«Sì. È un'ipotesi un po' azzardata, ci stiamo ancora lavorando, ma siamo abbastanza convinti che sia così. Tre anni fa Kofie lavorava in un ospedale di Baltimora. In quel periodo tre pazienti, tre vecchi, sono morti per cause ignote, il che è insolito: abbiamo notato che di questi tempi l'espressione "cause ignote" è molto rara. Quando uno muore in ospedale, i dottori specificano sempre la causa, sai com'è, sennò che figura ci fanno. Comunque, Kofie è arrivato a Braxton due mesi dopo la morte dell'ultimo dei tre di Baltimora. Ma il pezzo forte è la Pennsylvania: Kofie ha lavorato tre anni in

un ospedale di Scranton, e anche là risultano due morti misteriose. Cioè, ufficialmente la causa è "ignota", ma ho letto i referti, e le vittime lamentavano forte mal di testa e nausea, emorragie interne, eruzioni cutanee eccetera.»

«Sembra proprio tallio.»

«Esatto. Il dettaglio intrigante è che nei fascicoli del personale non c'è scritta una parola sui due decessi. Zero, *nada*, come se qualcuno avesse qualcosa da nascondere. Peccato che non l'abbia fatto benissimo e si sia scordato di far sparire qualche foglio. Per esempio la lettera di un certo avvocato Victor Mulrooney, di Scranton. Mai sentito nominare?»

«No. Hai sia i fascicoli dei dipendenti che le cartelle dei pazienti?»

«E dài, Latch, secondo te mi sto inventando tutto? Te l'ho detto. Gli ospedali sono un gioco da ragazzi. Salvano tutto nel cloud e praticamente sfidano la gente come me a dare un'occhiata. Accettalo. Vuoi parlare di Kofie o vuoi stupirti di quanto è in gamba il tuo team di hacker pro bono?»

«Come hai detto che si chiama? Victor Mulrooney?»

«Sì, sembra un avvocato serio. Abbiamo pensato di lasciare a te il compito di indagare su di lui, visto che sei avvocato anche tu, o almeno lo eri.»

«Grazie. Quindi c'è stata una causa legale?»

«Questo non lo so, di sicuro qualche avvocato deve aver parlato con l'ospedale. Ho frugato nel casellario giudiziale di Scranton e dintorni, ma i nomi dei due pazienti morti non compaiono da nessuna parte.»

«E allora mi sa che non ci sono state denunce. Altrimenti qualcosa si troverebbe. Chissà, forse dopo aver beccato Kofie e le sue sostanze chimiche l'ospedale ha deciso che sarebbe stato più furbo risolvere la faccenda senza clamore. Potrebbero aver comprato i parenti delle vittime o le vittime stesse, e i loro avvocati, e fatto sparire i dossier interni.»

«Puoi parlare con Mulrooney?»

«Certo, se vorrà farlo. Rallentiamo un attimo. Devo rifletterci. Ci sono un mucchio di prospettive e di rischi.»

«Okay, Latch, sei tu l'avvocato.»

A colazione i ragazzi vollero pancake e salsiccia, e Simon riuscì a prepararne un po' nella piccola cucina spartana. A quel punto, ogni singolo piatto, padella o pentola della baita era sporco. Poi saltarono su tre kayak e partirono all'avventura. Era l'ultimo giorno completo di vacanza e si stavano già lamentando di dover partire. Simon fece tesoro di quei momenti, ma era ansioso di tornare a casa e incontrarsi con Zander e con i suoi avvocati.

Quando i suoi figli furono fuori portata, prese il computer. Victor Mulrooney era un membro certificato del College of Trial Lawyers, un circolo elitario di assi del tribunale con almeno un centinaio di vittorie all'attivo e un minimo di un miliardo di dollari in risarcimenti ottenuti. Aveva sessantaquattro anni, era laureato alla Rutgers e specializzato alla Penn Law ed era socio fondatore di uno studio con almeno trenta avvocati che si occupavano esclusivamente di contenziosi per lesioni personali, con una specializzazione in negligenza medica.

Simon chiamò Raymond e gli chiese se conoscesse Mulrooney. Lui rispose di no, ma avrebbe fatto qualche ricerca. Simon gli riassunse le ultime notizie da Zander, e lui rimase sconcertato dall'ipotesi che Kofie potesse aver avvelenato diversi altri pazienti. «Questo sì che sarebbe un colpo di scena» disse più di una volta.

Eccome.

Un'ora dopo, mentre Simon finiva di lavare i piatti tenendo d'occhio il lago, Raymond richiamò. Il cellulare perse il segnale. Simon salì in auto e percorse un tratto di montagna.

«Ho sentito Mulrooney» spiegò Raymond. «È una faccenda complicata. Non può parlare.»

«Cioè?»

«Accordo di riservatezza, uno di quelli blindati. Hai presente?»

«Più o meno. Ce ne sono di vario tipo.»

«Infatti, e Mulrooney ne ha firmato uno tosto, il che vuol dire che l'ospedale, e deduco che si tratti dell'ospedale di Scranton dove lavorava Kofie, terrorizzato dalle accuse, ha offerto un mucchio di soldi per patteggiare. In via strettamente confidenziale.»

«È disposto a confermare che qualcuno avrebbe fatto causa a Kofie e all'ospedale?»

«No, non conferma nulla. Però ha detto una cosa interessante, quasi un'allusione. Non abbiamo parlato molto, ma prima di riattaccare ha detto qualcosa del tipo: "Questa è la telefonata che speravo di non ricevere mai".»

«Ovvero?»

«Forse all'epoca gli era rimasto il timore che Kofie potesse uccidere ancora. Forse, invece di fare a pezzi l'ospedale e Kofie in una causa civile e consegnare l'assassino alla polizia, ha scelto di intascare i soldi e fare finta di niente. Forse Mulrooney si è lasciato corrompere, e ciò ha permesso che i delitti proseguissero.»

Simon non riuscì a parlare per un po', sopraffatto da mille pensieri.

«Devono essere stati un mucchio di soldi.»

«Di sicuro. Casey ha fatto un controllo veloce sull'ospedale, è la terza azienda ospedaliera privata più grande della Pennsylvania. Gestisce un sacco di assicurazioni, e quindi un sacco di soldi, e la concorrenza è agguerrita. Non può certo rovinarsi la reputazione.»

«Okay, Raymond, contatta la giudice Shyam e dille che ho bisogno di uscire dallo Stato per settantadue ore. Vado dritto a Scranton, non mollo Mulrooney finché non parla e torno subito a casa.»

«E se la giudice dice di no?»

«Non m'importa, Raymond, ci vado lo stesso. Per la legge sono un assassino. Cos'altro possono farmi?»

«Okay, okay, ma magari ti porti dietro Casey?»

«No, non mi serve la baby-sitter.»

62

Tre giorni dopo, il 18 luglio, Simon guidò per quattro ore filate fino a Scranton, Pennsylvania. Trovò lo studio Mulrooney in uno stabile ottocentesco affacciato su un fiume. L'enorme edificio di mattoni rossi, lungo quanto un campo da football, era stato una fonderia, e ora, dopo decenni di abbandono, brulicava di negozi, uffici e appartamenti. La lussuosa suite dello studio legale occupava un angolo del secondo piano e, tra pareti di colori tenui, tappeti persiani, oggetti di artigianato locale e luci nascoste, era arredata magnificamente. I vecchi pavimenti erano stati ammodernati, le travi d'acciaio del soffitto erano a vista. Il posto puzzava di soldi, di grandi vittorie in aula e di ancor più grandi risarcimenti. Tutta quell'opulenza ricordava a Simon il sontuoso studio di Marshall Graff a Virginia Beach, il che gli fece ripensare al processo, un incubo che cercava di evitare. Gli ricordava anche che aveva esercitato la professione in un altro mondo, lontanissimo, nel suo piccolo studio legale vecchio stile all'angolo tra Main e Maple Street, nel centro di Braxton. O meglio, ex studio legale.

Victor Mulrooney era all'antica e sul lavoro, anche in studio, indossava ancora completi scuri e cravatte di seta. La sua collega, Hilary, era in jeans e scarpe da ginnastica. Ricevettero Simon in una piccola sala riunioni con tre pareti di vetro e una vista splendida. Bevvero qualche sorso di caffè, ma fu una rapida formalità. Hilary, socia anziana dello studio, era autorizzata a prendere la parola ogni volta che voleva.

«Abbiamo letto di lei, Mr Latch» disse. «La stampa si è sbizzarrita.»

«Mi chiami pure Simon. È probabile che abbiate visto più servizi televisivi di me. Io da mesi li evito, i cronisti. Sul mio caso raccontano e scrivono solo cose orribili.»

«Ho avuto una piacevole conversazione con Raymond Lassiter. Dice che la difesa non si aspettava il verdetto.»

«Siamo ancora attoniti. Non ho testimoniato perché eravamo fiduciosi che l'accusa non avesse provato la sua tesi. Un errore di valutazione. Preferirei non parlare del processo. Sapete perché sono qui.»

«Sì. Raymond e io ne abbiamo discusso. Sembra un personaggio notevole» commentò Mulrooney.

Simon annuì educatamente, ma non era interessato a parlare di Raymond, per quanto pittoresco potesse apparire. «Potreste rispondere a qualche semplice domanda?» chiese.

«Vedremo. Certamente lei capisce in che posizione ci troviamo, Mr Latch.»

«Sì, e voi capirete in quale mi trovo io. Tra un mese una giudice mi sbatterà prigione per una cosa che non ho fatto.»

«Io credo nella sua innocenza, Mr Latch.»

«Allora mi aiuti.»

«Non è così semplice. Abbiamo stretto un accordo con il convenuto...»

«L'ospedale Fendamar Health.»

«Sì. E non possiamo parlare della questione. Sono previste sanzioni molto pesanti in caso di violazione dell'accordo di riservatezza.»

«Ho capito. Un vostro cliente intendeva sporgere denuncia contro un tecnico di radiologia di nome Oscar Kofie?»

Mulrooney guardò Hilary. La risposta era ovvia. «Sì.»

«E questo cliente aveva un legame con Herbert Grasskie o Ruth Abercrombie? Sono morti entrambi al Fendamar in circostanze misteriose. All'epoca Kofie lavorava all'ospedale.»

«È in possesso delle loro cartelle?» chiese Hilary.

«Sì. Ho tanti di quei documenti da poter seppellire questa scrivania.»

«Dove se li è procurati?»

«Anch'io ho i miei segreti. Però la risposta è semplice. Basta assumere le persone giuste e sguinzagliarle. Assolutamente illegale, ma per qualche motivo al momento non mi interessa. Se devo infrangere ancora la legge, che problema c'è? Sto cercando la verità.»

Mulrooney manteneva un'espressione quasi distaccata, ma ascoltava con una punta di ammirazione, persino di compiacimento. «Rappresentavamo entrambe le famiglie dei defunti.»

«Sono morti avvelenati?»

«Le spiego come gestiremo questa faccenda, Mr Latch. Non intendo correre il rischio di violare l'accordo di riservatezza. Sarebbe ingiusto per me, per questo studio e per i nostri clienti. Ma potrebbe esserci un modo di venirne a capo, un modo per darle quello che sta cercando e tenerci al sicuro. L'ospedale ha avvocati molto agguerriti e non esiterebbe a chiedere i danni per una violazione dell'accordo. Però posso dirle che è sulla strada giusta.»

«La ascolto.»

Hilary si schiarì la voce e lanciò un'occhiata cospiratoria a Mulrooney. «C'è una persona che potrebbe parlare. Si chiama Alan Teel, è stato un associato di questo studio finché non se n'è andato, tre anni fa. Ha avuto un esaurimento, per usare un eufemismo. Se ha bisogno di sapere altro, chieda a lui. Alan era un nostro collega e un avvocato penalista davvero talentuoso, un gran lavoratore, molto dedito alla causa, alcuni direbbero persino troppo zelante. Quando non ce l'ha più fatta, ha abbandonato la professione forense. Si è licenziato dallo studio e ha lasciato l'ordine. Un'uscita di scena piuttosto teatrale.»

«Abbiamo cercato di aiutarlo, gli abbiamo pagato sedute di terapia e visite. Un po' si è ripreso, ma non ne poteva più delle contese e del mondo legale» aggiunse Mulrooney.

«Quando avete trovato l'intesa con l'ospedale e firmato l'accordo di riservatezza, lui era socio dello studio?»

«No» disse Mulrooney. «Sa tutto, però l'accordo non lo vincola in alcun modo. Ecco perché potrebbe parlare.»

«Dove posso trovarlo?»

«Vive in una cittadina a un'ora da qui.»
«Vi spiace avvisarlo?»
«La sta aspettando» ripose Hilary.

Simon stava mangiando un sandwich con bacon, lattuga e pomodoro nell'unica tavola calda della cittadina quando entrò Alan Teel, con una ventina di minuti di ritardo. Aveva la barba, indossava pantaloncini, maglietta e scarponcini da escursionismo, e nulla nel suo aspetto suggeriva che fosse stato una stella delle aule giudiziarie. Avevano la stessa età: quarantatré anni. Simon gli avrebbe offerto volentieri il pranzo, ma erano già le tre e un quarto del pomeriggio.

«Scusa per il ritardo» disse. «Abbiamo avuto una chiamata per un incendio improvviso ed ero di turno.»

«Fai il pompiere?»

«Volontario. La città è troppo piccola per un reparto professionale.»

«Posso chiederti come mai hai scelto questo posto?»

«Quanto ti ha detto Mulrooney di me?»

«L'essenziale. Presumo che la tua storia sia tutt'altro che semplice.»

Teel rise e chiese del caffè alla cameriera. «Cerco di evitare Mulrooney, altra lunga storia. Con Hilary sono ancora in buoni rapporti, è stata lei a chiamarmi, mi ha dato qualche dritta. Mi sono fatto un giro online e ho letto delle tue recenti avventure. Sei davvero una celebrità.»

«Grazie. Avevi già sentito parlare di me?»

«No. Non leggo i giornali e ignoro la televisione. Internet lo uso solo quando è necessario.»

«Che invidia.»

«Tu hai fallito tra titoloni e clamore. Io ho lasciato la professione in sordina.» La cameriera posò sul tavolo una tazza di caffè fumante e Teel bevve un lungo sorso senza scomporsi.

«Rischio la prigione per il resto dei miei giorni, Alan, e non ho ucciso nessuno. Mi serve aiuto» disse Simon.

Passò un lungo, lento minuto mentre Alan fissava il pavimento. Simon finì il sandwich e bevve del tè.

«Ms Barnett è morta avvelenata, vero?» chiese Alan.

«Sì. Col tallio.»

«E nell'ospedale in cui era ricoverata lavorava Oscar Kofie?»

«Sì.»

Alan guardò l'ora. «Senti» disse «non ho più tempo di parlare. Alle sei mio figlio ha una partita di baseball e devo preparare il campo. Sono l'addetto alla manutenzione. Stesso stipendio di un pompiere volontario. Vieni alla partita e ci facciamo una bella chiacchierata.»

«Quanti anni ha tuo figlio?»

«Dieci. È il più piccolo.»

«Come mia figlia, campionessa di calcio.»

«Lo sai maneggiare un decespugliatore?»

«Non sono allenatissimo, ma immagino di sì.»

«Andiamo.»

Alle sei si misero su due sedie da giardino all'ombra di un vecchio albero, lungo il lato sinistro del campo, a sorseggiare limonata fredda e ammirare il loro lavoro. Il campo era immacolato, perfetto, e Alan, giustamente, se ne vantava. Faceva tutto lui: concimava l'erba, la tagliava tre volte alla settimana, livellava la parte interna in terra battuta, rastrellava il monte di lancio e i box del battitore, strappava e tagliava le erbacce. Aveva persino dipinto le panchine e riparato un vecchio tabellone.

Dopo tre ore in compagnia di Alan, Simon non aveva ancora capito come si guadagnasse da vivere. Sembrava un volontario a tempo pieno.

E gli andava benissimo stare in disparte e lasciare che di allenare la squadra di baseball si occupasse qualcun altro. Preparato il campo e tracciate le perfette linee bianche, si ritirava nel suo angolo preferito all'ombra, lontano dalla casa base. Non aveva ancora menzionato una moglie, attuale o ex. Simon, sicuro che non si sarebbero rivisti, non indagò più di tanto. Suo figlio, Hayden, era seconda base nei Marlins e come battitore non era granché. Quando fu eliminato con lo strikeout che concluse il primo inning, Alan, senza la minima ombra di delusione, cominciò a parlare.

«Una segretaria dello studio legale ricevette una telefonata anonima riguardo al decesso di Herbert Grasskie, ottantun anni, residente dalle parti di Scranton o Wilkes-Barre. Le dissero che non era morto di polmonite, ma per avvelenamento. Mulrooney assegnò il caso a me e cominciai a scavare. Autopsia, esami tossicologici e via dicendo. Dopo due settimane arrivò la conferma che Grasskie era stato avvelenato con il tallio. Immagino che ormai tu sappia bene di cosa stiamo parlando.»

«Direi di sì.»

«Il veleno perfetto. Allargammo la ricerca e trovammo un altro caso, nello stesso ospedale. Due mesi prima, una settantaduenne di nome Ruth Abercrombie era morta in modo simile a Grasskie. A quel punto decidemmo di mettere mano al portafoglio, tanto che alla fine l'indagine ci costò oltre 300.000 dollari. Mulrooney assunse il comando come solo lui sapeva fare, e buon per noi. È geniale, sia in tribunale che fuori. Sapevamo che le casse del Fendamar erano strapiene: è di proprietà di un fondo d'investimento di Boston che vale una marea di soldi. Ti lascio immaginare quanto si sarebbe potuto chiedere all'azienda ospedaliera come risarcimento per due omicidi colposi provocati da un suo dipendente squilibrato a cui piaceva giocare col veleno. Avevamo trovato una miniera d'oro, eravamo così su di giri da perdere il sonno. Per motivi che non sto a spiegarti, ben presto i nostri sospetti si concentrarono su un tecnico di radiologia di nome Oscar Kofie, un personaggio davvero strano.»

«Aspetta un momento. Come siete finiti su Kofie?»

«Corrompendo e spiando. Mulrooney riuscì a tenere la polizia lontana dal caso perché non voleva spaventare l'assassino. Trovammo un'infermiera che sosteneva di aver visto Kofie nella stanza di Ms Abercrombie benché non avesse motivo di esserci. La pagammo in contanti per fare qualche altra ricerca. E assoldammo il tecnico di un altro ospedale, una vera e propria spia, perché si facesse assumere al Fendamar. Ci riuscì, e il piano funzionò alla grande. Vedi, non avevamo fretta, perché un altro avvelenamento avrebbe soltanto confermato i nostri sospetti. Disgustoso, a pensarci adesso, ma all'epoca avevamo perso completamente la testa, eravamo davvero su di giri. La spia legò con Kofie, cosa non certo difficile, considerato che non aveva molti amici, e cominciarono a uscire a bere insieme. E poi a drogarsi. A Kofie piaceva parlare di veleni e sostanze tossiche. Per fare qualche ricerca nel mercato nero ingaggiammo anche un ex tizio della DEA che si autodefiniva "consulente". Il tallio non è impossibile da trovare, perché il suo possesso non è illegale. La legge vieta solo di produrlo. Il nostro consulente scovò un intermediario in un laboratorio losco in New Jersey e riuscì a rintracciare una spedizione per Scranton, destinata a una casella postale intestata a un nome falso. La pista finiva lì, però confermò i nostri sospetti. A un certo punto, intanto, la spia riuscì a entrare nell'appartamento di Kofie, che aveva antifurto e telecamere piazzati su entrambe le porte esterne, ma niente all'interno. Tra colleghi di ospedale, in tutto tre o quattro inclusa la nostra talpa, organizzarono una serata a base di vodka, coca e video porno. Considera che queste sono le persone a cui affidiamo la nostra salute. La spia fece in modo di restare lucida, e quando gli altri crollarono setacciò l'appartamento. Non c'era molto da vedere. Due piccole camere da letto, un salotto, una cucina. La porta di una delle due camere era chiusa a chiave, ma senza antifurto in vista. Di colpo saltò fuori una gita nel weekend per vedere una partita degli Steelers, perché casualmente il nostro uomo aveva in tasca quattro biglietti ed era riuscito a prenotare un paio di stanze in un albergo economico. Ci disse che Kofie gli aveva confessato di non aver mai avuto tanti amici. Mentre i ragazzi erano via, una squadra di sicurezza penetrò nell'appartamento, disattivò gli allarmi e aprì la porta della stanza chiusa a chiave, trovandoci due scatole di metallo tipo cassette degli attrezzi. Le rimossero dall'appartamento e le portarono in una camera d'albergo dove li aspettavano dei tecnici. Ne aprirono una, dentro c'erano coca e pillole varie sufficienti a far finire Kofie in galera per anni. Nell'altra trovarono una piccola farmacia, boccette di plastica che contenevano veleni: arsenico, cianuro, stricnina, aconitina e ovviamente tallio. Non erano etichettate e la squadra non aveva l'attrezzatura per identificarle, perciò prelevarono un campione da ogni contenitore e lo analizzarono in laboratorio. Rimisero tutto in ordine, e per quel che ne sappiamo Kofie non sospettò mai che qualcuno fosse entrato in casa sua.»

Il figlio di Teel fece una presa in tuffo in seconda base e completò un doppio gioco, eliminando anche il corridore in prima. Era un'azione spettacolare per un ragazzino di dieci anni, ma Teel non ebbe reazioni. Era perso nella sua storia.

«A quel punto prendemmo una decisione strategica. Parlo al plurale ma in realtà a decidere fu Mulrooney, l'unico e solo capo. A me non piaceva la direzione in cui stava andando il caso, perciò mi feci da parte, anche se ero informato di tutto. Mulrooney decise di trattare direttamente con l'ospedale e di non coinvolgere la polizia. Chiese una barca di soldi in cambio del silenzio. Se il Fendamar glieli avesse dati e si fosse disfatto di Kofie, lui non avrebbe intentato una causa miliardaria, né avrebbe avvisato la polizia. Gli avvocati dell'ospedale erano gente tosta, ma lo è anche Mulrooney. Se le diedero di santa ragione per mesi, e alla fine raggiunsero un accordo. Soldi incassati, firmato col sangue un accordo di riservatezza, storia seppellita, Kofie cacciato dalla città: tutti felici e contenti. È stato più o meno allora che ho lasciato lo studio.»

«Perché?»

«Perché? Perché ero disgustato da Mulrooney. Aveva accettato soldi in cambio della libertà per un assassino che poteva andarsene in giro impunito. Litigammo e ricordo che gli chiesi che cosa avrebbe fatto, un giorno, quando avesse saputo che Kofie aveva ucciso ancora.»

«E quel giorno è arrivato.»

«Infatti.»

«Che cosa ti rispose?»

«Non molto. Un'alzata di spalle come a dire: "E allora?".»

Simon bevve della limonata: aveva la gola secca.

Teel aveva in bocca del tabacco da masticare e sputò nell'erba. «Nello studio avevo due alleati che volevano opporsi come me, fare denuncia e prendere le distanze. Volevamo che Kofie fosse processato e finisse in prigione. Volevamo smascherare il Fendamar, anche se, in tutta onestà, è un ospedale che ha un'ottima reputazione da queste parti. Ma Mulrooney era contro di noi. Lui voleva solo i soldi.»

«Quanti?»

«Non posso dirtelo, è nell'accordo di riservatezza.»

«Stronzate, anche tutto quello che mi hai detto finora è nell'accordo di riservatezza, che però non ti vincola, giusto?»

«Non è così chiaro, né è mai stato provato. Si tratta di un documento complesso e intricato che nessuno di noi vuole mettere in discussione, credimi. Potrei finire nei guai.»

«Mi sembra chiaro che la cosa non ti spaventa.»

«No, infatti. Ho qualcosa da parte e non sono intenzionato a comprarmi nient'altro. La vita è semplice. Mi va bene così.»

«La vita di Mulrooney non è semplice.»

«No, lui è parecchio complicato. Ma al momento è in difficoltà, perché è consapevole che la sua avidità ha causato altri morti. Sotto sotto ha un'anima pure lui.»

«Ha anche un mucchio di soldi.»

«Sì, li aveva. Si è preso una fetta enorme dell'accordo e ha portato il suo patrimonio all'estero, esentasse.»

«Quanto?»

«Circolavano un sacco di voci. Nessuno nello studio lo sa con certezza, perché Mulrooney ha fatto transitare i soldi per Singapore e altre destinazioni ignote, ma pare che il Fendamar abbia pagato una cinquantina di milioni.»

63

Alan non gli chiese dove avesse intenzione di fermarsi quella notte, e Simon non andò sul discorso, perché non lo sapeva. Trovò una stanza in un motel che dimostrava una trentina d'anni di vita. Avrebbe preferito un posto che costasse più di 45 dollari per dormirci, ma non poteva permettersi di fare troppo il difficile. Gli altri due motel sull'autostrada erano molto più vecchi ed economici, e i parcheggi non erano ancora asfaltati. Cenò con chip di mais e birra e alle nove chiamò Raymond, che ovviamente era in studio. Simon riusciva quasi a sentire l'odore del fumo di sigaro.

Poche parole di Simon, e la solita irritabilità di Raymond si dissolse. Il vecchio trombone ammutolì e gli concesse di raccontare per almeno venti minuti prima di limitarsi a dire: «Aspetta. Ho bisogno di un altro sorso».

Alan accettò di vederlo nello stesso locale alle sette e mezza del mattino, prima di portare i suoi figli a scuola. Continuava a non parlare di mogli o donne nella sua vita, ma non erano affari di Simon.

Arrivò in ritardo di soli dieci minuti. Simon aveva appena mangiato il primo boccone di porridge – preconfezionato – e con un gesto chiese alla cameriera dell'altro caffè. Alan ordinò pane tostato integrale e miele.

«Stanotte hai dormito?» chiese, con un sorrisetto.

«No, poco. Ho avuto parecchi pensieri.»

Dal taschino della camicia Alan prese un foglio piegato e ringraziò la cameriera per il caffè. «Ho tre priorità, in ordine d'importanza» disse.

Il foglietto, una pagina di quaderno, era scarabocchiato su entrambe le facciate.

«Primo: voglio che Kofie sparisca dalla circolazione e venga rinchiuso da qualche parte. A questo non posso contribuire perché non sono un testimone diretto dei suoi reati. E tu non puoi affidarti ai ragazzi della polizia locale, perché hanno già chiuso il caso e trovato il loro colpevole. Ci deve pensare l'FBI.»

«Come ha fatto il Fendamar a sbarazzarsi di Kofie senza destare sospetti?»

«Un altro triste dettaglio della storia. All'ospedale ci fu di colpo un esubero di personale, e Kofie venne licenziato. Siccome nessuno aveva sporto denuncia contro di lui, non perse la licenza da tecnico. Assurdo, eh?»

«Sì. La licenza di avvelenare.»

«Proprio quello che ha fatto, si direbbe. Posso continuare?»

«Prego, avvocato.»

«Secondo: voglio aiutarti a uscire da questo pasticcio. Ho visto che hai presentato un'istanza di annullamento del verdetto di colpevolezza. Quante probabilità ci sono che la giudice la voglia discutere?»

«Molte. Finora, ogni volta che una delle parti ha presentato un'istanza ci ha convocati. Secondo noi sarà comprensiva.»

«È il minimo. Ha presieduto un processo che ha condannato un innocente. Io credo nel nostro sistema giudiziario, e le condanne ingiuste mi lasciano sempre allibito. Tu sei innocente, e sappiamo chi è il colpevole. Incastriamolo.»

«Accetterai di deporre in aula?»

«Mi aspettavo la domanda e la risposta è sì, ma a certe condizioni. Non so come funziona in Virginia, però da queste parti si può fissare un'udienza a porte chiuse, ovviamente ufficiale. In quel caso – aula vuota, nessun giornalista, nessuno spettatore, nessuno che non abbia un motivo per presenziare – deporrò. Il dossier Fendamar è sottochiave e deve rimanerci. Il che ci porta alla terza priorità: devo proteggere l'accordo di riservatezza. L'ospedale non deve assolutamente sapere del mio coinvolgimento. Se lo scopre, vorrà vendicarsi su di me e sullo studio di Mulrooney. Non sarebbe piacevole. Nell'accordo ci sono clausole compensatorie che attribuiscono all'ospedale grossi risarcimenti, se agli avvocati dovesse sciogliersi la lingua.»

«Come ci procuriamo il fascicolo delle vostre indagini?»

Alan sorrise e tirò fuori una chiavetta. «È tutto qui. Ho fatto copie e annotato tutto, ho persino il video di casa Kofie. Stranamente, non è bellissima.»

«Me lo stai offrendo?»

«No. Lo porto in tribunale, così lo vedrà la giudice.»

«Okay. Il mio avvocato comincerà subito a spingere per fissare un'udienza.»

«Gliene hai parlato?»

«Certo, ci siamo fatti una lunga chiacchierata ieri sera e ce ne faremo un'altra dopo che sarò partito da qui, lungo il tragitto. Siamo a una svolta, Alan. Non so come ringraziarti.»

«Sei innocente, Simon.»

«Lo so.»

Avrebbe voluto dare la notizia a Zander, ma preferì aspettare mezzogiorno. A quell'ora avrebbe dovuto trovarsi a Braxton. Poteva invitarla a pranzo.

Chiamò Raymond, che dopo aver dormito e rimuginato sulle novità era molto più loquace, e pieno di idee riguardo a procedure e trucchetti legali di cui Simon non aveva mai sentito parlare.

Chiamò Landy, e discussero del coinvolgimento dell'FBI. Lei si disse certa che presto sarebbe stato aperto un fascicolo e sarebbe stata avviata un'indagine. Era pronta a chiamare immediatamente la sua supervisora.

Quando vide le prime indicazioni per Braxton, Simon si domandò per l'ennesima volta perché ci stesse tornando. Non era più casa sua. Per diciannove anni, da quando si era laureato in legge, il centro del suo mondo era stato lì. A Braxton aveva posseduto una casa e uno studio legale. I suoi tre figli erano nati nello stesso ospedale in cui continuava a lavorare Oscar Kofie. Lui e Paula li avevano mandati alla scuola pubblica e non si erano quasi mai persi un incontro con gli insegnanti, una recita, un concerto, una cerimonia di diploma o una partita. La sua chiesa era là, anche se negli anni la famiglia ci era andata sempre meno spesso, solo alle feste comandate. A Braxton vivevano ancora i suoi amici, ma da tutti loro si sentiva tradito.

In quel momento, l'unica cosa che Simon voleva da Braxton era essere riabilitato. La giuria di una città lontana lo aveva ingiustamente dichiarato colpevole, ma la condanna, durissima, era venuta dalle persone che più gli stavano vicine. Voleva poter uscire dall'aula e camminare un'ultima volta in Main Street a testa alta, guardando negli occhi tutti quelli che avevano dubitato di lui. Voleva che si vergognassero nel profondo per averlo giudicato male. Voleva che fossero puniti.

La diceva tristemente lunga sulla sua vita il fatto che non potesse invitare a pranzo nessuno, a parte una giovane e talentuosa criminale che un giorno aveva i capelli color mandarino e la settimana prima color lavanda. Zander riuscì a rimettersi in sesto entro le due del pomeriggio e a vederlo nella sua sala da tè preferita, la cui antisociale chef e proprietaria reclamizzava, come dolce speciale del giorno, i biscotti allo zenzero.

«Magari quelli no» disse Simon, ma Zander non colse l'ironia. Ordinò un tè nero carico di caffeina e lo tracannò. Era smunta, sottopeso di una decina di chili. Come Simon, che ordinò due sandwich. Mentre li divorava, le fece un riassunto della storia di Alan Teel censurando i dettagli più sensibili.

La ringraziò di nuovo, e di nuovo Zander rispose che non era stato nulla di che. Lei e Cooley lo facevano per divertimento, e a volte anche per soldi.

64

L'idea di tornare nel suo ufficio buio e vuoto, e nel Ripostiglio, senza nient'altro da fare a parte immergersi nelle ricerche, lo disgustava. Non aveva appena risolto il mistero, anche se era stato qualcun altro a risolverlo per lui? Non aveva forse scoperto l'assassino? Mentre accostava nel vicolo dietro lo studio gli vibrò il telefono. «C'è una sede dell'FBI a Charlottesville» disse Landy. «Riesci a essere lì domattina alle nove?»

«Non ho impegni. Ci sono novità?»

«Ti aspettano l'FBI e il procuratore generale.»

«Tutto qui? Vedrò di esserci.»

«Porta tutto il materiale che hai.»

«Ho almeno tre scatole di roba. E non so più quanti giga sul computer.»

«Quelli spediscimeli stasera, e le scatole portale con te.»

«Quindi tu e i tuoi amici siete interessati?»

«L'indagine è ufficialmente aperta. Congratulazioni.»

Simon non aveva voglia di festeggiare e nemmeno di lavorare. Si addormentò sul divano, sonnecchiò per un'ora, andò a correre. Parlò a lungo con Paula e i ragazzi e si fece raccontare gli ultimi scoop sull'avventura del ritorno a scuola. Buck stava cominciando l'ultimo anno alle superiori. Con un po' di fortuna, Simon non se lo sarebbe perso.

Al tramonto si cambiò e si mise in jeans, sgattaiolò tra vicoli e traverse, e pochi minuti dopo le nove di sera entrò da Chub. Valerie gli portò da bere e un cheeseburger. Chub non c'era, meglio così. Simon non aveva voglia di parlare dei suoi problemi. Giocò a videopoker per due ore, vinse 31 dollari prima di smettere, e lasciò sul banco 20 dollari di mancia per Valerie.

Landy era rimasta sveglia tutta la notte a mettere insieme dieci pagine di appunti, un riassunto ancora sommario delle avventure di Oscar Kofie con il tallio. Aveva parecchie informazioni sul caso Eleanor Barnett, molte meno riguardo agli altri.

Di fronte a Simon, seduto a un lato del tavolo insieme a Landy, c'erano soltanto donne: Carmen Riddle, sostituta procuratrice generale, e Shelia Wycoff, supervisora dell'FBI. Chiarito il ruolo dell'una e dell'altra, lui cominciò a spiegare.

Dichiarò di possedere un ricco repertorio di materiali relativi al sospettato: i fascicoli personali che ne ripercorrevano la carriera, tra assunzioni e dimissioni, nei quattro ospedali in cui aveva lavorato nell'ultimo decennio; le voluminose cartelle mediche dei pazienti che, in quegli ospedali, erano morti per avvelenamento, o per sintomi analoghi ma non diagnosticati; una montagna di documenti relativa alle richieste di risarcimento per la morte di due pazienti deceduti a Scranton, in Pennsylvania.

«Come ha ottenuto i fascicoli del personale ospedaliero?» domandò Shelia Wycoff.

«Ho pagato una hacker. Siccome non so nulla di pirateria informatica, mi sono rivolto a degli esperti.»

«Violando la legge.»

«Certo, porca miseria, e mi sa che non ho ancora finito. Per caso rischio una denuncia? Senta, Ms Wycoff, mi sono già beccato una condanna ingiusta, e sto per andare in carcere per chissà quanto tempo. A questo punto sa cosa me ne importa di violare la legge? Aggiungete pure l'accusa alle altre, me ne farò una ragione.»

«Okay» disse Carmen Riddle. «Ci dica delle richieste di risarcimento di Scranton. Da dove ha ottenuto queste informazioni?»

«Prima di tutto dalla hacker di cui vi ho detto. Una ragazza il cui fidanzato lavora tranquillo in un penitenziario federale con due portatili e tre cellulari, tutti di contrabbando. Sono un'ottima squadra, sempre che qualcuno non li becchi. Dovreste dare un giro di vite alle misure di sicurezza delle vostre carceri. Comunque, hanno rintracciato dei documenti di Scranton e identificato uno degli avvocati coinvolti nelle cause legali. Ho parlato con lui tre giorni fa e scoperto tutto quello che c'è da sapere su Oscar Kofie. È un avvelenatore seriale con almeno tre vittime all'attivo, e forse altre cinque non confermate. Ma nessuno vi obbliga a indagare su quelle. Ne basta una. Dimostrate che ha ucciso Eleanor Barnett e sbattetelo in galera per sempre.»

Ovviamente Simon era avanti anni luce rispetto a loro, riguardo non soltanto ai fatti ma anche alle strategie. Carmen Riddle gli chiese del ruolo della polizia locale.

«Non perdete tempo con quelli» rispose lui, perentorio. «Lo considerano un caso chiuso. Hanno un colpevole, quello sbagliato, e immagino che difenderanno le loro indagini fasulle con le unghie e con i denti. È la norma, per le forze dell'ordine. E in queste, scusatemi, rientra anche l'FBI. Quando c'è di mezzo un'ingiusta condanna nessuno osa ammettere di aver incastrato la persona sbagliata, pur di non perdere la faccia e non dover confessare errori catastrofici. Lasciatela perdere, la polizia locale. Bravi ragazzi, per carità, ma non vi servono a niente. Il caso lo affido a voi, d'accordo?»

«D'accordo. Pensa che sia opportuno mettere Kofie sotto sorveglianza?»

«Perché?» scattò Simon. «Se nessuno lo spaventa non andrà da nessuna parte. Non stategli addosso, non insospettitelo, fermatelo un giorno sul lavoro e mettetegli sottosopra l'appartamento.»

«Di quella parte ci occuperemo noi, Mr Latch» disse Riddle. «Per ora, le consiglio di smettere di spiare le email di Kofie.»

Simon si strinse nelle spalle come a dire che ci avrebbe pensato. «Chiederete un mandato per sbirciare in casa sua?»

«Di solito lavoriamo così. Gli intercetteremo telefono e computer.»

Simon lo trovò divertente. «Se i vostri ragazzi avessero bisogno di una mano, fatemi sapere. I miei hacker sono già entrati anche lì» disse.

Le tre donne si scambiarono sguardi increduli. Carmen Riddle fece un bel respiro e ricominciò con le domande. «Lei conosce la direttrice dell'ospedale di Braxton?»

«La dottoressa Connor Wilkes? Sì, piuttosto bene.»

«Quale potrebbe essere l'approccio migliore con lei?»

«È semplice. In questo momento, a parte salvarmi la pelle, la priorità è fare in modo che il nostro uomo non avveleni nessun altro. Ora come ora l'ospedale non sospetta di nulla. Credono che l'omicidio Barnett sia un caso risolto, la vita continua come sempre. Anche se ho sentito che adesso è vietato portare cibo dall'esterno. Niente più biscotti e brownie per la nonna. Peccato, perché in realtà il cibo che dovrebbero vietare da subito è quello della caffetteria.»

Simon si fermò ad aspettare una risata o perlomeno un cenno, che non arrivarono.

«E ho sentito che Tan Lu non riesce più a vendere nemmeno uno dei suoi famosi biscotti allo zenzero. Peccato.»

«Magari non divaghiamo» intervenne Carmen Riddle.

«Certo. Fossi in voi chiederei un incontro con la dirigenza dell'ospedale già domani, se possibile, e in presenza dei loro avvocati. Ditegli la verità. Ditegli che ad avvelenare Eleanor Barnett non sono stato io. Dite che tra i loro dipendenti c'è un probabile serial killer, e che l'ospedale è controllato dall'FBI.

«Sono enormemente vulnerabili. Per gli avvocati che faranno causa all'ospedale sarà una pacchia. Parliamo di un danno d'immagine catastrofico, da mandarli in bancarotta. Chi è che si fiderà più a farsi ricoverare da loro? Mettete qualcuno a sorvegliare Kofie dall'interno, tenetelo lontano dai pazienti. Avete bisogno della collaborazione dell'ospedale, almeno finché non lo arresterete. Allora sì che scoppierà il vero casino. Titoli in prima pagina, ospedale sotto assedio. Cose di cui, francamente, non m'importa. Kofie l'hanno assunto loro. Andrà in prigione, e l'azienda ospedaliera rimarrà impantanata per anni nelle cause legali.»

Riddle e Wycoff scribacchiavano furiosamente. Landy controllò degli appunti. Il loro silenzio era una richiesta implicita di ulteriori suggerimenti. «Coinvolto l'ospedale e sganciata la bomba, la storia sarà fuori controllo, e le fughe di notizie inevitabili. Se spettasse a me decidere, mi muoverei in fretta ma con prudenza. Ottenete i mandati, frugate a casa sua, dove probabilmente troverete le due cassette degli attrezzi chiuse col lucchetto in cui tiene la sua piccola farmacia, i suoi veleni. Ho visto le foto. È impressionante. C'è anche il tallio, si direbbe il suo preferito. Scovato quello, avrete un fondato motivo per arrestarlo.»

«Lei che programmi ha?» chiese Riddle.

«Come sapete, sto cercando di far annullare il mio verdetto di colpevolezza. Abbiamo un'udienza la settimana prossima, a porte chiuse. Sarebbe bello se ci foste anche voi. Fatemi sapere, e vi prenoto i posti in prima fila.»

65

La giudice Shyam aveva preso la saggia decisione di discutere l'istanza dell'imputato alcuni giorni prima del 22 agosto, quando avrebbe dovuto emettere la sentenza. La data ufficiale era pubblica e già in bella evidenza sui calendari dei cronisti dei giornali e delle tivù, e dei fanatici della stampa scandalistica. Ma siccome la giustizia funzionava meglio al riparo da questo genere di curiosi, Shyam aveva contattato di persona gli avvocati, ammonendoli a mantenere il riserbo, e fissato l'udienza a porte chiuse il 16 agosto, a Virginia Beach. Per essere chiara, aveva minacciato sanzioni a chi si fosse lasciato sfuggire una sola parola.

Prima dell'udienza mise tre agenti all'ingresso a controllare la lista degli ammessi a partecipare che lei stessa aveva compilato, non più di una manciata di persone. Quando tutti furono seduti, entrò in aula e diede il benvenuto. Poi passò la parola a Raymond: «Avvocato, l'istanza è sua, cominci pure. Può stare seduto, se preferisce».

Raymond non sarebbe mai riuscito a rivolgersi a una corte da seduto. Si alzò, armeggiò con la cravatta di seta, ringraziò Shyam come si doveva e attaccò: «Vostro onore, lo scorso 27 maggio, in quest'aula, è stato emesso un verdetto di colpevolezza contro il mio cliente Simon Latch. Io, come tante altre persone, sono rimasto sconvolto. Da allora abbiamo lavorato giorno e notte per risolvere il mistero di chi ha avvelenato Eleanor Barnett, e grazie agli sforzi, che definirei eroici, di Mr Latch in persona oggi sappiamo la verità. Il nostro primo testimone deporrà sotto pseudonimo. La sua identità dev'essere protetta. Dopo che avrà parlato, consegnerò alla corte una dichiarazione giurata che contiene i suoi dati anagrafici reali e il motivo della riservatezza. Tale dichiarazione non sarà messa agli atti».

«Benissimo, avvocato Lassiter. Io e l'accusa ne prendiamo atto. Può chiamare il primo testimone.»

«John Doe Terzo.» Il nome fittizio più usato per mantenere l'anonimato.

«Originalissimo» bisbigliò Simon a Casey.

Alan Teel prese posto al banco dei testimoni con l'aria sicura di chi aveva imparato a stare in tribunale nel corso di una brillante carriera da avvocato. Prestò giuramento, e dopo un breve preambolo di Raymond partì in quarta. Cominciò da quando, otto anni prima, una segretaria del suo studio legale aveva ricevuto una soffiata relativa a una morte sospetta in un ospedale della Pennsylvania di cui non fece il nome. La soffiata portò ad altre informazioni e a un'indagine dello studio legale.

«Vostro onore, mi scuso per l'interruzione» intervenne Cora Cook alzandosi «ma perché mai stiamo ignorando le regole della procedura e della presentazione delle prove? Stiamo permettendo al testimone di basarsi sul sentito dire, su fatti irrilevanti e su quello che gli pare?»

«Sì, procuratrice Cook» disse la giudice. «Voglio conoscere la storia per intero, e a questo punto decidere spetta soltanto a me. Non ci sono giurati al banco. Stabilirò io che cos'è pertinente e cosa no nella deposizione. Grazie.»

La procuratrice si strinse nelle spalle, sconfitta, e si sedette.

Senza perdere il ritmo, Alan continuò il racconto, che ovviamente era compiaciuto di condividere con i presenti. Era un bravissimo affabulatore, come tutti gli avvocati abituati a lavorare in aula, e il pubblico, anche se poco numeroso, lo ascoltava rapito.

Simon sorseggiava caffè al banco della difesa e lanciava occhiate in giro. Landy e la sua supervisora Shelia Wycoff erano in prima fila. Dall'altra parte dell'aula sedeva il detective

Barr, da solo, e ascoltava senza prendere appunti. Poi, il solito cast: stenografa, due commessi, un usciere, la giudice.

Dopo aver fatto parlare Teel a ruota libera per un'ora, Raymond pensò che la giudice stesse cominciando ad annoiarsi e decise di animare l'atmosfera con un video. Casey ticchettò sul suo portatile, e sullo schermo davanti alla giuria apparve un'immagine.

«Questo è il video di una perquisizione a casa di Oscar Kofie» disse Teel. «La data è 3 maggio 2009. Ci sono due cassette degli attrezzi in metallo, chiuse con dei lucchetti. I nostri tecnici le portarono in un laboratorio temporaneo.» Il filmato mostrava l'apertura delle cassette, la rimozione delle boccette, il prelievo dei campioni. Una voce fuori campo descriveva l'azione. Il video durava diciassette minuti.

Teel descrisse alcune delle tossine e delle sostanze rinvenute nella perquisizione. Poi tornò alle ipotesi di denuncia contro l'ospedale, alle trattative per insabbiarle e via dicendo. Edulcorò l'episodio della sua uscita dallo studio legale attribuendola a un malinteso, e senza denigrare in alcun modo i suoi colleghi, dei quali peraltro non fece i nomi. Quando finì, dopo aver parlato per un paio d'ore, lo sparuto pubblico pendeva ancora dalle sue labbra.

«Procuratrice Cook, vuole controinterrogare?» chiese la giudice Shyam.

Cora sembrava confusa, per non dire scioccata, come se stesse cominciando a capire che il suo verdetto era seriamente a rischio e che forse aveva perseguito l'uomo sbagliato. Si alzò, armeggiò con un taccuino e disse: «Quindi, Mr Doe, pur conoscendo la verità il suo studio non intraprese alcuna azione legale contro Oscar Kofie».

«È così. Il mio ex studio legale. Quando firmarono l'accordo di riservatezza me n'ero già andato. Comunque, sì, accettarono i soldi e stettero zitti.»

«È il motivo che la spinse ad andarsene?»

«Il più grave, sì. Permisero all'assassino di farla franca e non dissero nulla alla polizia. Forse si illudevano che Kofie avesse imparato la lezione e cominciasse a rigare dritto, però il punto è che lui non seppe mai che lo avevano incastrato. Nessun altro fu messo al corrente della vicenda. Lui perse il lavoro per una questione di esuberi e cambiò città, ignaro. Da parte dello studio legale fu una mossa codarda. Si accontentarono di pregare che non uccidesse più. Be', si sbagliavano. Quello è un sociopatico, come quasi tutti i serial killer. Lavora nella sanità, un settore in cui gli omicidi per avvelenamento sono diffusi. Gli piace veder morire le sue vittime, gli dà una perversa sensazione di controllo. A un certo punto si è ritrovato a Braxton, in Virginia, ed eccoci qui.»

Quando capì che le sue domande stavano ricevendo più risposte di quante ne avrebbe preferito sentire, Cora si sedette.

«Vostro onore» disse Raymond alzandosi. «La difesa chiama l'agente speciale dell'FBI Shelia Wycoff.»

Simon lanciò un'occhiata a Landy in prima fila e le fece un sorrisetto. Lei ricambiò, accavallando le gambe. Era strano come una vecchia, polverosa, vuota e stantia aula di tribunale facesse apparire ancora più attraente una bella donna.

Wycoff dichiarò che dieci giorni prima l'FBI aveva ricevuto informazioni in merito a uno o più potenziali omicidi, e aperto un'indagine su Oscar Kofie. Quest'ultimo aveva lavorato all'ospedale della Pennsylvania per tre anni e se n'era andato nelle ambigue circostanze descritte da John Doe. In seguito era stato assunto da un ospedale di Baltimora, per due anni, e poi da quello di Braxton. In ognuna delle due strutture si erano verificati decessi misteriosi la cui causa poteva essere l'avvelenamento. L'FBI li stava passando al vaglio.

Al momento l'agenzia era concentrata su Oscar Kofie: per la precisione, il giorno prima aveva ottenuto l'autorizzazione a perquisire il suo appartamento di Braxton. L'operazione era riuscita e aveva portato alla luce un certo numero di veleni, incluso il tallio.

Simon si concesse di osservare a lungo Cora Cook, livida e incredula. Il suo mondo stava andando a pezzi.

Per una fortunata coincidenza, il sospettato aveva appena ricevuto per posta, da un falso indirizzo di Durban, in Sudafrica, un pacchetto contenente 25 grammi di tallio. Esisteva anche un video dell'oggetto sequestrato, se la corte avesse voluto visionarlo.

«Magari dopo» disse Shyam, lasciando intuire che aveva visto abbastanza e soddisfatto quasi tutte le sue curiosità.

Poi esplose la bomba, e Simon ebbe la sensazione di poter scappare di corsa dal tribunale, finalmente libero.

«Ieri, attorno alle 19.20» disse Wycoff «il sospettato è stato fermato e arrestato mentre usciva dall'ospedale, e al momento è rinchiuso in una località segreta. Sta per essere accusato di omicidio di primo grado, e il suo caso verrà dibattuto da un gran giurì federale martedì prossimo.»

Era il momento perfetto per concludere. Non rimaneva proprio nient'altro da dire, e Raymond lo intuì al volo. «Cediamo la testimone all'accusa» disse. Come se con un brillante controinterrogatorio Cora potesse riparare anche solo a uno dei danni subiti. Lei scosse la testa, sconfitta.

«Può andare, Ms Wycoff. Il suo prossimo testimone, avvocato Lassiter.»

«Credo che la corte ne abbia abbastanza, Vostro onore. Il vero assassino è stato arrestato dall'FBI e verrà rinviato a giudizio la settimana prossima. Lo Stato ha commesso un grave errore perseguendo Simon Latch, un uomo innocente. Chiedo che il verdetto di colpevolezza venga annullato, e le accuse contro il mio cliente archiviate.»

«Procuratrice Cook.»

Lei, a corto di parole, si alzò lentamente. «Non corriamo troppo, Vostro onore. Una giuria composta da dodici cittadini informati ha valutato le prove ed emesso all'unanimità un verdetto di colpevolezza. Questo fatto non possiamo cancellarlo come se niente fosse. L'imputato ha avuto, in questa stessa aula, un processo equo e, perlomeno a mio avviso, privo di errori revocatori. È stato un procedimento trasparente e giusto.»

La giudice Shyam si avvicinò al microfono e lesse qualche appunto. «Procuratrice Cook, conosce il caso Stato della Virginia contro Herman Dungee?»

«Più o meno. Mi sembra di sì» rispose Cora, colta alla sprovvista.

«Mr Dungee ha scontato trentun anni di galera per un omicidio con stupro commesso da qualcun altro. Tre anni fa il test del DNA lo ha scagionato. Il suo processo, nel 1985, si svolse proprio in quest'aula. La giuria lo dichiarò colpevole, all'unanimità. E sbagliò. E il caso Stato contro Boyd Keenan le è noto?»

«Direi di no.»

«Una vicenda accaduta a Norfolk, qui vicino. Mr Keenan ha scontato diciotto anni di prigione per una rapina in banca finita male. Due cassieri rimasero uccisi. Mentre veniva commesso il reato, Keenan stava lavorando nel South Carolina. Eppure, la giuria lo dichiarò colpevole. E sbagliò.

«E quell'altro pasticcio di queste parti, Stato contro Harlan Miller, lo conosce?»

«No.» Cora si sedette.

«Mr Miller ha scontato ventotto anni nel braccio della morte, ed è stato scagionato dal DNA sei ore prima dell'esecuzione. La giuria, sempre in quest'aula, lo aveva dichiarato colpevole con applicazione della pena capitale.»

La giudice posò gli appunti e guardò torva la procuratrice. «Potrei andare avanti. Negli ultimi trent'anni, le giurie benintenzionate di questo Stato hanno condannato quarantuno persone che dopo anni e anni sono risultate innocenti. A livello nazionale sono più di tremila, e parliamo quasi sempre di vittime di verdetti unanimi.»

Se Cora avesse avuto una bandiera bianca l'avrebbe sventolata.

«Invito l'imputato ad alzarsi in piedi» disse la giudice Shyam.

Simon, scombussolato, riuscì a non perdere l'equilibrio. Raymond si alzò con lui, trattenendo un sorriso compiaciuto.

«Mr Latch, a nome dello Stato della Virginia le chiedo scusa per questo errore giudiziario. Giudicandola colpevole, la giuria ha sorpreso persino me. Per fortuna, le norme del nostro ordinamento mi consentono di correggere una decisione sbagliata. Accolgo quindi la sua istanza di annullamento del verdetto e di archiviazione delle accuse a suo carico. Darò istruzioni alla procura generale di chiudere questo fascicolo e rinunciare a qualsiasi ipotesi di un nuovo rinvio a giudizio. Lei è libero di andare.»

Simon crollò sulla sedia, sfinito. Si coprì gli occhi con le mani e cominciò a piangere.

Dopo un'ora di tragitto verso sud raggiunsero gli Outer Banks. Simon, perso in un altro mondo, non diceva nulla. Landy stava guidando senza una meta, le bastava essere fuori dalla Virginia. Di tanto in tanto gli lanciava uno sguardo per accertarsi che stesse bene. Lui teneva gli occhi chiusi, ma senza dormire.

Che spreco. Di tempo, di denaro, di emozioni, di vita. Quanta sofferenza inutile. Ci sarebbe stato tanto da dire, però mancava l'energia per farlo.

Si fermarono a un minimarket di Currituck perché Landy aveva bisogno di mangiare qualcosa. Simon vide un tavolo da picnic sotto un albero. «Mi siedo là a fare una telefonata» disse. «Voglio dire ai miei figli che papà è stato dichiarato innocente.»

Certificato PEFC
Questo prodotto è realizzato con materia prima da foreste gestite in maniera sostenibile e da fonti controllate
www.pefc.it

PEFC
PEFC/18-32-03

Mondadori Libri S.p.A.

Questo volume è stato stampato
su carta HOLMEN
con fibra vergine proveniente da foreste sostenibili holmen.com/paper
presso ELCOGRAF S.p.A.
Stabilimento - Cles (TN)

Stampato in Italia - Printed in Italy